惩戒

RETRIBUTION

长江出版传媒 | 长江文艺出版社

图书在版编目（CIP）数据

掌控者. 2，惩戒/ 姜振宇著. -- 武汉 ：长江文艺出版社， 2017.8
ISBN 978-7-5354-9747-5

Ⅰ. ①掌… Ⅱ. ①姜… Ⅲ. ①长篇小说－中国－当代 Ⅳ. ①I247.5

中国版本图书馆 CIP 数据核字(2017)第 137656 号

责任编辑：刘兰青　秦文苑
营销编辑：韩澍东　夏　萍　　责任校对：陈　琪
装帧设计：天行云翼 · 宋晓亮　　责任印制：邱　莉　胡丽平

出版：长江出版传媒　长江文艺出版社
地址：武汉市雄楚大街 268 号　　邮编：430070
发行：长江文艺出版社
电话：027—87679360
http://www.cjlap.com
印刷：武汉中科兴业印务有限公司

开本：700 毫米×1020 毫米　1/16　印张：21.125　插页：2 页
版次：2017 年 8 月第 1 版　　2017 年 8 月第 1 次印刷
字数：289 千字

定价：42.00 元

序

爱动脑子的人不多，我们可以惺惺相惜

过去的3年是我比较沉寂的3年，大体上闷着头努力做了三件事。

第一件是大量的案件研究，包括公安口主管的刑事案件，也包括纪委和反贪局主管的职务犯罪案件，获益良多。从这些案子中，不但进一步精确了微表情和肢体反应的意义解读技术，而且还提炼了颇为有效的谈话审讯技术。你知道的，嫌疑人都不老实，都会想尽办法耍赖、捣乱、撒谎、伪装，甚至情绪失控地对抗审讯，所以在无数个纠缠的回合往来中，在很多个深夜凌晨的斗智斗勇中，这套审讯方法越来越清晰。再配合上微表情和肢体反应的分析技术，简直双剑合璧！

在《掌控者》里面，我们用生活化的例子第一次公布了刺激源的用法。只要你有心，一言一词、一个动作甚至一个眼神，都可以对别人形成有效刺激，进而观察别人的应激反应。一切都进行得悄无声息，但你已经读取到了重要的信息——别人的心思。

在这本《掌控者2》里，我把很多真实案例进行了加工，把嫌疑人的心理防线描绘出来放在那里，交给你去攻破。你可以尝试着用此前学过的技术来进行思考，也可以直接从这本书里写的技术中汲取营养。在全世界范围内，恐怕对抗性最强的人，不是你的商业竞争对手，不是你的老板或同事，不是你的老师和家长，也不是你的情侣，而是犯罪嫌疑人。他们必须进行最高级别的防备和伪装，否则就会面临法律的惩罚。所以，如果你能读懂嫌疑人的心思，那么世间就没有更难读懂的人；如果你能成功说服嫌疑人与你配合，那么世间就没有更难掌控的对手。

所以，贯穿这本书的两个要点分别是：读懂心思，谈话控制。掌握这两项技术，你可以看到一个接近透明的世界，还能化敌为友，化友为亲。

3 年来，我闷头做的第二件事，就是讲课，给国内大量司法机关的一线侦查人员讲课。听课的成员涵盖了全国各级纪委办案人员、反贪局侦查员、公安局侦查人员。要知道，这批人是常年和形形色色的坏蛋们打交道的人，他们的工作就是开动脑筋突破对手的心理防线，并且要说服对方配合。简单说，他们是见过世面的人，也是特别鄙视没有真本领的人。

我深深地了解这些人，他们的表情神态总会有点桀骜不驯，因为他们痛恨没有干货的家伙来浪费自己宝贵的时间。但是，在他们桀骜不驯的外表之下，其实是渴望真知的心，因为他们的确很辛苦，工作压力很大，迫切需要管用的、能解决问题的知识来提高效率，来让自己活得舒服一点。

所以，每次讲课之前，我都会有点忐忑，生怕辜负了这些同志们的期待，耽误了他们宝贵的时间，生怕被这些见过真东西的人所鄙视。大概是因为我会出现在电视节目里的原因，所以每次介绍我的时候，我总能在一些人脸上看到某种神秘的笑容，我也知道，如果接下去讲的东西不过硬，就一定会看到那种意味深长的客气而又冷漠的鄙视笑容。好在，每次课程开始 30 分钟后，大家就已经像战友一样开始专业知识的交流了。

这些认同，不是看脸，不是因为所谓的有名，而是因为我讲的内容他们认可，他们知道这些是掏心掏肺的真东西。

我闷头做的第三件事，就是写了这本《掌控者 2》。我把前面两件事里积累的关于表情解读、行为分析、刺激源设置、谈话控制、谈判缠斗、心理防线突破的方法，全部整合在这本书里。

序

这本书整整写了两年！期间无数次带给我痛苦，让我感到压力巨大，有的时候甚至很绝望。为什么？因为我写的技术，是读透人心的技术，是在蛛丝马迹中抓住要点掌控人心的技术。这样一本书，最基本的要求是必须要对得起逻辑。

再强调三遍：对得起逻辑！对得起逻辑！对得起逻辑！

在全书二十多万字里，没有任何一个字是没有用而堆砌出来的废话。每一个字都有着它特别的意义，如果你一不小心忽略掉了某个词或某句话，可能就会把结果分析错。写这样一个逻辑缜密而深沉自洽的故事，当然会让我感到巨大的压力。

所以，今天能够呈交给各位读者来审阅，我也同样很忐忑，同样诚惶诚恐。我希望大家能认可这本书，能评价为“逻辑真棒！对得起我的脑子！对得起我想要过的那种瘾！对得起一个悬疑爱好者想过的那种抽丝剥茧、不断绝望，又不断在不起眼中找到惊人线索并逐渐逼近邪恶真相的瘾！”

至于故事里的各种好看自不必提。尸检、监控、易容、追踪与反追踪、审讯与反审讯、爱情、低劣的人性、阴狠的布局、内鬼的识破，等等，都是为了让大家过瘾的皮毛而已。

各位，请相信我，这本书绝对对得起你的大脑，是一本能让你脑海沸腾的过瘾的超级微表情教材。

爱动脑子的人不多，我们可以惺惺相惜。

姜振宇

2017年6月于北京

目录
CONTENTS

目录
CONTENTS

目录
CONTENTS

目录
CONTENTS

目录
CONTENTS

姚大广艰难地睁开眼睛，眉弓上的裂口火辣辣地疼，是那种肿胀的闷闷的疼，此时已经感觉不到最初裂开时的尖锐刺痛了。他能感觉到黏稠的液体滑过睫毛，不断地往眼球里渗，想用手抹去，却惊悚地发现，他的右手抬不起来了。右手抬不起来是因为大臂的骨头断了，凹弯的地方肿起一个苹果大小的包，里面积满了紫红色的液体微微颤动。

姚大广看到这骇人的场景害怕极了，开始大声地嘶喊，试图缓解疼痛，更想缓解此前层层叠叠冲击而来的恐惧。一阵打雷般的声音轻松压住了他的嘶喊，而且像是故意地逗他玩。他只要一开口喊，雷声便启动，一瞬间把人类的高频肉声挤压、撕扯得粉碎；他停下来，慌乱地想睁开眼向四周寻找声音来源的时候，雷声就停止了。

姚大广不再作声了，他感觉了一下自己的身体，右侧手臂应该断了，右侧的肋部很疼，其他地方还好，脑袋上的疼也变得不算什么了。他努力地用左手撑地，想要站起来，突然一束强光照过来，刺疼了他的眼睛。

他坐在地上扭头避过强光，慌乱中用左手擦掉了眼睑上的血液，想再扭头去看清灯光的来源。奈何光柱非常强烈，根本无法对视，隐约中看到几个人，有一个坐着，其他的站在身边。姚大广想挪动，他挣扎着站起来，一边用手擦掉不断渗出来的血，一边朝着灯光的方向艰难移动着伤痕累累的身体。他想跑出去，因为光线照亮了脚下的路，但能够用双腿把身体支撑起来，已经耗尽了他所有的力气和疼痛。

可惜，还没两步，对面也亮起一束冷色强光，因为来得突然，一下让姚大广的眼睛完全失去视觉能力。他赶忙偏头，借着两侧的光往更多黑暗的地方张望，希望能找到一个逃跑的方向。还没等他的视线定下来，四面八方都亮起了刺眼的光柱，同时，隆隆的引擎声彼此重叠。刚才的雷声也在里面，那是——汽车的引擎声！

这个突然的变化，让姚大广慌乱地一跤跌坐在地上，只能用残存的左手挡住眼睛，挡在脸的前面。他往哪边动，哪边雷鸣般的引擎声就会轰鸣起来，吓得他只好往回退，兀自在原地狼狈地打转，似乎那些光线和声音，是射来的致命的箭。

突然，所有的引擎声音同时安静了下来，但灯光依旧刺眼。

姚大广也跟着安静下来，只是刚才的惊吓让他的身体还是瑟瑟发抖。他没法睁开眼睛，只是听到一个非常非常冷的声音说道："第三次是什么时候？"

另外一个浑厚的声音答道："2015 年 4 月，在双桥路十字路口，趁车主等红灯的时候，跳到一辆标致车的前盖上，威胁车主如果不给钱，就掰掉雨刮器。"

那个冷冷的声音问道："当时要了多少钱？"

"50。"

"过去，给他 500。"

"是。"

没有人动。姚大广听到的，是一辆来自自己左后方的车辆，引擎一阵怪叫，向自己冲了过来。他还没来得及站起身躲避，车辆已经突然在身前停下，前保险杠距离他的头只有四五厘米，吓得他紧紧地闭起双眼，本能地想用双手护头。这一剧烈的用力，导致右臂断折的部分钻心地疼痛。

车上下来一个人，看身形年龄不大，灯光的原因看不清他的脸，穿的衣服好像是赛车服，男孩子的声音，却非常温柔："您没事吧？哎哟，好像受伤了呢！要不要我送您去医院？"

经过刚才的晕厥，姚大广意识有点迷糊，不确定眼前的人是食人的魔，还是度人的仙，只能自保地往后挪动着身躯，惊慌失措地摇着头，不断重复着："没事，没事，谢谢，谢谢！"

那人快步跟进，嘴里却仍然是温柔的味道："怎么能没事呢，差点撞到您，真是不好意思！"

作势要扶的时候，姚大广真的有点犹豫要不要把左臂递给他，但受了伤的动物有着保护自己的本能，在对方变脸的一瞬间，他快速向后躲闪。可惜，根本躲不开。

那个小哥声音突然变得狰狞，把脸凑近了姚大广的脸，恶狠狠地说道："你说没事就没事了？啊！"小哥一把抓住他手上的右臂，像铁箍一般收紧，一边收紧，一边死命地把他往车的方向拖。

姚大广在疼痛欲绝之前一眼瞥到，那是一张俊秀的男生面孔，眉宇间分明还稚气未脱，但狰狞的样子像是能吞噬掉他的恶鬼。小男孩力气并不大，至少没有姚大广的体重大，但因为攥住的是断掉的伤处，所以迫使他不得不狼狈地连爬带颠地跟了过去。到车前，小男孩的手突然一紧，往斜上方用力一提一拉，剧烈的疼痛驱使着姚大广自己跳上了车的机器盖。

钻心噬脑的疼痛！姚大广用力地深呼吸也没用，反倒引发了肋骨间复发的疼痛，那里应该也是断了。这样一来，姚大广只能缩在机器盖上，抑制着呼吸，抑制着因为疼痛想把自己缩成一团的生理冲动。

小男孩又恢复了温柔的声音："大叔，你趴在我车上干什么？"

姚大广没有回应。小男孩望向坐着的人，耸耸肩，示意"怎么办"。

有人打了个响指，吊在高空屋顶的四块巨型屏幕突然开始播放画面，音量大得震人。姚大广被这声音吓了一跳！他艰难地侧过脸望过去。这时他突然想起在晕厥之前，自己究竟遭遇到了什么，整个人像是瞬间跌落进了无尽的深渊，连呼吸都凝结了。这样的录像，他在刚刚昏厥之前已经看过了两段，每看一段，就会经受一次求死不能的痛楚。

画面上播放的，正是姚大广。他无赖的笑容几乎占据了整个屏幕，看样子，应该是行车记录仪拍下的视角。

画面里有人下车问他"怎么样？"

那张无赖的面孔笑嘻嘻的，趴在前机器盖上没有动，用左手托着头，非常悠闲地说道："你的雨刮器有点坏了，给我 50 块钱，你自己去换根新的。"

车主怒道："混蛋！碰瓷是吧？赶紧给我滚，别说我揍你啊！"

那张面孔毫不在乎，龇着肮脏的牙，轻佻地说道："那太好了，我帮你报警吧！我先掰了，你给不给钱无所谓。"说着，一撩衣服，露出同样肮脏的身体，"往这里使劲儿打，打完咱们这事就算成了，直接送我去医院就好了。借你电话给我使使……"

车主气得直骂街，却不敢动手，只能手指着他的鼻尖骂道："不要脸！"

那张脸笑嘻嘻的，毫不在意，用手抓住一根雨刮器往外一折，作势要掰断，打个哈欠说道："别说这没用的。给不给吧？再问一次的话，就 100 了啊！"说完，斜着眼睛看着车主笑。

"为什么会有大屏幕呢？这究竟是什么地方？"姚大广没有继续看下去，这都是他平时碰瓷常用的手段，心里熟络得很，他在尽力观察周围的环境。就在他走神的时间，突然左手一阵剧痛。等他低头看的时候，发现一个巨大的液压钳正夹在自己的手腕上，小男孩用轻蔑的神情，下巴往雨刮器的方向一甩，示意他抓。

他刚一犹豫，就觉得液压钳在收紧。这个能钳断钢筋的家伙让姚大广浑身寒气直冒，忙不迭地点头表示愿意。小男孩这才松开了液压钳，姚大广像救命一样抓住那根雨刮器，见小男孩又扬了扬下巴，指向大屏幕，明白这是要求他重演之前看到的情境，于是犹豫着开口，哆哆嗦嗦地说道："你给我50块钱，要不我给你掰了……"他真的不知道，后面会发生什么。

小男孩听他说话，竟然绽放出了开心的笑容，赶忙从兜里掏出一沓钞票，恭恭敬敬地塞在姚大广的左手里，温柔的声音说道："对不起啊，这是我的不对，谢谢您给我指出来。这是一点小意思，不成敬意，请您一定要笑纳。来，我搀着您，慢点，您下来。对，慢点，好。您再看看，还有什么需要修理更换的零部件吗？欢迎指出。您说多少，我改多少。"

姚大广哪有心思跟他多言语，已经被恐惧侵占的心让他连钱都不敢推让，就那么痴痴地拿着，赶忙从车上下来，艰难地又是鞠躬又是作揖，对着小男孩一个劲儿地乞求："我知道错了，我知道错了，您放了我吧。"

"不会！您哪能错呢。我这就去换雨刮器，这500块钱您收好，欢迎您下次继续批评指正。"说罢，留下呆呆的姚大广，小男孩微笑着做了个帅气的挥手，回身钻进了驾驶舱。

姚大广怔怔地站在原地，不知道接下来该干什么了。就在他发蒙的时候，车辆向后退开了一段距离，然后引擎突然炸了一连贯的闷雷，车子像野兽一样怒吼着冲了过来。"砰"的一声闷响，姚大广本就站立不稳的身躯被直直撞飞出去，横着跌落在地上，眼见着左大臂也弯曲了。他试图用左手去抚摸被撞断的左侧肋骨，却动弹不得，抽搐了几下之后，便又昏了过去。

不知过了多久，姚大广觉得脸上凉凉的一阵雾，非常舒服的清爽，迷迷糊糊从意识的深坑里逐渐爬出来，才感觉到整个上半身疼得已经发麻了。不能仔细检视哪里更疼，否则就会从麻涨的疼痛变成针刺的钻心疼痛。他的眼睛似乎什么也看不清，只听得那个令人脊髓发冷的声音又问："第四次呢？"

有人答道："2015年5月，在旭日区花园大道匝道上，主动撞向主路出辅路的减速车辆。"

那个冷冷的声音道："不要说这些无聊的，没意思，捡着好玩的给我说。"

“是。2015年8月，还是旭日区，这次是鸿禧路和万合路十字路口，他主动撞向刚刚右转出来的车辆。”

冷冷的声音阴沉道：“嗯？”

那个人赶忙补充道：“这次虽然也是撞，但后面非常有意思。”

那声音便又“嗯”了一声。

那个人继续介绍道：“一辆老款的奔驰车速不快，他并没有被真的撞到。但是，他竟然用头撞人家挡风玻璃，直到把挡风玻璃撞碎，自己也前额破裂为止，流了很多血。”那冷冷的声音突然露出了笑意：“有意思。当时要了多少钱？”

“车主可能是怕麻烦，当时给了2000。后来我们打听了一下，修车可能花了9000。”

“嗯，一共11000。这次给他10万。”

听到这句话，深入骨髓的恐惧再次在姚大广全身上下炸裂开来。他惊恐地望向四周，不知道又会有哪辆车冲出来。

果然，一辆轿车“轰”的一声冲到他的身前，又是准确地停下来，车头几乎触到了他倒在地上的身躯。虽然全身一紧，但是姚大广没能挪动自己的身体，一是因为车速太快，根本来不及；二是因为，两只手臂都动不了，上半身疼得已经麻木了。

车上下来一个年轻人，结实的肌肉堆叠在两条手臂上，粗壮得吓人，再加上整条的花臂，只一眼就已经感受到了力量的压制和入侵。这家伙并没有太多废话，走近后用脚踢了踢躺在地上的姚大广，冲着远处大声喊：“放录像！”

屋顶高高的四面大屏幕开始播放新一段的录像。画面中，姚大广的面部狰狞，像电影里受到感染的僵尸一样，发了疯似的用头撞着挡风玻璃。溅出的鲜血和砰砰的声音，把车里的孩子吓得哇哇哭。司机是个女的，一边焦急地安慰着“宝宝不怕，宝宝不怕”，一边带着哭腔质问：“你要干什么啊！别撞啦！快停下，你吓到我的孩子了。你疯了吗？快停下！”

屏幕里的姚大广摸了摸自己的额头，又用舌头舔了舔淌下来的血，方才心满意足地笑笑，似乎根本就不疼，竟然悠悠然点起一支烟，吐出烟雾享受了一下，方才开口道：“美女，你和你的小宝宝开车撞到我了，给点医药费吧。”说完，瞟了一眼司机的方向，竟然还瞟了车里一眼，冲着小宝宝做起了鬼脸。

女人下车争执道："你这人怎么这样，明明是……"

还没等女司机说完，姚大广竟然把烟一吐，再次发了疯似地撞向挡风玻璃，小孩儿刚刚弱下来的哭声再次响起，画面也因为撞击而剧烈抖动。只听见女人无奈地哭嚎道："好了好了，求你了，别撞了。我只有这2000块现金，都给你!"说着，一把钱"刷"地撒在姚大广脸前面。姚大广这才满足地笑了笑，开始收捡车上和地上散落的钞票，还用舌头舔了舔几张带血的钞票，心满意足地挥挥手，最后还朝着小宝宝的方向打了个飞吻的手势，才转身离去。画面慢慢模糊，只听得到女人的哭声……

"砰"的一声闷响，花臂的拳头重重地砸在车前盖上，车身剧烈地震动了一下，把姚大广的魂从空中砸到了地面那具可怜的身体上。花臂沉声向着那个方向问道："我不想玩他了，可以直接来吗?"

冷冷的声音响起："录像里，赚2000块钱一共撞了多少次?"

旁边那人回道："一共11次。"

"好，10万折算一下，那就应该撞550次，撞完为止。一辆车6块玻璃不够，这屋里的车，随便用。"冷冷的声音无所谓地淡淡说道。

花臂没有说话，直接拎着姚大广的裤腰带把他扔到了挡风玻璃前，力气大得姚大广根本就无从挣扎，然后，花臂转身从车里取出10捆人民币，一把塞在他的衣服里面，只说了两个字："收好!"然后，姚大广的噩梦就开始了。

一股巨大的力量捏着他的脖子往挡风玻璃上撞去，姚大广的两只断手凭空抽动着想护住头部，却徒劳无功。旁边的人哄笑着开始齐声计数："1，2，3，4……"

第一下，是闷，整个脑子觉得震荡了一下，有点发晕；紧跟着第二下，听到了玻璃裂开的声音，撞击的地方相同，两层伤害叠加在一起，格外的疼；第三下，剧烈的刺痛；第四下，觉得有血液从头皮上喷出来了，溅花了眼前的玻璃；第五下，玻璃凹下去了，碎痕开始变大、变多；第六下，视线已经模糊了，不知道是脑子的问题，还是眼睛的问题；第七下，意识开始断断续续的，有点恍惚……

不知过了多久，姚大广再次被一阵凉凉的雾喷醒，剧烈的头疼从脑核到头皮，从里往外疼透了。这时的感觉，让姚大广第一次清楚地体会到了生不如死。但他不敢哭——不要说哭，一呼一吸都能让他感觉到难以忍受的疼痛，他恨不得自己没有醒过来。

耳边，却听到浑厚的声音在请示说："刚才一共才55下，人就昏过去了。这个玩法，可能会让他死得早了些。"

那个冷冷的声音道："垃圾。那就给他留一万吧，剩下的钱你拿着撤去吧。别生气了花臂，不值得跟这垃圾动气。"

"花臂应该是在自己身边。"姚大广想，因为他听到最近的地方"哼"了一声。

然后，冷冷的声音再次让姚大广陷入了绝望的地狱："第五次怎么玩？"

旁边的人答道："2015年12月至1月，四次在旭日区华港路和鹤壁路交叉的十字路口，突然躺在左转必经的车道上，造成多辆车追尾和大量交通拥堵。"

"警察怎么说？"

"只伤到了手臂，还是皮外伤，警方结论是双方各负一半责任。其他的追尾事故之类的，没法管，罚他也没钱，行政拘留了一次，7天。出来之后接着干。"

"伤到他那次，赔了多少钱？"

"车主最后赔了10000，私了的价格，因为他说差点吓死，还有精神损失费。"

"呵呵，好玩，这个真是好玩了。你们谁要玩这个，只要不死，怎么压都行。"

一阵乱哄哄的喇叭声和起哄声轰然而起，震得人耳膜疼。数辆车的大灯狂闪，仿佛一场狂欢的聚会。一阵混乱之后，响起了一个清脆的声音："杰哥，让我玩吧，好不好？"声音里竟然有点撒娇。

众人一阵欢呼，姚大广耳边传来一个娇滴滴的欢呼，那声音不知道从什么地方传来，仿佛很悦耳，又仿佛阴森森的，让姚大广的头疼得简直要抽搐了。

他根本做不了什么，意识模模糊糊地觉得自己被摆放平躺在地上，调整好角度，眼前的所有光线都是那么刺眼，所有声音都忽远忽近的不知所云。正恍惚间，突然觉得小腿一阵撕裂的剧痛，还感觉到了"嘣""嘣"两次有弹性的震动，震动之后，疼痛剧烈地冲向大脑，驱赶走了之前的头疼和膨胀感，只剩下了无法忍受的疼痛、清晰的疼痛，豆大的汗珠瞬间从全身滑落。

还没喘口气，车辆又发出尖锐的声响，从双腿上反方向退回。他能感觉到骨骼的断裂和碾压，这让他感觉自己的两个肾因为疼痛而剧烈地收缩，全身的肌肉也剧烈地收缩，他无法忍受地张开嘴大声地连续哀号，似乎只有这样才能把全身的疼痛扭在一起，也许可以减轻一点。他就这么大叫着，丝毫不敢停下来，他尽量调集着头的疼、手臂的疼和肋骨的疼、内脏的疼，来中和双腿的疼痛……他恨不得自己此刻已经死了，但是不能，全身此起彼伏的疼痛越来越尖锐，慢慢地变成全身的火，如地狱中冥灭不尽的焚烧，似乎要烧尽他对自己那些街头碰瓷的后悔，不给他一丝一毫后悔的机会。

再次醒来的时候，姚大广似乎感觉不到自己的疼痛了，眼睛里的光也不再刺眼。但他稍微一动，刺骨的疼痛瞬间席卷全身，连呼吸也不敢使劲儿的他像死人一样哪里都不敢动，只有眼角滑落的泪水才能带走丝丝点点的痛苦，但对于刚才那一瞬的爆裂疼痛来讲，几乎无济于事。

耳畔脚步声响，他不敢动，不敢扭头，不敢呼吸，只能像死人一样等待着。此刻，他的心里已经没有恐惧了，只想着能快点死掉。

一个清峻的面孔映入姚大广的眼帘，脸上带着邪邪的笑容，眼睛里闪着兴奋的光芒。这个面孔没有说话，而是仔仔细细地审视着姚大广的全身上下，良久方才笑眯眯地问道："你以后还碰瓷吗？"

这是那个冷冷的声音!!

这是来自冰冷地狱的魔鬼的声音!!

这个声音让姚大广眼中清峻的面孔扭曲成一副恐怖的样子，让他不由得呼吸急促起来，连彻体的疼痛也暂时忘记了。

姚大广努力地看着对方的眼睛，满眼的疑惑怎么也得不到他想要的答案——"为什么，为什么会这样折磨我？"

那面孔再次问道："以后，还碰瓷吗？"表情是那样的认真，语气是那样的真诚。

姚大广的喉头动了动，艰难地挤出一点点声音，但完全构不成一个字的语音。

那面孔认真地说："不可以啊！你的这个态度很有问题，明明碰瓷是非常低劣的行为，怎么能不认错呢？这么多的情境重现，仍然不能让你有愧疚吗？挣钱挣不够吗？"说着，那个面孔似乎有点生气，从姚大广的衣服里掏出大把的钞票，甩在他的脸上，阴森森地问道："还不够吗？真的不知道自己错了吗？”

姚大广不知道怎么回应，也回应不了，他根本不相信是因为“碰瓷”，就会让自己遭受这样的折磨。此刻，他只能流泪，连他自己也分辨不清，这是悔恨的泪，还是恐惧的泪。

那面孔远离了视线。那人站起来，向旁边问道：“搭好了吗？”

旁边有人应道：“搭好了！”

姚大广似乎听到了搓手的声音，冷冷的声音好像也变得兴奋起来：“来吧！给他架起来，我太期待了。”

姚大广如同躺在云端，飘飘忽忽的，此刻好像身体没那么疼了，似乎大脑感觉很舒适。他意识逐渐模糊：恍惚间，有人搬动着自己的身体，搬到了高处停下。有人扶着自己的上半身，让自己直立起来。重量一压上来，腿很疼，但似乎可以忍受，不像之前那么剧烈。好在扶着自己的人没有松手，否则肯定会倒下去的。好像有人往脖子上套了什么东西，好像又往脚上系紧了什么绳索。扶着我的人松手了，哦，不好，我要倒下去了。哦，还好，脖子上的那根绳索救了我，没有让我倒下去，尽管脖子被勒得越来越紧，但毕竟没有倒下去，还好！

模模糊糊的，好像那个冷冷的声音说了一声“Go！”

哦！脚下一沉，姚大广最后听到的声音，是来自头颅下方脖颈中骨节的“咔、咔、咔”……

第 1 章

肖依的神秘训练

把身体管理得特别好看的人，你可以轻松找到切入点进行勾搭；把身体管理得特别好用的人，他的精神力量可能深不见底。

——戴猛

1. 一起吃饭好不好

肖依的头发已经快长到腰了，黑亮黑亮的，透着精神。

刘总的贪腐集团被连根拔起之后，小姑娘像变了个人似的，不再是应届毕业生的生涩模样，似乎突然长大了许多。上班的时候，永远穿着干净利索的工装，身体轻盈地踏在高跟鞋上，脚不沾地来去如风。她的岗位仍然留在人力资源部，但已经坐到了机要秘书的位置上，就在总监的办公室外间。

不过，此时的戴猛，已经根据集团总部的安排，调任集团监察委员会任职。戴猛是监察委员会副主席，主席则由董事长亲自兼任。

华生呢？

华生被任命为内审部的副主任，主管技术、设备和案件资料。他这个心理学博士，目前主要操心两件事，一是智能软件的开发和移植，二是设法请肖依吃饭。前一件事情倒是比较简单，反正软件的原型版本已经从姜老师那里拿到了，只要按照内审部的业务模型进行改动就好。但后一件事情可真是让他头疼，因为肖依已经拒绝他 6 次了——虽然吃饭这事，是两人之前约好的。

肖依的父亲癌症过世之后，小姑娘有段时间很难过，把妈妈接过来陪着自己住，两个人互相慰藉，日子和心情都好过一些。阿姨每天早晨都起得很早，给肖依做好丰富美味的午饭带上，肖依吃不完，就分给同事们尝一点，每个人都夸阿姨手艺好。那时候，华生还在人力资源部。这些好吃的从一开始雨露均沾，到后来华生吃得最多，不知怎么回事，到最后就变成这些好吃的只有华生一个人可以吃到了。有几个年纪轻的，还会越过肖依的座位，直接到华生那里问他："这白斩鸡，能分我两块尝尝吗？"说罢，一脸坏笑。

肖依新租的房子装修，几乎是她和华生两人一块儿弄完的，从挑材料到做计划，再到找装修公司施工，整整折腾了两个月。等搬进去入住的时候，肖依的妈妈做了一大桌子的菜，请华生到家里来吃饭。这一顿饭给华生吃的，口水都透支了。

当时肖依就问他说："哎！你怎么这么能吃啊？"

华生鼓着嘴吃力地回答道："阿姨做得好吃啊！"

肖依妈妈就在边上看着华生的吃相，笑而不语。

肖依拍拍华生微微荡漾的肚子，看了一眼妈妈，揶揄道："吃吧，就这么吃，看看你，30都不到，肚子快赶上张胖子了。戴总和姜老师都那么喜欢健身，看看人家两位大叔的身材，你得努力啊！"

华生憨憨一笑，又夹了一筷子酱爆鳝丝。

肖依拿筷子轻轻敲了一下华生的手背，嗔怪道："你就吃吧。"一扭头，冲着妈妈说："您平常给我做的午饭，大部分都让他给吃了。"

阿姨忙笑着说："哎呀！你就让他吃吧，装修多亏了华生，你自己一个人，能弄得这么利落吗？吃点东西算什么啊，能吃能干。"

华生咽下一口饭，微微耸了耸肩，他不用动技术也能看得出来，肖依眼睛里含着笑意呢！肖依跟她妈说："嚯！您倒是真大方。那么多鸡啊、鱼啊、牛肉啊，我估计他得吃了70%，我连两成都没吃到。"

华生接口道："那还不简单，回头阿姨回去了，没人给你做饭吃，我天天请你吃饭，行吧？"肖依眯起眼睛，鼻子一翘，敲打着桌子说："这可是你说的啊！"一转头，拍了拍妈妈的肩膀，说道："老妈，这回您可以放心了，吃饭有着落了。这家伙在我们单位，混得好着呢！"

阿姨看看自己女儿，又看看华生，只会笑，给华生夹菜，眼睛里忽又泛起一点点泪光。肖依抽出张纸巾给妈妈，一边安慰道："您快去快回就好，就两三个月的时间。舅舅他们的事情，主要还是得靠他们自己。我爸走了，您赶紧把家里的事情处理清爽，快点回来啊！"又一指华生，说："这还有个家伙等着吃您做的饭呢！"

说完，三个人都笑了起来。

饭，就是这么约下的。结果，华生当真开始约起来的时候，肖依却一次都没答应去。华生一开始没当回事，后来发现她每次一下班就拎着个大包匆匆忙忙地走，似乎总是赶去做什么事情。另外，华生也注意到，肖依的身材，已经从小平板，变得越来越"翘"了。男同事们都会装作不留神的样子，把视线停留在她走路时的腰臀部分。这个套装之下的年轻身体饱满充盈，似乎有着源源不绝的能量。华生视线扫过这些男人的时候，他们都连忙闪避开视线的接触，嘴角挂着几不可见的笑意。

后来工作变动之后，两人不在一起办公了，约饭就得通过电话。更奇怪的是，每天晚上 7 点到 9 点之间，肖依都不接电话，稍后回电话或回信息倒是没什么异常，只说是在健身，但总让人感觉神秘兮兮的。

华生有天下班在楼下等到肖依，见她又是一副急匆匆的样子，脸上的表情倒是笑眯眯的，不像有什么棘手的事情。华生跟上她的步子，问她："这大包里装的什么呀？这么急火火的。"

肖依一笑，说："我去学打架，你来干吗？"

华生是真没想到："啊？打架？你？"

两人脚步就没停。肖依道："干吗？怕了？好姑娘会武术，流氓挡不住。"

华生道："哈哈，我说你最近怎么变壮硕了呢！"

肖依白了华生一眼，指指华生的肚子说："你才壮硕呢！我这叫 fit。就你这肚子，还好意思说我壮硕？"

华生问："我能去看看吗？"

肖依一拍华生的肚子，眨了眨眼睛，一笑，然后做了个"跟我来"的手势，一头扎进了地铁站。

华生知道，那个笑容是轻蔑的意思，大概是在说"就你？"

2. 肖依的训练课

肖依领着华生到了她训练的道馆，据说这是国内最著名的综合格斗健身俱乐部。道馆在五层。只爬了四层楼梯，华生已经稍微有点呼吸急促了，而肖依每个上台阶的步伐都有着一颠儿一颠儿的弹性，仿佛是她的腿安装了弹簧。一路上有好几个身材特别棒的小伙子，大多二十岁左右，见到肖依都点头微笑道："依姐！"看样子，他们已经很熟了，而且对肖依颇为尊敬。

"一姐？"华生打趣，"这地位混得可以啊！估计以后再有人欺负你，都不用你动手，这帮小弟冲上去，就够那人受的。"

肖依回过头来，在高出四五个台阶的地方抿嘴一笑，也没说啥，华生看到的又是那个充满自信的轻蔑得意笑，还有恰好停留在自己面前的一条笔直丰盈的大长腿。

进了道馆的门，肖依恭敬地向每一个道馆里的人行礼，所有人也都回礼。在华生看来，那是一种奇怪的礼节，双手掌手指并拢，贴在大腿外侧轻轻一拍，同时微微弯腰低头，动作很干脆，不是那种慢吞吞的缓慢礼节。有人用目光望向华生，又望向肖依，扬扬眉，嘴角挂着笑。华生知道，那些人这是在关心他的身份了。

肖依瞪了那人一眼，嫌他多事，然后仿佛没看见他似的，把华生带到一大片平坦的厚垫子边上坐下，嘱咐道："你在这坐着，我去换衣服。看见没有，这里的这些人，每个都很有实力的，一拳能打死一头猪哦！你可千万别乱动啊。"

"一拳打死一头猪，"华生心道，"好奇怪的说法。"刚觉得挺有意思，就猛然觉得不对劲儿，"刚才肖依那个龇牙咧嘴的小表情，配合上语言明明是在威胁我，原来她悄悄骂我是猪。这鬼丫头！"华生一边乐着，一边轻轻摇头。以前的肖依，文文静静的，话说多了还会脸红。现在感觉完全变了个人。

变了个人……真的……是变了个人！

华生眼见着一个亭亭玉立的长发姑娘，赤着脚从更衣室里走出来，身上穿着类似柔道道服一样的衣服，腰间扎着一根蓝带子。那肥大的道服根本就不是什么贴身款剪裁，但穿在肖依身上，一点都不臃肿笨拙，反倒显得人更加清丽洒脱。华生将她全身上下打量一遍之后，一边啧啧称奇，一边不由自主地把目光停留在她白皙的脚丫上，那双脚可真好看！

肖依边走上垫子边盘头发，及腰的长发在她手里三挽两挽就服帖地盘在脑后，顿时一股英气散发出来，跟往日办公室女职员的形象大不相同。她走到华生身边坐下，看他眼神发直，顺着他的目光一找，才发现他在看自己的脚，连忙把脚一缩，拍打了一下华生的肩膀，嗔怪道："看什么呢你？"

华生大窘，闪避着目光不知道该看哪里，也不知道该怎么回应，两只手无端搓弄起自己的裤子。见到他的样子，肖依心里有点好笑，就又把两条腿伸直，把白皙俏丽的双脚往华生视线里一摆，绷直了脚尖问道："好看吗？"华生有点蒙，不知道她到底是生气还是不生气，不太敢再盯着脚丫看，转脸望向肖依的脸，才发现，原来这姑娘脸上也有些红润，神色里透着一点娇羞，尤其是嘴角的向上一抿，笑意便流淌出来。但发现华生看她，肖依立刻眉头一皱，双眼盯着华生的眼睛，又做出凶凶的表情说道："好看也不许多看!"扭身站起来走向场地中央。

约莫有四五十人站队集合，都是相似的道服装扮，男的多女的少。有一半左右的人腰带是白色的，有七八个人的腰带跟肖依一样是蓝色的，也有几个人系着紫色的腰带，还有两个人是棕色腰带。在他们对面站着的，是个系着黑带的胖大教练，皮肤深棕色，看起来更像是一个外国搞笑老头，哪里有武功高手的样子！

训练开始了。

先是全场热身，然后比较奇怪的是，并没见有人打打杀杀、挥拳踢腿，而是所有人都在地上来来回回地滚。前滚翻、后滚翻，各种倒地、爬行，让华生瞬间想起满地的熊猫宝宝滚来滚去。这哪里是练武功啊，这么狼狈不堪的武功能打败谁啊？

一通摸爬滚打之后，终于开始两两对练了。华生心里瞬间升腾起一种强烈而奇怪的愤怒，因为那个胖大的教练，让肖依躺在地上，然后他竟然骑了上去！这个尴尬的姿势让华生双眼有冒火的欲望。

他保持着一分理智，观察了一下胖教练和围观的人群脸上的表情，却并未发现他们有任何一个人流露出淫邪的猥琐。就连被骑在身下的肖依，似乎也非常认真地听着教练的话，按照教练的指导做着一些动作。

那个身躯比功夫熊猫还要胖大的教练，也不知怎么突然一转身，竟然一只膝盖压在肖依的肚子上，一脸认真地继续讲解着动作。华生看肖依没有什么痛苦的神情，半信半疑地认为他们确实是在讲解某种神秘的武功，因为以他对肖依的了解，那神情是一种有收获的愉悦。随即，肖依大概连一秒钟都没用完，就已经不知怎么攀到了胖教练的背后，然后用两只手臂搭了个扣，勒住了胖教练的脖子。旁边响起一阵掌声。

那种敏捷的动作，华生愣是没看清楚。明明刚刚还被那么庞大的身躯用一只膝盖压在下面，却突然翻转到了人家的后背上！不过，分开两条腿趴在一个男人背后，这种尴尬的姿势，还是让华生觉得心里有点别扭。

好在，在接下来的两两对练阶段，肖依和女生练，这让华生感觉不再别扭。尤其是当他看到所有的男生也都做了之前肖依做出的那套动作——被骑、被膝盖压，然后突然一转就攀到了对手的后背，分开双腿骑在对方身上，最后用手臂搭锁扣结束的时候，华生相信之前肖依并没有被占便宜。接下来的过程，对华生来讲就很无聊了，因为一群人总是在地上翻来滚去，并没有电影里那种龙腾虎跃的身影和潇洒的拳脚、快速的攻防。

华生只把目光追随着肖依的身影，一边欣赏这曼妙的身姿，一边观察着她的神情。他看到的，有投入，有奋力，有失败之后的懊悔，更多的是强烈收益感带来的愉悦。华生明白，这就是为什么肖依像变了一个人的主要原因，经过这种强烈生理对抗、输赢、得失、荣耀的训练，在心理层面的自信和决断力，会自然而然提升，而且提升的效果非常稳定、扎实，不容易受到外界评论的影响。

似乎训练进入到了最后一个阶段，刚才固定的训练搭档拆开了，所有人互相邀请自愿搭档实战。先后有好几个人主动找到肖依，肖依都开心地接收邀请。和白腰带的人对练，肖依的动作就明显慢下来；和紫色腰带的人对练，肖依似乎吃力很多，想快也快不起来的感觉。

最后，肖依主动找到一个系着棕色腰带的精壮男人对练，那个人没用半分钟，就把肖依压在身下，而且是侧身用腋下的躯干压着肖依的胸腹之间，就像是躺在她身上，无论肖依怎么动，男人都能用手臂控制着肖依的肩膀和身体，而肖依涨红的小脸和鼓胀胀的胸部，就在他的眼前。这个姿态持续了很久，被他压在身下的肖依越来越着急，神色也越来越凝重，而那人却一脸淡淡的得意，突然一起身，把身下的空档让出来给肖依。

肖依反应非常敏捷，立刻身形在地上滴溜溜一转，躲避开那个棕带大叔的压制，刚要起身做好防御姿势，却被那个大叔用了一个舞蹈般的甩腿动作，骑到了脖颈的位置。当他把左腿盘到肖依脑后，右腿的膝关节从她的腋下穿过，挂在左脚踝上之后，肖依的整张脸就被夹在大叔的双腿之间，而且没法再挣扎着躲避和防守了。

华生这下忍不住了，猛地从椅子上蹿起来，大声喝道：“嘿!”

所有人都一惊，不约而同地回头望向这个突然大吼一声的人，那个棕色腰带的家伙也诧异地起身，看到华生正双眼直勾勾地盯着自己，向外喷射着怒火。他松开双腿搭住的锁扣，把脸已经涨得通红的肖依拉起来，朝着她笑了笑，用手指在自己的太阳穴边上绕了几圈，并没有说话，站起身来。

肖依一脸的窘迫，脸瞬间就涨红了，弯腰低头行礼后，跑到华生面前，狠狠地瞪了他一眼，轻声喝道："你干吗？瞎叫唤啥？"不等华生明白，她又快步跑回去，再次向棕色腰带行礼。旁边的人不时地望向华生这边，又看看肖依，脸上都是偷笑。华生不是很懂肖依的反应，那一瞬间看到了好几种微小的表情，有尴尬，有愤怒，有嫌弃，还有一点点羞涩，好奇怪的组合。正琢磨着，他的手机响了，华生一看号码，是戴猛打来的，便立刻接听："戴总。"

电话里，戴猛告诉他立刻来市局刑警支队，姜老师邀请参与研究一个奇怪的案子。

华生望了望肖依的方向，看她继续训练，便有点犹豫，向戴猛问道："现在就要去吗？"

戴猛语气有点急，不似平常那么镇定，简短有力地回答道："立刻。"

第 2 章

带尸投案

不知道你死之后，能不能明白，是什么让你伤痕累累？我恨！恨你为什么这么猥琐，为什么这么无耻！希望这些疼痛能让你永生记得，不要再做那些让人不舒服的事情。我知道他们会查你的尸体，我也知道可能会很麻烦，只能尽量善后了。这些你就不必操心了，静静地体会每一处疼痛吧。

——少爷

1. 法医室里初见尸体

华生赶到刑警支队大楼的时候，戴猛和姜老师已经等在了那里。市局的同志带着他们直接到了地下室负一层，整个楼道里透着阴森的味道。

在一个房间门口停下后，华生抬头，看到门牌上写着——法医室。

华生浑身上下闪过一串寒战。第一次进法医室，会让很多看书的法医学爱好者兴奋交杂着本能的恐惧。

迎面走过来一位胖胖的警官，面带着微笑，非常熟络地与戴猛和姜老师握手。姜老师介绍道："这是我的好朋友，法医秦明。"

对华生来说，这是个惊喜！自己有限的法医学知识，就是看秦老师的书学到的。他连步上前握住秦明的手，老秦的脸上菩萨般的笑容没有什么变化。

华生道："秦老师，我是看着您的书长大的，没想到今天能见到活的！"

秦明显然被人开此类玩笑很多了，这个梗轻松越过，笑道："嚯！这小伙子，果然精神，手真有劲儿！"甩了甩他那双略显肥胖的大手之后，反问华生："怎么，你也喜欢微胖的警察'蜀黍'？"

华生微微怔了一下，没想到秦明会这么回复。

戴猛和姜老师交换了一下眼神，彼此一笑。

秦明道："哈哈，混微博这么多年，没点儿自嘲自黑的下限，怎么能愉快地生活呢？开玩笑的。时间比较紧急，李支让我先给你们介绍下尸体。"顺着秦明的目光，华生看到解剖台上，摆放着一具赤裸的尸体。秦明正往尸体那边走，突然扭过头来问："小兄弟，你是第一次见尸体吧？"

华生在进门之前，已经给自己做过心理建设，拳头都是暗自捏紧的，所以刚才才会有那么大的力气来握手。现在被他这么一问，不由得微微吞咽了一口口水，眼神有点不知所措。

秦明递过一副呼吸面罩，说道："这一具刚解剖完，估计你受不了那股味道。口罩外面再戴上这个，聊胜于无。"说完，一个坏笑从脸上闪过。

华生对这种轻蔑的笑容很敏感，知道笑容背后肯定藏着点什么"挑衅"的东西。

戴猛和姜老师，只是熟练地戴上手套和口罩，围绕在那具尸体边上。

老秦一回身，脸上立刻恢复到神圣的肃穆，真的有点护佑众生的菩萨庄严相。

华生全副武装完毕，视线刚刚接触到尸体的时候，还是一阵眩晕，心跳加快，脚似乎被什么力量在往后拖。他不知道自己的眼睛应该看哪里，总觉得躺在那里的那个被开胸开背的人体，处处散发出灰色的气息，这些气息又似乎是尸体特有的气味雾化后的形状，有种阴森森的味道，不断透过面具和口罩往口鼻里钻。华生拒绝不了这种阴森味道的渗透，为了让自己好受一点，只好先把目光投向秦明。

这是一具二十多岁的青年男子尸体。

秦明介绍道："昨天发现的尸源，已经通过 DNA 数据库确认了身份。死者今年 28 岁，安徽人，10 个月前来到我市，无正当工作。解剖完之后，给我累坏了，这家伙全身上下的伤太多了。"

一边说，老秦一边捶捶自己的手臂。姜老师和戴猛开始仔细地观察尸体。

老秦看得出，华生不知道该怎么开始，于是撑开拇指和食指，在尸体头部的一处伤口上比量着介绍道："我们先从头部开始。死者左侧顶骨和颞骨交界的位置有一处很明显的骨折重伤，解剖发现脑内有对冲伤。因为对冲伤的存在，可以确定是减速运动形成，比如跌落或者碰撞的伤害过程，而不是钝器殴打造成。"

华生本来还想记笔记的，但现在感觉身体不是自己的，想动而不能动，根本抬不起手。他的肋骨末端在持续地轻微颤抖，要不是不想当着三位大佬的面丢人，他可能现在已经跑掉了。

老秦没在意新人的表现，继续凝重地介绍："这里还有一处颅骨的重伤，右侧眼眶裂伤严重。刚才的骨折在左侧，这个在右侧，很有可能是两次独立的撞击。额部、眼睑部皮肤多处裂伤、划伤，伤口中检出玻璃碎碴，可以确定是带有玻璃的物体直接撞击形成。"

姜老师问道："左侧那处骨折附近的皮肤里，有没有检出玻璃碎碴？"

老秦抬眼看了他一眼，答道："头顶位置伤口的皮肤里没有发现。"

姜老师点头道："那就是说，眼睛附近的伤和头顶上的这处伤也是独立撞击形成的。"

老秦"嗯"了一声，继续用手向尸体的胸部指去。胸腔已经被剖开，向两侧翻着。老秦依次指着几个重要的伤处解释道："这里发现有胸骨骨折，肋骨骨折 4 根。解剖时发现脾破裂、肝脏破裂。这些重伤也是由单独的撞击形成的，力度很大，而且一定是多次撞击形成。从骨骼、内脏的受伤角度来看，一次撞击绝对形不成这么多伤。另外，还有这里，骨盆粉碎性骨折，腰椎脱位，后背有大量的软组织挫伤和皮肤擦伤。"

大多数正常人都受不了这样的视觉刺激，华生喉间涌动了一下，脑袋里面感觉干涩发紧，似乎被抽干了水分一样，隐隐作痛，身体发冷。

姜老师紧紧皱着眉头说道："这些伤势，正常情况下，都不可能是摔倒造成，除非是高坠。"

老秦应了一声，继续说道："两侧都有差不多的重伤，肯定不是高坠。尤其是胸骨骨折，几乎没有可能是跌落造成，因为鲜有这个位置先着地的案例，如果神志清醒的话，大多数人会用四肢进行本能的减震防护。说到四肢，你们看，死者手掌、小臂和大臂大量皮肤擦伤，双腿股骨骨折，这可不是摔一下就能造成的。这些伤势，都是生前伤，有明显的生活反应。最惨的是胫骨，几乎全部被碾压粉碎。"

华生看到那双小腿的时候，再也忍不住了，突然冲去洗手池，哇哇地吐了起来。

几个老家伙互相交换了一下眼神，笑笑。

老秦竖起大拇指说："第一次能坚持到这会儿，真不错。"姜老师轻轻拍了拍戴猛的后背，说道："恭喜戴总，过了这一关，你这个小兄弟要长进了。"戴猛哈哈一笑，说道："是要恭喜你吧？"随即，三人又神色肃然，毕竟尸体中所隐藏的秘密，让人没法笑起来。

老秦突然皱紧眉头，谨慎地说出一句让所有人都很震惊的话："其实，我可以很肯定不是摔的，而应该是车辆撞击造成的这些伤。"

华生吐过之后，刚刚感觉冷静了些，一听到这句话，还是鼓足勇气凑过来，用眼神询问，嘴角还挂着几丝残液。

秦明解释说："微量物证那边确认，皮肤表面的黑色物质是橡胶颗粒。你们看，后背、腹部、双腿和手臂上的碾压痕迹，可以确认死者生前遭遇严重的交通事故，有车辆从身体上反复碾压而过，而且从轮胎痕迹宽窄不一、花纹各异来判断，还不止一辆车。"大家倒吸一口气，被老秦所说的"反复"和

“不止一辆”所震惊，因为无法想象这是什么样的交通事故。

老秦继续介绍道：“这具尸体是在三环主路上被发现的。根据监控显示，一辆老款切诺基的司机当时突然停车，然后把尸体从后座上拖下来摆在车前，司机再坐回驾驶舱，缓缓地把前轮轧上了死者的胸腹和大腿。如果不是司机摆放的时候略显匆忙，留下了一个角度，我怀疑最初的车轮是朝着头部碾压的。”

华生听到这里，只觉得一股凉气倒冲脊梁，全身打了个大大的寒战。惨烈的画面不堪想象。

戴猛惊声问道：“当时人还活着吗？”

老秦摇头，很确认地说：“肯定不是。”

姜老师问：“这么确定？”

2. 绞　刑

秦明放慢语速，缓慢而沉重地道出：“刚才说的这些头部伤、躯干伤和四肢伤，都有生活反应，也就是在死者死亡之前所受的伤，不会是直接致死原因。虽然造成死亡的原因不排除是多重伤势的叠加，但我在其脖颈上发现有明显的环状皮肤挫擦伤和皮下索沟，解剖发现颈部肌肉也有严重纤维断裂和充血，这是勒颈的典型特征。更奇怪的是，死者颈椎第3、4、5节间断裂，这是大力拉断颈椎的伤痕特征。虽然其他伤势很重，但直接致死原因是颈椎的断裂导致中枢神经损伤，无法再维持呼吸和循环功能，最终大脑缺氧死亡。”

三个人同一时间把视线集中到了老秦脸上，不约而同地确认道：“颈椎断了?!”

要知道，造成颈椎的节间断裂，是一件很难的事情，除非快速大力的故意拉拽扭扳。

老秦点头，补充道：“同时，在死者的两侧脚踝上，我也发现了皮肤的挫擦伤和皮下索沟，说明当时有针对脚踝的环绕性捆绑和拉拽，且力量很大、速度很快。初步推断，死因可能是类似于传统刑罚——绞刑。”

“绞刑”两个字，像恐怖片的片名字幕一样，闪现在华生的脑海里，竟然还引发了一段脑补的阴暗沉闷的背景音效，一系列画面连贯地勾勒出当时的惨状："凶手在死者的脚上挂了重物，然后脖子上被绳索环绕，像绞刑架那样突然失重，死者本身的体重和脚上挂的重物，在重力的作用下突然下沉，拉断了死者的颈椎……"

就在这时，华生的电话响了起来，在安静的解剖室里显得异常刺耳。

华生赶紧拿起手机，一边接听一边往门外快步走出，电话那头是肖依的声音："你在哪儿呢？"

华生还戴着防毒面具，所以第一句回答得模糊不清。他手忙脚乱地摘下防毒面具，电话那边肖依正在发飙："你怎么回事啊？我还在那苦哈哈的训练呢，一转头，人没了。小气死你算了！"

华生轻声地说："没有，不是。你不是跑过来吼我一通吗？吼完我之后，刚好戴总就打电话给我。我正在公安局呢。"

肖依那头似乎一怔，非常感兴趣地问道："不是戴总闯什么祸了吧？你们在公安局干吗？"

华生神秘地答道："我们在看尸体。"

肖依更感兴趣了："看尸体？好看吗？有人被杀了？戴总把你叫走是去参与案子？"

这一连串的问题让华生挺意外，没想到这小姑娘对这件事的感兴趣程度这么高，已经不再追究自己在道馆里犯傻之后被批评完就逃跑的事情了，便小声地跟肖依说："应该是杀人案，我们正在听尸检分析。挺惨的。"

肖依似乎好奇心空前提升，兴奋地问道："呀！你怕不怕？我还没见过法医解剖尸体呢！"

华生眼睛望着解剖室里面，生怕错过什么关键信息，这可是他第一次近距离接触杀人案，尸检解剖的神秘感强烈吸引着他，身体里的恶心和恐惧感受已经慢慢消退了。他迫切想快点回去，就用着急的语速告诉肖依："我还好。尸检的分析结果挺复杂的，我先不跟你多说了，你自己回家注意安全，明天再跟你讲细节。"

肖依在电话那边停了一秒钟左右，痛快应道："好的。你赶紧忙，不过今天的事可没完，明天得找你算账！哦，对了，我最近正在看《法医秦明》的系列小说，下次有机会你也带我去看尸检啊！"

这可真是巧了，华生压低声音告诉肖依："这次就是秦明老师在给我们讲，我先去了啊！"

电话那头传来肖依的欢呼声："替我表达对秦老师的热爱，告诉他我爱微胖的警察叔叔。"说完就挂断了电话。

3. 不对劲的投案人

华生再进屋的时候，听到姜老师正在问："那个司机就是凶手？控制了？"

老秦点头："他就没打算跑，把车停在死者身上，就坐在驾驶室里，还打了报警电话。"

戴猛自始至终一直很少说话，听到这里奇怪道："他自己报的警？供了吗？"

老秦点头道："一到位就供了，有问有答，颇为流畅。"

这下三个人都惊讶了，因为现场控制住犯罪嫌疑人的案件比例并不大，痛痛快快供述的就更少了。

老秦不等问，直接说道："嫌疑人现在还在接受预审。他的基本情况已经查清楚了，名字叫顾三山，只有 23 岁，本市昌宁区农民，高中辍学后一直在社会上混。只有两次打架的治安记录，没有前科，算是普通的小混混。去年开始在当地一个度假中心当保安。哦，对了，这小子今年年初结的婚，家里给安排的。"

戴猛的眉头加深了些，他觉得刚结婚就这么从容淡定地公开杀人，不符合常理。

华生念叨："这么早就结婚了……"

老秦道："农村的老观念，得听爹妈的。"

姜老师问："口供细节和痕迹、尸检对得上吗？"

老秦点头，但双眉仍然紧锁，欲言又止地浅浅吸了一口气。

华生看到老秦嘴角向下撇，知道有不对劲儿的地方。看他吸口气，知道他自己还会继续说。

姜老师和戴猛也知道，他的神情说明大脑里一定正在处理非常复杂的信息，便等着老秦自己说。

老秦沉默了几秒，继续说："大部分算能说得通，但解释的内容模棱两可，让人觉得很奇怪……预审的人也说，那人的状态有点不对劲儿……"

敲门声打破了寂静，开门进来 3 个人。老秦立刻笑眯眯地介绍："这是我的老领导，刑警支队李支队长。这位也是我的老领导，主管大要案的任副支队长。还有我的……"

话还没说完，另外一位没被介绍到的人主动张口道："少贫嘴，我可不是你领导！"

老秦呵呵一笑，说道："你也是我领导，负责大要案的三大队大队长，马汉。不光你，我媳妇也是我领导。"就这最后一句话，给自己换来了一拳。马大队硕大的拳头擂在老秦胸口，引发一阵涟漪。

马大队用最短的时间在姜老师、戴猛和华生的脸上扫视了一轮，然后故作惊诧地对老秦说："两个星期没见，你怎么又胖了这许多？连媳妇都是你领导，你把李支和任支放在什么位置？"

老秦摸摸自己还在微微晃动的胸口，一脸坏笑地说："少挑拨离间，领导都是英明的，不上你的当。"

几个人客套握手、相互介绍完毕后，李支便收敛了脸上的笑容，说道："案件疑点颇多，嫌疑人虽然供了，但有些信息不对，还有不扎实的地方。而且据预审的同志讲，这小子状态很奇怪，所以我们请姜老师来帮忙看看，听听专家的意见。这次戴总和小张也能一起来，我们觉得肩上压力轻了些，心里踏实些。咱们上 9 楼会议室，各口同志们都在，我们一起研究研究。"

虽然李支嘴上客气，但眉头紧锁的程度却未曾和"压力轻了些""心里踏实些"这样的客套话同步减轻，华生知道，案子让领导很紧张，尽管姜老师和戴总来了，毕竟只是局外人提供建议，责任都在这些一线的干警身上，也难怪大领导紧张。

至于自己，华生告诉自己八个字，"多看多想，少说多学"。

4. 重大案情分析会 1

9 楼会议室，坐了满满一屋子人。

李支主持会议。

华生注意到，李支现在的神色比在法医室的时候松了一些。看来，领导在刻意控制自己的焦虑表现，省得给手下的兄弟们增加心理负担。但是，他那对有点淡的眉毛，此刻因为皱在一起显得浓且直。

华生理解他。紧张会自上而下地加速传播和积累。老大要是紧张或者崩溃了，手底下的人很难镇定自若，因为对他们而言，老大的状态本身就是一个影响力最强的因素。

李支介绍的，是本案的背景和意义："现在距离发案已经15个小时了。我们工作进展稳步有序，取得了一些阶段性的成果。但是，案件也许并不像我们想的那么简单。尸检表明，被害人身体多处重伤，并不是简单的交通事故，有其他行为导致的复杂痕迹。尤其是，嫌疑人在三环主路上抛尸作案，引起严重拥堵和围观，大批群众拍摄现场画面，网络传疯了，电视台和报纸也报了重大新闻。嫌疑人在三环上作案的挑衅意味明显，影响极其恶劣。市委主要领导批示，要求尽快查清案情，给人民一个清晰而专业的交代，严防事态进一步恶化。"

说罢开场，李支左右看了看，士气不错，大家都很认真。

李支点起一支烟，笑笑说："基层派出所里有死者的信息，因为他之前有几次交通和治安问题进来过。死者姚大广，28岁，原籍安徽，10个月前来京，没有正式职业，靠打零工和敲诈为生，敲诈的方式就是老百姓说的'碰瓷'。两周前在三环路上那个闹得沸沸扬扬的碰瓷案子，他就是主角之一。医院有他的就诊记录和血液样本，和我们DNA的结果重合，可以确认死者身份。"

华生手里的ipad上，同步传输来两周前的那则新闻。由于碰瓷的对象恰好是国内一个知名的综艺明星，驾车带着她的宝宝，所以网络上吵得声浪很高！碰瓷的一看司机人脸熟，立刻掰雨刮器要挟，想好好敲一笔，见那艺人犹豫，还用自己的头死命撞挡风玻璃。整个过程都被车上的行车记录仪拍下来了，并被艺人经纪公司发布到社交网站上，媒体和公众就疯了。绝大多数网民对碰瓷的人深恶痛绝，有不少人点赞了"法律管不了，就私下解决，为社会除害！"的评论；也有不同的声音说，应该尊重法律，等待警方处理，等等。

搞刑侦的，尤其是搞命案的都知道，尸源信息一旦确定，对于命案侦破而言是重大利好消息，从与被害接触的社会关系和人员来入手，能够提高嫌疑人和动机的筛查效率。这种无业的流动人口，是刑事犯罪中的高危类别，因为不太有人注意他们，就算失踪了，也没有人会报警或寻找，不容易被注意到。

李支鼓舞大家的士气："目前，我们有第一发案现场的完整监控，有目击者，有嫌疑人，现场几乎没有被破坏，痕迹勘验方面证据链完整。法医在死者的尸检信息中，也提取到了大量的有效信息。所以，局面不错。之前，小秦已经给我们介绍了最新的案情分析。"

李支并没有特意给所有人介绍一下姜老师、戴猛和华生。他们能够和领导一起进屋来旁听，就说明了某种身份的合理性。大案当前，尽管大家可能会想一句"他们是谁"，却也没有人一定要确认他们的信息。

李支直接要求各方面介绍掌握的新情况，先从技侦的同志开始。

技侦的同志说："到案发抓获嫌疑人时为止，我们调取了他的通话记录，检查并恢复了他随身使用的手机。数据表明，该手机正是嫌疑人日常使用的手机，通讯录、通话和短信本地记录等常规数据都齐全。但是，在案发前 48 小时内，手机内只有最近的一则报警电话，没有其他通话记录和短信记录，手机里的照片、地理位置轨迹和微信，应该被很特别的方法删除过，很干净。"

分管大要案的任副支队长插口问道："为什么是应该？被删的东西不是可以恢复吗？"

技侦的同志答道："这正是我们觉得奇怪的，手机端的这些数据连我们都恢复不了。现在我们使用的软件是最新版的，还从来没遇到过这种情况。这是第一次。"说着这些，他的脸色有些复杂。

李支问道："一定有过数据删除？"

技侦的同志答道："因为两份数据有差异。从我们在移动通讯商那里拿到的通话清单中来看，48 小时内有一些通话记录，不过都是广告或者中介之类的骚扰电话，通话时间最长的一个是 6 秒，回拨之后是小额贷款公司，已经查过了，没有问题。但我们没想到的是，这些记录在手机本地的通话记录里一条都没有，所以一定是被人为删除了。"

屋里的都是一线刑警，一听到这个明显的破绽，立刻都抬起头望向技侦的同志，大部分人皱起眉毛来思考。屋里的气氛一时之间有点凝重。

华生想，"本地为什么要删除这些没意义的骚扰电话？如果以移动的通话记录为准，这个操作没有任何意义啊？难道骚扰电话里有什么秘密？"

华生看到，戴猛和姜老师也是很疑惑的表情。

技侦的同志补充了一句，让大家更是百思不得其解："以我们现在软件的版本，只要是用户手动删除过的信息，都可以恢复过来。这种无法恢复的删除手法，应该是从权限更高的角度进行的。”

戴猛眉毛一扬，有所启发，脱口而出问道：“比如说程序员？”

技侦的同志点点头。

李支道：“但嫌疑人的文化程度和履历不像啊。换其他的软件行不行？”

技侦的同志答道：“我们咨询过好几个厂家，确定我们手里的软件是最新的，功能最全。”

李支点点头，在笔记本上画了个问号，然后示意负责毒理检验的人开始。

华生虽然是第一次参加如此重大刑事案件的案情分析会，但已经养成了好的笔记习惯。他和其他资深干警一样，把所有线索列出，并在有问题的地方做好明显标记。这些问题，在未来的某个时刻，可能会用同一条逻辑串起来，豁然开朗。

毒理检验的同志介绍得简单：“嫌疑人的血化验结果显示，血液内没有检出酒精、常见毒品残留以及异常药物残留。也就是说，嫌疑人作案时没有醉酒、吸毒或服用神经类药物。”

华生暗道：“嫌疑人是在清醒的情况下，完全自我掌控地实施了犯罪行为。那么……”他用笔端在纸上列出了三个可能的选项：精神疾病、变态、强掌控感。

任支点名监控分析小组的负责人，那侦查员的眼睛里有明显的血丝，看来肯定是熬了一夜。

视频分析的人说：“以早晨 7 点半的案发时间为原点倒推，跟踪该车辆行踪，目前可以确定，该车案发前 2 小时，由西向东行驶在昌宁区中轴路上；20 分钟后左转向南，驶入宁申高速辅路；90 分钟前从宁申高速六甲闸入口驶入高速主路，然后依次出高速、上三环，直到案发地点。”

任支问：“2 小时以前的行驶轨迹呢？撞人和打架过程的监控找到了吗？”

视频分析的兄弟憋了一口气，说道：“我们一共 4 个人，干了一宿，没找到头绪，因为昌宁区昌宁镇全镇的道路监控从昨天零点开始升级系统。他们还是划片升级，一片一片交替着来，不是全黑。但奇怪的是，我们在所有可看的监控中，都没有找到涉案车辆的踪迹。目前，还真是不知道这辆车案发前 2 个小时的位置。”

李支问：“监控竟然没有拍到事发现场的过程？嫌疑人自己怎么说的？”

预审的人应道：“他说今天早晨 5 点左右，他下班开车回家，在路上撞到了死者。车也是借的单位的，从度假中心开出。”

大家的头脑中，都冒出一个巨大的疑问：“5 点多在郊区撞到人，为什么会进城？还要在三环上堂而皇之地摆尸碾压？”

昌宁区是本市的郊区，富郊区——依山傍水风光好，交通又便利，虽然有点远，却很发达。大片的高档别墅区，有湖景的，有山景的，是富人们娱乐聚会的好地方。

视频分析的同志确认：“目前还没找到撞人过程的监控录像，我们还在找，也使用了机器视觉自动分析程序和人工复检。另外，为了防止嫌疑人撒谎，我们扩展了查找的时间范围和空间范围，把昌宁镇过去 48 小时的所有公共区域监控和交通监控都作为搜索目标，也在查所有能够驶入昌宁镇的道路，包括乡道。现在程序还在跑，我们提升了关键词的数量进行最大限度的匹配搜索。兄弟们也没闲着，轮班进行人工复检，有发现会第一时间报告。李支、任支，现在只有每个片区监控更新的时间范围内是盲区，除非这家伙开着车经过的地方恰好和更新的线路同步，否则一定有结果。”

李支、任支点头。李支说：“应该不会遇到这么小概率的巧合事件吧？你们辛苦，再熬一熬。”讲到这里，把头转向预审的人。那人是马大队亲自挑的干将，都是办老了案子的。李支问他：“说说看，现在什么情况？”

汇报的是个年轻精干的警官，贴皮寸头显得人非常干练，眼神犀利。

他介绍说：“我们这边喜忧参半。从人到案开始，这家伙几乎没有抵抗，承认自己撞人、打人、情激杀人。”

戴猛听到这里，怔了一下，随即轻轻地摇摇头，露出疑惑的表情。他觉得，尸体上的痕迹可不是情激杀人应有的特征。

预审干警回顾道：“据嫌疑人自己交代说，昨天凌晨，他正在昌宁镇上开车回家，死者突然扑上来碰瓷。灯光条件差，车速有点快，再加上碰瓷的人自己也没控制好技巧，撞得重了些，当时人就飞出几米远。嫌疑人说，当时他一下就慌神了。没想到，对方站起来，疯了一样冲上来要钱。大黑天的，孤身一个人遇到这种事，觉得很晦气，又着急回家，一冲动就下车和对方打起来了。在讲到这儿的时候，嫌疑人还给我看过他身上的青紫，说是对方打的。后来，碰瓷的人体力不支倒在地上，嫌疑人立刻上车，想离开现场。没想到对方竟然扑到了车轮下，车身明显颠簸了一下。据他自己说，当时他受到了惊吓，不知道是该管还是该逃，迟疑了几秒钟，本能地一脚油门直接从人身上轧过去离开了。开了没多久，想想觉得不安心，就又半路折回来。谁知道，那个碰瓷的家伙竟然还活着，在路上爬着朝他大喊大叫，把他吓坏了，决定杀掉对方。于是，他把对方脚脖子绑在路边树上，用另外的绳子勒住对方的脖子，使劲拉，把对方勒死了。”

听到这里，秦明已经确定嫌疑人是在说谎，轻蔑一笑。

预审干警继续说道：“嫌疑人自述，杀完人之后他冷静了许多，知道杀人是大事，决定自首。趁着周围没人，把尸体装上车，清晨开车进城。结果车开在三环上遇到上班高峰，越想越气，觉得自己的一辈子就被这么个碰瓷的毁了，怒不可遏，干脆就把人扔路上，想让别的车撞死这家伙，没准还能分担点责任给其他倒霉的车。一想到自己好端端的，犯了杀人的大事，又气又怕又恨，就失去理智破罐破摔，开车碾上了尸体。”

任支问：“他自己说碰瓷和打人发生在什么位置、什么时间？”

预审干警答道：“他说是昨天凌晨5点多，在昌宁镇南环大街。”

任支目光看向监控视频分析的干警，干警会意，在电脑上查看了一遍视频的时间和位置，点头道：“那个时间段，南环大街确实在更新监控系统，没有视频记录。”

任支眉头皱起，喃喃道：“这么巧？”

李支问预审的干警：“致死的凶器找到了吗？”

预审干警答道：“根据他的供述，我们在他的车里，找到了两件衬衣。经检验，两件衬衣上都有死者的皮屑和血液，其中一件上面还有少量树皮碎屑。今天上午我们去了嫌疑人交代的那个地方，的确在一棵树上找到了摩擦的索状痕迹。微量物证的兄弟也证实，树干靠近根部的地方，残留有衬衣的布料纤维，与我们手里的那件衬衣吻合。附近路面有急刹造成的轮胎摩擦痕迹，以及死者的少量血迹。”

这个时候，戴猛突然问道：“现场有发现玻璃吗？”

预审干警回应道：“有。经检验比对，与嫌疑人驾驶的车辆左前大灯残留玻璃片材质相同。”

戴猛问道：“哦？嫌疑人的那辆车还有其他玻璃破损的情况吗？”

现场勘验的同志代为回答道：“没有了。只有左前大灯。”

秦明翻阅着讯问笔录和勘验记录，摇摇头。他在想，已经两个地方不正常了。先是把脚踝绑在树上，然后向后勒死死者，这个杀人的方法颇为奇怪，但又不能用尸检结果否定这种方式。因为我们猜测的“绞刑”只是其中一种可能，嫌疑人描述的这种行为，理论上也有可能造成相似的伤痕。关键是，这种方法并不符合慌乱中情激杀人的凶手心态，这种方法太费事了，需要耐心和平稳的心态。再有就是，玻璃碎碴检出在死者眼眶和附近的皮肤裂伤里，而头顶的皮肤裂伤则没有。左前大灯撞击在死者眼眶附近，这个角度很诡异啊！而且以嫌疑人描述的速度，很难保证头顶的伤口中没有玻璃碎碴。但麻烦的是，理论上却存在这种可能，单靠这种假设和逻辑解释，很难让检察院采信，更何况是法院。

老秦、姜老师、戴猛、华生四个人一碰目光，再望向李支和任支，看到两位领导也正望向他们，脸上是同样的两个字——“奇怪”！

华生猜得到大家为什么这样。尽管这个口供把案情用一种合理的逻辑串起来解释了，但可疑之处颇多。

预审的侦查员继续说：“我们很少遇到这么顺畅的预审。而且，我始终觉得，嫌疑人的状态有点奇怪，有些信息在交代的时候，含混不清，有些又特别流畅坚定。刚才听了技侦和监控的分析结果，我这边有了新的讯问疑点。现在看来，从最初车辆位置、碰瓷撞人、打架和杀人的细节过程、尸检结果和行凶手法、手机上的信息删除等几个方面，还要再问一轮。”

秦明补充道：“还有就是，尸身上的轮胎痕迹，明确可知不止一辆车曾经碾轧。三环上的车辆有没有曾经触碰到尸身的？”

视频分析的干警肯定地说：“没有，在三环上，只有涉案车辆与尸体接触过。”

李支记录完笔记，抬头向技术处负责测谎的同志问道：“你们测试的结果怎么样？”

这也是华生最关心的问题。

负责测谎的是一位面目秀丽的女警官，眼睛里很清透。她逐条汇报道：“测谎之前，预审的同志刚刚把嫌疑人从鉴定中心带回来，给他做了个精神鉴定，看看有没有精神疾病。按规定，如果有精神系统的疾病，尤其是认知方面的疾病，是不能进行测谎的。但为了提高效率、抓紧破案，我这边还是连夜先测了，一边推进一边等鉴定结果。以我的经验，对方应该没有认知障碍，或者明显的精神疾病。”

讲到这里，她习惯性地整理了一下自己的发型，用手指在测试笔记上快速划动着定位，配合语言进行重点汇报："测谎刚刚结束，用时 4 个小时。嫌疑人在测前谈话过程和数字测试的过程中，比较配合，没有抵抗，数字测试的结果也很清晰。换句话说，他的初始状态是比较容易测试，真话谎话特征有明显差异。这一点很好，很利于后期涉案问题的测试。但是，我能察觉到，嫌疑人有明显的恐惧类情绪产生，尤其是测前谈话的时候我问他'为什么你会来到这里（刑警支队）？'以及'你觉得你做的是什么性质的事情？'的时候，他明显存在恐惧类反应，比如回应变慢、语言滞涩、眼睛眨动频率增加等等。"

说到这里，女警官看了一眼姜老师，继续道："所以，我也想让姜老师一会儿看看，他的恐惧到底是为什么来的。另外，测试题目中，'你有没有殴打死者？''你有没有用车撞击死者？'他都回答'有'，数据平稳，可以认定没有说谎。在'还有没有其他人殴打死者？'以及'还有没有其他人殴打你？'的问题上，他回答的是'没有'，但是皮电指标波动剧烈，有强烈的情绪反应，存在说谎嫌疑。"

华生听到这里，心里冒出一个巨大的叹号，然后在笔记本上标上一个大大的问号。这是很有意思的疑点，也是新出现的案情疑点。难道案发现场还有第三个人？他感到自己的心跳竟然加快了，他知道，那是兴奋的表现。

李支侧头和任支耳语了几句，交换了一下意见，然后宣布："大家现在汇总疑点，重复的不必重复，然后由预审的同志再辛苦一下，重点再突破一下疑点问题。姜老师和老戴、小张是我们这次专案组聘请的顾问，经由市局批准的，全程参与案件侦查，提供指导意见，大家全力配合。一会儿再审的时候，请姜老师的团队观察分析。全部完成后，晚上 12 点开案情分析会。"

华生看了看表，现在的时间，是晚上的 10：20。尽管还没有吃饭，但没有饿的感觉，华生知道，那是交感神经兴奋导致的结果。

经过大家各抒己见的疑点整理，最有价值的几个疑点如下：

1. 车原来在哪里，从哪里出发的，具体路线是什么，为什么有一段时间没有被昌宁镇的监控录像拍到？

2. "碰瓷"、斗殴和杀人的过程细节。重点是撞车的细节，比如碰撞位置，斗殴的过程描述，杀人方式，以及到底几个人参与。

3. 案发后手机的使用情况，以及为什么会删除手机里的数据。

整理完毕后，李支命令："再审。"

第 3 章

奇怪的嫌疑人

我已经很努力了，我刚刚说的这些话，你们还不信吗？我好害怕，我好为难，我已经吃了很多苦了！求求你们，相信我说的吧，不要再提问题了。我的脑子已经快炸了，只能记住这些东西，你们问的这些细节，我编不出来啊！

——顾三儿

1．预审询问

姜老师、戴猛和华生，跟着负责测谎的女警官一起向办案区走去，他们会在监控室里观测预审的过程。女警官和姜老师很熟了，一直在聊些测试指标的细节。

华生趁着这个时间，跟戴猛商议道："戴总，我有一个硕士的同学，现在在厦门那边做手机恢复提取软件，公司目前在国内排名前三。刚才那个手机信息删除有点奇怪，我能给她打个电话问问吗？"

戴猛想了想，觉得专案信息随意向外透露可能不合规矩，就问华生："先问问支队领导的意思，如果他们需要，可以把你的同学请过来，我们让市局正式批准一下，这样透露案情甚至调取物证比较方便。我知道你同学所在的那家公司，业内口碑确实不错，虽然和市局用的厂商不是同一家，但也许各有所长也说不定。看看人家时间是不是方便。"

华生称是后，开始给同学打电话。

当他们到达办案区监控室的时候，预审刚刚开始。

马汉大队长这次亲自上阵。这位老兄宽下巴、粗脖子，目光凛冽，因常年跟各种亡命徒打交道而在脸上刻下的痕迹，稍微一动就能让人看到狰狞，特别适合扮演彪悍凶狠的角色。华生心中暗暗称妙，刚刚还是爽朗的大汉，在嫌疑人面前一站，全身上下的气质就已经是活脱脱的匪首了。

跟马大队搭档的，就是之前负责汇报的那个贴皮寸年轻人。一进到审讯室，他的精气神也立刻变了一副模样，刚才还是严谨的有司职员，现在全身上下的玩世不恭，已如蟒入地穴，安稳的书卷气里隐隐透着霸气和痞气，贴皮寸的英气里按捺着一股坏劲儿。

透过监控，华生看到，嫌疑人手和脚都被铐在讯问椅上，低着头，疲软无力地瘫在椅子里，看不清脸色，只能看到挑染成黄色的头发，脏兮兮的；瘦弱的肩膀耸着，瘦弱的小臂上文着一只廉价的虎，粗糙得像暴走漫画，完全没有力量感存在。这副样子更像是生活温饱都不稳定的小混混，和华生想象中的冲动、残暴相去甚远。

“你叫什么名字？”这是惯例的问题，尽管警方已经知道了他的名字，但还是有这么一问，既是符合规范讯问，也是给嫌疑人立规矩，最重要的作用还有一个，那就是可以观察一开始嫌疑人的对抗基线。

这个叫作顾三儿的年轻人无力地抬了抬眼，眼神中没有什么希望，让人觉得他的眼睛里灰灰的，并不盼着给自己争取个什么好态度、好结果。

不过，看清楚自己对面的两个陌生面孔后，顾三儿还是先挤出了一脸笑容，那笑容非常勉强，露出发黄的牙齿。他双手开始不断轻轻搓弄着回答道：“顾三山。”

“有外号吗？”

“顾三儿。”

“家住哪里？”

“昌宁区顾家庄小东村三排 3 单元 202。”

“案发前在哪里上班？”

“在昌宁镇九龙昌盛温泉度假中心当保安。”

“家庭情况？”

“我爹死得早，家里还有我妈和我媳妇儿……我们今年春节正月初八结的婚。”讲到这里，他的嘴角微微地抿起一点，几不可见，视线也飘走，似乎在那短暂的时刻沉浸在某种愉悦的回忆当中。

“你母亲和你爱人，分别在什么单位工作？”

“我妈是农民，没工作。我对象跟我一个单位，也在度假中心，在温泉 VIP 俱乐部做服务员。”

嫌疑人从问答开始，就抬起了头。华生能清楚看到他的脸，之前面部没有任何表情变化，但说到刚刚才结婚的时候，表情非常奇怪，除了嘴角带着隐含的笑意之外，眉头还有轻微的蹙起。由于眼睑没有闭合或睁大的动作，所以华生不能判断他这是悲伤还是恐惧的情绪反应。他望向姜老师，姜老师没有看他，却竖起右手的大拇指，表示这个细节他也观察到了，然后手掌向下压了几下，示意继续观察。

“今天早晨为什么报警？”

“我杀人了。”

“说详细一点，把整件事情讲清楚。”

嫌疑人似乎知道有此一问，第一个动作，竟然是把眼睛闭上了。

他准备了几秒钟，缓缓开始叙述，语气依然无精打采：“今天早晨5点左右，我从单位借了辆车回家。开到南环大街的时候，因为马上要右转，所以并入最右侧车道。路上没什么人，也没什么车，所以我的行车速度较快。突然，路边有一个人在我减速准备拐弯的时候，从人行道上加速往我车上跳。当时我的行车速度较快，也来不及刹车，那人一下就被撞飞了好几米。我吓坏了，心里想是不是遇到碰瓷的了，要么就是想自杀的，太倒霉了。正当我准备下车看看情况的时候，那个人突然从地上爬起来了，吓了我一跳！他大喊着管我要钱，说我把他腿撞断了，而且还向我这边跑过来。我一看，不是腿断了吗？还能跑！妈的，肯定是碰瓷，这大半夜的，太晦气了！必须给他点颜色看看，于是我就下车跟他打起来了。那孙子不禁打，没一会儿就被我干在地上了。我着急回家，也不怕他讹我，心想反正有监控，就是打官……呃……就是诉讼也不怕，就上车回到驾驶室。没承想刚挂上档，那孙子疯了似的朝我车轮底下扑，我没来得及停，感觉车身颠簸了一下，应该是轧到他了。当时给我吓坏了，又气又怕，我犹豫了一下，就加油开走了。”说完这一段话，本来像条死鱼一样的顾三儿，脸色不由自主的有点红晕了，音量也有起有伏的，看得出有点激动。

虽然他说话的时候全程闭着眼睛，眼球却并不平静，能看得出来微微转动，且频率很快。华生脑海中“叮”的一声，响起了警示音，单凭这个眼睛的微弱反应来看，就知道有不对的地方出现了。“我的行车速度较快”，华生玩味着这句被顾三儿重复了两遍的话，心里暗道“书面语特征也太明显了”。

顾三儿一口气说到这才睁开眼睛。他小心打量着看了看就立刻缩回了目光。面前两个警察没有什么神色变化，也没有要提问的意思，他才把憋着的那口气喘出来，咽了口口水。等了一会儿，发现两位警官面带微笑地看着他，便觉得哪里不自在，揣测着这是不是在等他继续交代。迟疑了一下，顾三儿再次闭上眼睛，继续说道：“我毕竟第一次经历这种事情，开出去几分钟，还是过意不去，觉得对不起自己的良心……还有良知，就调头往回返。没想到，那家伙还在刚才那地方，这次好像站不起来了，就趴在那大声嚎。那会儿太阳还没出来呢，听着特别瘆人。一见我的车回来了，就朝着我爬，说是让我轧死他！我很害怕，但是更生气，心里一使劲儿发狠，就决定弄死他！于是我把车停好，从车上找了两件衬衣，下车先把他拖到一棵树底下，用一件衬衣把他两只脚踝绑在树上，看他挣扎，我还踢了他几脚。再用另外一件衬衣，把他脖子勒住，使劲儿勒，得有一分钟，我觉得他没气了，才松的手。”他讲的时候，一直闭着眼，越是讲到后面，眼睛闭得越紧，似乎讲得非常吃力。

华生看得很清楚，在讲到“决定弄死他”和“使劲儿勒”的时候，奇怪的是这人的身体上并没有自然伴随有发狠的肌肉运动，只是在脸上表情加重，眉头蹙得更紧。这个恐惧或者悲伤表情才有的特征，伴随着讲述行凶过程细节，有点奇怪。也许恐惧可以解释得通，但就算是心里因为杀人害怕，在讲到怎么勒死别人的时候，既然情绪强烈了，身体的肌肉也必然应该随之增强发力。

讲完过了一会儿，顾三儿才睁开眼睛。他先是睁开一条缝，依旧小心翼翼的，仿佛不太敢睁大似的，在看清楚两个警察的面孔之后，才逐渐恢复到了正常的样子。华生注意到，这期间，顾三儿眉头的形态一直没有太多变化，始终向上抬起。

华生不由得奇道，他在怕什么？或者他在难过什么？如果说，是因为害怕法律的惩罚，通俗点说就是怕打官司、怕警察叔叔，或者是为自己的遭遇难过，可以解释得通。但是，这个神态始终保持不变，完全没有受到他自己的表述影响，这一点很奇怪。

微反应有一个最基础的准则，那就是语言和情绪匹配可信度高，反之可信度低。这一点华生很清楚，尤其是刚才他讲述情节的时候，语言里的内容有明显的惊讶、愤怒、凶狠、恐惧等多种情绪，但眉眼之间的表情却没有任何随之而来的变化，这肯定是讲不过去的。

2. 情激杀人

顾三儿的眼睛只睁开了一会儿，又闭上了，他似乎精神很差，同时又在自己调整情绪。他继续用相同的语速和声音讲道：“我觉得我杀人了，做了最严重的错事，必须向警察自首。”讲到这里的时候，他的嘴角微微地颤抖起来，一张脸像轻微触电了一样，一瞬间呈现出好几种表情变化。

华生心念电转，快速闪现了顾三儿刚才的那些面部颤动和表情，那些疼痛、恐惧、悲伤和喜悦混杂的变化，让华生感到既清晰又困惑，清晰的是表情的每一帧变化和它们代表的情绪感受，而困惑的是造成这些情绪的原因。为什么顾三儿在讲“我觉得我杀人了，做了最严重的错事，必须向警察自首”这句话的时候，会一瞬间迸发出那么多的情绪，还那么强烈！如果只是对杀人感到懊悔和畏罪，在说这句话的时候，应该是悲伤无力的状态为主，委屈、疼痛和些许愤怒也可以允许存在，但喜悦是来自于什么心理活动？更重要的是，这一大段表述都是经典的单向表达，没有人干扰他，没有人刺激他，他在最后都想到了什么，能让心理变化如此复杂！

在华生眼里，那段奇怪的表情的快速变化简直可以被评价为“过瘾”。在普通人脸上，在实验室里，在那些城市上班族的面孔上，哪能看到这么复杂且快速的表情。他望向姜老师，看到姜老师盯紧监视器上顾三儿的面孔，眼睛有规律地持续眨动。

马大队和小孙觉得他的情绪有点奇怪，在他说完话之后，也不能再继续沉默，两个人快速交换了一下眼神，决定怎么开口。

小孙警官摇晃着头，翻了顾三儿几眼，特别不待见地哼着问他：“哟嚯！这么说你还是个好人啊！被人无辜碰瓷，一怒之下为民除害，杀了人之后还会主动报警，还是大老远地开进城里来带着尸体报警？”语气里的揶揄讽刺非常明显，没打算隐藏。

顾三儿听警官发话了，还是好话，一点儿也没有在意语气里的意思，而是给出了勉强的笑脸，答道：“我真的是好人，长这么大，连一只鸡都没有杀过，我害怕那些鸡啊、鱼啊临死之前的挣扎。我杀了人之后，就知道自己闯了大祸。做错事就要勇于承担责任，于是我把他的尸体装上车，一路开到城里，结果堵在三环上。我觉得我很倒霉，心里怨恨，越想越觉得自己委屈，实在气不过就把车停下来，把尸体扔在路上，想让其他车也撞到他。结果大家都绕得远远的，很小心的样子。一想到自己这么倒霉，一辈子就这么毁了，还是毁在一个碰瓷的人手里，我非常气愤，就开着我的车——我要把车开到他身上才解恨，让他做鬼也被我的车轧着，让他为自己碰瓷而永远不得翻身！”

戴猛听到他讲鸡和鱼的细节，觉得这一两句出现在这里，极有可能是真的，便在笔记本上记录了一些内容。而华生特别注意了他的全身反应以及表情变化。顾三儿在讲这段话的时候，双腿不由自主地并拢在一起，向回收缩；两只手没有发力的动作，也是向回收缩贴近躯干；脸上眉头蹙得更紧了，眼球可以看得出在眼眶里快速小幅度地抖动——身体冻结反应，面部恐惧表情，上下一致都指向恐惧情绪，但嘴里说的却是“气愤”！

马大队开口，声音像粗粝的金属摩擦：“顾三儿，我喜欢你的态度！痛痛快快的敢做敢当，是条汉子！”

顾三儿看马大队认可他，松了一口气。他这种久在江湖底层混迹的小孩，从小没少吃亏，被强硬的人认可是一直以来希望的事情，所以他对自己的表现感到满意。同时，他也在观察，想知道马大队后面会怎么说。

马大队问他：“故意杀人罪本来就是重罪，你在三环上这么一闹腾，属于典型的情节严重，至少判你无期。年初刚结婚，好日子刚刚开始。还把人绑在树上勒死？下手这么狠、折腾这么大干什么，悔不悔？”

顾三儿一听到“无期”，立刻眉毛一皱，身体几乎从椅子上蹿起来，提高音量道：“警官，不对。我属于‘情激杀人’，这可是从轻情节！而且我有自首，我配合警方调查不给警察找麻烦，我态度好，这些都是从轻情节，最多应该 10 年啊！”

这个理直气壮的状态，和他之前死气沉沉交代案情的样子，突然变了好多。

马大队嘿嘿一笑，往前探了身体，撇着嘴角逼视道：“哟！小子！没看出来你懂得还挺多。看来之前研究过刑法啊！你给我说说看，什么叫‘情激杀人’？”

顾三儿被问到这个问题，眼睛自然开始向上翻转，又快速眨了几次，一边回忆着一边回应道：“‘情激杀人’就是我本来没想杀他，是他做坏事逼我、挑衅我，惹恼了我，我一时冲动没控制住自己才杀的人。”

马大队根本就不给他狡辩的机会，立刻质问他：“那在三环上抛尸、用车轮子轧在人身上，也是情激之下？”

这一问，顾三儿立刻噤了声，脸上再次出现了恐惧表情，而且非常强烈。他用眼睛向自己的两侧快速扫了个来回，就好像在提防着周围有人要害他一样。

华生看到的，除了恐惧之外，还有点焦急，大概就是想上厕所而不能去的样子。最让华生理解不了的，就是那份突然强烈的恐惧，应该不是怕老马说的话，也不是怕之前提到的无期徒刑。他到底在怕什么？

马大队对贴皮寸帅哥交代了一句：“小孙，给他讲讲，什么是从重，什么是从轻！”

小孙先咧嘴一笑，然后才开口，跟朋友聊天似的，漫不经心道：“三儿啊！你其实挺明白的，从重从轻还真就是你的表现决定的。你说你自首、配合调查，不给警察叔叔添麻烦，要真是这样，那就是好小伙子，是我瞧得起的兄弟。我帮着你跟检察院、跟法院说，这小伙子态度好，应该从轻。”

老马突然插了一句，声音跟打雷似的：“但你要是表面上挺顺从，心里头不服气，乱说话，这可就不是好态度了。自己说过的话，要负责任，想清楚了再说，不要让我们费劲儿。懂吗？”

小孙作势赶紧拦着，对老马说：“你吓我一跳！别那么凶，再吓着小孩。”说罢，又继续笑眯眯地对顾三儿说道：“警察叔叔也不傻，是不是？我问你几个问题，都解释清楚了，就是好孩子，就是配合调查，就能给你算自首。”

顾三儿被两人的配合搞蒙了，不知道严厉和友好的两人，哪个是真的。他咽了一口口水，不由自主地微微点了点头，眼神里闪着希望的微弱光芒。

小孙警官问：“第一个问题，你几点下班的？怎么5点钟开车回家？”

顾三儿点一下头，熟练回话道：“我们有两班，分别是凌晨两点和下午两点交接班。我是凌晨两点交的班。本来想一下班就回家的，结果被队友拉住玩了会儿游戏，一晃就两个多小时过去了。”

小孙警官快速追问：“什么游戏？”

顾三儿被问得一怔，视线立刻向下躲开小孙警官的目光，稍微迟疑了一下，嗫嚅着回答道：“手机上的游戏，就是打扑克那种，我们坐一桌儿。”说完这话，快速翻着眼睛偷瞄了一眼。

一直注视着屏幕的几位，互相对了一下目光，大家默契地注意到了“手机游戏”。既然是大家一起玩，必然是联网的，如果真有这个过程，手机上的记录就不难查到。小孙双指关节轻轻敲了敲桌面，观察室里立刻有一名干警布置人力去调取相关人手机上的数据。如果这小子瞎编，其他队友的手机里没有同时段的流量和数据存储，那就很容易判断他在说谎。按照华生的观察，这个时间段顾三儿肯定不是在玩游戏，因为撒谎的痕迹太明显了。玩手机游戏之类的说法，是纯粹被挤出来的答案，估计顾三儿没想到小孙会问得这么细。

小孙问："为什么借单位的车开回家？你自己没有车吗？"

顾三儿脸上的神情松下来了，一脸的讨好笑容应道："警官，这是常事。我们那个度假村有好多车。前几年集体拆迁，在镇政府的鼓励和支持下，我们村好多户合伙开的度假村，买了车接送客人。都是自家的车，不计较的。"

小孙则连停顿都不留，继续若无其事地问道："说说开车的具体路线、途经时间点，还有撞人、斗殴、返回杀人的具体位置、时间。"

顾三儿一边听，神色又慢慢变成没有表情的脸，只是规律性地眨眼，听得非常仔细。虽然小孙问的是路线、时间这样的细节，而且还强调了两遍，但警察话音刚落，他立刻接话纠正道："警官，不是撞人和斗殴，是那家伙碰我的瓷，我是情激自卫。"

马大队眉毛一立，眼睛一瞪，磨铁般的声音震得天花板嗡嗡作响："你要不然宣布自己无罪吧，我现在就放了你？"

他这么一吼，顾三儿立刻萎缩了下去，窝在椅子里不吱声了。

看顾三儿应声蔫下去不说话，马大队训斥道："撞人还是碰瓷，别说你说了不算，就是我们警察，也只负责查明事实收集证据，最后法院说了算。狂什么！你是不是现在就想出去？"说着往前迈了两步，作势要给他解手铐。

顾三儿当然知道不会真给他解手铐，所以讨好一笑，卑微地应道："不能，不能，哪能呢！我知道我犯罪了，我只希望警官能按照从轻情节办我。"这时候，华生发现一个有趣的现象，顾三儿全身上下都没有异常，只有一双手不经意地往怀里藏。这个躲避的动作，难道说明他不想被解开手铐？如果是被马大队的声势所震慑，应该全身都有躲避和收缩的小动作。这种全身的无所谓姿态里，却只躲一双手，挺有意思的。

3. 作案过程还原

小孙不让他插科打诨，追问："5 点左右，从九龙昌盛温泉度假中心出发。然后呢？具体的路线和时间。"

顾三儿应道："就是我每次回家的那条路。"说完眼皮一耷拉，闭嘴不出声了。

小孙耐心问："具体说说，给你机会，要把握住。"

顾三儿皱了一皱眉，空白了得有十几秒钟，还是开口说道："从度假中心出来，先沿着龙昌路往南，大概开 10 分钟，然后上湖滨大道向西再向南，大概开了六七分钟，就该左转上南环路了。南环路上刚开了没多久，要拐弯的时候，碰到了那家伙。"讲完具体路线，喘了口气，立刻又提起一口气，神色变得生动起来："是我倒霉……"

小孙的经验立刻判断出来，这是要岔开话题，赶紧阻止道："别说没用的。撞人之后，车在南环路上停了多久？连撞人带打人，直到开车逃离现场，一共多长时间？"小孙心里，这辆车能一直处于监控升级的空白区，始终是件匪夷所思的事情。

"8 分钟。"顾三儿连想都没想，立刻说出了一个非常精确的时间，然后他自己继续答道，"然后我右转沿着风渠路开了有五六分钟的样子，心里实在太乱，最后决定还是得回去。咱是好人，有良知……"

小孙不想听他瞎扯，打断问道："回到出事的地方是几点？"

顾三儿一点都没犹豫："5 点 35。"

小孙一笑，追问道："记得这么准确？你自己算算，跟你前面说的时间对得上吗？"

顾三儿眉毛一扬，下巴一抬，说道："肯定没错！我算过的。"

"8 分钟"的精确就已经很突兀了，现在干脆直接说之前已经"算过的"。这小家伙心浅，一不小心就说出了实话。

华生走到姜老师和戴猛身后，悄悄地指了指顾三儿，两个人明白他的意思，点点头。从刚才一开始闭着眼睛讲"案发过程"开始，华生就注意到一些不对劲儿的地方。他的那段叙述中有的地方文字非常书面呆板，和随意松散的口语混用，就有加工的痕迹。现在竟然连关键时间这样的信息都能承认是之前算过的，这样看来就很明显了，顾三儿之前说的内容肯定编排过，有备而来的。在场所有人心里明镜儿似的，这小子撒谎属于不太谨慎的那种类型，不走心，不难搞定。

马大队并没有当场戳破他，越过这个破绽继续追问："然后呢？杀人花了多少时间？几点从事发地点开出来进城的？"

"警官，我真是情激杀人，你没看到对方的样子，特别像僵尸，连喊带叫地爬，我也不知道自己怎么了，反正一阵头脑发热，就把对方给勒死了。最后都收拾完了，看了一眼车上的表，当时不到6点。"

小孙问："为什么要开车到城里来报警？为什么当时不在现场拨打报警电话？"

顾三儿没有回答，审讯室里突然就安静了。

顾三儿视线向下，可以看到眼珠左右微微转动着，眉头皱得很紧，后来干脆就闭上眼睛，还保持着皱紧眉毛的样子，很吃力地偷偷吸气。几秒钟之后，才怯怯地抬起头，忐忑地回答道："我觉得毕竟是杀人了，事情这么大，不能是我们镇上派出所能处理的，应该向市里的警察局投案自首。"

监控室里面，有警察扑哧一声笑出来。

华生却愈发觉得有意思，因为顾三儿刚才说那理由的时候，应该不是回忆，而是现编的！如果这个理由是真的，完全不必如此紧张！现在看来，像时间、路线这种说辞非常熟练，但是刚刚关于报警的这个问题，却说得迟疑、吃力。对于正常人来说，线路和时间记不清很正常，为什么决定报警却绝不可能忘记。

马大队抿紧自己的嘴唇，脸色狰狞起来，和小孙互相看了一眼之后，决定先不细究这个问题，小孙继续问道："第一次撞人的过程，还记得吗？"

"记得的，记得的，那可是一辈子都忘不了，我当时是吓死了，现在是恨死了。"

"怎么撞上的？车子的什么位置，撞到了死者身体的什么位置？"

"哎哟！这……我可真不记得了。我当时吓坏了，这么细的细节记不清了。"

"好好想想，一共撞到了几次？"

"就一次。后来是轧过去的，没有撞。"

"你确定只撞了一次？"

看到马大队犀利的目光和咄咄逼人的气息，再看到旁边孙警官的坏笑，顾三儿觉得可能哪儿不对，就改口道："我记得清楚的只有一次，也许我当时太害怕，或者太生气，还有撞到的记不清了。"

小孙幽幽地甩给他一句话："顾三儿，别给脸不要脸啊！我明确告诉你，如果有第二次撞击，那就是故意伤人，而不是人家碰瓷！前有故意伤害，后有蓄意谋杀，你这罪名轻不了。”

顾三儿神色立刻大变，立刻改口道：“一次，我绝对没有故意撞他，肯定只有一次！”

小孙警官把手里的尸检报告往桌子上一摔，告诉顾三儿说：“想好了再编！知道公安机关会尸检吗？知道什么是尸检吗？尸检结果显示，死者身上被撞击的次数，至少两位数。你要是想再加一条伪证罪，就继续编。”

顾三儿的脸变灰了，僵在那里不停地眨眼，肩膀和手臂开始轻微地抖动，呼吸也加剧一些。他的脑子肯定不够用了，看得出来，他在努力地厘清自己的思路，试图把刚刚让自己跌跌撞撞的“陷阱”梳理清楚，但持续了一段时间就很快放弃了。顾三儿干脆闭上眼睛，脸上露出非常痛苦的表情，然后低下头，肩膀和手臂抖动加剧。

华生知道，这是恐惧情绪的表现，对自己之前的谎言以及之后面临的刑罚产生的不可抗拒的恐惧——要的就是他这种状态！不负责任的信口胡说时，往左往右都给他拍死，无赖也不敢随意撒谎。

小孙顺势而上，提高音量问道：“当时还有谁跟你一块儿动手了？是不是还有别的车、别的人也开车撞他了？”

这一问，让顾三儿竟然浑身一震。他没有办法回答这个问题，只是把拳头紧紧捏住，弯下脊柱把头埋得更深。

华生暗道：“强烈的自我抑制，他所隐瞒的东西一定非常重要！”

看他接近心理崩溃，小孙再加一问：“为什么后来把手机里的内容都删了？”

一听这话，顾三儿立刻抬起头，眼睛睁得大大的，吃惊道：“啊？我没有啊！我没删过！”

姜老师和华生对视一眼，两人心里同时说：“这是真惊讶。”

马大队一拍桌子：“你再给我装！还不说实话？你说没删就没删了。看看你说的这些话，这都是什么态度?！我负责任地告诉你，再不管好自己的嘴，再信口胡说，你的罪只能更重！”声音大得吓人。

顾三儿这次没有萎缩，没有害怕，保持着瞪大的眼睛，看看马大队，又看看孙警官，身体向前一挪，跟马大队回应道：“警官，这个我真没骗人，我没删过手机里的内容。我报完警，就一直坐在车里等警察来，再没有碰过手机。”

马大队看他嘴硬，咬紧了牙，狠狠盯着他，眼神逼得顾三儿低下了头，不敢再那么强势。

这就匪夷所思了。在对方已经被前一个问题搞到弱势心理状态的前提下，没必要为了这个问题撒谎。况且姜老师和华生都可以确定，那份惊讶和意外，是真的，演不出来这么完美。

不是他删的，那会是谁删的？关键是，为什么要删，删除的信息为什么这么重要？

半晌，顾三儿的眼睛里失去了光彩，低下头，用非常微弱的气息和音量否定道：“警官，我说的都是真的。没有别的车，没有别的人。就是他碰瓷，我自己、一个人、一辆车，撞到他、打了他，后来又返回来杀了他。都是我一个人干的！我认罪，什么罪我都认。”

华生看到，顾三儿的脸上，面如死灰，眼睑都没有力气扬起了，一脸的绝望。

马大队又貌似凶狠地问了几句，见他半天不再搭理，便叫进来一个警察看护着他，防止他做出什么出格的行为，然后和小孙警官一起来到监控室。

大家简单交换了意见，尤其是顾三儿哪些地方是背词、哪些地方是现编，所有人都可以确定，面前的这个顾三儿的供述，其实是在说谎。最关键的几个问题说不清楚，比如撞人的细节、冲突的具体过程、报警自首的选择动因。华生还提出了自己的疑问，认为顾三儿试图隐藏的那份恐惧，应该指向了一个更加让人恐怖的真相。

姜老师和任支耳语了几句，任支点头，姜老师推开审讯室的门。负责看管顾三儿的警察见他进来，彼此交换了下目光，若无其事地退出了审讯室。此刻，屋里只剩顾三儿和姜老师两个人面对面。

第 4 章

老姜的震荡手法

你现在所做的，都只是结果。也许你认为自己说得很完美，但其实你不知道，大脑究竟为什么下达了这个指令，是可以从结果倒推的。

——老姜

1. 对抗：反审讯与震荡

姜老师走进审讯室，往顾三儿身边站定，轻轻拍了拍他的肩膀，并把手掌控制停留在他肩膀上，感受得到他的体温又不给他任何压力，缓缓说道："小兄弟，看得出来，你心里很害怕。"语气很慈祥，用目光自上而下温和地盯着顾三儿的眼睛。

顾三儿仰起脸，用异样的目光穿过乱蓬蓬的头发，打量着面前这个人，目光闪烁。顾三儿见面前的人没穿警服，也找寻不到自己所惯常接触的那些警察的气质。仰视的角度、肩膀上被安抚、语言的慰帖，让顾三儿莫名放松了心里紧绷的那根弦，虽然还在狐疑，但这种迥然不同的风格甚至让他临时产生了某种依赖感。这种压力被缓解的感受，在他已经因为绝望而死寂的心底和冰冷沉重的身体中，激发了一丝暖意。他的眼角处，竟然涌出了些许湿润。

看到他目光中的软化，老姜心里清楚，这一点点情绪性的变化，作用不大，不会影响他的逻辑决策。这种生理上的温暖和俯视，以及少量的心理宽慰和关心，最多能开个好头，降低一开始嫌疑人的对抗度。想要突破他的心理防线，还需要震荡，还需要掀起波澜，找到不稳定的心理破绽时，再发力。

于是，老姜开始一点点布局，一点点震荡。他依旧用慈祥的声音，却问了一个犀利的问题："是第一次杀人吗？"

一提到"杀人"两个字，还处在狐疑状态的顾三儿突然激灵了一下，整个人瞬间蔫了下去，身体失去了生气，连瞳孔都开始缩小。他低下头，不再看姜老师，仿佛垂死的鳝鱼，在那里等着下锅前最后一刀。刚刚燃起的某种松弛温暖的感觉，犹如一下子被抛进了刺骨寒风吹起的纷飞积雪里，凉透了心底。

顾三儿的反应在姜老师预料之中，因为"杀人"是他刚刚自己嘴上承认的，但心里却始终不承认有这件事情的存在。不想认却一定要认，为什么？

见他想采取不理不睬的静默对抗策略，老姜呵呵一笑，声音微微严厉了起来，问题也顺势加压了几倍的力度，问道："哟！看来还不止这一次啊！说说看，身上埋着几条人命？”语气稍微一加重，再加上内容指向的罪更重，唤醒了顾三儿求生的警戒线。他像被突然捅了一指头，忙不迭地应声道：“没有没有，哪能呢？我胆子小，根本就不敢杀人……”可能觉得自己说的话和刚刚认下来的罪有点矛盾，犹豫迟疑片刻，又往回找补道：“……这次是一时糊涂闯了大祸，你可千万不能乱说。”

要的就是这个效果！你不是想要赖，想一口咬定之后不再搭理吗？那就顺着你的劲儿，按照你的性格，给你来一道不得不回答的问题。一旦上了路，能不能停下来可就由不得你了。姜老师这次完全严肃起来，再重复一次问题：“顾三山，是第一次杀人吗？”

顾三儿看着他，判断着这个问题的分量，迟疑了很长时间才蔫蔫儿地答道：“……是……我是情激自卫……”态度很顺从，但声音和神色都颇为犹豫和为难。

姜老师嘴角几不可见地一抿。华生看到这个细节，内心暗道：“你要是以为，仅仅是为了让你承认杀人，那就眼光太短了。”

“但我知道，人不是你杀的。”真正的震荡，在这里出现了。当嫌疑人以为最纠结的地方已经过去，并为之耗尽了心力的时候，猛然迎面而来的，却是一个更加让他看不懂、想不清的局面，而且还是减压的！好不容易下定决心承认了杀人的事，现在这沸腾的锅灶却一下子被掀翻，滚烫的汤液泼洒在心里滋啦啦直响，白烟缭绕，模糊了顾三儿的视线和脑子。

“啊?!”顾三儿猛地抬起头，怔怔地看着姜老师，张着嘴，惊讶到连呼吸都忘记了。在接下来的几秒钟时间里，他的眼睛用极其微小的高频转动着，上上下下、左左右右把面前这个摸不透的家伙打量了一遍，试图探求他为什么会这么说。

看到这么明显的惊讶，华生心里暗道一声“好!”，他知道刚才的震荡掀翻了顾三儿的那种蔫蔫儿的瘫软。

姜老师不动声色地淡淡接道：“动手杀人的另有其人。你的确很胆小，演技又差。不过看得出来，背词没少下功夫，背得还不错。”

顾三儿回过神来，也许是因为这句评价侮辱到了他曾经付出的“努力”，遂咽了口口水，开口之前轻轻咬了一下后槽牙：“人就是我杀的。您别逗我了，我为什么要自己挖坑埋自己？”

老姜看他缓过来准备迎接挑战了，就顺着他的“需求”给他把压力值再加回去："第一次杀人的人，都会有独特的感受，那种感觉一辈子也忘不了。你说说看，勒死他的时候，你的手里什么感觉，心里什么感觉？"

华生只能在心里暗挑大指，赞一声"干得漂亮"！连续几个加减压力的问题，简直是教科书般经典的震荡。虽然顾三儿之前已经因为某种原因而绝望地选择了变成死水一潭，却被这样的震荡组合掀起了剧烈的波动。

真要是第一次杀了人，被要求回忆感受的时候，嫌疑人肯定会同步提升恐惧感，尤其是所谓的情激杀人，基本上嫌疑人都无法正面面对自己的作案细节和感受，除非遇到的嫌疑人是享受型的变态。对普通人来说，真的亲手杀了人是非常严重的心理刺激，但顾三儿并没有陷入回忆杀人细节的恐惧，反倒是被问得怔在那里，似乎大脑短路了一样，瞠目结舌地努力想回应："我勒……没……没感觉……不记得了……"

没做过，当然没法揣测和瞎编当时的感受，尤其还是杀人这么大件的事。老姜知道他会这么说，只是平静地下命令："别矢口否认，也别信口胡说。你演得太假，都不像。闭上眼睛，好好编。"

听到"好好编"三个字，如果是无辜的人，第一反应肯定是反驳"我没有编"，还会非常强硬。但，顾三儿的表现却很尴尬，睁着眼也不是，闭上眼也不是，勉强挣扎了两秒钟后，竟然就真的闭上眼睛了！

华生没忍住，"噗"的一声低头笑了出来。

如果顾三儿此刻还有理性思考的能力，他不会掉进这个坑，只要一口咬定"人是我杀的"，不必回应这样不好编造的问题，就能抗过去。但是，顾三儿自己本来就不认同"杀过人"这件事，再加上前面用力过猛，现在有点心力交瘁，只能顺着姜老师抛出来的问题亦步亦趋。这种细节模拟还原，还是带感受的还原，不是亲历者，是非常难以回答周全的，除非此前做过详细的推演准备。

当然，顾三儿来投案之前，可以看得出来是做过反审讯准备的，而且准备量还不小，应该有高人训练过。如果仅凭他自己的智商和心态，提供不了那么详细的说法，心理上更是不可能撑到现在。此刻，大脑已经被震荡发蒙的顾三儿闭着眼睛，眼球在眼皮下面频频闪动，眉毛皱得很紧，牙齿在里面咬紧嘴唇。看得出，他真的很努力地在思考，皱眉毛和咬紧嘴唇这几个细微的反应，已经清晰地把吃力显露出来了。

老姜不想给他太多时间，平淡但决绝地打断他的思考，命令道："说吧，当时什么情况、什么感觉？"

这一逼，让顾三儿本来就慌乱的编造更加紧迫，他不得不睁开眼睛，尴尬地勉强开口道："我……我当时……攥着两头使劲拉。对方乱动，挣扎，想抓住我的手。我再用力，觉得绳圈儿缩小了，应该是脖子被勒进去了，他就慢慢没劲儿了。最后不再动了的时候，我才松开的手。"

老姜听他如此吃力地讲完，忍不住哈哈哈地笑了起来，看得顾三儿不知所措。

笑了一会儿，老姜方才开口道："谁教给你的这些词，太不负责任了！也不用点心编得像一点。"一脸的嫌弃甩给顾三儿，顾三儿竟然脸有点红，惶惶不知该怎么回应，连矢口否认都忘了。

"这些话……是你自己临时编的？"老姜故作失望地摇摇头。

"我不是编的，我真的记得那种感觉。"事到如今，顾三儿也只能一头扎到死胡同里，撞南墙也只能认了。

"再给你一次机会，你把你的动作重复一遍，一边做一边说。"

"我就这样，"顾三儿一边比画着动作，把两只手攥紧往两侧拉，还龇牙咧嘴地假装发狠，一边嘴里重复着，"我攥着两头使劲拉，对方乱动，挣扎，想抓住我的手。我再用力，觉得绳圈儿缩小了，应该是脖子被勒进去了，他就慢慢没劲儿了。"话说完，两臂的肌肉竟然因为用力而微微发抖，表情也很狰狞。

可惜，老姜根本就不吃这一套，轻蔑一笑道："最后给你一次机会，再说错就帮不了你了，怎么使劲儿的？往哪个方向使劲儿的，就这样吗？"他模仿着顾三儿刚才横向发力的动作，要求他确认，"还用了身体的其他部分吗？"

顾三儿根本就不明白对面的人为什么反复问他这个问题，他当然也不知道尸检的结果中有颈椎被拉断的"硬伤"。见对方对自己胡编的说法并没有什么反应，连续两次都没有什么"有劲儿"的新问题，心里的慌乱好了些，假装想了一会儿，点头确认道："就是这样，我越回忆越清晰，就是这么杀掉他的。"

人的心理状态就是这么有趣。一旦顾三儿战略上选择了"承认杀人"的方向，就会坚定地为这个战略目标寻找各种战术，哪怕这个过程非常勉强，也还是会沉浸其中。而事实上，也许跳出来换一个战略方向才是正确的方式，如果一个战略选择错误，那么所有的努力都是徒劳的，而且越努力，摔得越疼，伤得越重。可惜，世上并没有几个人，可以脱离这样的心理活动怪圈，认知能力的局限，会让很多人始终深陷在维护战略目标的痛苦过程中。

姜老师猛然站得笔直，只留给顾三儿一个斜侧的背影，一张脸冷漠地道：“好的。”

他的这个举动，让顾三儿觉得心里一沉。“好的”二字之后，并没有听到新的声音，这段沉寂让顾三儿的心跳开始加速，他不知道这是什么意思。

姜老师略作沉吟之后，肃穆道：“顾三儿，我得承认，本来我想帮你的，但没做成。”说完这话，他长长地吁出了一口气，眼神望着前方，冷得像冰，继续道：“很遗憾，没能帮你证明你的清白，现在你没有机会了。你说人是你杀的，我明确告诉你，你在说谎！你现在的供述是瞎编的，和尸检结果以及其他现场勘验的物证存在严重的矛盾。这样一来，你虽然不是亲手杀人，但却坐实了涉嫌参与谋杀，而且还故意作伪证，妨碍司法调查，掩饰真凶。”

讲完这些话，姜老师停下，转过身来俯视着顾三儿惊慌失措的脸，知道他已经全乱了。这个结果，显然和顾三儿想象中的情况大相径庭。

按照此前他和华生的判断，姜老师推测，顾三儿来投案之前应该至少被人做了两个灌输：一个是威胁，也就是他害怕的那件事，非常严重，严重到在顾三儿看来，超越了他自己的命，否则就不会沉沦到一口咬定自己杀人，来冒触犯刑律的风险。可惜，现在那个强大的威胁还没有眉目，但以他的经济收入和人际关系，下一步排查应该并不难。另一个灌输比较明显，就是有人告诉他“情激杀人”这个说辞。也许，告诉他这么说的人，一开始就知道这种说法过不了关，只是为了说服顾三儿来投案的一个技巧。知道这种说法的人，也许对犯罪心理学原理，甚至对讯问比较熟悉。

暗自盘算了几种可能性之后，老姜紧紧盯着顾三儿，稳稳加压道：“你可能并不知道，现在你所做的这些事情，虽然没有亲手杀人，但却属于故意杀人罪的从重情节，连你报案和假‘自首’，都是作假证的低级伎俩，完全没有从轻的可能。基本上，以我的经验，准备无期吧。如果是团伙作案，存在折磨和杀害被害的情况，再加上现在的假证词干扰调查，给个死刑也很有可能。顾三儿，不管有人跟你说了什么、怎么让你相信的，我诚心诚意，请你重新想一下，特别是想一下自己的处境。我说完了，你好自为之。”说完，迈步往外走。

2. 将军：嫌疑人崩溃

走出两步之后，老姜突然停下，又转过身来，怜悯地看着震惊的顾三儿，叹了口气道：“可惜，你心疼你媳妇，想保护她，最后还是留她一个人受苦……”

让人意想不到的事情发生了！

顾三儿突然从瑟瑟发抖的状态开始崩溃，窝在椅子里号啕大哭，全身肌肉剧烈地抖动着，两只手攥紧拳头捏得发白，不断抓扯自己的头发，敲打自己的身体，砰砰作响。那掏心掏肺的哭法，完全不像一个 23 岁的成年男子，简直就是找不到爸爸妈妈的 3 岁小童，鼻涕和口水沿着脸颊、嘴角流淌下来也全然不顾。

戴猛在监控室里本来捏了一把汗。虽然经历了深度的心理震荡，但顾三儿并没有给出大家需要的供述，所以从侦查进程和固定证据的角度上来看，可以讲依然毫无收获。虽然，顾三儿的种种应激反应在几个人眼里接近透明，也可以给明白人充分的推导依据。但是，毕竟所有的分析都是对他脑子里的认知进行分析，逻辑再清晰，也是猜。如果前面的分析过程有些许疏漏，对可能造成顾三儿那些微反应的原因有所疏漏，那么在将军的时候，就可能不是一剑封喉，而是一步踏入深渊，再也回不来了。

看到老姜刚才在门口的迟疑，戴猛已经猜到他要给原因赌一把了。现在，原本坚持着自己说法的顾三儿从僵硬呆板的状态突然崩溃，说明姜老师赌对了，说明顾三儿所承受的巨大威胁，正是来自于“他老婆”的相关事件。这样一来，后期的侦查也就可以明确方向，避免无头苍蝇乱撞了。

姜老师的举动更加惊人，他回过身，竟然缓缓地把顾三儿那脏兮兮的头搂进怀里，轻轻拍着他的后背，柔声说：“不怕不怕。”他在感受顾三儿的歇斯底里，在等待他的用力抗争和发泄。当对方的力量和哭嚎逐渐减弱下去的时候，才又用平缓的声音宽慰顾三儿：“我知道有人威胁你，逼你背词，逼你顶包，不答应就伤你爱人……”一提到这件事，顾三儿全身寒战起来，老姜不由得加重了手里的力量才把他稳住，趁机告诉他：“你一个人对付不了他，所以害怕和绝望。但现在有我们帮忙，你告诉我们实情，我们可以立刻开始保护你和家里人。”让人没想到的是，在听完这句话之后，顾三儿突然大口吸气，似乎呼吸不上来。他满脸恐惧地止住了哭声，身体像被咬了一口似的突然后闪，双手慌乱地摆动，口中连连道：“不，不，没人帮得了我！不，不，人就是我杀的，没人威胁我，都是我干的，就是我一个人干的。”

姜老师往前倾了下身体，想要继续跟他说话，但此刻的顾三儿像看到鬼一样惊慌失措，手推脚蹬，声嘶力竭地乱叫，只重复着最后的两句话：“人是我杀的，都是我干的！”老姜知道，顾三儿濒临精神崩溃，心中的恐惧占据了所有决策系统，已经不能冷静思考了，更不能听进去劝解的道理。此刻如果再压一步的话，很有可能让顾三儿精神崩溃，进入不可逆的病理性脑损害阶段。那样的话，就得不偿失了。

马大队赶紧派医生和干警进到监控室里接替姜老师看管住顾三儿，给他做体检。姜老师回到监控室，示意马大队预审暂停，不要再继续施压，让顾三儿独自冷静下来，该吃吃，该睡睡，保证人健健康康的，将来还得配合调查和作证，千万别出什么事。

小孙警官有点放心不下，问道：“姜老师，这小子是不是演戏？我们见过的号啕大哭的太多了，都是套路，都是为了阻挠我们继续问话的演戏。”老姜倒是挺耐心，斟酌着词句解释道：“演不了这么周全。除了细节到位之外，最关键的是他所有的情绪转换，都是随着我给出的刺激源而同步变化的，情绪反应的逻辑指向从头到尾一致。”说到这里，他停下来看了一眼戴猛，戴猛点点头，表示自己有东西要讲。老姜就继续道：“当务之急，我们要研究一下这个人背后那个巨大的威胁是什么，这是最重要的。千万别被人当枪使，让那个狡猾的坏蛋躲在幕后偷偷取笑我们傻。”

3. 突破：解读异常的情绪反应

大家一直在等审讯结束，一听说马大队他们出来了，李支立刻在 9 楼重新召开小范围会议，研究案件下一步往哪个方向发力。

马大队和小孙警官先进行基本情况汇报，最后提到顾三儿在听到老婆的时候崩溃，并坚持咬定人是自己杀的，李支意识到顾三儿这样的小混混，如果没有强大的动力，是不可能用这样的态度来对付公安机关的。而这股强大的驱动力究竟是什么，他非常想听听几位专家的意见。

姜老师没有废话，直接重点开讲："现在顾三儿身上有几个重要的情绪异常，按照时间线顺序我们给大家汇报一下。首先是在审讯刚刚开始的时候，我们第一次提到他的家人，尤其是提到他刚结婚的妻子时，顾三儿表面上看起来很平静，但是，脸上出现了非常轻微的恐惧或者悲伤。那一点点轻微的变化，普通人几乎看不到，就是我们一直在说的微表情。这种微小幅度的表情变化，说明他的心里因为警方的提问产生了某种情绪。但是，当事人并不希望流露出来，反而是想要掩饰住那种真实的情绪，甚至是做出反向表达来说谎。既然提到家人和老婆，有了恐惧或者悲伤，这二者之间就可以建立起某种逻辑关联。"

李支插口问道："您是说，他家里人发生的事情，让他感到害怕或者难过？"姜老师点头道："正是这个意思。"这个神情，马大队和小孙却并没有印象，因为他们并不记得当时顾三儿有什么异样。马大队望向小孙，小孙微微摇摇头。

姜老师继续按照笔记回顾道："顾三儿在接下来讲述案发过程的时候，全程闭眼，语言组织文白混杂，有明显的背词特征。比如说，他供述过程里提到过'诉讼'一词，但之前却顺口溜出了一个'打'字，然后迟疑了片刻，才更正为'诉讼'，我估计，他原本应该是想讲'打官司'的。这一点，我相信马大队和孙警官也应该有所察觉。"说完，脸转向马大队两人。

小孙警官点头道："没错。而且刚才我比对了一下之前的讯问笔录，那里面所记录的案发过程语句，跟顾三儿跟我说的，几乎完全一样。这种书面语特征强烈的供述，从我个人的经验来讲，也倾向于是背词。而且，这小子对自己的自首、情激杀人以及刑期，有着'正确'的理解和预估，这哪像农村小混混，绝对不符合他的文化水平。"马大队也同时点头。

姜老师继续讲："从我的角度来看，顾三儿肯定不是杀人凶手。我知道从物证的角度来讲，目前顾三儿的说法和尸检结果相差甚大，这本身就是一种强矛盾。从微表情的角度讲一样存在重大矛盾。顾三儿在两次讲到杀人过程的时候，虽然语言凶狠，用词和表情都表现得很狰狞，但是，他的脸上却流露出恐惧的微表情。做给别人看的明显表情和想藏起来的微表情如果存在矛盾，那种想掩饰的情绪就是真实的认知，而明显的表演和说辞，就是说谎!”

马大队听到这里，闭上眼睛，皱紧眉头，上身向后仰起靠在椅背上，似乎是在努力地回忆着当时顾三儿的表现。

姜老师看着他的样子，问小孙：“小孙警官，你还记不记得，有一次马大队假装要给他解手铐，他竟然想把双手藏起来?”小孙被问得一愣。马大队这时候睁开眼睛，轻轻一捶桌子，直接应道：“对的，我记起来了，的确有这么个藏的动作。”他一边说，一边还用自己的身体和双手表演当时的情境，接着却说：“不过，我手底下收拾过的人，基本上都怕我，我往前一上，他们都知道我在发飙，不可能给他们开手铐的，很多人也躲。”姜老师一笑，解释道：“如果他知道你在发飙，会身体和手一起躲。那时候，顾三儿的身体是想出去的，完全没有往后缩的意思，只有一双手在听到要放开他的时候往后躲藏，似乎被关起来才是他的目标。”马大队听完这段分析，竖起大拇指，不说话了。

姜老师继续道：“如果这个解读成立的话，那么就很奇怪了，为什么会有人不愿意被解开手铐?而且，顾三儿后来回答‘为什么要把车开到三环后才报警’的时候，和前面大段的回忆表述出现了明显不同的行为特征，应该是没有提前准备的临场编造。按道理说，杀人过程的回忆应该慌乱，而冷静下来决定报警时的回忆，时间又近，心态又相对平稳，应该更加流畅、连贯才对。”

小孙警官听懂了这段解释，高兴得直晃手指头，脱口而出道：“对，对，对，顾三儿在讲撞击次数和方式的时候，一看就完全不知道尸体上究竟受了什么伤，各种细节都对不上，怎么撞的也说不清楚，完全不符合亲历者应有特征。”

姜老师接着他的话说：“没错，还不止这一处。我要求他讲杀人的细节和体会，当时他的大脑一片空白，关于被害人被勒死的发力方向和严重程度，他也不知道细节，同样不符合亲历者应有特征。我大胆猜测，杀人的时候，顾三不但没动手、还很有可能根本就不在场。后来小孙警官问他现场有多少人动手、还有没有其他车辆的时候，他的自我抑制行为明显加强，在控制，在对抗。如果当时真的只有他一个人撞人、打人、杀人，这个问题不应该有什么异常反应，直接否定就好了。”

小孙警官点头道：“是，我记得。当时我就觉得不对劲儿，这小子肯定藏着什么重要的事没说实话。”在小孙说的同时，华生在笔记本上写下一句笔记：【自我抑制行为=隐瞒、控制、对抗】。

姜老师看向马大队，回忆道：“后来马大队他们压力上去之后，顾三儿几次放弃解释，我觉得是因为他根本就解释不下去。顾三儿认罪的时候，话特别狠，特别决绝，但是流露出的情绪却是强烈的悲伤，与语言的强硬不符。”

马大队确认道：“是，最后怎么问都不说了，整个人瘫在那，气息都是弱的。”

姜老师点头，总结道：“所以，我们商量了一下，由我去跟他聊聊，最好是有机会能把前面这些疑点当着他的面再刺激一下，看看有没有有效的反应出来。第一，我进去之后，刚一提及‘人不是你杀的’，他就非常惊讶，那表情已经不是微表情级别的了，非常明显。大家可以想想看，如果人真的是他杀的，我判断错了，他会产生这么强烈明显的惊讶吗？惊讶可以有，鄙视、看不起、窃喜会随之而来，因为我判断错了嘛！他就是纯粹的惊讶，因为他没有想到会有人这么肯定地说。这一点验证了我的猜想。第二，到最后，我看得出他不打算承认真相，只好尝试着提及他的妻子，你们在场的都看到他那种强烈的恐惧和悲伤混杂的情绪了，整体的身体反应是没有办法表演得那么像的，这也验证了我们之前猜测他可能受到某种威胁，且与他的妻子有着直接关系。第三，我提出‘你只要配合警方，警方可以保护你和家人，共同应对威胁你的那个人’时，顾三儿濒临崩溃，这是强烈恐惧所致。我觉得，这也可以作为我们接下来一步的侦查重点。”

李支认真听完，点起一支烟深深吸了一口，冒出两个字：“专业。”他扭头看向任支，两个搭档很久的老伙计彼此心照不宣，任支道：“看来，我们要从他身边接触的人开始，看看谁能教给他这么细致的说辞，这个人有意思。”

姜老师点头称是，补充道：“其实我猜，戴总在尸检的时候，就已经大致对真的凶手有过行为特征侧写，再加上刚刚看到这段讯问，是不是又加了些新东西进去？”言罢，扭脸转向戴猛。

4. 犯罪心理画像 1

戴猛用眼神征求了李支的意见，看到领导和同事们期待的目光，翻开笔记本分析道："刚刚接触这个案子，我用犯罪心理侧写的原理对几个点进行了分析。我这有几个假设，扔出来作靶子，给大家抛砖引玉当参考。

"1. 死者生前遭受反复的车辆撞击，这说明真正的凶手在撞击和杀害死者的时候下手重、猛，这背后的心理状态可以推测为凶手对死者有强烈的情绪指向，近乎发泄。这种情况，通常可以假设为二人之间有私仇，还有一种可能就是凶手本身有过度伤害的施虐倾向；前者可以从死者的社会关系入手排查，后者不易找到切入点，只能寻找具有相似行凶风格的既发案件，因为有施虐倾向的人，既往的行为应该具备相同的特征。

"2. 从凶手使用的杀害致死方式上来看，可以判断他当时是沿着死者躯干的方向拉伸发力，而且速度很快，才能导致颈椎断裂。这个结果可以推测出凶手对力量的崇尚和偏爱，更容易出现在年纪较轻、体能较好、易冲动、易情绪化的人身上，并没有对死亡本身或者死亡过程表现出兴趣。

"3. 死者尸检信息表明，他的身体上存在多辆车的碰撞和碾轧痕迹，这一点很有趣，因为这要求行凶过程必然存在多辆车，甚至可能是多个人共同完成。无论哪一种情况，都需要很长的作案时间和相对独立的作案空间，否则反复碰撞的过程容易被人发现。如果是多个人同时作案的话，那就意味着一个复杂的组织。主要作案人应该拥有可以驱使一定数量的人做杀人级别事情的能力。有这种能力的人不多，给我们大大缩小了筛查范围。但是，凶手竟然能够算准时间在公路上伪造案发现场，而且恰好是在监控无法拍到的时间和路段，这让我不由得猜测，所有的伪造过程是利用监控升级的空档做出来的。

"这就涉及第四个问题，那个藏在背后的真凶为什么能准确知道监控升级的区域更替时间表？纯凭运气的话，能做到这么完美地不被监控记录下来，概率非常低。什么人有这样的条件，可以清楚地知道监控具体在哪段时间因为升级而不能拍摄呢？

“无论如何，能计算出这套伪造现场的计划，需要缜密的思维和细致的执行能力，极有可能不是一个人完成的，显然不是顾三儿这样的小混混能做到的。当然，也不是那位‘凶猛’的情绪型主犯可以做到的。从监控升级信息的知情范围，可以入手筛查一批人，这些待查的人范围不会太大。

“最后一个问题，场地方面，我个人不太相信是在公路上完成的撞击和折磨，一个是公共区域太过显眼，另一个原因是多车虐杀不可控因素太多。根据顾三儿供述的‘第一案发现场’，也就是他说自己撞人和杀人的公路痕迹来看，并不符合尸体上留下来的痕迹，所以我认为那条路不是真正的案发地点。

“如果罪案的第一现场真的不是公路，那么行凶者需要很大的密闭空间才能完成整个过程，同时调集数量可以用来作案的车。不论虐杀现场有多少人，这份准备材料的能力就能筛掉很多人，要么很富，要么很有势力，往往这两者是同一合并的。最关键的是，这样的人，有什么动机要用这么费时费心的方式，杀掉一个无业游民？是为了仇恨？还是为了乐趣？还是有什么其他的动机。”

这段抽丝剥茧的分析，是大多数人在短时间内没有梳理出来的，让大家眼睛里闪烁着精光，给侦查思路提供了重要的指导。

李支向左右望望，首先对姜老师表示了感谢，然后给同志们下达命令：“同志们，这个案子案发到现在不到 24 小时，影响重大。综合我们手里掌握的情况，以及老马和姜老师他们预审得出的以上疑点，我们确实有理由怀疑顾三儿不是杀人的真凶，他为什么来投案，为什么咬得这么死，究竟是谁杀的人，等等一系列问题，是我们接下来的排查重点。我要提醒大家，这个案子可能很不简单，因为像顾三儿这种级别的小混混都能在投案前做了大量细致的反侦察准备，那么那些监控的升级所留下的空白，以及各种时间的计算排列，还有第一案发现场的伪造，就更加复杂。如果我们这些推测都是真的，这个案子可就‘好玩’了。大家都打起精神来！接下来，可是一场硬仗。”

第 5 章

柔术必杀技

有一个表面聪明伶俐实际战斗力彪悍的女朋友是一种什么体验？这么漂亮的小姑娘敞开了让我欺负，我却无能为力，到底差距在哪里？难道仅仅因为她练了巴西柔术缠斗技？我就不信了！

——华生

1. 如何欺负姑娘

第二天一上班，华生就已经跟自己的老同学约好，邀请她来帮助支队分析一下顾三儿的手机。两人约定，明天华生到机场去接她。

安排好这件事，华生方才盘算着怎么跟肖依把昨天的事情了结一下。没想到几乎就在同时，肖依发来信息，问他今天什么时间来认罪受罚。华生看到这里就一乐，心道这姑娘还真是。之前每次请吃饭都不积极，这次好像对昨天的事情很上心。这姑娘也挺逗的，不爱美食爱武功。

华生给肖依打电话过去，那边传来一个开心的声音："今天什么时候来受罪认罚？"

华生听到这个声音，不由得咽下一口口水，问她："受什么罪？认什么罚？"

肖依的声音明显顿了一下，凶巴巴地问："啊？想装傻？昨天搞得我很丢人你是知道的吧？"

华生心里一乐，说："哪里搞得你丢人了？我看那个人有点故意欺负你……"

肖依打断他的话，追问道："所以呢？"

华生听她的语气里藏着笑意，就知道肖依没有真生气，忍着笑逗她："你要是看我被女流氓欺负了，你管不管？"

肖依想都没想，张口就要答："那当然……"突然意识到有什么地方不对劲儿，声音停顿了一下，可能是回过劲儿来明白了华生绕着圈要表达的意思，便又恢复成故作严肃的语气，嗔怪道："你才被流氓欺负！我们那是训练，训练啊！"

华生也变成严肃的语气问她："人家训练都打拳踢腿，戴着拳套，打打沙袋。你们那是什么训练啊，滚来滚去，又摸又蹭的，还被人一直压在身体上，哎呀！我都不好意思说下去了……"

肖依提高了音量，大声道："你怎么这么猥琐！我们练的是巴西柔术，地面缠斗技。那个棕带老师昨天用的是上位三角绞，多经典啊！好不容易给我指导一下，被你吓跑了。平常排队都排不上啊，知不知道，知不知道？"气鼓鼓的喘了口气，命令道："晚上有没有事？"

华生回道："没有。请指示。"

肖依命令道："晚上你给我到道馆来，哼哼，我给你上上课！"

华生心里乐得快忍不住了，忙不迭应道："好的，好的，晚上见。上完课还要请吃饭！"

肖依还是气呼呼的："光想着吃饭，谁要吃你的饭？吃不吃饭，要看你的表现。"

晚上，华生自己直接去肖依训练的道馆。

肖依已经换好了衣服，见华生过来，只瞥了他一眼，便没再理会，直接加入小伙伴们开始了训练。今天的训练过程和上次没有什么差别。尽管有大量的身体接触，也有那种用双腿夹住头和脖颈的敏感体位，但华生却没有敢再随便发声。

他一直耐心等待着训练课结束，才站起身，笑着看肖依颠儿颠儿地跑过来。没想到肖依跑过来，一下子把脸贴过来，几乎用鼻子贴着鼻子的距离，死死地盯着华生的眼睛，问他："你今天怎么没喊啊？"

华生见她这么猛，便闪避着目光，嘴里嗫嚅着回答："我又不傻。"

肖依抬起手在他肩膀上扇了一下，诧道："你说自己不傻就不傻了？早上不还说是流氓占便宜吗？"

华生觉得肩膀是真的有点疼，心说"这姑娘现在怎么下手这么重？"，便反问道："不是吗？哪有这么趴在地上滚来滚去的功夫？"

肖依见他嘴硬，更气了："这叫巴西柔术！没文化真可怕。"小脸一虎，神色是真的有点急了。

华生瞬间心念电转道："戴总提过巴西柔术，好像水平还挺高，上次在十二重天门口，好像说过什么绞晕绞晕的。"于是问肖依："是戴总介绍你练这个的？"

肖依小小的惊讶了一下："咦？你怎么知道？"之后自己又立刻想明白了，华生跟戴猛的关系那么近，肯定或多或少听戴猛说过的，于是自己点点头，"嗯"了一声。

华生故意摇摇头，叹息一声："我觉得你上当了，戴总那边练的都是把人绞晕的技术，你这个怎么练的都是被压着的技术。我觉得你肯定遇到的是流氓。"说完，又叹了一口气。

肖依立刻反驳他："你懂什么？巴西柔术最主要练习控制技术，什么绞啊~锁啊~固啊之类的技术，都是最后终结的动作，前面那些翻翻滚滚的控制才是重点！重点！"

关于巴西柔术，华生只模模糊糊地知道一个"绞晕"，其他啥也不懂，看肖依这种煞有介事的样子非常有趣，却无法从语言上辩驳她，只好给出一个"切"，把头昂起来，眼睛望向别处，一副不相信又不屑于争辩的样子。这副油盐不进的样子委实让人生气。肖依的心里面被他这个"切"挠得痒痒的，暗中一咬牙，决定要教训教训他。

她把耳鬓的头发往后一挽，露出一个灿烂的笑容，用妩媚的声音道："华生哥哥，你多高多重啊？"

华生是什么人？这个妩媚的神情一出来，就嗅到了危险的味道，好端端的整理什么头发，头发都盘得工工整整好嘛！华生知道肖依这是要出狠招了，但真的不觉得这个娇小的身体能把自己怎么样，于是也给出一个抿嘴笑，答道："178，85公斤，怎么？"

肖依勾勾手指，用眼神撩拨道："你想不想欺负我？来啊，试试看你行不行？"

这句话让华生觉得脖子后面一热，估计脸也有点红，一瞬间不确定面前这姑娘是不是老司机。他要静观其变，看看肖依到底有什么本领，于是摇摇头，回绝道："不想。我一出手，你就惨啦！"

肖依本来的满脸柔媚突然一怔，恨恨地皱眉盯了他一眼，换上一副甜甜的样子，动手拉华生的手。华生跟着站起来，肖依往后拉一步，他也不为难对方，就跟一步。肖依突然拥上来，整个人扑到华生怀里，头发刚刚好蹭到华生的鼻尖，痒痒的，还有一股弥合着香味的汗味和体温。

华生决然没有想到会是这么个变化，整个人瞬间蒙了，温香软玉这个词，是此生第一次体会得这么淋漓尽致。刚想闭上眼睛嗅一嗅她的头发时候，突然感觉喉咙一紧，不能呼吸了，而且更可怕的是，越来越紧。华生瞬间感受到了动物被咬住喉咙的危险，俩人离的又近，什么也看不到，情急之下赶紧使劲儿推。但是，他发现时间根本就不够推开肖依，意识就有渐渐消失的感觉，手也变得感觉不到了。模模糊糊听到肖依在耳边数到"5"，脖子上的压力突然消失了，能大口呼吸了。华生大步子向后退了几步，方才睁开眼睛，看到肖依笑吟吟地站在自己面前，抱着手臂，一脸的小得意。

华生知道，这是中招了，把手一挥故意道："突然袭击算什么？美女投怀送抱的时候，哪个英雄不会神魂颠倒一下。这不算，有本事，光明正大地来！我就不信了，我还对付不了你?!"说完，降低身形，张开双臂，摆好平常在电影里看到的黄飞鸿姿势。

见他这个样子，肖依扑哧一声笑了出来，双手往体前一搭，摆出一副羞答答的样子，一步一步往华生这边凑，一边扭着身体一边说："你要干什么，人家好害怕。"脸上却笑嘻嘻的。

华生知道她故意的，但并不觉得搞定她有什么难度。打脸是肯定不行的，踢腿就更严重了，不是开玩笑的招数。华生想了想，抓住她的双手扭到背后让她动弹不得，就算赢了。打定主意之后，立刻行动，张开双手向前扑过去。令人意外的一幕发生了，肖依根本就没有躲避，还直接把两只手递到了他手里。华生一怔，就势抓紧了她的两只手腕，眼看就要成功了，突然觉得眼前人影向下一晃，肖依不见了，同时手腕一紧，身体被一股巨大的力量向下拉，不由自主的就要向前扑倒。华生慌乱之间看到肖依抓着自己的两只手腕，已经躺倒在地上，一只脚向上蹬踩在自己的胯部。原来那股巨大的力量，是肖依主动倒地的体重。

"奇怪的打法，还有没打架就主动把自己放倒的招数，哈哈……"还没等笑容蔓延到嘴角，华生就觉得脚下被绊了一下，平衡控制不住了，狼狈地扑倒在地上，而且因为两只手被控制得紧，躲都躲不开，直接压在了肖依身上。对，就是那个电视剧里凑浪漫最常用的意外姿势。只不过，肖依没有给他嘴对嘴的机会，而是松开一只手腕，换到了华生衬衣的领子位置抓牢。这样一来，一只小臂挡在了他们两人之间，肖依笑了笑，在华生耳边悄悄地说："现在看看你怎么欺负我，开始吧!"

华生快速感觉了一下自己的身体姿态，应该是全身都压在肖依上面，能真真切切地感受到她的柔软和体温。两个人还从来没有这么亲近过，华生的身体感觉有点异样，不过领子和一只手被控制得紧紧的，提醒他现在的处境。好在现在的局面应该属于优势位置，还有另外一只手能动，两条腿也可以自由活动。于是，他心里暗道一声："好！等着瞧。"却又告诉自己，动作不能太重，别无意中碰伤了肖依。可是，等他想动的时候，才发现根本就不能随意动，两条腿在下面似乎是废的，只能跪着，想站站不起来，想蹬地却因为自己的身体是平趴的，根本使不上劲儿。手就更别说了，不知怎的，只能按在地上，完全抬不起来。这就很窘迫啦，压在人家女孩儿身上却不能动，这到底是不是占便宜的事儿啊！

躺在地上打，就是这样，只要你不会做动作，就只有挨欺负的事，不管多高多壮。

肖依说："你开始了没有？你不开始我可开始了啊！"说完，在华生耳边一笑，做了一个什么动作。华生只觉得，自己的身体被向上拱起来向前冲去，赶忙本能的保持平衡去撑地，就这一瞬间的时候，肖依不知怎么动的，已经攀到了华生的后背上并迅速搭扣，华生的脖子两侧再次感受到了强大的挤压。这次没有窒息的感觉，因为肖依只是略微一使劲儿，就松开了。自己又翻滚下来，坐在华生对面，招招手挑衅道："还是不公平对吧？我又用了突然袭击，不好意思哦！这次你放开了来，我不突然袭击。"说完，躺平身体，再次对华生招了招手。

华生眉毛一挑，用手势来回指了几下，确认肖依是什么意思。肖依只好再坐起来，嫌弃道："你在犹豫什么？这么好的机会，漂亮姑娘都躺下了，你还没想法？"华生不太敢相信这是肖依的尺度，之前那个文静的学生妹怎么变成这么豪放不羁的。他犹豫道："你想干什么？让我骑上去吗？"

2. 失败的"流氓"

肖依诡异地一笑，点头道："对啊！你不是想知道我练的什么吗？你现在就扮演一个流氓，本姑娘给你机会欺负我，你先骑上来，看看你有什么本领能占我便宜！"说完，就又躺好了。

华生这次不犹豫了，他一边念叨着："我就不信了……"一边拧眉立目的骑在肖依的肚子上，做出凶狠状，恶狠狠地道："小姑娘，你怕不怕？"声音中透着一点兽性。肖依翻了个白眼，双手挑衅道："来吧来吧，这次我不绞你，不锁你，就光玩控制，看看你能不能随心所欲的欺负我。"

华生这个时候，四肢可以自由活动，又是居高临下，又有体重优势，心里有着完全的掌控感。他学着肖依之前对付他的样子去揪她领子，心里想，流氓要是想摸想亲，也就是这样的动作吧。肖依坦然接受了，华生刚一抓紧领口，肖依的手立刻就过来固定住，然后髋部向上一挺，华生的身体再次被向上顶起。这个感觉华生刚才体会过，知道会发生什么，于是连忙向后挺直躯干来保持平衡。但是，就是这么快的一瞬间，肖依已经把一只膝盖挤进了华生的左腿底下。然后肖依一缩身，侧面一转躯干，尽然就逃出了骑乘的姿势。华生感觉到肖依竟然像泥鳅一样溜走了，感觉大事不妙，立刻往下一扑身，想要再次压制住肖依的身体，却怎么也压不下去了，因为肖依的两条腿灵活得像章鱼的触手，无论华生往哪边动，都被那双漂亮的脚丫挡在身体之外。华生心中暗暗着急，额头也因为运动的频率越来越快而冒汗了。他自己在心里笑自己，竟然当个流氓也不会，简直笨死！

突然，肖依的防守消失了，华生的身体因为向前冲而一下子跪在了肖依身前，只不过这一次，肖依的两条腿是盘在华生的腰胯两侧。两个人的姿势有点莫名的喜感和敏感，华生往旁边快速扫了一眼，发现有些道馆的人在围观，他们的脸上倒并没有什么预想中的猥琐，才稍稍安心。而肖依的表情，也没有什么小姑娘的羞涩，华生暗暗惭愧，看来是自己想多了。

就在这么一扫之间，肖依的两条腿像旋风一样转动了一下，左腿顶在华生腋下，右腿却快速架在了华生的左肩之上，华生觉得脖颈间一重、一紧，头部就被夹在肖依两条大腿之间了。他看不到两人究竟是个什么姿势，只觉得脸两边软软的，暖暖的，鼻子里还能闻到丝丝的清香。这感觉可比刚才的温香软玉抱满怀要香艳得多了。还没等他有机会加深这种享受，突然肖依发力了。华生能感觉到脸和脖子周围的大腿肌肉猛地收紧，继而头被肖依的双手拉低，窒息的感觉再次袭来，而且因为眼睛不能看，呼吸又瞬间被堵住，大脑快速进入黑暗的边缘，越陷越深。即将失去意识之前，华生似乎徜徉在某种温暖的液体中，整个身体轻飘飘的，除了不能呼吸，全身上下竟然很舒服。

突然压力就消失了，一股凉凉的空气渗入肺部，脑子也瞬间开始恢复清醒，眼前的视觉又再次清亮起来。这时华生才觉得头有点涨，脖子周围还残留着些许的疼痛，可能还有一块肌肉被扭到了，有点酸疼。

原来，是肖依松开了搭在他肩上的锁扣，已经盘腿坐在他对面了。这时候，华生跪着摸自己的脖子，肖依坐着打量他，眼睛里笑盈盈的，满脸的得意。肖依问他："老流氓，要不要再来一次？"

华生明白，刚才这小丫头是发狠了，如果不是及时松开，估计自己就是被“绞晕”的结果。原来，这就是绞晕啊！奇妙的体验！听肖依发问，连忙摇头摆手，没承想，一摇头才觉得脖子左侧疼得厉害，肯定是扭伤了。他一边按揉着自己的脖子，一边讪笑道：“不来啦，不来啦，我知道你厉害了。像我这样的如果变成流氓，顶多在晕倒之前占点便宜。”

肖依随手扇了一下他的肩膀，诧道：“占什么便宜，就知道占便宜。像你这样的流氓，我根本就不必用三角绞这么高级的技术，随便用个袖车、十字绞就搞定了。”说完，轻轻一扬下巴，鼻孔里故意“哼”了一声给他听到。然后，肖依扭头问道：“克南，录像拍了哈？”

身后那人走上前递过手机，肖依把手机在华生面前晃晃，华生看到，画面上依稀正是两个人最窘的那个姿势，忙随着肖依的身形站起来，伸手问她要道：“给我看看！”

肖依把手往后背一藏，扬起脸庞得意地说：“看什么看，这是我的战果，我得留着。哪天你要是欺负我，我就看看，心里解气。”

华生见她样子，知道是在调皮，继续央求道：“女侠，给我看看，让我死也死个明白，你是怎么赢我的。”

肖依把脸凑近，忽闪着大眼睛问道：“真想看？请吃饭。”

华生忙不迭地点头道：“好说，好说。想吃什么？火锅还是烤串？”

肖依一脸鄙夷，揶揄道：“我说你怎么胖成这样了呢？看看你天天吃的这些东西。你请我去吃沙拉吧。”说完，一转身往更衣室走去，回过头来说：“等我一会儿啊，我先洗澡换衣服。”

华生挥挥手，示意她快去。自己也收拾东西，准备请这位女侠吃奇怪的沙拉。

这是好久以来，肖依答应华生的第一顿饭，没想到居然是一顿沙拉。

第 6 章

手机有毒

老板您放心，我让人安排好了。顾三儿在自己手机里看到老婆被一群赤膊大汉围着，又是一副害怕得要死的样子，那小子当时就彻底屈服了。

——二虎

1. 非暧昧的老友重逢

华生送完肖依回到家，已经凌晨两点多了。

小姑娘心满意足的样子让他放了心，于是，顾三儿此前的那些情绪变化和伪装的表达，一张一张的面孔特写，便不断在华生脑海中闪现回放。这是他人生中第一次参与谋杀案的侦查过程，兴奋得睡不着觉，躺在床上仔细回味着每一张表情背后的情绪，揣摩着当事人的感受以及这些错综复杂的线索背后的整张逻辑网络。

尤其是姜老师在最后一局对顾三儿的震荡，把他逼得崩溃的那一瞬间，行云流水的手法看得真是过瘾。很可惜，那股神秘而强大的恐惧感最后战胜了顾三儿的理智，否则事实可能就已经展现出来了。

天蒙蒙亮的时候，华生勉强眯糊了一会儿。没过多久，闹钟就中断了他的浅睡眠。华生倒是不觉得困，人的精神还不错，起床完毕后对着镜子捏了捏自己的肚皮，想起昨天肖依的一脸鄙夷，自己也笑了。

下班的时候，华生接到肖依的一条信息，问他今天还来不来看她训练。华生看到这里就一乐，心道这姑娘还真是。之前每次请吃饭都不积极，今天居然这么主动。不过今天稍微有点尴尬，要是老同学不来，不用她催华生自己就巴巴地赶过去了。

华生只得给肖依打电话过去，那边传来一个开心的声音："今天来不来？"

华生听到这个声音，不由得咽下一口口水，支支吾吾地给肖依解释道："那个……今天去不了了。"

肖依的声音，明显顿了一下，很小心地问："为什么？昨天不就吃了一顿沙拉吗？小气样儿！"

华生心里觉得自己有点窘迫，赶紧实话实说："前天不是出了个案子嘛，我邀请了一位我的老同学来帮忙。现在我赶去机场接她。"

肖依一听说是案子的事情，便放下心来回应道："哦哦，那赶紧去吧。会不会弄得很晚？"

华生听她声音好像没事了，便也放下心来，说道："但愿不会。不过这要看刑警支队的进展。"

肖依知道，案子的侦查信息此时此刻肯定不便细问，便拎起自己的大包准备出发去训练，随口一句："别累着啊，你的性命暂且留下，回头忙完了还得请我吃饭呢！"

华生心里一暖，忙不迭应道："好的，放心吧。完得早，我就去找你啊！想吃啥吃啥！"

肖依追加一句："要请两顿！都要大餐！"

华生心里好笑，答应道："好的，两顿，大餐！"

肖依又追加一句："一顿牛扒、一顿海鲜！"

这个时候，华生就乐出声了，愉快地回了一句："再额外送你一顿高级日料，放心吧！"

俩人心照不宣地笑了一会儿，临挂电话之前，肖依问："接你的老同学去吧，我去训练了。对了，男同学还是女同学啊？"

华生根本没在意这个问题，直接回道："女同学。"

没想到，肖依在电话那头一怔，一字一顿地咬出四个字："好！女！同！学！"说完，就挂断了电话，弄得华生一头雾水。

在机场到达出口的地方，华生一眼就看到了自己的老同学，因为罗倩的身影在人群中太明显了。一头利落的短发显得非常干练，面庞却隔着大墨镜透出女性特有的妩媚，修长的身材裹在修身的大衣里窈窕地向华生打招呼。两人在大学本科的时候，都是学的计算机。像罗倩这样的气质美女，要是放在艺术院校里可能也就是平均值，但放在一群单纯、努力又耿直的未来程序员宅男里，简直就是女神。基本上班里的男生都很纠结，又想亲近又知道肯定没戏，所以最终被外院的师兄给撬走了。

华生和罗倩的交情不错，两人一起在学生会忙活过一年的时间，一块儿熬的夜也得有几十个。只不过，华生那时候心思并没有在谈恋爱上，而是沉醉于佛学的研究，经常满嘴都是各种经书里的原文和解析，动不动就涉及宏观"三千大千世界"，微观"一碗水中八万四千虫"。那个时候的男生自认为很酷，想透彻地了解这个世界，从先贤哲人的肩膀上加快超然的速度，只不过这些诡异的行为在女生眼里看来，是幼稚。所以，罗倩虽然知道华生和那些玩游戏的家伙有很大区别，但在那几年也没拿他当一个可以交付终身的人。

不过，这两人有共同的特点，就是酒量差、酒品却豪爽。在学生会的几个重大项目结束后，两人喝过几顿大酒，别人都没事的时候，他俩就已经窝到一边去窃窃私语了。虽然是鸡同鸭讲各说各话，但因为对彼此的欣赏，却总能觉得对方可以理解自己，有着说不完的动力，最后被同宿舍的家伙们背回去。所以，那几年除了罗倩的男朋友心里有数之外，其他人都搞不清两人到底什么关系。

本科毕业之后，罗倩继续深造计算机，考上了硕士去了南方，毕业一工作就跟自己的男朋友结了婚。华生却因为自认为过了佛学这一关之后，发现这个世界其实就是人，转而对人产生了极强的兴趣。他们本科毕业那会儿，手机互联网产业已经开始兴旺起来了，同学们动不动都是月薪过万的程序员，但在华生看来，不管什么 IT 软件产品，背后都是一个个大脑在表达和交流。所以，他考了心理系的研究生，而且一学就是 6 年。这次见面，是他们俩 6 年以后的第一次老友重逢。一碰面，两人就来了个大大的拥抱，仿佛一瞬间青春的朴素情感又重回到身体里，简单而美好。

华生说："你居然没变样！"

罗倩说："你居然变成这样了！"指着华生的体型哈哈大笑。

华生脸一红，老同学一见面这反应，真是让他意识到自己的体型可能确实是个问题了。罗倩见他的窘态好玩，就掏出手机，一搂华生肩膀，说道："来，拍张合影，给我老公看看，报个平安，让他放心。哈哈！"

自拍完了，罗倩问："咱们怎么走？"

华生说："你挑，快轨也行，打车也行。"

罗倩惊讶道："呀！我还以为你自己开车来的呢。什么情况？你应该是我们同学里混得最好的一个吧？"

华生脸又一红，解释道："刚上班没多久，也没人也没房，暂时还不需要车。"

罗倩莞尔一笑，挽起华生的一条手臂，一边走一边说道："好啦！我故意逗你的，谁还不知道你是超越众生的大仙！要那些劳什子作甚？"最后这句走了红楼梦的风格，这也是两人都能懂的梗，因为那时候华生讨厌贾宝玉，罗倩讨厌林黛玉，没少一块儿学着里面的话挖苦。

快轨上，罗倩问起了案子的情况。旁边虽然人不是很多，但华生也不便讲很多细节，只是简单地问现在的技术能力：“手机端上的数据，能被恢复成什么程度？”

罗倩也就简单介绍说：“理论上，在手机上存储过的数据，只要不是因为存储满溢后被自动覆盖，都可以恢复。即使用户自己进行了物理删除，存储空间只要还没有被覆盖过，也可以恢复。所以，越是近期内做的删除，越是容易恢复。时间久的话，要看运气。”

华生眼神一亮，问道：“那有没有什么途径，可以不是从用户的角度进行删除，比如远程？”华生已经好几年没有关心过通信产业的技术了，所以只能问个大概。

罗倩明白他的意思，点头道：“当然啦，手机用户的权限，是非常低的，除非是获得了管理员权限，否则删除的内容只是用户觉得删除了而已。就像我们那会儿学编程，有了管理员权限，可以使用指令模式，对存储介质进行手动整理，而且还可以刷磁盘。如果是这种删除，那就很有可能恢复不了了。”

华生似乎捕捉到了什么信息，眼睛里陡然亮了一下。罗倩一直在这个行业里工作，也大概能猜到是什么方向的问题，鉴于快轨人多耳杂，两人转移话题，开始聊家长里短的事情。在酒店办入住的时候，华生接到戴猛打来的电话，说今天不用去支队了，各个部门还没有新的实质性进展，时间也不早了，先让罗倩休息。明天早晨 9 点，请罗倩一起到支队开会，先研究一下手机的问题，然后支队开会沟通新情况。

华生把这些告诉罗倩，约好明天早晨过来陪她一起吃早饭。罗倩笑道：“哎！你好像着急走啊！光约早饭怎么行？我今天到，明天给你打工，后天回去，你就管一顿早饭？”

华生心里惦记的其实是肖依那头。时间过了 9 点，却还没见肖依有什么信息或电话。按照平常的时间估算，这会儿她肯定是训练完了。虽然说并没有约好今天要吃饭或者怎样，但早晨接了那个电话之后，总觉得不踏实。华生是不太擅长谈恋爱，但也不是木讷的笨蛋。不过这些想法都一闪即逝，没有在华生的脸上露出来。罗倩并没有注意到他有点不安的样子，笑吟吟地望着他，目光里的力量推得华生没法说不。

华生露出热情的笑容，欢迎道：“那哪能呢！别说不是来帮我的忙，就是纯粹来玩儿，也得全程陪同，让干吗干吗！办完入住，东西放下，我请夜宵。”

罗倩眼睛眯起来，高兴地说：“这还差不多！等着啊！”一扭身，拎起随身的包上楼去了。那样子一下让华生感觉恍若回到了大学的时光。坦率讲，六年多的时间对于一个漂亮女人来讲，还是在脸上留下了些细微的痕迹，但全身的风韵却比小女孩的时候动人很多。见罗倩的身影消失在电梯里，华生试着拨肖依的电话，拨通的那一瞬间，肖依就立刻接起来了，而且一开口就问道：“女同学安顿好了？”

华生听她声音还比较轻松，放下一颗心，打趣道：“啊，刚办完入住。你训练完了？也没见你打电话来，不敢打扰你。”

肖依说：“你少来，你又不是不知道我训练的时间，别瞎找借口啊！现在打电话过来，你要干吗？要请我吃饭吗？”

华生被这么一问，心里又开始有点慌了，试探着跟肖依说：“对啊！你现在有空吗？我请同学吃夜宵，你要不要一起来？”

电话那头，肖依没了声音。华生等了几秒钟，觉得不对劲儿，解释说：“人家大老远来帮我的忙，我觉得只让人家干活不太合适，怎么着也得尽尽地主之谊。一起来吧，我们去接你。你现在在哪呢？在家里吗？”

还没等华生问完，肖依就插话道：“哦，那你们吃吧，我一般训练完不吃东西。你赶紧去吧，别让人家等着。”尽管语气不重，但最后的“人家”两个字咬得特别清楚，好像是有意强调一样，说完就挂断了电话。

华生“喂”了两声，见电话已经挂断了，想再拨过去，远远地见罗倩走出了电梯，便用语音给肖依留言说先请人吃饭，晚点再联系。装起手机后，笑着迎上去。

两人来到本市最著名的夜宵一条街，来来往往的人群和各色霓虹招牌映入眼帘，淡淡的烟气混合着食物扑鼻的香气，让人不由得精神一振，疲惫的身体似乎也找到了能量的来源。罗倩和华生在热闹的街边找到一处坐下，点了最著名的龙象组合，也是众多食客的最爱。罗倩一看价格，吐了吐舌头说道：“这才几年啊，人民群众的消费已经上涨成这水平了！今晚要你破费了啊！”

华生一乐：“这可不算贵的，明天要是结束得早，我再找个好点的地方，老同学好不容易来一趟，吃和住必须得伺候好了，不然我以后怎么有脸再找你帮忙？”

罗倩哈哈一笑，眯起眼睛说：“态度不错，不枉我当年那么看好你。对了，喝点酒吗？”

华生赶紧摆手道：“今晚算了吧。咱们明天还得按部就班地吃早饭、开会，今天可不敢耽误。我的酒量你可是知道的。你怎么样，这几年酒量涨了吗？”

罗倩得意地回道：“可别提了。本来估计跟你差不多，没机会涨酒量。结果结婚典礼上我老公被灌多了，我挺身而出救驾，那晚上也喝多了。结果，从那以后，酒量开始大得吓人，现在你肯定不是我的对手。”

等菜上来之后，华生热情地要给罗倩夹菜，被罗倩拦下了。她拿出手机，给每个菜先拍了照片，然后让华生坐到身边，两人拍了好几张自拍的合影，才拿起筷子准备开动。

华生问她：“你还是有这个习惯，上菜先喂手机？”

罗倩瞥了他一眼，笑嘻嘻地搓搓手，拿起筷子夹起一片象拔蚌刺身放到嘴里，立刻眯起眼睛仰起脸，一副陶醉的状态，连呼好吃。一顿饭吃得两人额头微微冒汗，聊东聊西的就过了两个小时，回到酒店的时候，已经快 12 点了。华生把罗倩送进电梯之后，赶紧给肖依打电话，却发现对方已经关机，便发了短信过去，告诉肖依自己已经回家，明天一早带同学去刑警队开会。

2. 无法恢复的手机数据

第二天一早，华生赶到罗倩入住的酒店，先陪着她吃完早餐，再一起去往刑警支队的大楼。到达支队后，两人直接上 9 楼会议室，和一众同志互相介绍。华生惊奇地发现，昨晚还活泼得像个小女孩的罗倩，在这种官方会面中，简直变了一个人，成熟稳重、大方得体，言谈举止之间商务风范十足，不由得对她刮目相看。

罗倩是客人，所以任支队长首先请技侦部门的负责人和罗倩对接，沟通手机数据恢复的情况。技侦的同志用简短的时间介绍完顾三儿所用手机的数据恢复的进展，罗倩就亲自尝试着用软件进行操作，但依然劳而无功。她向李支申请，用自己带来的实验版本的软件试试看。李支即刻让任支安排了一台备用电脑，一边让技侦的同志跟罗倩一起，把该签的专家鉴定聘请书和保密协议签好，一边着手安装软件。罗倩用新版的软件再次尝试，她的眼睛慢慢睁大了，惊讶道："不可能吧。"

华生见她开始放掉鼠标，在键盘上不断地敲击着一行一行的指令，知道罗倩遇到的困难也比较严重了。忙了好一会儿，罗倩停下了手里的动作，笃定地给出判断说："各位一线的兄弟，大家辛苦了！根据我刚刚看到的恢复情况和调取的数据库状况，可以很确定，顾三山的手机被人窃取了 root 权限。他手机里的内置存储芯片被反复刷过，这也是导致我们所使用的软件无法恢复的原因。"

李支皱起眉头，不甘心地问道："罗倩同志，以你的了解，目前全国范围内，使用任何一家的产品都没有希望吗？"

罗倩点点头，解释道："是这样的，李支队长，我所在的实验室去年年底刚刚完成这个项目的研究。我们特意通过 root 权限，把手机内置存储中的数据进行删除，然后尝试用自己开发的软件进行恢复。要知道，信息存储在磁盘中，并不是连贯的大段大段存放，而是根据磁盘现有的空白片段进行索引式存放。简单点说，就是所有信息都是零散着存放的，读取的时候再根据索引数据进行整合，连续呈献给用户。从用户的角度，看到的文字、图像、视频等数据是完整而连贯的，感受不到碎片化存储。因此，普通用户在删除的时候，仅仅是删掉了磁盘空间里的二进制信息，但索引表格不会彻底删除，还可以通过对磁盘颗粒的状态进行回溯来还原。"

讲完这些的时候，只有几个人点点头表示明白，大多数人则一头雾水。罗倩尽量形象地给大家解释："但是顾三山的存储介质里，磁盘颗粒的排列状态就很奇怪，几乎是全新的，有大段大段连续的空白空间。这说明，删除他数据的人是个高手，不止删除了一遍，而且在删除原始数据之后，还用了其他无用的数据反复读写存储介质，并在最后进行了磁盘整理，把没有删除的数据也尽量搬运到了一起。能搞定这样复杂的删除，可以肯定这个人对手机存储了如指掌。"

大家面面相觑，都觉得这件事情好像比原来想象的要复杂多了。任支问道："据顾三儿自己交代，他的手机从未离身。这种说法可信吗？顾三儿肯定没有这样的水平。我估计，我们这里能做到这一点的人也不是很多。”说完自我解嘲地笑笑。

罗倩点头应道：“远程删除是可以做到的。只要手机跟外界有通讯的信号，获取一台手机的 root 权限并不难，然后需要一点时间进行反复的删除、拷贝等读写操作。不过，能拿在手里当然方便，接上电脑就可以做。如果是远程读写的话，需要的时间会久一点。”

李支问：“远程大概需要多久？”

罗倩答道：“这取决于通讯信号的带宽。数据传输速度快，跟本地操作也差别不大。如果速度慢，则很难计算，既取决于数据传输的量，也取决于反复操作的次数，最后再除以带宽就能算出来。”

技侦的同志插口道：“顾三儿的手机用的是 5G 套餐，下行带宽可以达到 1Gb/s，上行的峰值也可以摸到 100Mb/s 左右，平均 50Mb/s 左右是没问题的。”

李支奇怪道：“这小子用这么好的套餐？看来我要给弟兄们申请换 5G 啦。”说完，底下响起稀稀拉拉的笑声。公安的兄弟们日子过得不富裕，很多人还用的是 4G 网络。

任支问：“这么说来，即使顾三儿的手机真的没有离开过他手边，有 root 权限的那个家伙，操作起来也跟连接电脑来弄差不多？”

罗倩也觉得一个底层的嫌疑人用这么先进的带宽有点奇怪，毕竟现在 5G 的套餐刚刚推出，价格还很昂贵，但其实这并不重要，即使是 4G 的带宽，也足够用来做远程删除了。所以，她只是点点头，随后提了一个问题：“我想知道的是，他的手机上，有什么内容是特别重要的吗？重要到有人做了这么用心的毁灭性的删除？”

大家被她的这个问题转换了思路的重点。一开始，只是觉得手机的数据有被删除的嫌疑，且最新的软件不能恢复，这有点奇怪。现在，可以确认有人故意做了毁灭性删除，这个人的动机就成了关键问题，他用这么大的心思，究竟是想要遮掩什么？现在罗倩提出来，所有人才对这个问题开始重新看待——顾三儿的手机上到底有什么重要的内容？然而，一时之间又没有任何线索可供使用。

华生想：“会不会是指令？”

李支之前一直忍着没有抽烟，现在实在忍不住了。他礼貌地向罗倩打了声招呼，点起一支烟。做领导的，压力大。这个案子昨天早晨爆出来的时候，因为凶手竟然在三环主路上公然行凶，手段又奇特、残忍，媒体和百姓的猎奇口味和爆炸式传播，让市委领导给了支队死命令，要求尽快破案。好在，顾三儿开车碾压死者，被当场抓获，案件的侦破算是有了一个良好的开端，对市委领导算是有一个不错的交代。但是媒体的关注和讨论却愈演愈烈，尤其是互联网上对监控录像的反复传播，各种人员的分析、猜测、臆想甚至争吵，始终让刑警支队处于高压状态，如同头顶上悬着巨石，而所有支队成员感受到的压力，最终都累加在李支的肩膀上。好在，目前只有内部知道，顾三儿很有可能不是真正的行凶者，但他至少参与了案件反侦察伪装的部分过程，包括运送尸体、侮辱尸体，包括背词、伪供。这些算是很牢固的抓手。李支考虑，下一步可以按照三个方向来深入开展工作。

第一个分支，是对顾三儿的家人进行细致的走访，搞清楚顾三儿心里到底在怕什么，有没有什么人在威胁他的家人，尤其是妻子。第二个分支，是调查一下有能力组织大量车辆、人员，有能力动用空旷而独立的作案空间的人员。第三个分支，可以把监控录像升级的知情人范围，和能够深度删除手机数据的技术人员范围合并在一起，作为一个侦查方向进行挖掘。因为如果顾三儿说的作案过程是假的，那么在昌宁镇公路上所谓的“第一案发现场”中勘查所得的那些痕迹，就一定是精心伪造的。从行车路线，到精心伪造案发现场，这是一件多么缜密的事情，需要人来执行，需要时间来执行，更需要心计来策划，还要趁着监控升级的时间段准确地进行同步控制。

李支心里知道，他这次所面对的，不是普通的犯罪分子，头脑、组织能力和技术能力都非常高，很有可能是一个团伙。可是，此前并没有出现过类似犯罪团伙的任何信息啊！他在本市从警已经快30年了，案子侦查到目前这个局面，真的还是第一次。好在，目前的三个侦查方向都不算大海捞针，待调查的人都有着具体而清晰的侧写特征，至少后面几天是不用发愁的。目前，让李支比较困扰的是，这帮有组织有技术的犯罪团伙到底为什么？费那么大劲儿，折腾出这么大动静，就为了惩戒或者杀掉一个碰瓷的？

青烟从指间不断升起，李支眉头凝重起来。他熄灭烟头，习惯性地把双手抱握在下巴前方，展开笑容对着罗倩和华生说：“罗倩同志的到来，给我们支队很大的帮助，我代表支队，向您表示感谢！也希望您若方便，可以成为我们的顾问，电子证据采集是科技强侦的重要组成部分，我们非常欢迎您这样的专家!”

罗倩大方地一笑，表示非常荣幸，一会儿开完会就跟支队签约。说完，看着华生一眨眼睛。李支同样对华生表达感谢：“也要谢谢张华生同志，给我们介绍这么好的专家人才，帮助支队侦破这起专案。”华生腼腆了起来，看了一眼戴猛和姜老师，诚恳地答应李支：“您别客气。我自己也愿意多跟一线的同志们一起学习，这对我来说，是非常宝贵的机会。”

接下来，任支队长组织技侦、预审、监控、排查和现场勘验的各方人员有序地对了一下手里的最新进展，尤其是在监控排查和人员排查方面，有了新的工作重点，让大家的眼睛都亮了起来。在最后，李支恢复了严肃的神情，给所有与会人员介绍了自己的三条思路，具体人员分工和时间要求交由任支队长来负责总协调和执行。

会议结束后，华生征求戴猛的意见，后面时间如何安排。戴猛说：“你老同学好久没见了，今天又一早开会开了半天，下午你不用去公司，可以带老同学四处转转。”

罗倩赶紧摆手，笑道：“戴总，这个安排真不用，我也是在这个城市里待过 4 年的老人呢！您还是让华生回去上班吧，他刚刚到任新岗位，还是领导岗位，没事不在的话，手底下人可能会觉得奇怪。既然这边的事情完了，我看后面也暂时不会有什么新的进展，我下午就回去了。”说完，扭头一拍华生肩膀，笑眯眯地问道：“怎么样？我够意思吧。”

华生略微有点惊讶，问道：“咦？咱俩不是说好的，今天晚上带你去吃好东西吗？你这么着急回去干啥？”

罗倩看华生认真的样子，哈哈一笑，道：“行！就冲你这么诚恳，我就已经很满意了。不过，我这次来是出差，如果没有特别的需要，当然是早点回去才对头。你领导在这里，我领导可不一定有这么大度。华生我跟你说啊，戴总可是够意思，通情达理，豁达开朗，你得好好干，别老犯年轻时候的倔脾气，谁谁都看不上。刚走上领导岗位，一言一行的，手底下人都看着呢，他们要是有意见，说不说出来就不一定了。这个你自己要明白。”说完这些话，侧目观察戴猛的反应，见他没什么波动，只是笑笑，就又补充道：“再说了，我家领导还是很需要我的，我下午走，晚上到家给他个惊喜!”

戴猛的笑容，是觉得这姑娘蛮有意思，当着华生的面狠夸领导，这么明显的奉迎也算用心良苦，搁一般的江湖客套，肯定特别讨人喜欢，这些套路应该是多年职场的经验和教训积累下来的。他知道罗倩是在给华生铺路，看来这两人大学四年交情不浅，最后又看似随意的一拐弯，直言二人的关系没有暧昧，也算是机灵可人了。

华生身处其中，并没有戴猛看得这么清楚，见罗倩讲出这么充分的理由，便知不用强留，只是内心觉得愧疚，直言道："那多不好意思啊！昨天晚上到，今天就走，纯业务帮忙又不挣钱，这叫我心里怎么过意的去。"

罗倩眼睛一眯，下巴微微扬起说："得了，得了，婆婆妈妈就是见外，快十年了还没根除这老毛病，说过你多少次了。一会儿我回酒店，你就别管了，反正你也没车，我自己打车走，你安心回去上班去。按照刚才李支的意思，我估计你跟戴总后面为了这个案子，还得有的忙。对了，这个案子有什么新进展，随时跟我 Update，我也是支队的外聘专家了，估计能帮些忙。找到删除手机数据的那个家伙，跟我说一声。"

其实，华生心里还有一件不安的事情，就是昨晚一直没有联系上肖依，早晨还试探着发了个短信，也没见回信。见罗倩执意要走，就不做更多挽留。酒店的结算和机场送机，任支都会安排人负责，自己就此跟老同学道别。

快下班的时候，罗倩发来信息，告知已经平安落地，让他放心。一起发来的，还有昨晚那张合影，留言是"相见甚欢，蒸蒸日上，谨慎平安"，照片里两人笑得很开心。看着这两张伴着烟气氤氲的笑脸，一股对青春的回忆在华生心中弥漫开来。他把这张照片发在自己朋友圈里，又把罗倩写的三句话配发上去，觉得这三句话也可以送给罗倩，是一种默契。没多一会儿，就收到了十几个大学同学的点赞，也有不知情的人问这漂亮姑娘是谁，跟华生什么关系？

3. 朋友圈有风险

等到一下班，华生就往肖依训练的道馆赶去。

当他赶到道馆的时候，肖依已经换好道服准备训练了，正低头梳理着她的大辫子。见华生站在垫子边上，恨恨地盯了他一眼。华生只好尴尬地打了个招呼，自己悄悄坐在边上看肖依训练。

不知道是错觉，还是对巴西柔术这个奇怪的缠斗技术不够了解，在华生眼里看来，今晚的肖依完全像一只凶猛的豹子，跟那天看到的飘逸灵动迥然不同，就连那张漂亮的脸蛋上，也常常出现略微狰狞的表情。她一连降服了 6 个体型精壮的小伙子，其中还有 2 个蓝带，而且每次完成一个矫捷利落的降服，就恨恨地朝着华生这边盯一眼，从鼻孔深深吐出一口气，转而再战。一堂训练课下来，被她降服的那几个人目光都有点诧异，似乎也不明白这姑娘今天发什么疯，真狠起来这么可怕。好在巴西柔术的对练都是点到为止，无论窒息技还是反关节技搭成，输家都会拍垫子认输，而胜利的人也会放开对手，不像站立拳脚肘膝的进攻，训练中会造成打击伤。

华生慢慢觉得不对头，虽然自始至终觉得肖依是故意地狠给他看，愤怒的表情也是经典表演，但身体里这么强劲有力的能量，却是一个让人警惕的信号，至少今天的表现和她此前的行动风格有着巨大的差异。

训练课结束了。华生迎上前去，笑容满面地对着肖依瞥来的目光说："走啊！今天我请客，想吃啥吃啥！"热情得有点心虚。

肖依停下脚步，把脸转过来，盯了华生几秒钟，突然展颜一笑，柔声问道："你今天有空啦？"

华生见她笑，赶忙点头道："对啊！我一下班就来了。"

肖依早就准备了，华生话音刚一落，她立刻把脸一沉，冷冷甩了一句："我！没！空！"扬起下巴把辫子一甩，留给华生一个背影。

华生一乐，知道得有这么一出，赶紧追上两步跟她说："哎呀！我昨天不是有事吗？今天我同学一走，我立刻就赶过来。前天欠的，赶紧补上，不然可能有危险。"

肖依本来还想怼他一句解解气，突然末尾听到他说"可能有危险"，一丝笑意差点从紧绷的脸上露出来。她使劲儿往下压了压笑容，翻了华生一眼，质问道："谁有危险？有什么危险？好像谁愿意搭理你似的！你应该今天把女同学留下，请人家继续吃晚饭，不用管我。"

华生赶忙解释说："我同学也不想给我添太多麻烦，所以下午就急着回去了。再说，我请人家过来，帮忙就是帮忙，少吃一顿饭也没啥。我早晨一大早就去陪她一起吃了早饭，已经很周到了。"没想到说完这句话，肖依突然猛地转过身，紧紧盯着华生说："好啊你！还一起吃早饭！"脸上突然发红，咬着牙的样子看得华生心里一紧。

肖依转身过去，冲着三三两两下课的人群大声喊道："谁还有时间？跟我再打 300 回合！"其他人一看她这气鼓鼓的样子，再看看旁边那个几天前见过的男生，基本上都识趣地摆手，纷纷从她身边绕过去。

肖依一指一个弓着腰正打算从她身边溜过去的小男生，冷冷道："你，过来！跟我实战。"那小孩瞥了一眼华生，忍着笑连忙闪避绕开，嘴里说："别别别，师姐，您饶了我。我明天还得升带考试呢！"叫了一圈也没抓到人对练，肖依一跺脚，冲着华生一招手，憋了口气愤愤道："你，过来！"华生听话地往前蹭了几步，一边问她："干吗？你不会是要拿我当对练吧？我可是啥也不会啊！"

肖依眯着眼睛，哼哼笑了一声，揶揄道："你会的东西不是挺多的吗？会请同学吃晚饭，会跟同学吃早饭，还会发朋友圈秀恩爱！"说着，突然发动攻击，突然靠近搂住华生的脖子，一个漂亮的夹颈摔，把他放倒在地上。

华生只是觉得眼前一晕一转，自己就倒在地上了，肖依的身体压在自己胸前。因为摔法很快，还没来得及做反应，所以倒也不疼，只是有点晕。肖依的动作没有停下来的意思，一抬腿骑在了华生的肚子上，两只手交叉着抓住领子用力一绞，华生就觉得眼前一黑，呼吸不上来了。这次的发力快而凶狠，和前天相比差别很大，直接唤醒了华生体内的危机感。他连忙学着刚才训练时看到的样子，用手拍打垫子表示认输。

肖依倒也没有纠缠，见他认输就立刻转换体位，从骑乘位瞬间起身。华生虽然被吓坏了，但感觉身体上的重量一轻，立刻本能地翻身想要爬起，就是这一侧身，被肖依拿到了侧面骑乘的位置，抓住手臂顺势一拧并向后仰倒，一个教科书般的十字固，差点把华生的肘关节给掰伤了。华生实在没忍住，大叫了出来，竟然慌乱到忘了拍地板。对于一个从来没有训练过的素人来讲，受到生理威胁和伤害的时候，大脑直接反馈为强烈的纯恐惧，哪里还顾得上那些规则。没想到，听到华生痛苦的大叫，肖依脸上浮现出咬着牙很解恨的一笑，手下立刻松了劲儿，趁着华生痛苦地翻身跪起，立刻攀附在他的后背上，再次实施了一个后背裸绞。这次她倒是没有发力，而是手臂搭锁扣在脖颈周围，在华生痛苦不堪的面孔边上，悄悄地冲着他的耳朵问道："相见甚欢是不是？嗯？"

华生这么大的个子，被一个娇小的姑娘从后背锁住，竟然动弹不了而且呼吸紧张，实在是哭笑不得。他挤着嗓子说道："求饶求饶，女侠饶命。我错了！"

肖依手臂一紧，轻声诧道："错哪了？"

华生这时候早就已经明白了肖依的心思，一脸无辜地往外念叨："说话不算数，说请吃饭没请。"

肖依说："不要避重就轻，这不是核心问题！"

华生更加愁苦，试图给自己辩解一下："其他的都是工作需要……"还没说完，就感觉脖颈间一紧，呼吸也立刻紧迫起来，赶忙挤出一句话："请女同学吃夜宵？"说完这一句，觉得肖依的手臂松开了些，在他耳边说道："嗯，这还差不多。还有更恶劣的呢？"

华生嘟囔了一句："公安的同志们嘱咐我去陪她吃早饭的，顺便……"这一下子华生的声音真的是戛然而止，停得特别突然。肖依的脸躲在华生头后面，恨恨的表情里透着气鼓鼓的样子，鼻孔里喷出两声轻声的"哼哼"。不过，她的下手有分寸，没真往死里发力，要不然华生至少会喉软骨受伤。华生无奈，只好说："陪女同学吃早饭，陪女同学开会，陪女同学分析案情……"

肖依听着，知道这家伙实际上在抱怨，也不理会，催促道："好啦，少啰唆些没用的，还有最后一个错误是什么？"一边说着，手里也就慢慢松开了力道，只是还搭着手臂的锁扣。

华生苦着脸，承认说："不该乱发朋友圈。"

肖依笑容绽开，问他说："怎么弥补？"

这个问题倒是让华生很意外，他迟疑了一会儿，尝试着朝身后的人问道："不会是让我删了朋友圈吧？"心里道，如果是这个要求，就未免过分了点。

肖依说："我哪里是那么小气的人！"她扭头朝着旁边刚加量训练完毕的克南说："克南，帮我们拍张近景，就是人的脸特别大、占满屏幕的那种，拿我的手机。"克南拿着手机过来认真地趴在地上找角度，肖依一边锁着华生，一边指导着克南拍照的位置和取景，准备妥当之后微微一用力！华生很配合地做出龇牙咧嘴的痛苦表情，还喷出一点鼻涕，这张被降服的古怪表情合影就算完成了。

这时候，肖依才松开手臂站起来，用脚踢了踢坐起来的华生，告诉他："我已经把刚才的照片传给你了，你发到朋友圈里去，写上'被锁很疼，咎由自取，罪有应得’。”说完，自己也不禁哈哈笑出声来。

华生拿过手机一看，照片里肖依在后面乐得脸上笑开了花，前面是自己扭曲的挂着鼻涕的大脸，两个人的表情相映成趣。华生摇摇头，看着满是期待的肖依，把照片和那三句话发到了朋友圈里。肖依探过头来看看，这才满意地拍拍他的肩膀说：“好啦！本姑娘要吃牛扒、吃海鲜、吃大餐啦！走吧。”

这一条朋友圈，是华生有生以来，获得点赞和评论最多的一次，几乎所有人都问他“这是谁？”“为什么这么惨？”“后面这姑娘很漂亮啊，有没有男朋友？”“鼻涕怎么都不擦掉就拍照了？”“犯了什么错咎由自取？”等等。看见华生在那一会儿愁眉苦脸一会儿哭笑不得的样子，肖依高兴坏了，要过手机来看各种评论，一边看一边乐，连吃都没怎么顾得上。

夜色微凉。

回去的路上，华生背着肖依的大包，肖依拽着带子，突然问华生：“我这么捣乱，你嫌不嫌烦？”华生可没想到肖依自己说出“捣乱”二字，有点受宠若惊的感觉，睁大了眼睛看肖依。肖依低头莞尔一笑，复又抬头瞪了华生一眼，凶他道：“看什么？真以为我不懂事啊？我又不是小孩儿！”

华生脸凑近，用她的话逗她：“不是吗？”

肖依脸色一嗔：“当然不是。你们男生笨死了。我问你，如果下次是个没结婚的漂亮女同学要和你亲密合影，你答不答应？会不会因为要请人家吃饭而再次推掉请我吃饭？”这大长句子，难为她说得一气呵成，极为流利。

华生拉长“嗯”的声音沉吟起来怎么回答这个问题。他的确在认真思考，自己还有没有漂亮女同学，还是没结婚的，还可能让他请吃饭的……正思考到有没有人会要求拍亲密合影并得出否定答案的时候，突然觉得胸前一紧。

肖依气鼓鼓的小脸霸占了眼前的视线，两只手已经交叉着抓住了华生的领口。华生感觉颈部被瞬间挤压得膨胀起来，呼吸开始困难。果然，肖依嗔道：“还敢想……”双手一紧。

华生暗道一声：“不妙！”正吓得要挣扎的时候，却感觉到力量突然消失，一股清香的体温拥在胸前，肖依的两片温润的嘴唇，主动吻到了华生的嘴唇上，似乎还用舌头轻轻地舔了一下他的上唇。只一瞬间，便又离开，松开双手后的肖依歪着头看着华生，问他：“你现在是有女朋友的人了，不能随便和别的女人拍亲密照片，不能抛掉女朋友去和别的女人吃饭，明白了吗？”

第 7 章

现场排查

每个人，无论心里是否有鬼，脸上一定都戴着壳。或像佛，或像神，又或像罗汉。你敢信这壳吗？穿过这层壳，你能找到鬼吗？小心前行，仔细观察。

——老姜

1. 度假村摸底

位于昌宁区的九龙昌盛温泉度假村，的确是前两年集体拆迁后，村民们凑钱搞的产业。反正地皮没成本，镇政府又支持，所以解决了拆迁村民的劳动就业问题。

负责调查顾三儿家人、同事和工作单位的同志反馈回来信息，度假村里养着60多名服务员，其中顾三儿的新婚妻子就在12个人的VIP俱乐部精英服务小组里。另有一个10人的保安队伍以及6辆车，有接送客人的小巴，也有轿车和越野车，车辆型号也没有什么规制，一看就是随意凑出来的采购清单。

任支带着侦查小组，姜老师也在队伍里，一起去度假中心摸摸情况。戴猛和华生并没有参加这次排查，毕竟公司里还要上班，很多事情等着处理。作为科研伙伴，像这样出现场的情况，三年来姜老师已经参加过几十次了。

这是一个典型的村落式度假村建筑。大门被修成了黄绿色琉璃瓦覆盖的牌坊，是近几年流行的粗糙仿古文化设计。整个度假村并不大，有四栋方桶形的灰色建筑，楼都是新盖的，其中三栋使用绿色玻璃幕墙，反射着刺眼的阳光，另有一栋硕大的楼顶牌匾上可见“VIP俱乐部”，玻璃幕墙是金色的，看着尤为显眼。

市局的三辆车依次停在迎宾主楼门口。一位副镇长带着若干人等，早已站在门口迎接，其中还有三个人穿着警服。这个迎接，就是标准的官场规矩了，任支不禁皱了皱眉，他并不喜欢这种迎来送往的繁文缛节，更不喜欢公安以外的各种官商人员介入到案件调查的过程中，那样容易出现干扰。

分管司法的副镇长尽管在级别上比市公安局刑警支队副支队长略低，但现官不如现管，在昌宁镇上所有跟司法有关的重大事务，都由分管副镇长来出面对接，镇长和区领导在刑事案件侦查过程中不露面，也很正常。只不过，不管什么官员一出面，就把这件事情搞得形式上正规很多，也复杂很多。

任支一众人等下车，副镇长比较客气，笑容可掬地向前迎了几步，和任支握手后，寒暄的同时，依次介绍了自己身边的人。总经理大概见过世面，知道自己的员工出了事情，肯定会有一轮又一轮的调查，对度假村来讲无论如何是件麻烦事，故而满脸堆笑地对着每个小组成员点头哈腰，只盼着能在接下来的事件中少受点折腾。昌宁区分局分管刑侦的副局长和大队长来了，还有一位警察就是昌宁镇派出所所长，也跟在欢迎的队伍里。派出所是最基层的执法机构，平时要负责地面治安，也要负责出现的刑事案件。任支率领专案小组到度假村调查，又是这么大的案子，估计基层的相关领导和干警压力也很大。任支和分局副局长、大队长他们都很熟，只是和派出所所长不熟，短暂念旧之后，任支特意握住了所长的手，看着他笑道："这个案子麻烦，少不了辛苦你们基层的同志，要多费心了。"

所长姓钱，看着也是彪悍风格的大汉一条，只是身体有点发福，但能够看得出年轻的时候很壮，魁梧体格的底子还在，脸上一道明显的疤让他的笑容看起来平添了几分刚毅。钱所长摇着任支的手道："请领导放心，我也是案子里摸爬滚打过来的，见惯了的，熬得住。但凡有用我的地方，您尽管吩咐。"讲完这句话，钱所长方才抬起眼睛，看着任支队长笑，眼中、脸上很是热切。由于长期在一线接触民众和各种烦琐的事情，所以各行各业形形色色的人群，都是他们负责维持安稳的。那些老百姓很怕的"混社会"的狠角色们，见到派出所的人表面上也都恭恭敬敬，因为自己的生意和收入，还得指望着这些人不要太过为难。所以，长期浸淫在民间的基层民警气质，和一线那些负责专业业务，如勘验、抓捕、讯问的刑警气质，有很大差别，因为他们更擅长跟复杂人群打交道，而且还是灵活机动花样百出地打交道。难得这位钱所长脸上并未见油滑之色，言谈举止间散发着刚正不阿的气质。

副镇长只是简单客套地欢迎了一下任支和随行，然后就解释说自己下午还有个镇党委的会，不能多陪，一再道歉，吩咐度假村的总经理陪同大家往贵宾休息室落座喝茶之后，便带着自己的人匆匆离开。剩下的就只有公安系统自己内部的兄弟，以及度假村的几个人。看到这么多穿着制服的警察，度假村总经理有点紧张，额头上稍稍冒了些汗。钱所长递给他一张纸巾，微微笑道："老顾啊！你紧张啥，我们都是来查案、办案的警察，又不是土匪强盗。"老顾用纸巾擦去额头的汗，不好意思地讪笑起来，改为一副故作镇定的客套神色，不过前倨后恭的姿态和飞快响应的小步跑动，还是显得巴结。

大家在会议室落座后，分局副局长领衔向任支汇报："前几天一发案，我们就按照市局要求，第一时间跟进协查了。这次老领导亲自来，我心里有底很多。目前，我们已经组织调取了所有涉案时段内第一案发地点周边的监控录像，可惜因为监控分区升级，恰好那段时间轮到南环大街区域，所以没有拍到案发过程，只有升级前后的状况记录。"尽管这是老消息，但听分局的同志再次确认，众人心中还是不免失望了一下。最关键的证据现在没有了，剩下的工作只能从人的身上进行突破。

分局副局长继续汇报道："另外，我们也查了顾三儿的背景信息，没发现什么异常之处。您和兄弟们先喝点水，我这边已经交代好，我从分局带来的人、派出所的人，还有度假村的保安队、服务员，包括整个度假村的所有工作人员，都会积极配合市局调查。区里领导和分局也都表态全力支持，提供一切资源，争取尽早破案。"

任支笑道："我们哪还有时间休息，直接开始吧。这次来目标很明确，就是对顾三山身边的人员进行排查走访，寻找一些线索。虽说这案子现在市局支队直接负责，但你的辖区还得偏劳你们。不用留在我这里客套，你和分局的兄弟们就按惯例来，撒出去干活吧。"这应该是任支在基层的时候惯有的风格，所以分局的人点头称是，即刻分头行动。

任支又转头向总经理老顾说道："麻烦老顾给我们找一间比较宽敞明亮的房间，通风好一点，我们先见见顾三山的妻子。"老顾一边听，一边不断点头应承着"好"。

本以为专案小组会按照常规方案在度假村里按部就班开展调查，没想到第一个要见的人竟然是嫌疑人的妻子，钱所长听了一怔，笑着问任支道："领导和同志们屁股还没坐热咧，这么雷厉风行就开始了。您看，除了顾三儿他媳妇之外，有没有什么其他人要问，或者有没有什么其他事情，需要我来安排？"两手握在一起，恭谨又不失积极。

任支笑笑，摆摆手说："老钱跟我们一起吧，你的地面，你最熟悉情况。"钱所长边笑边点头，表示听从领导安排。他按照任支要求，把一行人带到了VIP 俱乐部的大楼里。钱所长和总经理老顾一前一后，径直领着大家上楼来到二楼的贵宾室。期间老顾尽管一路地客气引导，身形却始终跟在钱所长后面。贵宾室里早就有服务员等在里面，见人来了，就开始手脚麻利地安排落座，并给大家倒茶。

任支坐定，吩咐服务员不用倒水，请他们出去之后，开口跟老顾说："老顾啊！我们是来办案的，不是来开会，也不是来度假，你不用按照接待标准来应付我们。再说，案件在侦查阶段，知情的人越少，越有利于侦查推进，所以你不要客气了，这些标准的接待流程，你吩咐下去，都省掉。"老顾忙点头称是，自己也识趣地走出门外，安排度假村的人不要来打扰。

任支又对钱所长说："钱所长，看来你对辖区管理的单位都很熟。我年轻的时候也在派出所干过一段时间，当时可做不到你这种熟悉的程度。这是敬业的表现，值得年轻的基层同志们学习！"说完转过头去跟马大队和小孙交代道："老马，人来之后，你和小孙主问，我们都看看。"

马大队和小孙的组合搭档，审过很多大案要案嫌疑人，突破了很多不开口、难开口的硬茬。像受害者家属这样的普通人，他们一般不会亲自出马。但这次的案子，闹得动静太大，现在又发现了顾三儿的问题，恐怕必须得高度谨慎，用最好的矛戳戳层层叠叠的盾。

2. 貌合神离的美女媳妇儿

没一会儿，一个 40 多岁的女人身着套装进了门，胸口别着名签，上面写着"领班——秦淮天"。在她身后跟着的，是一个非常年轻的姑娘，目测只有十八九岁的样子，脸庞上散发着年轻肌肤特有的细腻的光泽，身着一件及膝旗袍，身材凹凸有致，两条修长的小腿配上高跟鞋，显得人亭亭玉立。平心而论，这个姑娘不仅仅是漂亮，她的身体里还散发出一股让人心神荡漾的能量。

风韵犹存的领班大姐进门的第一件事，是不慌不忙地用眼神把屋子里每一个人都快速扫了一遍，最后目光落在钱所长脸上，刚好老钱正在看她。钱所长见她那副不以为然的样子，把脸微微一板，指责道："看什么呢？不知道这些都是市局来的领导吗？"说到这里，用手把大姐的目光引导向了任支，介绍道："这位是市公安局刑警支队的任支队长，是我的上级领导，需要向刘菲菲了解一些顾三儿的情况。你要好好配合，明白吗？"说到最后一句话的时候，语气加重了很多，声音也严厉起来。

钱所长话音未落，领班大姐立刻就明白了这屋里谁是最重要的角色。她脸上瞬时间绽放出妩媚的一笑，快步趋近任支的身边，作势要半蹲下去放低身体伸出手，一开口就是客套："哎呀！这么大的领导，我们小老百姓可是难得一见，见到您是我的荣幸。领导您好！"

任支是从基层干上来的老江湖，不慌不忙打个哈哈，还没等对方靠近，就从沙发上站起来，待大姐站直身体才跟她握了手，随即立刻抽手分开，一指远端的一个沙发说："给你添麻烦，例行调查，感谢配合。你先坐在那里，我们先跟嫌疑人的家属了解一些情况。"说完，看钱所长还拎着热水壶忙着给几个人的茶杯添水，便朝着他笑起来，说道："老钱不忙活了，屋里就咱们几个人，你不要见外，也坐下看看，听听。"

老钱依言放下水壶之后才发现，留给自己的座位就只有远端的一个空位，正在领班大姐的旁边。老钱身体停在原地好几秒钟，似乎很不情愿地迈起脚步走过去，目光炯炯地盯着领班大姐。领班大姐倒是满面春风的，见钱所长过来立刻站起来，双手搭在腹前，规规矩矩地弯腰鞠躬，口称："钱所长好！"

老钱跟她客气也不是，冷面相对也不是，就轻轻点了头自顾自地坐下，目不旁视。

领班大姐见他这样的神色，也不敢多说什么，直到老钱坐定了，方才屁股一扭，摆出标准的服务业端庄姿势坐下。她不敢直视老钱，但又想从钱所长的神色间嗅出些味道，便微微侧了脸，用余光打量着他此刻的情绪。但最终也只看到一张冷冷的脸，没能看出个端倪。这样一来，就只有顾三山的妻子刘菲菲一个人，站在房屋中间。小姑娘彷徨地频频望向领班大姐，有点不知所措的尴尬。两人都没想到，一进屋就被立刻隔离得这么远，虽然还在一间屋里，却因为角度和距离的问题，没法互相交流。这样的阵势，让刘菲菲心里有点慌。

马大队从任支的眼神里领命，开口接管局面，平和着脸问道："坐下吧。你是刘菲菲吗？"

小姑娘双手搭在身前，低着头，脖子修长，仿佛有点害羞的样子。她并没有抬头，而是循声转向马大队，颔首轻声应道："是。"双手开始对捏着手指，双腿并拢得很直。在及膝的修身旗袍衬托下，年轻的曲线如同一件艺术品。

小孙向她重复道："坐下说话。"刘菲菲这才坐在椅子上，并拢双腿偏向一侧，手臂伸直、双手交叠按在小腹前的旗袍上，依旧低着头。这样规矩的娇羞坐姿，倘若在"小白"眼里，那必定是非常美丽、温婉而妩媚。然而在场这些人，都是常年和各种邪恶人格的犯罪分子、狡猾多诈的三教九流打交道的人，看惯了演戏和伪装，便也不会那么容易为一个坐姿所触动。这种判别能力，的确要用时间和教训来积累，因为你对面的人，可能好也可能恶，简简单单地选择相信对普通人无所谓，对侦查人员可能就意味着纵容罪犯，甚至自我伤害。

"顾三山认识吗？"

"嗯，那是我……我……老公。"刘菲菲有点迟疑，只是一个轻轻的点头动作，头还是没有抬起来。这副逆来顺受的娇弱样子，是很多男人打心眼里疼爱的类型。姜老师却觉得好笑，不知道自己为什么会联想到早期香港电影里那些还有基本廉耻感的失足姑娘。

"你们俩几天没见了？"

"呃……"姑娘听到这个问题之后，悄悄地开始掰着手指头数，但很显然，她心里并不知道究竟应该停在哪根手指上，最终只好攥紧拳头，没有回话。

"你知道他现在在哪吗？"

姑娘抬起头，睁着大眼睛茫然地望向马大队和小孙警官，摇摇头，又望向屋里其他人。这是她第一次抬头，目光飞快地在每个人脸上闪过，最后扭头望向领班大姐的方向，目光停了下来。领班大姐冲她微微一笑，颔首表示鼓励和安慰；钱所长则剜了她一眼。看到钱所长凶狠的目光，她赶忙扭回头，继续保持着低头的状态，手臂按在大腿上，脊柱撑得笔直。

"顾三山现在在市公安局。他前天早晨报警投案说，早晨在回家的路上，"说到这里，马大队放缓语速，一字一字地说道，"他杀人了。"

刘菲菲这下很吃惊，猛地抬起头，先是张大眼睛，不知所措地望向马大队和小孙二人，快速闪烁的目光在两人之间往返了好几次，不敢相信她刚刚听到的话。随后，她又把目光降下来，却依然向左向右闪烁着，睫毛微微颤抖。老姜注意到这一瞬间的反应，是真的惊讶加恐惧，眉头的蹙起在细嫩的皮肤上显得很明显，慌乱的眼神决然演不出来，看来，她并不知道自己的丈夫涉嫌犯下了杀人重罪。这个惶恐不安的过程并没有持续太久，也就几秒钟的时间，刘菲菲再次抬起头，转动身体向后，望向领班大姐的方向，看神色，应该是在向领班大姐询问她是否知情。领班大姐流露出一副为难的表情，轻轻摇摇头，大概的意思应该是说她也不知情。一旁的钱所长却只是皱紧眉头盯着她，只是和刘菲菲没有什么目光交流。

刘菲菲扭回头，坐在自己的椅子里，拳头捏得紧紧的摊开在椅子的扶手上。她把眼睛闭上，这次并没有低着头，而是皱紧眉头在思考这个突然传来的消息。她非常震惊，怎么也想不到自己认识的人竟然犯下了杀人罪，还是自己的丈夫。陡然间，她睁开眼睛，快速往身后的方向瞥了一眼，见钱所长脸上很凶的样子依旧盯着她这边，便赶忙转回身，身体往前一探，问道："顾三儿杀人了？"言罢，右手捂住了自己的嘴，停留在这个状态宛若一只惊诧的小鹿。这就奇怪了！前面的惊慌失措是真实的，而此刻的震惊则是表演的，还是肥皂剧里业余女演员的水平。老姜不由得开始思考下一个问题：这个诡异的转换是怎么发生的？

马大队只是盯着她的脸看，并未接话。小孙也看到了她遮掩嘴的动作，嘴唇不明显地一翘，问道："你的爱人顾三山报警投案，说自己杀人了。"得到确认后，刘菲菲没有再说什么，只是把右手放下，又把双手搭在身体前面，轻轻往回挪了挪脚尖，低下头，脸上一副楚楚可怜的表情，不知所措地只知道捏着手指。

小孙也没料到她竟然是这个反应，竟然并不继续追问自己的丈夫究竟发生了什么，便问她："你有什么要问的吗？"她摇摇头，只是那么矜持地坐着，也许是因为旗袍遮不住膝盖，还踮起一只脚尖，努力把双腿并拢，如同周星驰在《喜剧之王》里说的那样，像一只鹌鹑。她依旧低着头，颀长白皙的脖颈藏在微耸起的肩膀里，手臂舒展地撑在膝盖上，但始终没有说话。

马大队问她："你也不想知道顾三儿现在怎么样了？"

刘菲菲好像想起来重要的事情，忙抬起头，夸张地忽闪着大眼睛，表情非常惶恐地应道："我害怕。他平常挺胆小的，怎么会杀人呢？警察叔叔，你们会不会搞错了？"

马大队告诉她："我们也希望他没有杀人，可惜他自己承认了。找你来，也是了解一下关于他平常的情况。你最后一次见他是什么时候？"

钱所长听得仔细，目光始终注视着刘菲菲，右手紧紧地抓住自己膝头的裤子，凝神听她怎么答，连呼吸都控制得极为细长。

“最后一次……是四五天前吧，我俩一块儿来上的班。”刘菲菲回忆道。

“当时他有什么特别的表现吗？”

“没有，都挺正常的。”

“后来一直没见过面？”

“是。我们在两个部门，忙起来根本就见不上面。”

“平常顾三儿几点下班？”

“我……不是很确定，我们不在一个部门，上下班时间不一样。”

“你俩结婚多久了？不知道上下班的时间吗？”

听到结婚两个字，刘菲菲的神情出现了变化。她几不可见地微微撇了撇嘴，视线落向一旁，一瞬间流露出些许的轻蔑。过了一会儿才应道：“也没多久，春节后拜的堂。”回答完这个问题，似乎神情平静了很多，又恢复了之前矜持乖巧的样子，解释道：“主要是我的工作时间没规律，顾不上。”

见她仍然不问顾三山的案情，小孙提醒她道：“刘菲菲，顾三山自己向警方交代，是前天凌晨在回家的路上，遇到了碰瓷的人，激烈冲突后，一怒之下杀的人。”

“啊？凌晨哪能有人碰瓷？”刘菲菲脱口而出。

她的话音被钱所长突然爆发出的咳嗽声淹没。钱所长赶忙用手捂住嘴，用力地在喉咙间清嗓子，朝任支这边点头表示歉意。

刘菲菲话锋一转，问道：“那……他杀人……要判多少年？”神色间眉头微蹙，很是害怕的样子。

这个反应好奇怪，前一个问题质疑得很有道理，却突然转而关心刑期，根本没打算替自己老公辩解或者争取什么，仿佛杀人的事已经在她心里成了既成事实。

“你相信他说的话吗？”

“他说是碰瓷的，应该就是碰瓷的吧。他特别老实，还胆小。”

“胆小？胆小还敢杀人？”马大队声音稍微一重，威力就渗出来了。

刘菲菲倒淡定，没有害怕，也没有说话。

“他自己向警方交代，是凌晨两点下班，5 点开车出发回家的。”

“哦。”刘菲菲就这么应着，眼皮也没抬一下。

“他平常都几点回家？”

“都……都有吧。”

“当时你在干什么？”

刘菲菲脸霎时间红了，头和脖颈微微向斜后方转了一点，旋即又停下来不动，抿紧嘴唇怯怯地答道：“在上班。”手开始捏弄自己的裙边。

“半夜凌晨的，还上班？上什么班？”

“嗯，没办法。有的客人特别讨厌。”讨厌两个字被拉长了一点，是掺杂着嗔怪的抱怨。

领班大姐听到这句话心里有点慌，她依稀看到刘菲菲的神情，不由自主地咽了一口口水，小心地向旁边钱所长看去。钱所长表情凝重，腮帮子上的肌肉隆起，目光炯炯地盯着刘菲菲。

“平常你的工作，都这么辛苦吗？”

“不知该怎么说。秦姨很心疼我，不算辛苦。”说到这句话，她转过头去，看到领班大姐有点慌乱的神色之外，也看到了钱所长的眼睛——一触即闪，她看到了怒火。

“有没有特别难缠的客人？”

“……”这次刘菲菲没有说话，脸更红了些。

钱所长这时一拍沙发扶手，开口就训斥道：“刘菲菲，你老是看看看，看什么？警察同志问你话，你不要支支吾吾。有没有什么客人特别难缠，名字叫什么？”语气严厉得吓人。

旁边的领班大姐也赶忙飞快地插话道：“菲菲，你看我干什么？警察同志问你话，你就照实回答。别老看我，好好回答问题。”

刘菲菲身体一抖，整理了一下自己的头发，答道：“没有，没有。”

钱所长复又坐回去，鼻孔里呼出一股长气，全然没有注意到任支看他的目光。坐回之后，他才觉得自己刚刚冒出来问话有点出格，便朝着任支讪讪一笑表示歉意。但此刻，任支并没有注意他，因为小孙继续在问刘菲菲问题。

“你觉得，以他的为人，被逼急了会杀人吗？”

“会吧。”

“你不是说他胆小吗？”

“……”小姑娘又不接话了，似乎游离在这对话之外。

“他平常有打过架吗？”

听到这个问题，刘菲菲抬起头来，轻轻一笑，显然特别轻蔑地说道：“其实我们认识时间也不长，不是很了解，但确实没听说他敢打架。”说完又补充一句，“平常村里谁冲他横点，他都赶紧赔笑，不敢得罪人。”说罢，还歪了歪头，甜美的笑容配合眨动的眼睛。

“他平常玩手机游戏吗？”

“不知道，应该不玩吧，他可土了。我平常会玩，我‘撸啊撸’级别可高了！”说起这个话题，刘菲菲刚刚矜持的劲儿突然就没了，一脸的兴奋像个学生，自己补充道，“我之前还做过主播呢！”

小孙也兴奋地配合道：“哟！是吗？我也玩英雄联盟，你网名叫什么？没准我还看过你的直播呢！”

小姑娘很骄傲地说了个名字，说自己有很多粉丝。小孙记在笔记本上。

钱所长这个时候，咳了一声清清嗓子，提醒她道：“回答警察同志问题，不要东扯西扯。”但刘菲菲还处在兴奋的状态，全然没有在意。

“他的手机密码你知道吗？”

“不知道。”

“顾三山的罪名如果真的成立，恐怕会判得很重。你如果知道什么重要的信息，一定要告诉我们，这样对你对他都好。”马大队做了一个收尾的问题。

一提起这个话题，刚刚的矜持立刻又上了刘菲菲的身，她雅致地收敛起姿态和表情，认真地点了点头：“全凭警察叔叔做主。”

小孙觉得这样的谈话，并没有取得太多有效信息，决定要敲一敲她，要不然总是劲儿不对，便问道：“你俩感情怎么样？”

刘菲菲的第一个反应，是皱了皱眉，但随即换上笑脸，回答道：“我俩刚结婚，怎么能不好呢？小伙子很好的，人也老实，也爱我。这次闯了这么大的祸，我也没想到。希望警察叔叔帮忙，别判得太重。”

“他平常都爱吃点什么啊？”小孙话锋一转，既是拉扯，也是对上一个问题的验证。

“啊？……”刘菲菲没能答出来，尴尬地左右扭了扭身体，调整了下姿态。

“他平常最喜欢干什么？”

“玩游戏，哦不是……看电影吧。”刘菲菲的屁股底下似乎有什么不舒服的东西。

“最近看的一部电影是什么？”

“……我不记得了，哦，他可能自己去看，我不知道。”被逼问得窘迫，刘菲菲眼神开始变得慌乱。

小孙话锋再次一转：“刘菲菲，我们也问了顾三山这三个问题。他可是对答如流，而且对你的事情回答得很详细。你爱不爱他我不知道，但我可以确定，他特别爱你。你俩好像差得有点多啊！”这一句差得有点多，没有指明到底是什么，但却让刘菲菲的下巴微微扬起来，眉毛也抬高些，一副理所当然的样子。

看她这个反应，小孙挑明了问题：“你自己说，你爱他吗？”刘菲菲一副天真烂漫的样子答道：“当然爱啦！不爱我能嫁给他吗？警察叔叔这么问人家，好奇怪。”说罢，用手捂住嘴，嗤嗤地笑。

“巧了，我也正要问你呢，当初为什么要嫁给他啊？爱他什么？”刘菲菲就算不这样挑衅地反问，小孙也要追问细节的。最好用也是最简单的办法，就是细节逼问。

一句话问得刘菲菲语塞了，一时不知道该说什么，咬了几秒钟嘴唇之后，方才迟疑道：“我老公是朋友介绍的，我觉得他人挺老实的，又有正经工作，就嫁了呗。”说完这句话，低下头，偷着侧眼向领班大姐的方向瞥了瞥。

顺着这个目光，小孙也望过去，嘴里的话却问向刘菲菲：“顾三山最后交代说，他之所以报警，是因为怕你受到伤害。你觉得会有人要害你吗？”

刘菲菲一脸轻松的样子答道：“没有啊！哪能呢？公司和秦姨都很照顾我，平常的客人也都有礼貌。再说了，还有公安大叔日常保护我们呢！”说完，扭过头去，朝着领班大姐和钱所长的方向颔首微笑，很有礼貌的样子。

这一次，老姜清楚地看到，她的目光和钱所长的目光碰撞了一下旋即分开。刘菲菲的笑容里不全是客气和感谢，还有那么一点得意，而钱所长则张了张嘴唇，眉头锁得更紧了。

3. 似乎找到了鬼

马大队和小孙警官也彼此交换了一下目光，决定结束这次询问，便向任支请示。

任支环顾了一下四周，点点头，做个收尾："刘菲菲，你给警方提供的情况，并不是非常清楚，甚至有一部分有点模糊。这样，我们分成三组，分别谈，不要互相干扰。"

听到任支的话，钱所长的右手痉挛似的抽搐了一下，眉毛情不自禁地挤压出了深深的皱眉纹，眼神深邃，望向任支的脸，等待分配任务。旁边的秦淮天一脸茫然，不知所措。

任支队继续说："小孙，你换个地方，带上一位女同事，跟刘菲菲再好好谈谈，晓之以理动之以情，阐明利害，让她明白现在这件事情的重要性。保安队那边，由马大队带队。那边人多，姜老师也跟着，多人谈话你可以好好看看。"眼睛望向姜老师。老姜当然明白他的意思，站起身来走到任支身旁，耳语了几句。

任支点头，默契一笑，拍了拍老姜的手臂，示意"明白"。然后转头叫了一声："老钱！"钱所长正等着，任支一叫便忙不迭地答应。任支说："老钱，得麻烦你一趟，我跟你一起，回你所里，调取一下昌宁镇的治安情况记录，尤其是近半年的洗头房、按摩房和大型度假村里发生过的治安案件记录。时间紧，任务重，咱们得争取在晚饭前，找点有用的信息出来。"

老钱想了想，嘴里只说出一个"好……"字来，又把话咽回去了，点头说道："我这就回去办。您也一起来吗？太辛苦了，您就在这休息就好，我回头查完信息给您汇报。"

任支手一摆，打个哈哈道："那哪能呢？我也是基层上来的，知道你们辛苦。我们一起，能快一点。走吧。"

几人开始行动，临分开之前，姜老师把马大队和小孙警官叫到一处没人的角落，小声说："我觉得，老钱的状态有点奇怪。他和刘菲菲对视了几次，眼神里不全是疑惑和盘问。尤其刘菲菲回答问题的时候，他的表现过于紧张了，表情和肢体动作都流露出不安。刚刚跟着任支出门的时候，你看他的行走姿态，似乎连腰也直不起来，跟刚刚见面的时候大不相同。我推测，他在这个过程里产生了很大的心态变化，任支也有这个感觉，一会儿孙警官单独和刘菲菲谈的时候，可以试试这个方向的问题。"小孙警官点头，马大队深深地看了老姜一眼，也点头表示记下了。

第 8 章

背后的第一只手

你爱我？我谢谢你。但是我并不爱你！事实上，你的爱让我觉得恶心。

——顾三儿媳妇

1. 制服怂货，突破心理边界值

马大队和姜老师一行人，来到一间中等的会议室，技术处的同志已经把录像机都架设完毕，有人汇报说保安队成员已经在隔壁等候。

监视器上，隔壁房间里一共有 9 个保安队员，应该是都到齐了。9 个人三三两两地站在一起交头接耳，只有两个人坐着，离其他人距离也远一些。一位是接近 50 岁的大叔，袖子的红箍上印着显眼的“队长”字样，从脸上深深的皱纹就可以知道，年轻的时候没少受苦，落得现在没表情也一脸的深纹，坐在那里低着头，一边抽烟一边寻思事情。另一个坐着的，是个膀大腰圆的大个头，满脸的横肉挤得眼睛眯成一条缝，脖颈后面都堆叠着三层肉，短短的头发里、额头、鬓角和脖子上，都是汗，看着就能感觉到油腻腻的脏。胖大的腰身几乎撑破了制服。尽管脸上是圆的，但仍可见横肉翻动，从三角眼里射出的目光看向屋里的保安，总是一翻一翻的，透着凶狠。其他几个人，大多数就是顾三山那种风格，都是普通的农村小孩，瘦瘦的个子也不高，还有两个染着黄头发，撑不起来深蓝灰色的“特勤”制服。他们面带着无所谓的笑容，彼此耳语着，偶尔有笑出声。

马大队说道：“让他们过来吧。”

9 个人次第从会议室的门进来。屋里是凹字形的椅子摆放，9 个人进来之后不知该怎么坐，就都堆在门口等着吩咐。大胖子和队长站在最前面，体型上形成鲜明对比。大胖子叉开腿挺着胸，而老队长则略微塌着腰，双腿并拢，膝关节也微微弯着。大胖子一和警察对视，就眯缝起两只眼睛，赔着笑脸，但只要目光一扫其他人，随即又恢复成霸气的冷面。

马大队问道：“您是队长啊？”

老队长一副唯唯诺诺的样子，并没有什么大方的表现，估计是因为在村里辈分高，所以坐上了队长的位置。见有人问话，忙先鞠了个躬再应道：“是，警察同志，我是保安队长。”

马大队比较客气地说道：“让大家坐吧，一边坐 3 个人，顺序无所谓。”

老队长忙张罗着大家坐。但大胖子挡在前面，见老队长让人坐，一转脸看向其他保安，被看的人立刻迎合出谄媚而恐惧的笑容，没有人迈步。警察说："大家坐吧。"还是没有人动，大家都看大胖子。队长有点尴尬，连声说："坐，你们坐下，警察同志要问话了。"有几个人动了动身形，但最终还是没人移动脚步。

大胖子翻了一眼队长，队长悄悄叹了口气，无奈地摇摇头，用眼神乞求了一下大胖子，这家伙才迈步走到了正对着警察那一排椅子，坐下之前对着马大队点头哈腰一笑，立刻又冷了脸扫视其他人，大剌剌坐在中间的位置上。等他坐定了，其他保安才纷纷坐下。

老队长坐下后，满脸赔笑对着马大队说："您有什么问题，尽管问，我们这些小孩，都没见过世面，您别见笑。我们保证积极配合。"大胖子听老队长这么唠叨，翻了一眼队长，脸上明显的嫌弃和凶狠，一点都不掩饰。马大队见他这个跋扈的样子，冷笑一声："顾三山平常为人怎么样啊？"

一片沉默。

老队长犹豫了一下，见没人说话，大胖子也没表态，就小声应道："小顾是个老实孩子，平常有点小坏，但不敢做坏事。"

"他平常有没有欺负人，或者被人欺负？"

一听这话，保安们都转脸去看大胖子。大胖子一瞪眼，几个保安都赶紧收回目光。大胖子撇了撇嘴，顺着嘴角溜出一句话："就他那怂样儿……"脸上是满满的不屑。

马大队暗暗咬了下牙，脸上略现狰狞，他对手下一个警官说："你安排两个兄弟，把这几位带到隔壁房间，做好笔录。"那人应声而动，立刻开始安排，马大队继续对老队长和大胖子说："你们两位留在这，跟我谈。"说完这句话，向前进了两步，眼睛盯着大胖子的眼睛，用食指指了指自己的鼻子。

待到其他保安都撤出去了，马大队才把老队长叫到自己身边，请他坐下，然后平静地问道："顾三山前天凌晨是几点下的班？"老队长因为离得大胖子远了，可能胆子大了点，回忆着应道："不是前天早晨，是大前天下午两点就……"没想到，大胖子一直在竖着耳朵往这里张望。听见老队长说话，突然吼道："你瞎他妈说啥呢？"老队长吓得浑身一紧，声音也就随着被掐断了。

马大队眉毛一拧，冲过去挡住大胖子，拉过一把椅子在他身前坐下，逼视着他的眼睛问："怎么，不能让他说完吗？"

大胖子没敢跟警察正面冲突，一甩头侧过脸去，微微晃悠着脑袋说："老东西根本记不清。那小子是前天凌晨两点下的班。”

“你怎么记得很清楚？”

“我年轻力壮身体好啊，身体好脑袋就好！我跟他一块儿下的班。下班之后，还一起打了会儿游戏。就因为这个，他才早晨 5 点借车回家的。”问题还没提那么细，自己就把“5 点”“借车”之类的细节要素给吐露出来了，而且还自然而然地建立了因果关系“就因为这个”。这种说话的口吻和内在逻辑，就像和顾三山背的同一套说辞。

“你们一起玩的是什么游戏？”马大队忍着火，沿着这个方向问他细节。

“……我不常玩，记不得那个外国名字。我平常也不怎么玩。”果然，一问细节，这大胖子就见怂，从内容到音量全线收敛。

姜老师见到胖子这个反应，在心里暗暗叹息了一声：“人笨成这样，为什么要这么横呢？”

马大队歪嘴一笑，贴近大胖子追了一句：“你确定？”

大胖子抱起双臂放在胸口，仰着头撇着嘴，结结实实把自己往“坑”里面夯了夯：“那还能编瞎话吗？”

马大队扭回头，冲着老队长问：“老队长，你说，到底几点下的班？”

“可……可能是我记错了，好像是凌晨两点。”老头不知道为什么大胖子这么凶，这么忌讳这个时间，再加上吓得有点晕，不知该往哪个方向回答了。

“我提醒你，你现在是在配合公安机关调查，有义务讲出实际情况。如果你提供的情况里有假的，甚至是故意做假，要承担相应的法律责任。”

老队长有点慌乱，抬头看了一眼大胖子，见他正恶狠狠地盯着自己，只觉得脖子两侧和肩膀“刷”的出了一身冷汗，慢慢低下头，心里左右为难。

“老李，你给我想好了再张嘴，别他妈瞎说！”大胖子阴恻恻地威胁道。

马大队的火就没有再压，冲着大胖子扔了一句：“你给我闭上嘴！问到你你再出声。”

没想到这大胖子竟然猛地一下站起来，身体像一座沉重的水塔一样，就想往前顶。不夸张地讲，就这身糙皮厚肉，撞到、蹭到、压到就得是重伤。姜老师心里“嗡”了一下，其他人也都一紧张。

马大队的第一反应，和普通人不一样。普通人遇到进攻的猛冲猛打之时，本能反应是后退，他则是向前挤压，这是受过专业训练的人才能积累下来的战术意识。往前顶，能够破坏对手原来的发力距离，给自己的防守和反击创造机会。在马大队眼里，见识过很多有本事的流氓，还有各种穷凶极恶的杀人犯，这种没规矩没眼界的愣货根本就不值得待见。他见大胖子要往前，几乎和他同时从座位上弹起来，直接用脑门顶住对方的脑门，鼻尖对着鼻尖，眼睛几乎贴着眼睛，底下用右脚在对方脚下设置了个勾绊，借着身体向前移动的力量，硬生生把大胖子肥硕的身躯逼回了自己的椅子。大胖子本能地用手一把抓住马大队的手腕，想凭借拉住他而不坐倒，马大队稍微一转就反擒住了他的手腕，用力一捏往下按，手里抓住大胖子的一根小手指往旁侧一掰，只听得“咔”的一声清响，大胖子已经疼得出了冷汗，脑门的青筋立时绽起。他只反抗了这一下，立刻就知道自己差得太远了，跌坐在椅子里没敢再动，眼神里面那跋扈的火焰也迅速熄灭，变得有点慌。

马大队鼻孔里哼了一声，冷眼看着他，俯视着他扔出一句话：“闭上你的嘴，怂成这样就别他妈瞎横！”现在不想跟他计较这个，只需要他别闹事别捣乱，让老队长把话说清楚，于是又加了一句：“睁开你的狗眼看着，没大没小了是吧？”大胖子忍着疼，仔细在马大队脸上打量了一下，就真的没敢再出声。

姜老师不禁眉头一皱，替马大队有点担心，暗中动手的动作他看到了，大胖子的表情明确无误地表示，他已经受伤了。这种动作是不是不太规矩？

见大胖子老实了，马大队再问老队长：“顾三山到底几点下的班？您想清楚再回答。”看到警官这么容易就制服了平常骄横跋扈的大胖子，老队长没再犹豫：“我记得是下午两点。不一定准确啊，但我记得是下午两点。”这一句话，说得大胖子脸色一灰。

马大队看了他一眼，告诉老队长：“你可以走了。让门口那个同志陪着你，去告诉你们经理，警方要看度假村大前天下午两点前后30分钟的监控。”吩咐完这件事，看了姜老师一眼。姜老师此刻对马大队很是佩服，这么快速的策略，从生理上到规则上，都制服了一个在他看来不好搞定的家伙。

马大队转过头来对大胖子说：“这就怕了？你应该害怕的事情还多着呢，也不知道是谁把你教成这么牛气哄哄的。你的手机，现在交给我。”这一下，大胖子要着急的就不是别人说什么了，自己突然变成了最需要担心的家伙。他摸了摸裤兜，下意识地想捂住。

“拿出来！”马大队提高了音量，金属摩擦的粗粝声音震得人耳朵疼。

大胖子没敢再抵抗，把手机哆哆嗦嗦地递了出来。

“密码？”

“906289。”

翻看片刻，马大队眉毛一立，喝道：“你玩的游戏呢？你的手机里根本就没有装什么游戏，玩什么？这些是什么？黄色图片倒是不少，真他妈恶心！”姜老师从旁边闪了一眼手机屏幕，隐约发现照片里有个人，很像是刘菲菲。

马大队问他：“这些照片是怎么回事？偷拍的吧？”即便是这么粗野蛮横的大胖子，面对着自己那点龌龊事，也低下头，不好意思和马大队对视。马大队又皱着眉翻看了一会儿，把手机递给负责物证的同事。随即问他：“说说吧，怎么回事？”语气中带着威压。

大胖子蔫蔫地答道：“前天凌晨玩游戏的时候，我没用自己手机，是拿别人手机玩的。”

马大队狞笑了一下：“哟！别看你蠢，狡辩起来还挺有想法。本来你就是协助调查，非得自己把事情弄大。你这样的我见的多了，我得提醒你，嘴里不要乱说，既不要隐瞒，也不要夸张。自己做过哪些事儿，老老实实承认，别最后给自己找麻烦。现在调查的是命案，你在这件事上跟警察撒谎，可不是一般的小痞子耍赖发狠，是要进监狱的，明白吗？”大胖子听到这里，眨眼突然变得连续起来，不确定是听不懂还是在想对策。

姜老师判断大胖子的状态，如果现在给他充分的缓冲时间，很有可能就错过了时机，于是突然从旁加了一句：“大前天下午两点，你在哪？干什么？一会儿监控调回来了，你再说可就来不及了，那个时候不管说多少，都不能算表现良好配合调查了。”

大胖子眼神瞬间慌了，他挪动了下硕大的屁股，调整了自己的坐姿，搞得身上的肉乱颤。他现在更像是个挨婆婆训的小媳妇，嘟囔着承认了：“那个，……顾三儿是下午两点下的班。”

马大队此刻没有插话，觉得老姜的节奏很好，这哪是一个教书的先生，审讯起来跟老刑警差不多，便用眼神让姜老师继续。老姜一点头，继续问道：“你当时在哪？在干什么？”

“我……”大胖子出于本能，还在犹豫。

“嗯？”马大队拧眉一发威，冲破了大胖子脑海中仅存的一点自我保护的意识。大胖子把脑袋耷拉下去，垂头丧气回答道：“我把他叫到地下室了。”

“叫地下室干啥去了？”

大胖子抬头看了一眼马大队，又低下去垂头丧气的不说话了。

这是一个非常重要的心理边界值，敌人战略上已经投降，但不想输给同类的简单直觉还会抵抗。和战争不一样的是，人对人的心理掌控，有可能翻盘。如果此时不突破大胖子的心理边界值，他也许会因为没有进一步的驱动力而选择重新对抗。

姜老师向马大队建议说：“马大队，让他带路，我们一起去看看现场，也正好帮他回忆回忆。”

在往那间地下室去的路上，大胖子沿途看到了警车、看到了自己熟悉的人被警察们指挥排好队等待调查，也看到了平常不可一世的秦淮天恭恭敬敬地被警察带走，去 VIP 俱乐部里面勘查。那是一个他想去见见世面都不行的地方，会被赶出来。一路上，他没有想到，不，应该说连想都没想怎么才能保守住自己应该保守的秘密。他在心理上已经放弃对抗了。

到了一间地下室门口，大胖子指着门说：“就是这里。”

马大队问：“你当时把顾三山带到这了？”

大胖子点点头，一名看护他的警察推了他一把。门打开，几个人涌进门口。

2. 阴暗的地下室

从进了这个屋子开始，姜老师就在大胖子脸上看到了一丝异样，他的眼神开始迷离，脸上竟然浮现出一种享受的表情，乃至于马大队再问他话的时候，他第一次都没有听见。他微微眯起双眼，抬起头，用鼻子使劲儿地嗅了嗅屋里的空气，一身的肥肉都松弛下来了，整个人激爽得脊梁骨一阵寒战。暗爽过之后，大胖子方才回到现实，意识到自己的处境，他惶恐地问马大队：“您刚才说什么？”马大队再问：“你当时把顾三山带到这了？”大胖子茫然点了点头。

姜老师接问：“带到这干什么了？”

大胖子环视了一下四周，脑海中浮现出那个劲爆而过瘾的下午，眼神开始变得痴痴癫癫的，人也慢慢癫狂起来。他并没有答话，目光经过暖气管的时候，多停留了两三秒，眼睛睁得奇大，仿佛看到了什么让人兴奋的东西，身上的肥肉却禁不住地微微颤抖，那是一种沉迷的兴奋驱动的冲动。这个状态，在很多第一次生理兴奋的孩子身上出现过，第一次打架、第一次偷东西、第一次上床……当他的目光移开之后，眼神便灰暗下去，看到自己身边的这么多人时，立刻垂头丧气了。这个异样的视线变化，让姜老师快步走向暖气管。他召唤一名负责勘验的刑警，在附近喷洒了一些鲁米诺试剂。很快，暖气片、窗台和地板上，就显现出一片一片莹莹的蓝光。等大胖子发现自己露出了破绽的时候，已经晚了。马大队见勘验出了血迹，赶忙让手下人取证、拍照，并尽量调取血液残迹样本送检。

尽管大胖子看不懂他们具体在做什么，但大致明白是在搜集物证，脸上的神情开始出现慌乱和无助。马大队问他：“你在这打人来着？”

“我没有！”大胖子尽管提高了音量表示强烈否定，但表情和眼神把内心的恐惧直白地暴露了出来。

“把上衣脱掉。”马大队命令道。

“干什么，警察敢打人！”这么庞大的身躯、一脸的横肉，说出这样的话来，特别搞笑。他身上的这身衣服，至少一周没洗过了，油乎乎的，看着就脏。

“瞧你那怂样！”马大队是真的看不起他，鄙夷道：“收拾你还用动手？怕挨揍啊？那你就别脱！”

“怕挨揍的是孬种！”别看是认了怂的人，那也只是对自己做过的错事认怂。一提到打架、勇敢、害怕这样的男人血性，他还真就瞬间勇猛了些。果然是头脑简单的家伙！大胖子一边说，一边气呼呼地脱下衣服，只是为了证明自己不怂。

物证的同事接过衣服的同时，马大队嘱咐道：“把这件衣服，还有刚才地上的血液样本拿去检验。看看衣服上是不是有血迹，是不是顾三山的血迹。”

大胖子的脸瞬间变成灰白色。就算再无知的人，也已经明白了现在的结果。此时的大胖子，已经六神无主，慌乱得眼睛不知道往哪里看，不敢看马大队，也不敢看任何一个在场的人。但是他在这种局面的压迫下，并不是变成了颓废，反而是变得很诡异起来，像是一只被追赶得精疲力竭的肥羊，在崩溃的边缘突然亢奋起来。

他想逃！心理上的逃！

恐惧情绪是供述的必要条件，也是心态转变的一个关键时刻。如果这时候没有压力了，对方容易缓过来甚至心理上逃逸。马大队当时立刻用威严的声音压道：“为什么要打顾三山？”

姜老师追问：“还是铐起来打的！哪来的手铐？”暖气道上有明显的环状金属划痕。

在物证的重压之下，连续两个问题让大胖子彻底崩溃了：“他太笨！老背错，背错一次我就打一次！背错一次我就打一次！妈的！”讲这些话的时候，大胖子仿佛突然陷入到了自己的世界里，狰狞的面孔上呼应着他大脑的回忆，手中用力抽打的动作呼应着凶狠的话。一下一下的动作，仿佛真的在抽打着深仇大恨的敌人，用力的认真程度让他全身上下的肥肉乱颤，脸上的肥肉竟然能够左右甩动。这突然的癫狂发飙吓了所有人一跳，两名警察立刻冲上来压制住他的身体，生怕他失控伤人。马大队也用力按住他的双肩，几个人一同才把他的暴怒压制下去。让人没想到的事情发生了，突然之间，他又神经质一样陷入到沉沦和委屈的状态，身体就那样被警察按在地上，也不挣扎，眼睛变灰，吞咽了一口口水，幽怨道：“他那么怂，凭什么能睡到那个小婊子？”嘴唇动了两动，又咽回去了一句话。

“说清楚，到底怎么回事？”马大队皱紧眉头俯视着他，这应该是个重要的线索。

大胖子没反应了，低着头在那里喃喃自语，眼神涣散，只有偶尔间歇性咬紧牙关并双拳握力，似乎还在发狠。姜老师蹲下，用一只手掌拖住他的小臂，那上面混合着汗水和灰尘。另一只手紧紧攥住他的手腕，和声道：“先站起来，你可以的，站起来就没事了。”在两名警察的帮助下，把他胖大沉重的躯体给拉扶起来。姜老师拍拍他的肩膀，但那只攥住手腕的手并未松开，用双眼找寻着适当的角度和大胖子达成对视，知道对方也把瞳孔对准自己的时候，才要求道：“你现在可以把眼睛闭上。”

大胖子缓慢地转动浑浊的眼珠，看了姜老师一眼，便真的闭上了眼皮。

姜老师见可以引导他的思路，便开始描述前导内容：“那天下午，你把顾三儿带到这来，他当时敢挣扎吗？你费劲儿了吗？”大胖子摇摇头，似乎跟着姜老师的语言，开始回忆当天的情形。

姜老师再问：“你让他背什么了，他老犯错？”见他没有回应，继续缓缓问道："他那怂样的，不敢闹腾吧？听话吗？背得认真吗？"大胖子点点头，但脸上显现出嫌弃的表情。

姜老师追问："你打他，他喊疼了吗？"大胖子点点头，竟然开始回答了："喊了。"却始终不肯回答背的内容。

姜老师再问："你为什么要让他背东西？你怎么打他的？打得痛快吗？"

大胖子突然似乎进入某种魔怔的状态，竟然开始一边做动作，一边念叨，嘴里的语气宛若旁边无人："那小婊子多嫩啊！你他妈的怎么就能沾她的身子？啊！凭什么！"凶狠的问话配合着凶狠的抽打动作。旁边的人要控制他，姜老师拦住，表示不要干预他，只是保持着警惕，不要让他伤到自己和别人。

大胖子自顾自地低声嘶吼着，仿佛顾三儿真的被铐在这里似的："我要的录像呢？拍了没有！光顾着爽忘了拍了是吧！"

突然，让人毛骨悚然的事情发生了，面前这个庞大的身体，竟然发出了细弱的哀号："大胖哥，我就睡了那一次，是黑着灯的，刚完事我就被叫回来了。啊！不要再打了！"学完这个声音，大胖子又恢复成自己的本色，凶狠地命令道："把这个背下来，要一条一条背熟。老钱跟我说了，让你占了这么大的便宜，你他妈的背不好，我可以弄死你！"

所有人心头一紧！只听到大胖子喘息了几声，又继续打起精神来发狠道："又背错了！你他妈的笨死了，快点给我背！"大胖子的喉头吞咽了两次口水，非常饥渴的样子，还没喘匀气，突然又发狠道："又不对！不怕疼是吧！我告诉你，你背不下来，你媳妇就得被刘精那几个坏小子轮着糟蹋。你别看她那么骚，几个人一块儿上，就得给我玩坏了！我告诉你，你要是好好背下来，老钱那个王八蛋就答应让我上一次。"配合着抽打的动作，大胖子呼吸逐渐粗重，看得出来他也正在剧烈地消耗着体力。"不对！重来，时间跟纸上写的不一样！""5 点钟你就得走了，你妈的，再背不下来，刘菲菲就得被刘精那几个烂人糟蹋坏了。你给我背！背！背！"

就这样，大胖子终于慢慢地跌坐在地上，喘着粗气，汗水从庞大的身体上哗哗地往下流，整个人萎靡成一坨。半晌，他才回过神来睁开眼睛，看见一群警察正在身边，意识到自己已经没办法再坚持了，心理状态完全颓败。马大队吩咐，现场讯问，录笔录。大胖子便把所知道的和所做的事情，一一按照问题回答清楚，没有半分拖泥带水。

姜老师早就猜得几分，待到全部听完，还是暗自心惊。

3. 知无不言的“顾三儿媳妇”

就在大胖子从蛮横抵抗到心神溃散的同时，小孙这边同步在跟刘菲菲谈。没有了秦淮天在现场，钱所长又被支走了，刘菲菲的状态似乎有点慌乱，刚才那种训练出来的仪态已经不见了，就像变了一个人。

“刘菲菲，你在VIP俱乐部，究竟是干什么的？”

“服务客人啊！”

“怎么服务客人？”

“哎呀！警察叔叔，这还要我细说吗？你懂的。还有啊，不要老板着脸，我知道警察大叔私底下不是这样的，有的时候也坏坏的。”

“说具体点，给客人服务，都有什么项目？”

“就是陪客人聊天，给客人按摩，有的时候会给客人唱唱歌什么的。总之，秦姨会跟客人说好，然后告诉我们，我们照做就好了。”

“挣钱多吗？”

“还行吧。秦姨很照顾我们的，介绍的客人都挺大方。不过客人的大方也分对谁，年龄大一点的姐姐们，或者胸没有那么大的姐姐，收入就一般。”她骄傲地挺了挺胸。

“你跟俱乐部怎么分钱？”

“我不跟俱乐部分钱，钱都是跟秦姨分。每个客人我能分1000呐。不过……”她突然皱起眉、嘟起嘴，佯装生气道，“有的大叔不给钱的，尤其是最近，越来越没够了。”

“还有人能不给你钱？谁啊？”

刘菲菲没说话。

“挣的钱够花吗？”

“那肯定没的够啊！我跟你说，我的偶像就是《小时代》里的顾里，我上学的时候特别羡慕她。从去年底开始挣钱了，我就一直在攒钱，到现在也只买了一只MIUMIU的包包。”说完这些话，一脸的得意和痴迷状。

“很有志气啊！当初为什么要嫁给顾三山呢？他很有钱吗？”

“之前不是问过了吗？大叔！”

“问是问过，但你没说具体原因啊！我觉得，你这么漂亮可人，顾三儿那小子完全配不上你啊！”

这句话替她说出来，简直挠到了刘菲菲的心里去，别提多解痒了！刘菲菲当时就大声接话道：“嗨！这年头结婚这种事谁还当真啊！他倒是一直远远地流口水，想睡我。给他一百个胆他也不敢凑近了说句话，就他那个怂样！要不是秦姨没看好，老王八蛋强行要了我，秦姨说，我第一次至少 10 万。我听他们说，那次之后二虎哥很生气，老王八蛋吓得要命，因为差点没把他那个……给切了。好半天才没事了。要不是秦姨死命求我，我跟顾三儿结婚？我傻 X 吗？妈的，便宜那小子一次，可给我恶心坏了。你们是没看见他那样，还没 3 分钟，就……哈哈……”说这段话的时候，刘菲菲完全变成了一个女痞子模样，身上再没什么矜持。

“嚯！你们这里的关系可够乱的啊！慢点说，我刚才都没跟上。”

小女孩哪知道套路的无处不在，不耐烦地重复着重点：“本来秦姨说，让我好好学习、好好训练，等我 18 岁那天，能有客人给 10 万块钱。我知道有的老头子好这一口，反正我得像顾里那样买很多好看的包包，这些也无所谓。没想到，那个老王八蛋……”

“你说的是钱所长吗？”

见对面的警察直接问到这个人，刘菲菲颇为意外，她怔了一会儿，并没有直接承认，继续讲道：“别看他穿身警察的皮，但是特别色。我们度假村里的姑娘，就没有一个逃过了他的魔爪。本来秦姨跟他好说歹说，不要碰我，而且是二虎哥要求的，说是有重要客人。结果这老王八蛋有一次喝完酒，趁着我正在做直播没留神，就闯进来了……幸亏我机灵拔了网线，要不然，我 X！全世界都得看见他怎么破我的。更可恶的是，事后他还不给钱，说是从来没给过昌宁镇任何一个女人钱！结果二虎哥气坏了，要切了他，他才怂了的。”

“二虎哥是谁？”

“不认识，据说是很厉害的黑道大哥，我们这些小孩都见不着。”

“他是黑道的，不应该怕警察吗？怎么敢威胁警察？”

“嗨！您就别跟我揣着明白装糊涂了，老王八蛋就是昌宁镇上最大的黑道，那些平常挺威风的小混混，见着他都跟孙子似的。但他怕二虎哥。我也是听说，细节不清楚。”

“后来呢？那个二虎哥饶过了他？”

“那我就不知道了，反正老东西没事，还总来腻我，特别烦。一点意思都没有，什么也不会，就会没完没了……”

小孙心里有数了，打断她问道：“前天中午两点左右，你在哪？干什么？”

“前天中午啊……中午没生意的，一般我在睡午觉！秦姨说是晚上有客人预约了我。哦，不对，妈的，这个老王八蛋，大中午的折腾我。我就不明白了，他哪来的那么大劲儿！”

“从那时候开始，有没有再见过你老公顾三山？”

“你别这么叫他，我恶心。没见过了，我不关心他啥样，他就是聋子的耳朵——摆设。”

当小孙和马大队两边碰到一起的时候，很多重要情况已经慢慢被描绘出来了。负责跟秦淮天谈话的同志也汇报说，经过搜查，确认了 VIP 俱乐部有色情服务，是个卖淫嫖娼的窝点。马大队皱了皱眉，跟大家说：“看来，要收网那个姓钱的了。我打电话给任支队长，问问他的意见。”小孙提醒道：“系统内的人，不好审，咱们要小心。”

马大队会意，给任支队拨通了电话。

第 9 章

顺藤摸出害群之马

色，能迷了很多人的心。天大的罪恶层层剥到底，很多因为一个“色”字，还有很多因为一个“钱”字。过不了这一关，爽快 12 秒，遗臭万年。然而，当你唾手可得的时候，这两个字也许终究是过不去的。

——戴猛

1. 请君入瓮

任支队长正在昌宁镇派出所的所长办公室里喝茶，老钱跑前跑后地张罗忙乎着。他还在纳闷，要这些卖淫嫖娼的治安案件记录有什么用，但看见领导笑眯眯的似乎很满意，就更加卖力了。任支接到电话，丝毫异常迹象都没有显露出来，一边看着老钱关注的目光，一边冲他点头。待到挂了电话，他很高兴地对老钱说："本来我以为，顾三山的杀人案和度假村有关联，现在看来，应该没有关系，就是他自己的事情。他老婆，嗨！那其实还是个小孩，叫成谁的老婆真是别扭，就是那个刘菲菲，查完了，没什么太大的问题。但是那个秦淮天，好像之前在几家度假村和夜总会干过，不知道隐瞒了什么信息，支支吾吾的。你带上一个熟悉工作的兄弟，我们一起过去，你熟悉情况，帮着我这边的兄弟们问问看。如果和杀人案没关系，我们就撤了。"

老钱一开始非常警惕，听到焦点从刘菲菲身上转移开来，暗自松了一口气。又听说让自己问秦淮天，那就是很好的机会了。其实两个人本来就熟，如果要配合演出像模像样的戏，完全没有难度。再加上听说让带一个派出所的兄弟，不由得放心不少，因为这不像是骗着拿人的套路。

一路上，老钱和他的手下坐在后排，这让老钱心里安生很多，任支在副驾驶的位置上接了几个电话，没有聊什么话。本来后排座位无论左右，应该给领导坐，但上车之前任支非常客气地说，这是让派出所的兄弟帮忙，车又是市局的，不分上下级，老钱才勉为其难地又是开车门又是挡头，表达尽了下属的客套与尊重，方才带着轻松的心情和派出所民警坐在后排。

车进度假村，马大队迎接。老钱用心观察了一下周围的境况，发现现场勘验的团队正在收拾东西装车，也没见什么紧张兮兮的抓捕布置，所有人都按部就班地在做自己的事，连步频都不紧不慢的，的确是要收队的氛围。

老钱终于放下心来，在心里默默盘算着一会儿怎么跟秦姨演戏。一行人来到早先的那个房间，现在已经被布置成临时的办案室，架好了录像设备。秦姨已经坐在座位上等着，神态有点凄惨，原来保养精致的面容上已经显现了些许细纹。老钱心里暗自给自己加了把劲儿，想着送走这帮瘟神，晚上美美喝顿酒，再好好睡一觉，前面的阵势太他妈吓人了。

派出所的兄弟要跟着老钱进去，被两个市局来的刑警拦在门口。老钱有点意外，忙不迭看任支的眼睛问原因。任支递给他一根烟，轻描淡写地说道："毕竟是市局的案子，给你配个我们三大队的预审。这个兄弟跟我一起在外面候着，早问完早收工。"听任支这么说，老钱也没深琢磨，讪讪地走进房间，坐在自己的位置上。秦姨抬眼看了一眼老钱，眼神很复杂。

市局的同志打开电脑，看意思是把主问留给钱所长，自己负责录入笔录。老钱清了清嗓子，斟酌着怎么开口的同时，秦姨苦笑了一下。

"秦淮天是吗？""是。"

"原籍哪里？""安徽。"

"什么时候来昌宁镇的？""前年下半年。"

"做什么职业？""度假村高级客户经理。"

"都在哪儿家干过？""最早是在凤凰洗浴城，然后去年在桃花岭度假村，下半年转到的九龙昌盛。"

"嗯。"老钱对秦姨的来龙去脉很清楚，心中暗笑，这么一来一往的配合得挺默契。他挪了挪屁股，舒坦地点起一支烟，笑了笑，又板起面孔继续提问。

"从业期间，有没有干过违反法律法规的事情？"老钱强忍着没让自己流露出笑意，心中暗道，"妈的，这才真是人生如戏啊！有意思！""那不能，我一直是遵纪守法的好公民。"

"嗯。守法就好。行业没有贵贱之分，服务行业也不是低人一等，只要干干净净地挣良心钱，就是好市民。我的任务，就是维护昌宁镇的地面和谐平安，让人民安居乐业。你也是人民，也是我们保护和服务的对象。""谢谢长官！"

"不要这么叫，我们是人民警察。你还有什么其他要说的？""警察同志，我有个情况要向您汇报。"

"哦？"这个老钱没想到，不知道秦姨什么意思。他用眼神询问秦姨，但秦姨面色平静，看不出什么端倪。他只好开口问道："什么情况？""我手底下，有 12 个服务员，专门给九龙昌盛的 VIP 顾客提供服务。这些都是很好的女孩子，但她们都被人给强奸了！"

晴天霹雳一样，老钱眼前一黑。他不确定自己听到的是真是假，使劲儿挤了挤眼睛，嘴唇哆嗦了几下，问道："你说什么？"

"我管理的12个女孩子跟我说，有人曾多次强奸她们。"秦姨的脸上还是没有任何变化，淡淡地说。

"谁……谁强奸的？""她们说，是你，多次强奸她们。"此刻，秦姨的脸上，方才显现出不易察觉的恨意和一丝轻蔑。

老钱慌乱地向后挪了一下椅子，张开手掌大声吼道："不要血口喷人！"同时手习惯地往腰间摸，做出防御的姿势，眼看就要暴起。

房间门开了，走进两名刑警，其中一个是马大队。他们默默站在老钱身后，安静地注视着老钱。房间里面，安静的吓人。录笔录的刑警，敲完最后一句话，侧身等待着老钱的下一步动作。

豆大的汗珠，从老钱额头上流出，他不但嘴唇开始剧烈地颤抖，连身体和手臂也开始止不住地抖动，心里诧异至极。老钱用力地眨着眼睛，似乎要看穿秦姨的身体。面前这个四十多岁的女人，怎么也找不见之前的恭维奉迎，似乎变成了一座雕像，全身上下渗着让人发冷的寒气。老钱强行压制了几次呼吸，见三名警察没有什么动作，便试图坐回到椅子上，想冷静地扭转当前的局面。他哆哆嗦嗦地点起一支烟，捏紧了拳头，暗中发狠地问道："你不要胡说，污蔑警察是非常严重的罪行，你要负责任！"

"我为我说的话负责任。"秦姨的脸上没有再压制鄙夷的神情，冷淡得让人害怕。

刑警继续录笔录，键盘的敲击声每一下都重捶在老钱的脑袋里。

"你有什么证据？告诉你，就凭你这两年干的这些见不得人的事，胡说八道根本就不会有人信。你在这几家场子干的那些见不得人的业务，我那里全有！"尽管声音低，但仍然可以听出困兽般的嘶吼，老钱的双眼血丝几乎爆出来，只盼着这一切赶紧停止，恨不得面前这个一脸鄙夷的女人赶紧去死。

"我有证据。"秦姨仍然是淡淡的一句话。

老钱再次被雷劈中，整个人石化在那里，手指间的香烟险些掉在桌面上，烟灰撒了一桌。一阵慌乱的收拾过后，老钱狞笑着露出犬牙："姓秦的，你有什么证据，要是你拿不出来，看我怎么重重地判你。"录笔录的刑警似乎并未被眼前的局面干扰，凑到老钱耳边悄悄地说："钱所长，我们只负责审讯，判决是法院的事。之前还得走检察院呢！"

老钱哪有心思细细琢磨这话里的意思，脸上红一阵白一阵，神色诡异地低吼道："秦淮天，不要怪我没提醒你。不要乱说话，不要乱咬，如果你在九龙昌盛没有做什么违法的事情，我们今天的调查就可以结案了。"声音的最后竟然有一丝细微的颤抖。

"我有证据。"

老钱希望通过一个快速的收场，结束掉目前的窘境。没想到秦姨像下棋一样，只是又拱了一步卒。风平浪静之下，暗流涌动。枉他这么多年镇抚街面，处置小混混无数，此刻却完全乱了方寸，脑袋里好像全都被抽空了。抽空了的负压让头隐隐有点生疼，根本就没有办法产生出什么有用的对策。"……什么证据？我没有做过，你能有什么证据？"在四个人的注视下，老钱不知道该说什么才能转危为安。更让他奇怪和不安的是，马大队和这两个警察，为什么没有动作，也不说话，搞不清楚他们到底在想什么。是还在观望？还是根本就不信这个女人说的话？

"春节前一星期，1 月 31 日，刘菲菲正在宿舍里玩直播聊天，你闯进去，强奸了她。"

听到这里，老钱脸上轻微地狞笑了一下。"放屁！没有的事。"他知道，进去的时候，一眼看到小女孩只穿着内衣正在直播，尽管诱惑得要喷火出来，但出于对电脑和摄像头的敏感，还是让她先拔掉网线，再关机，反复确认了之后，才把吓得呆掉的女孩推倒在床上。如果是那天的事情，不可能有证据！

"我知道你在想什么。电脑的确关掉了，除了你进屋到关机的十几秒，没有留下什么录像。"秦姨看了他一眼，眼神中似乎看到的不是人高马大的钱所长，而是一条在岸上蹦跶的鱼。老钱则浑身振作，下巴扬起，偏侧着头，撇着嘴逼问道："我是去找过她，怎么了？顾三山委托我给他做说客，向她求婚的。""你知道现在的小孩都很敬业吗？""什么敬业？""她们每次直播，都会用手机录下来自己的表现。然后像电影学院的学生那样，反复看自己的缺点，以便下次表现得更好。"

老钱哑声了，怨毒的视线先是像刀一样剜在秦姨的脸上，然后开始失焦。"那是我教她们的。"秦姨补了一句，像刀。

老钱突然大吼一声，暴起向秦姨扑过去，想用双手掐死面前这个该死的女人，这个多年的"合作伙伴"，这个曾经对自己毕恭毕敬的大姐，这个给自己介绍年轻女孩的卑贱的老鸨。此刻，他才深深感到害怕，害怕那些曾经无数次面对的谄媚友好的面孔背后，那个从没有真的花时间去认识的让人恶心的灵魂。

马大队和刑警队员，第一时间把他按住，那么大力气的钱所长竟然被牢牢地控制在椅子上动弹不得。马大队说的话却让老钱摸不清楚状况："老钱，你太冲动了。真相还没见分晓呢，不要急。"

这话什么意思？老钱觉得箍在自己身上的四只手慢慢松开，抬眼疑惑地看向马大队，见对方笑了笑，努努嘴指向秦姨，意思仿佛是："继续，不能输给她。"

"对啊！万一是这老鸨子诈我怎么办？我怎么能这么失态呢？"他在内心深处责怪自己，也向马大队和另外一名刑警投去感激的目光。马大队抿嘴一笑。

隔壁房间里，姜老师一笑，摇摇头。很明显，对付一个老资格的警察，尤其是跟坏蛋打惯交道、办老了案子的老警察，是非常困难的。因为他们几乎对所有的法律流程和办案手法都清楚得不得了，而且经他们的手送走的坏人太多了，他们知道你问的问题是什么用意、该不该交代、交代了之后会是什么效果。普通的讯问策略，可能他们比你还熟，想得也更全面、更细致，根本拿不下来。即使面对物证，也会使用长期积累的侦查经验反其道而用之，使得局面很难搞。所以，一定要在进入核心案情之前，先从心理上降服对方，才有可能掌控这种害群之马。反复震荡，是专业方法。人的思维大多数都是线性逻辑的，一旦被反复大幅震荡，就会没有办法清楚地思考自己的处境，更没有办法使用自己拿手的思维来对抗讯问。

老钱并没有意识到自己正在经历什么，他只能凭感觉。而感觉，在关键的时刻是没用的，因为那时的人类会没感觉的。老钱得到同事的"支持"，一转脸又换成了土霸王的嘴脸，"砰"地拍了一下桌子，大声斥责道："你以为信口雌黄能吓倒我。我告诉你，人正不怕影子歪，我是堂堂正正的人民警察，你说我干了见不得人的事，我就成坏蛋了？"

"你没干过？"秦姨明显的一脸惊讶。

老钱一看，心里更硬气了，竟然"哈哈"地笑出声来，暗道一声"果然是圈套！"身体一松，倚靠在自己的椅子里，大剌剌舒展了一下紧张到痉挛的后背，轻蔑地说道："当然没有！我告诉你，污蔑人民警察，不配合办案，你的问题非常严重。"

"她跟我说，你非常粗暴。"

“放屁！没有！”刚刚平复下来的老钱，又浑身上下不自在起来。

“她跟我说，你喝了很多酒，嘴里很臭，浑身上下都很臭！”

“放屁！血口喷人！”不知道为什么，越听这话，越从心眼里往外拱火。

“她还跟我说，你第一次根本就没成事……”

这下老钱不干了，男人的能力被污蔑的话，很少有人会没情绪。老钱被激怒到了极点，捏紧拳头狠狠地捶了一下桌子，大声怒吼道：“你给我闭嘴！”

“她还跟我说，你简直就是禽兽，后来还逼她做了很多畜生不如的事情。她那时还是个什么都不知道的小姑娘。”说到这里，秦姨的眼眶发红，眼睛里竟然闪现了泪花，没有人知道这眼泪是为什么。老钱反倒是没动静了，就那么歪在椅子里盯着她，只是眼里要喷出火来，拳头都捏白了。

“她还跟我说，你就是个老变态，第三次的时候，居然又打开电脑，一边播放韩国少女组合的演唱会一边发狂地糟蹋人家小姑娘！呸！”可能是老钱的行径超越了秦姨所不齿的底线，她竟然狠狠地一口口水朝着老钱的脸上吐去。这颗最后的子弹，终于再次让老钱失去控制，他根本就已经忘记了自己身边还有三位警察，从桌子上直扑过去双手掐住了秦姨的脖子。秦姨也爆发了，十只手指在老钱的脸上、脖子上和手臂上乱挠，涨红了脸地大骂：“老流氓，臭不要脸的老色鬼，贪得无厌的老王八蛋，贪得无厌地抢我们的血汗钱也就算了，还没完没了地欺负我的姑娘，好好的小女孩被你糟蹋成什么样子了？影响生意我都忍着，打完胎的你都不放过，没人性的该被千刀万剐！”说着说着，气息慢慢被掐得弱了下去。

马大队他们用了好大的力气，才把老钱控制在椅子上，两名警察按住他的肩头，防止他再起来伤人。马大队吩咐道：“来人，把秦淮天带走。”然后对钱所长说：“老钱，够凶的啊！刚才这段算不算故意伤害？还是给你算成杀人未遂？你现在还有机会，跟我们把自己的问题一五一十交代清楚。法律你也很熟，办案流程和轻重利害你可能比我还清楚，你自己想想现在所处的局面，决定一下。”说完，马大队示意两名刑警把钱所长带到对面的椅子，也就是秦淮天刚刚坐的那把椅子上。留一名坐在他身后，另外一名还回到电脑前重新建立一份笔录。

马大队换了一副表情，正色道：“钱豪军，现在市局刑警支队正式找你谈话，请你配合调查。”

屋里的氛围陡然就变得压抑而肃穆。

2. 收网老钱

老钱咬了咬牙，嘿嘿一声，说道："马大队，都是自己人，你们这一套我也经常用来收拾那些小兔崽子，不用跟我绕弯子。我觉得你们不对啊！就凭一个老妓女说的话就要办我？同志间的信任呢？司法规范呢？"

马大队和旁边的小伙子相视一笑，开口道："这么说来，刚才秦淮天说的那些情况，都是编造的？子虚乌有？"悄悄的，第三波震荡开始了。

"当然了！我好歹也是二十多年的老警察，能干这么下作的事情？一听她就是血口喷人！至于为什么，我觉得你们要好好查一下，看看她有什么阴谋。"

"哦？你没有强奸过刘菲菲？"

"当然没有！她都是信口胡说，要是真有这事，为什么不拿出证据来？"

老钱话音刚落，房间里架好的一台大屏幕显示器里播放出来的画面，正是老钱闯进刘菲菲房间之后，让她立刻关闭电脑的画面。老钱当时就闭嘴了，连呼吸也停了。眼睛睁得很大，不敢相信眼前发生的事情。没错，那个明显醉意的猥琐大汉，正是自己，那个惊慌失措的小女孩，正是刘菲菲，那个房间、那张床，正是自己这一辈子最得意、最难忘的那个下午。画面里，自己已经坐在床上，招手让刘菲菲过来。

马大队打断他的震惊问道："还不承认吗？你自己确定一下，是自己说，还是继续播放？"录像并没有停，这时候老钱已经抱住惊慌失措的刘菲菲开始上下其手了，噘起嘴在她身上到处乱亲，刘菲菲闭紧眼睛把脸转来转去地左躲右闪，但身体僵在那里蜷缩着手臂，并没有逃跑。眼看着老钱把她横着抱起来，往床上一扔，撕扯着自己的衣服扑了上去。老钱没来得及细想，急火火试图抓住最后一根救命稻草，抢道："是她自愿的！我没有强迫她，是她勾引我的。我没有违背妇女的意志，不是强奸，是两情相悦，是自由恋爱！"

他的话音刚落，刚才还静默的显示器里，响起了声音。只听到刘菲菲惊慌地喊道："不要，不要啊，钱所长，你不能……啊！钱所长，你听我说，你不能，二虎哥跟秦姨交代过，你不能碰我！""什么他妈二虎哥，狗屁！惹急了老子，老子弄死他！小乖乖，小宝贝，嫩得啊，都能捏出水来。叔叔喜欢死你了，看见你就不能忍。来吧，小宝贝乖乖，不怕，叔叔不会弄疼你的。漂亮的啊，跟仙女菩萨似的！我保证轻轻地，让你一次就爱上这种感觉，让你一次就离不开我。"

这时候的老钱，已经面色土灰，瘫软在自己的椅子上，呆呆地看着画面里自己的猥琐兽行，似乎不相信事情发展到了现在，也不明白到底是怎么回事。显示器里的恶心画面在他眼前一幕一幕地晃过，都没进脑子。他怎么也想不明白，自己刚刚还在给市局领导协助办案，为什么现在就沦为犯罪嫌疑人了。马大队命令关掉录像，给他点了支烟。一口烟从肺里经由鼻腔喷出，老钱似乎唤回了一点魂魄，怔怔地问："马大队，您这是什么意思？"

老钱全身上下的肌肉都无力地瘫软在椅子里，呼出的烟雾非常长，但吸气却几乎没有，眼神涣散，只有看马大队的时候才能勉强聚焦，双眉紧蹙，夹着烟的手在微微颤抖。老姜看到这些，知道他这是胜败反应里的失败反应，当事人不再抵抗了，他的心完全被三次巨幅震荡的刺激源叠加降服了。

马大队却小心地斟酌着词句，谨慎地保持着老钱的这个心理状态。要知道，现在他所面对的，可是做了 20 多年基层警察的老江湖，黑的白的都玩得通畅，亲手办的流氓混蛋不计其数，也是无数次玩心理战打猎的老狐狸，稍有不慎，对方可能就会缓过来。而一旦缓过来，就再也不可能被攻克了。况且，讯问的目标，也不仅仅只是让他承认强奸罪。

马大队开口道："老钱，强奸是重罪，你比我清楚。不止刘菲菲，其他姑娘也都有供述，录像也不止这一段。这一点我不忽悠你。"老钱无力地点点头，一脸死气沉沉，身体的其他地方都没劲儿挪动，汗却已经湿透了衬衣。

"强奸多人和致人重伤这两条严重的情节，就可以判到无期了吧？"也不是问他，只是平静地把这些话说给他听。马大队引导着老钱的思路："事到如今，想别的找补或者抵赖的方法，肯定是没用的。在强奸这件案子上，很遗憾你没有自己把握住机会，没有从轻的可能了。"老钱瘪了瘪嘴，轻轻地啜了一口烟，没注意到亮红色的烟火几乎贴到手指上，一脸的无奈和后悔。凭着多年的经验，马大队知道，此刻给他画条道，很有可能彻底收服他。面对一个彻底失败的心态，可以在他的懊悔中，给他植入希望。马大队继续道："但我仔细替你考虑过，还是想到了一条路、一个办法，也许可以给你争取从轻。不过，成与不成，完全取决于你。我愿意帮你，但能帮到多少，在于你能让我帮多少。”果然，老钱眼睛里闪了一下光，半信半疑地抬起头，凝视着马大队，等他说他的方法。

两个人就这样没说话，静默地对视了十秒钟左右，这十秒钟对老钱来讲，有一整天那么长，他在绞尽脑汁地思考着对方的条件和策略，也思考着自己可能有的出路在哪里。

为什么要给他这段留白？实际上，老钱应该能想到马大队指向的是什么事情，这个引导的过程，不能硬灌，硬灌的结果很有可能是极端二元化，行就行，不行就再也没机会了。最好是让他自己先慢慢接近那条边界，在还没做决定之前，轻轻拉一下，不用太使劲儿。如果老钱是自己想到的，自己做的决定，那么结果就会非常牢固。

马大队拿起一支烟，问他要不要。老钱在艰难地靠近那条边界，从紧皱的双眉可以明显地看出来。他点点头，接过烟点燃，长长地吸了一口，眼睛睁开看着马大队，认真地又深深点了一下头，回应道：“您问吧，我愿意配合。”观察室里，所有人都不由自主地站起来，凝神屏息地听老钱要说什么。

3. 招供二虎

“大胖子你熟吗？”

“嗯。小屁孩一个，仗着身大力不亏，爱欺负人。见着我就很怂。”

“他觊觎刘菲菲很久了，这你知道吗？还偷拍了她很多照片。”

“操！就他？又脏又臭，我都不愿意他挨着我近。找姑娘没戏，打人还能使唤使唤。有些底层的烂货我不方便收拾，就让他领着人给我干！”

“前天下午你让大胖干什么了？”

“……”老钱把头埋下去，沉吟了一会儿，看得出来，他也明白，这道关口一过，就会如同开闸泄洪一样，想停也不能停了。

马大队开始用指关节轻轻敲桌子，敲的速度慢慢提升起来。老钱的心跳，也随着这个频率开始变快，像驱动冲锋的战鼓一样，擂得脑袋嗡嗡作响。

“我让大胖子教顾三儿背词。”说完这句话，老钱艰难地咽下一口口水。所有人都松了一口气。老钱不等问，自己继续交代道：“有人叫我找个人，顶包用，说是顶杀人的包。本来这是大事，我是绝对不愿意碰的。但是，这拨人势力很大，根本就不是昌宁一个镇的事，要不然我也不可能就这么听他的。”

马大队问：“这人是谁？”

老钱一愣，用力抿了抿嘴唇，下决心道：“真名我不知道，只知道大家都叫他二虎。”老钱刚要继续说：“我负责挑人……”录笔录的干警却打断他问道：“你没查过二虎是谁？”马大队用脚在桌子底下碰了碰他，示意他不要打断老钱。姜老师暗赞。

这种时候，先要让对方把自己的话夯实，然后再逐渐深挖细节。除非对方是在刻意欺骗编瞎话，否则不要干预对方的供述，容易打乱对方的思路，节外生枝，降低供述效率。马大队看老钱不知该往哪个方向说，就提醒道：“先按你的思路继续讲。”

“你知道的，我是真喜欢那个姑娘。我之前接触的都是烂透的女人，从来没有过这么漂亮的姑娘，还是个处儿。尽管秦淮天警告过我好几次，但实在是让人心痒痒。那天中午喝了酒，没管住自己，就把事情办了。”说到这里，仰天长叹了一口气，一副得偿所愿的样子，喃喃道，“我知道我这辈子在女人身上造的孽太多，有了这一个，也算不亏了。”

马大队敲了敲桌子提醒他，让他坐回老实的姿势，继续供述道：“因为这件事，二虎非常生气，找上门来，竟然跟我兴师问罪，还动手打了我一顿！我好说歹说也是个警察，是个派出所所长！我要找人把他抓起来，没想到，他拿出一个U盘，里面有我以前找小姐的录像，还有……”

“还有什么？！”见他犹豫，马大队喝了一声。

“还有……我在KTV里high药的录像……”老钱的声音明显弱下去了，又接道：“最奇怪的是，还有我的一张银行卡明细，那些小混混孝敬我的钱，一笔一笔都在里面。我很吃惊，不知道他怎么搞到的。最后，他拿出了我儿子上学进校门的照片和一把刀。我……”

马大队适时地插了一句话：“听说，他差点还要切掉你的命根子？”

老钱听到这里，双手掩面，身体开始剧烈地抽搐，几秒钟之后就开始失声痛哭。不知他的这份痛哭里，是悔恨的成分更多，还是害怕的成分更多。哭了约莫有2分钟，老钱自行止住哭声，找马大队要了一根烟，点燃之后黯然道：“我儿子也是我的命根子，这两个命根子我都不敢失去，当时我就怂了……”老钱低下了头，任烟草的烟雾在指尖升腾上来熏着自己的脸。半晌，他抽掉最后一口烟，继续说道：“好汉不吃眼前亏。后来我暗中调查过那小子，发现他竟然管着昌宁镇所有的娱乐会所和度假村里的桑拿业务，我之前一点都不知道，从来没见过他。而且我查到的是，这小子原来也就是个小混混，但不知道为什么两个月前开始势力大行其道，所管理的‘业务’范围还不只是昌宁镇。我在其他几个区的战友，有的管治安，有的坐办公室，都提醒我说不要硬来，要不是我做得过分，他应该不会这么越界，平常很会来事的小子。而且，秦淮天也提醒我，跟我那些同学说的差不多，说他背景很强，让我不要再计较了。”

马大队质疑道：“你一个派出所所长，竟然不知道这股势力？”

老钱摇摇头，面色非常惭愧道：“真没注意，他似乎不是那种跑业务的直接‘管理’，而是跟这些度假村的经营方有某种关系，我没见过度假村的账本，也很少见他人出现。后来镇政府里有个兄弟是给领导开车的，给我带话让我不要把事情闹大，我才有点相信了。”

任支听到这里，不禁皱起了眉，还没听说市里有这么一号啊！才两个月能厉害到什么程度？扭回身跟小孙耳语了两句，小孙会意点头。

老钱继续说道：“有了那一次，反正刘菲菲被我睡也睡了，说到底就是个初夜的价钱损失，他倒也没再找我麻烦，反倒是挺客气，经常有来有往的，很会交朋友。直到这次，他找到我要我找人顶包。”

这时候，马大队问话了：“你找的谁？你就那么听二虎的话？”

老钱知道，这是规范的讯问方式，要自己说出来，也就按照规矩来：“我找的顾三儿。为什么？因为刘菲菲在俱乐部上班的事，村里人都知道了。本地姑娘很少在本地做这皮肉生意，虽然村民们不确定，但风言风语的，让这姑娘提过几次要到城里去。秦淮天说按照二虎的安排，必须要她在俱乐部上班，做高级业务。想来想去，我春节期间说服几方，把刘菲菲嫁给了村里最怂的顾三儿，一方面掩人耳目少些是非，另一方面这小子怂，不敢不听我的话，好控制。这样我想要经常睡刘菲菲，也能方便些。”

“刘菲菲她爹妈当时就愿意？”

“她爹妈都是农民，老实巴交的又重男轻女，六万块彩礼钱就乐得嘴都合不拢。再加上我做媒，哪有什么不乐意？”

“如意算盘打得不错啊！后来呢，为什么要找顾三儿顶包？”

“你真不知道，我其实很恨顾三儿，按理说不应该，但就是心里过不去这道坎，新婚那天让这臭小子白白占了一次刘菲菲的便宜。”说到这，他的脸上竟然真的升腾起了嫉妒和恨意。这么执着于色相皮肉，即便是在自己面临囹圄之灾的当口，还是会有如此强烈的嫉妒和恨，让姜老师心下暗自吃惊，叹息一声人类原始欲望的强劲。老色鬼，都到这时候了还有真情绪。“再加上二虎后来跟我称兄道弟，也常有礼物走动，我就没多想，想趁着这个机会给他办踏实了。”老钱不由自主地咬了咬牙，继续说道，“他就让我找个人顶包，给我一份打印好的说辞，再让我伪造点路面发案的现场。”

马大队尽管心里有猜测，但听到这里还是一惊！观察室里所有的人，耳朵也都竖起来了。马大队不着痕迹地问道：“利用道路监控的升级改造是吧？”

很显然，老钱也吃了一惊，问道：“你们已经知道了？”

马大队不露底地笑笑，引导他：“你慢慢说。到目前为止还不错，没有让我失望。”这种鼓励放在平常，恐怕没有人会当真，但此刻对老钱来讲，就差临门一脚的时候，他却觉得心里踏实了些，继续供述道：“他告诉我说，昌宁镇的道路监控摄像头在哪天什么时间会分批升级，还给了我一张具体的升级批次时间表，什么路段几点到几点，非常详细。我也很吃惊，这样的信息我都不一定能要得来。然后，他交代我，先找个怂货教会他背词。背熟了之后，再开车带着他，在那天凌晨按照时间表，伪造了碰瓷撞车、打架的现场，敲碎了车灯玻璃撒在地上，还用衬衣在树上磨了几道痕迹。”

马大队打断他问道：“都是你亲手干的？”

老钱急忙摆手应道：“不是，都是我让顾三儿干的。我懂规矩，指纹、足迹、毛发，能不留就不留，不给自己找麻烦。”

马大队问：“他就那么听你的话？”

老钱嘿嘿一笑，说道：“我让大胖子教他来着，打人这种事这家伙擅长。而且我还让大胖子带话给他，如果他不从，就找人轮奸他老婆。那小子害了失心症，觉得自己能娶到刘菲菲是占了莫大的便宜，特别爱护这个‘媳妇’。又是疼又是怕的，不怕他不从。”

马大队问：“你见过尸体没有？”

老钱急道：“尸体真没见到，估计是在后备厢。从头到尾，我就负责找人、让他背词，然后在指定的时间去南环大街那去按要求做个事故现场，从来没见过什么尸体。不瞒您说，我答应二虎之前仔细盘算过的，既然是命案，绝对不问不知情，反正人不是我杀的，否则性质不一样。”

马大队思考了一下，问道：“钱豪军，我现在正式告知你，你所参与的，是一宗故意杀人的命案。你的态度还是不错的，值得肯定。刚刚你所提供的信息，我们会进一步核查，希望你能继续保持好的配合态度，老老实实的，不要撒谎，不要掩饰。”

老钱木讷地点着头，嘴里唠叨着：“我一定配合，我一定配合……”

任支在观察室里命令道：“做好笔录，固定证据。相关的人带走，马上向支队汇报。立刻找人，摸摸二虎的底。先不要碰，不要打草惊蛇。”

姜老师在耳边跟任支说：“任支，这个二虎，我听说过……”

第 10 章

通风报信

“喂？”
“咋了？”

“你们去过昌宁镇了？”
“是！你咋知道？……哦，对。你要想知道，总会有办法。”

“有个叫钱豪军的是不是折进去了？”
“……你问他干什么？”

“这个案子，你不要再使劲儿了。”
“……”

“表面上参与可以，别发力了，剩下的我来解决。”
“跟你有关系？”
“……”
“好。”

“有什么要提醒我的吗？”
“暂时没有。”
“有了告诉我。”
“好。”

“哦，对了。”
“什么？”
“你认识一个叫二虎的吗？”
“……我的人。”
“你让他小心，你自己也小心。挂了！”

第 11 章

再见二虎

别跟我装神，别跟我摆谱，在我眼里，你们都是一群衣冠禽兽。不就是那么点事情吗？钱、色、毒，你还能有什么其他追求？只要你沾了这些事，在我眼里你就是蛆。

——二虎

1. 陌生的老熟人

听老姜这么一说，任支有点惊讶，问道："见过吗?"

老姜摇摇头，说道："我没见过。老戴和华生他们曾经见过一次，跟我说起过。旭日区刑警大队的老李当时也在，应该会了解一些背景。"

任支说："好的，我们先带人回市局。我让老李查查看。"

清晨，天阴沉沉的，空气倒是很清冽。

连续三天查办单位里的案子，又跟戴猛和姜老师跟进市局的案子，强度很大，华生睡得很沉，终于能有一次睡到饱的自然醒。肖依打来电话，约吃晚饭，华生很是高兴，不过还是有点为难。要是今天二虎那边有线索需要跟进，很有可能今天就会把人带回支队深挖了。肖依很乖地说："没事，我们看情况。如果你那边能闲下来，我们就一起吃饭。如果案子忙的话，我就跑去见你一面。想你啦!"华生在电话里讲："我更想你。晚上见。"

华生赶到的时候，戴猛已经到了。这个地方也在李大队的管辖范围之内，是旭日区特别有名的早点铺，只卖小米粥、豆腐脑、糖油饼和炸馒头片四样，但食客们天天满座，外卖的还排长队，每天东西都不够卖的。见到戴猛也捏着半张糖油饼，华生奇道："戴总，您今天居然吃油饼了！还是抹了红糖的。"

戴猛回道："要不是李大队请客，我可不会专门来这地方排队吃这些油炸的东西。你还别说，味道的确不错！吃点没事，今天多跑5公里的变速也就消耗掉了。"华生还年轻，没有中年男人这么讲究，每样拿了些，坐下开始大快朵颐。

李大队走到华生身后，一拍他的肩膀，哈哈笑道："小兄弟，不要客气啊！放开吃，别跟老戴似的那么矫情。人家眼里吃的都是饭，在他眼里，就吃蛋白质和碳水化合物。这么大岁数了，还想有多雄壮?"

华生嘴里塞满了东西，忙不迭要起身礼貌，被李大队按在座位上。李大队轻声说了一句："人马上就进来了。你们一边吃，一边帮忙看看。场地里我都安排好了，不用慌。”最后三个字，应该是说给华生听的。

华生悄声问戴猛：“为什么要约在人这么多的地方？”

戴猛说：“我猜，这是表明了一种谈话设定——不紧张。如果约在没人的闭塞空间里，会让对方产生最高级别的防备。在人多的地方，又是早饭饭点，对方知道不会有什么严重的手段，所以会降低心理对抗程度，可能交流出更多信息。毕竟，现在我们手里没有证据。”啜了一口小米粥，戴猛加了一句：“但是，真需要拿他，也是不到一分钟的事。”

窗外，一行人从一辆奔驰 S600 上下来，光是这辆车就让戴猛有点意外。

二虎穿着一身米色的休闲装，中式剪裁对襟开，长衣飘飘，颇有点传统文化国学大师的气质；臂下夹着一个 LV 的手包，密密麻麻的图案被撑得鼓鼓囊囊的；右手手腕上层层叠叠的暗褐色手串非常显眼，手腕末端隐约可见一块金表，这两样东西搭在一起略微有点不协调；脖子上显眼的 versase 项链，和里面同品牌的 T 恤，显然是精心搭配过的；脚下一双白色的皮鞋，使得稳稳当当的四方步看起来神采飞扬。现在二虎的样子，如果单独走在街上，俨然就是一个实力雄厚玩文化产业的得意年轻人，与几个月前所见的那个愣头青截然不同。他的身后跟了两个黑衣青年，剃着光头，看起来很彪悍，眼神警惕地向四周张望。待到他们走进屋里，华生立刻看到了两名黑衣人的脖子上果然都文着条彩色巨蟒。

两名年轻人扫视了一下屋里，没看到有什么异样，便留下一人守住门口，另一名随着二虎向李大队的方向走近。看起来，这个布置是加着防备呢，这个排场让人有点想不明白二虎身上究竟发生了多少变化。临近李大队两三米的地方，二虎像是突然发现了独自坐在方桌一边的李大队，快步凑上前，弓着身子堆满了笑脸，声音比人到得还要早、还要殷勤：“李叔，可找见您了！”一边说，一边就自顾自地坐下了。李大队也不跟他计较，脸上挂着笑，看了他一眼，寒暄道：“多久没见了？现在这么出息了？这一身打扮没有个 10 万块下不来啊！脖子上那个文身呢？洗掉了？”

二虎眯着眼睛挤出一个笑容，殷勤地答道：“这不是现在做正行了吗？要做优秀的生意人、企业家，天天见人谈生意，哪能还文着那些幼稚的东西，洗了。您可别提了，给我疼坏了。洗了挺好，洗了挺好！”

李大队轻蔑一笑，用下巴指指二虎身后搭手站立的小伙子，揶揄道：“他们呢？没一块儿洗了？”

二虎哈哈一笑，竖起大拇指道：“还得是我李叔，真犀利！这些小孩太幼稚，愿意留着，说是看着威风。再说，我这连洗带抹药的，可没少花钱。他们穷，没钱。”身后的小伙子只是在墨镜后一直冷冷地盯着李大队，没有什么神色的变化，双手搭在身前，姿势也没动。

李大队问道：“吃点什么？我请客。让门口那兄弟也过来坐吧。不用紧张，真要动你不是这样的布置。”

二虎翻了李大队一眼，随即换上一副笑脸：“您甭管他们，他们自己懂规矩。既然是您请客，今天就沾李叔点光，小的我就不客气了。”说罢，叫来服务员点了两张糖油饼和两碗豆腐脑。二虎身后的人和门口的那个都没有动的意思，李大队看到店里的兄弟已经在位置上看牢了这两个人，便慢条斯理地撕下一块儿油饼，开口跟二虎谈正题：“最近在做什么生意啊？”

二虎知道必然有此一问，双手合十含胸，算是行了个礼，方才答道：“让李叔见笑了。我现在给别人打工，帮着全市各区跑跑业务。您之前教导我，不能再收保护费，更不能搞敲诈勒索这种低级的犯罪行为，我是诚心诚意觉得对啊！现在我都和生意人打交道，重新做人好久了。”

李大队笑道：“看得出来，现在混得好。具体的呢？”

二虎目光闪了一下，这样不太客气的问话有点命令的意思，让他脸有点沉。趁着服务员上豆腐脑和油饼的空档，调整了一下自己的笑脸，再殷勤道：“承蒙李叔关心。什么都干点，主要是老板让干什么我就干什么，打工嘛！我们老板产业多，我主要负责在各个店面里协调下资源。一般是召集各家店的负责人开会，传达老板的命令和指示啊，有的时候迎来送往老板的贵客。老板太忙的时候，我还可能帮着面试点项目负责人之类的。”

李大队奇道：“你老板是谁啊？我看他挺厉害啊，给你小子调教的像个人样了。”

听到这句，后面那个小伙子突然拧眉立目地喝了一声：“你他妈怎么说话呢？”

他的话音还没落，二虎回身狠狠的一个巴掌抽在他脸上，阴沉地命令道：“我让你插嘴了吗？还有没有规矩？跪下，道歉！”这么大的动静，让屋里的食客们都停下吃喝，纷纷往这边张望。小伙子没犹豫，扑通一声跪在李大队脚下，沉着脸色低头道：“请李爷原谅，是我没规矩了。”脸上的巴掌印还在隐隐发胀。

李大队没有理会他，而是朝着二虎呵呵一笑，说道："得了，小孩不用这么严的规矩。让他起来吧，不然我就没面子了。"他知道这是演给自己看的一出戏，真要是被这种配合表演给牵制了，就压不住场面了。二虎也知道李大队见多识广的，不会拿这种立规矩的桥段当真，轻描淡写地说了声："起来吧。"小伙子从地上起身，木讷地说了一句："谢谢李爷不跟我一般见识。"

2. 相互试探

见二虎在用套路应付自己，李大队正色再问："你老板是谁啊？我很有兴趣。"

二虎一听哈哈大笑："李叔，一般您感兴趣的人，基本上就要倒霉了吧。"突然之间，二虎抹去了脸上的笑容，盯着李大队的眼睛，淡淡地说："您可以这么问，但我不能这么答。您算是用警察的身份问我呢，还是用叔叔的身份问我？要是公事公办，我就跟您去警察局，再叫上我的律师，到时候您问什么，我答什么，保证老老实实不折腾。但现在您用叔叔的身份问我，我就没义务知无不言了。是吧，李叔？"脸上笑容挑衅。

李大队也盯着他，点点头，又恢复了笑容："你小子行。这是守法公民的迹象啊！我听说，你最近跟了很多格斗比赛？有些还做得不错，融资也越来越多，在体育圈里很有名啊！"

二虎摆出一副惊讶而赞许的表情，夸张道："不愧是我李叔！地面上有点什么花草树木小飞虫，都逃不过您的法眼。"

李大队一乐："别说那些没用的。你最近去过昌宁镇吗？"

二虎神色一敛，约莫有两秒钟没回话，神色有点阴。坐在旁边的华生却能看到，那张面孔里有非常轻微的恐惧表情，尤其是那双眼睛的高频小幅转动，尽管很微小，但却经典。二虎快速判断了一下情况，尝试着答道："李叔，您连昌宁区的业务也管起来了？我还以为只有旭日区是您的地盘呢！"

"去没去过？"

"去过，那也有我管的业务。有些比赛之前，会把运动员送到那边去集训，我管着那边好几个训练基地。有时间有兴趣，欢迎您去玩。”

“最近两星期，去没去过，去干吗了？”

二虎一听这个问题，闻出了危险的味道，他翘着眉毛盯着老李的眼睛，想打量出个大概，见老李不动声色，便讪讪地打了个哈哈，慢条斯理地回应着：“跑了好几趟呢，事都不一样。不知道您指的是哪一件事？”

李大队用鼻孔轻轻喷了个“哼”字：“小子，现在真是长本事了，到底是做大生意的人了，说话胆气足，也不怕人了。看来你和手底下这些小兄弟，以后就不归我管、不见面了，是吧？”

这句话算是很明白的施压了，连二虎身后站着的小弟也能听得出威胁的味道，不由得皱紧双眉，怒视着老李，身体往前凑了一步。这次二虎没拦着，停下撕扯油饼的手，偏着头，闭上眼睛，半晌睁开，也逼视着老李说：“李叔，我还是称您李叔。按理说，之前还多蒙您的照顾，我也从您那学了不少东西。您是够意思的前辈，但是，现在我正规做事、正经打工，去不去昌宁镇，干了些什么，必须得跟您汇报吗？讲法律也得讲辖区吧？我在海南找个小妞唱唱歌打打炮，也需要跟您汇报吗？这么说吧，今时不同往日，我愿意说，是敬仰您，不愿意说也是本分。既然您没穿皮，我就谢谢您的早餐。嗯！这糖油饼是真不错。老板，给我打包十张带走。”说完，自顾自继续吃，不打眼看人了。

话试探到这里，房间里关注着的人都明白，要么是知情故意隐瞒对抗，要么是有恃无恐的狂妄不恭。李大队直接问他：“昌宁镇派出所有个姓钱的，你认识吗？”

这是直接点出来了，二虎知道，刀架在脖子上了。表面上，他没动声色，摇头晃脑地一边嚼着糖饼，一边喝几口粥，脑子里却飞快地转道：“老钱把我卖了？不应该啊！二十多年的老警痞，哪能这么快就折了呢？老李是旭日区的刑警大队长，这是撒出来找消息，还是进了专案？就算这老小子进去了，也不应该这么快供出来我来啊，他敢？！”想到这里，二虎若无其事地拿眼睛往四周看，想观察下有多少便衣。扫到戴猛和华生这一桌的时候，没觉得有什么异常，两人的状态也不像是警察那样支棱着耳朵凝神屏气，就直接滑过去了。确认了一下基本安全没问题，二虎才转过脸来，对李大队道：“李叔，派出所可不是我的合作单位，比赛审批、治安消防，公司有专门的人员去跑，比我专业。警察我最熟的就是您了，那么个边远郊区的派出所，不够我费神的呢！说真的，您要是有什么事情，用得到兄弟，我义不容辞。”说罢，用纸巾擦了擦手和嘴，还打了两个饱嗝，又续道：“谢谢李叔的早餐，没事兄弟我就走了，生意还忙，改天再回请您，吃顿大的。”站起来转身就要走。

老李也没动，只是冷冷地说了句：“掰扯得真干净啊！这样吧，耽误你半天时间，跟我溜达一趟，认个人。”

二虎听得懂，“认个人”的意思，也可能是“被人认”，这就意味着，老钱很有可能是出卖了自己，心中暗骂：“妈的，这老色鬼，肯定又是因为哪个烂货给耽误了事！”停下脚步转身道：“李大队，我是良好市民，只要您拿手续，该传唤该拘留，直接逮捕也行，我都不皱一下眉毛，乖乖跟着走。但要就凭嘴皮子上下一碰，还逞着早几个月管我的官威，那不好意思，现在不文明执法的警察很多，还没听说过哪个刑警大队长榜上有名。”说完，门口的那个黑衣小伙子拿出来手机，对准了整个房间里的所有人。

老李站起身来，往前走近，被二虎身后的黑衣小伙子冲上来拦在两步之外，他停下笑笑：“我再和你商量一次，现在可以和和气气地请你过去，简单聊聊天、见见人。如果你不方便……”老李神色一变，自上而下打量了一遍挡在身前的黑衣小混混，看他一副刚出道的彪子劲儿，心中有了主意：“只要你没有什么过分举动，比如扰乱社会治安啊、暴力抗法啊、袭警之类的……”话还没说完，老李从嘴里掏出牙签，也没见怎么快，就已经把牙签塞到了黑衣小混混的嘴唇中间。小混混只觉得嘴里突然多了个凉凉的细棍，拿出来一看连吓带怒，骂了句脏话的同时抬脚就是一记正蹬。

二虎被手下挡住了视线，并没有看到李大队塞牙签那个动作，只是听着话不对劲儿的时候，就已经看到小弟动手了，心中暗道一声不好。还没来得及反应，抬脚蹬人的小兄弟已经被掀倒在地，估计接腿拉扯到劈叉那一下，韧带或者半月板得伤一个，痛苦地喊着的同时，已经被两个便衣配合给铐上了。二虎急忙回头望向门口，发现不知道什么时候，门口的小兄弟也被跪压在地上，正在戴手铐。见到这么多警察同时抓捕，二虎更加意识到事情的严重性，多年的地痞习惯驱使他都没多想，直接窜向门口，想趁乱夺门而出。无论如何，要先找到个地方躲起来，跟老板问清楚状况之后，再做决定。至少，一定要把刚刚发生的事情告诉老板。这个念头一定，二虎也不动脑子思考细节了，拼了命地朝外冲，把挡着他的人和桌子推开，顺手敲碎个盘子乱挥乱舞。慌乱中见一个人影闪过来挡在门前，这会儿来不及细细分辨，谁敢挡着就先划了谁——一伸手就朝着来人的脸上划去。

可是手刚一挥出去，人就没了。突然二虎觉得肋下一紧，紧跟着来人脚步转换像蟒蛇一样迅捷地溜到背后，继而脖子一紧，一股很大的力量向内收缩，脖颈和头开始膨胀，手臂也不听使唤了，没几秒钟，眼前一黑便失去了意识。正做梦中，觉得有人拎着抖动自己的双腿，一口气上来，刚刚睡醒的那种舒适感让人神清气爽。还没睁开眼睛看，就又有人扭动自己的双臂，这才定睛一看，自己不知道什么时候趴在地上，已经戴了手铐。李大队在旁边笑笑，播放着执法记录仪上的录像给他看，一边说："你录像，我也录像。寻衅滋事、扰乱社会治安、暴力抗法、袭警，小兄弟，我只好给你拷走了。"

说完，李大队站起身来，故意明明白白吩咐给身边的人说："你拍到了没？两个文身的特写也拍上了哈。留着用，万一将来有人造势想黑我们，我们也可以请示领导，把这些上传到网上，标题叫'多名文身男子暴力抗法，便衣民警雷霆之势制服'，互联网这个舆论阵地可不能只给公知们利用。"

二虎他们被带到了市局，直接就进了辨认室。灯光照在脸上和眼睛里，人感觉有点眩晕，再加上对面黑蒙蒙的一面镜子，更是让人感觉到深不见底的畏惧。他那两名小兄弟也被安排站在一排，另有几个不认识的人，高矮胖瘦都有，就这么站着，不知道镜子后面等待自己的是什么。

老钱此刻正在隔壁的房间里。他的目光隔着单向玻璃停留在二虎脸上很久，嘴唇嗫嚅着却不出声音，小孙警官问他："看清楚了就可以说话了。"老钱仍然用鼻子快速呼吸，额头上一层薄薄的汗珠，但良久没有声音。小孙警官见状，用手指关节敲了敲桌子，催促道："还犹豫啊！想自己扛？"

老钱看了他一眼，转头过去望向身旁另一侧的马大队，颤抖着嘴唇，双手拉着老马的手臂乞求道："马大队，你一定要保证我儿子没事，他今年就要小升初了，还是学校足球队的主力，孩子是无辜的。你们一定要保护好他，我无所谓了，但一定不要牵扯到我的孩子。我求求你了……"马大队怜悯又厌恶地看着这个可怜的家伙，心里叹息一声："多少人过不了色欲这一关！早知如此，何必当初。"并未搭话，只是神色木然地看着他。

老钱见他这模样，低下头，长长地叹了口气。良久，复又抬起头，颤巍巍伸出一根手指，往二虎的方向一指。小孙警官要求他明确说出号码，老钱并未搭理，低下头拿起笔，在辨识表格里填写自己的指认结果，重重签下自己的名字。放下笔的一瞬间，突然跪倒在地上，抱着马大队的腿泪如雨下，哽咽不停，一边抽噎着一边重复着："求求您，兄弟，大哥，一定要保护好我的儿子，求求你，他们势力太大了，太凶残了，个把人命根本就不会在意的。一定要保护好我儿子……"

看到一个彪形大汉的老警痞竟然被吓成这个样子，华生心里不禁一凛。

马大队拉起老钱，让他坐回到自己的座位中，冷冷地跟他说："对我们来说，越快找到真凶，挖出根源，越能保护好你的家人。不光是他们，还有那些无辜受害的人，也都需要保护。你提供的信息越准确越丰富，越能保护自己的家人。"

老钱盲目地点着头，品咂着话里的味道。小孙再问："这些人里面，还有没有见过的？"老钱逐渐停下哽咽和抽泣，胡乱地擦着眼泪并点头，指着其中一个脖子上有蟒蛇文身的黑衣人说，"我那天也见过他。"小孙问他："还有吗？"老钱想了想，摇摇头。小孙指着另外一个，向他确认道："再仔细看看，这个见过没有？"

老钱顺着手指的方向看去，恰好看到二虎在单向玻璃后面，动作不大却很清楚地反复用唇形无声说道："你儿子死定了！"老钱浑身一震，大口地吸着气，眼睛惊恐地看着二虎，却倒不过气来，只能在喉咙里嘶吼不清地说道："他们会杀我儿子的，他们会杀我儿子的……"继而浑身一阵抽搐，失去了意识。"赶紧叫医生，不要出危险！快！"马大队立刻奔出屋外组织急救措施。

小孙这才看到二虎在那里还不断重复着口形，便大声喝道："把他带到讯问室！"

3. 审讯二虎

二虎被带到讯问室，铐在椅子上，没人理他。他东张西望的，看起来满不在乎。

小孙警官刚一走进讯问室，二虎就大声地说："警官，我要见律师。律师来之前，我是不会说任何一句话的。"小孙笑呵呵地看着他，没说话，不慌不忙地坐下，翻了翻手里的材料，才安抚道："不要着急，还没立案呢，找什么律师？现在还只是请你配合调查，几个简单的问题说清楚就放你走了，还用不到请律师。你愿意配合最好，不愿意配合，也可以保持沉默。”二虎没想到是这样的开场，狐疑地眨了眨眼睛，干脆不作声。

小孙先问道：“上午为什么要寻衅滋事？你手下的小兄弟还敢打警察？够猛的啊！”

二虎倒是轻松一笑，随意搪塞道：“小孩儿不懂事，我都没见着他动手就被放翻了。我手机录了像，不行你们再调监控，真要有人动手，那就狠狠处罚他！我可是老老实实的，万万不敢动警察一根手指头。警察叔叔都是保护我们的，爱还爱不过来呢！”

小孙一笑：“你不是拿着碎瓷片乱挥来着？没想着伤人，动凶器干什么？”

二虎胸有成竹的样子答道：“我哪知道发生了什么，一言不合就动手了。我都不知道谁是警察。你们有人穿警服吗？有人亮证件吗？我到现在都不知道为什么叫我到这里来，得有大半天了吧？我每天有很多事要做的，你们怎么能这么浪费纳税人的时间呢？”

小孙向他确认道：“这么说你是情激之下自卫？没想着伤人？”

二虎一听，这谈话慢慢没压力了，心里觉得轻松，微微扬起下巴反问道：“当然没有，那场面谁都得自卫逃跑吧？我怎么知道你是警察？要是遇到坏人呢？对了，谁把我给弄晕过了，我还不知道呢？我要告他故意伤害！”

小孙哈哈大笑：“还真是委屈你了啊！回头我们查查监控，看看到底是谁。谁知道是不是警察，也可能是群众见义勇为。别撇嘴了，说正事。”一听说正事，二虎咬紧嘴唇，不打算搭话了，想试试看能不能扛过去。

小孙问：“你认不认识昌宁镇派出所钱豪军？”

二虎断然回答：“不认识，没听说过。”

“有没有找过他，让他替你找人帮什么忙？”

二虎心里一凛，脸上却挤个笑容出来，因为这问题并不难答：“我都不认识，怎么找他？人家是派出所大所长，我找他他可得见我啊！还什么帮忙，我找警察帮什么忙？我让他找人，他就能听我的？警察同志，您说话得有基本的根据吧，不能随随便便欺负我一个小老百姓。”

“确实不认识？”“不认识。”

“从来没见过？”“从来没见过！”

“把老钱带进来。”

随着小孙一声令下，门开了，两名警察押着老钱站在门口。二虎的瞳孔瞬间就放大了，不知道是因为灯光还是因为恐惧，眼睛怨毒凶狠地盯在老钱的脸上。老钱只抬头看了一眼他的面孔，便立刻低下头不敢抬头对视。

“老钱，见没见过这个人，认不认识？”

老钱嘴唇抖了两下，额上渗出汗来，抿紧嘴唇没作声。

二虎身体向前一趴，捏着拳头发白，却用懒洋洋的语气抢先说：“警官，这是谁啊？难道是你刚才说的派出所所长？警察？”说完，用眼睛瞟了小孙一眼，坏坏一笑揶揄道：“怎么是在押的犯人，难道是狗咬狗？哈哈哈哈……”

老钱脸上一疼。小孙心里的火却差点窜出来，压了压，笑着盯着二虎道：“你就直接把这一屋子警察归成狗了？这要么是江湖大哥，要么是没见过世面的小痞子才说的话啊！”

二虎噎了一口。他不知道的是，对面的小孙警官虽然年龄看起来不大，其貌不扬，却是很多大要案的审讯组成员。二虎这种表面上不在乎的混不吝，和他审过的那些厉害角色相比，真的不算什么。因为现在还没到见真章的时候呢。

二虎嘿嘿一乐，往后仰倒在椅子上，双手握拳举过头顶摇了摇：“对不住，对不住，我是心直口快，话说得不准确。你们是好警察，哪能是狗呢？倒是这个一身丧气的老家伙，一看就是家里要死人了。”

这话像锥子一样，一下扎到老钱的后腰上，那种阴森森的穿破感，不疼，却让老钱身上一哆嗦，身体不由自主地往里缩。小孙见局面不好，立刻喝道：“老钱！问你呢，认不认识这个人？”老钱抬起眼睛，想试着和二虎对视了一下，发现自己根本就不敢坚持下去，只好低下头，嗫嚅道：“认识。”声音有些发抖。二虎只是盯着老钱，脸上没有表情，手指在讯问椅的桌板上，一下一下地敲击。

小孙鄙夷道：“怂样儿！真让人看不上。辨认都做过了，居然当面怂，亏你还当过警察！”

老钱的心里，感觉二虎每一次的轻轻敲击，仿佛是一记一记的鼓声，震得脑袋发蒙。小孙的话，却如同撒下一把三角钉，越是跳得快，血就渗出的越多。这一疼，让他猛地睁开双眼，向前冲了两步，惊得后面的警察赶紧抓住他的手臂。老钱咬着牙一字一顿地朝着二虎狰狞道：“你不要这么屌，我如今已经认了罪，你还有什么可以要挟我？真以为自己是黑道大哥了？公安要想办你，你就是个屁。”

发完狠，一转脸朝向小孙，像是生怕自己一会儿就不再敢开口似的，语速极快抢道：“警察同志，今年春节前没几天，这个人约我在昌宁镇九龙昌盛温泉度假村茶室，说是要跟我谈生意。但一见面我就觉得不对劲儿，假装客气了几句之后，他的手下就直接把我关在屋里打了一顿。”讲到这似乎觉得有点丢人，咽了一口口水，讪讪道：“他们人多，我又没防备。他跟我说，九龙昌盛是他老板的生意，怪我睡了VIP俱乐部的姑娘，尤其是不该睡了刘菲菲，要我赔偿。”

二虎一边听，一边撇着嘴角，呵呵地笑。

老钱继续道：“再怎么说，我也是管着一方地面的派出所所长，不可能当场挨顿打就罢休的。见我不服，他就拿录像威胁我，还脱我裤子……”越说声音越低。小孙提醒他：“脱你裤子干什么？”二虎的眼睛往老钱裆里瞄，一脸的狞笑。

老钱虽然心里被这个眼神触得全身发冷，也只能勉强继续道：“他拿刀威胁我……说要切了我。最后，还拿出我儿子的照片……”说到这里，声音已经颤抖得听不清了。

二虎再次用手指重重地敲了敲桌板，惊得老钱身体又重重哆嗦了一下。

小孙见他态度太过嚣张，命令道：“给他戴上手铐！”二虎无所谓地配合着，眼睛却死命盯着老钱，依旧用夸张的口形向老钱无声地说道：“你儿子死定了！”

小孙眼神一厉，问道：“你嚣张什么？现在有什么话说？还说不认识他？”

二虎歪着嘴一笑，反问道：“他说认识就认识了？认识我的人多了去了，他是哪个庙里的神棍？”言毕一转头，瞪着老钱压道：“你是谁啊？你说我打你，还威胁你，有证据吗？还脱你裤子，真他妈恶心。这么大岁数了，还挺会意淫，不会是个乱咬人的老玻璃吧？”

二虎的目的就是要把老钱逼急了，他知道，在监控这方面，根本不可能有证据。小孙也知道，这是最麻烦的，度假村的监控一般都是摆设，不出案子的话，一般每个月自动迭代替换一次，于是问老钱：“最近一次，他什么时候找过你，找你干什么？”老钱已经快被面前这个凶狠的人逼疯了，一听问话，立刻大声说道：“就是上星期五，他约我在度假村见面，要我安排一个人来顶包，顶杀人的包，并给我一份方案，要我照着伪造现场。”

“编，继续编。电影看多了吧？还顶包杀人，你是不是干女人干得梅毒了，脑子烂掉了？还是那句话，证据呢？”二虎一脸的不在意，仿佛面前咆哮的老钱就是个垂死的虫子。

华生心里一凛，觉得很奇怪，二虎为什么在要求证据的时候，这么有恃无恐。找老钱顶包这件事就发生在几天前，如果在度假村见面，应该有监控的。当时打人的大胖子就是听说监控录像这件事之后，一下子就蔫了。但是后来，警方调取监控，却并没有发现相关的视频证据，好在大胖子自己心理崩溃，否则还很难办。二虎怎么这么嚣张？是不懂，还是很确定没有监控？

小孙警官看到二虎满不在乎的样子，也突然非常担心，如果无法在度假村监控里找到任何与二虎见老钱相关的内容，局面就会比较棘手。正思量间，没想到二虎竟然主动回击道：“这位大叔，你说你认识我，说我找过你。我想请问你一下啊，时间、地点你都编好了，有证据吗？监控？证人？我走路去的？马路上有我走路的监控吗？你不是当警察的吗？知道有个东西叫监控吗？找出来给老子看看，我当场就给你跪下，喊你叫爸爸，好不好啊？爸爸……爸爸……求求你，饶了我，不要杀我，爸爸……”

这个声音传到老钱的耳朵里，像是无尽炼狱里飘来的召唤，让老钱仿佛看到自己的儿子深陷烈焰，正在往外吃力地爬，一边爬一边呼喊着自己。惨烈的画面让老钱暴起挣脱两名警察，想要跨过讯问桌子扑过去掐死面前的恶魔，牙齿咬得咯嘣响，眼角几乎瞪出血来。几名警察慌忙七手八脚地按住他，老钱还在哀号：“我要杀了你！我要杀了你！”声音渐渐弱下去之后，转为歇斯底里的号啕。

二虎得意地一笑，对着小孙说：“警官，看见了吧。这是个疯子，无缘无故地要杀我，吓死我了！怎么能这样呢？我是信任你们，配合你们调查。你们到底要从我这里知道什么？我什么罪名？我操！大早晨的，因为吃一根油条就差点丢掉命，说出去人民还能相信警察叔叔吗？”

小孙没想到会是这个局面，有点进退两难。看他的状态，这小子肯定有重大牵连，但手边确实没有什么证据，连间接的证据都没摸到。现在要办他，也只能是寻衅滋事这种治安案件，反倒可能耽误了整体侦查的进程。就在这个时候，有人敲讯问室的门。小孙让人把瘫掉的老钱带出去，见门外站的是戴猛，猜到大概支队让戴猛来收拾一下眼前这个不利的局面，便没多说话，只交换了个眼神之后，站在二虎边上，防着他有什么异常的举动。

4. 驱动对手向前一步

戴猛走进来，竟然也站在二虎的边上，一站一坐，二虎不由得抬起眼睛向上看清来人。几秒钟的时间，两人都没说话，彼此在打量着对方的心思。

戴猛开口前先一笑，缓缓道："你在想我是谁。你在想似乎在哪里见过我。你在想我要说什么，但你并不担心所谓的'证据'问题，你知道没有这样的东西存在。"一边说，一边看二虎的神色变化，见他随着语言眼神变得更加疑惑，眨眼也逐渐加快，又追问一句："对吧？"

二虎觉得这种仰视让自己很难受，于是晃了晃脑袋，满不在乎地不再看他，吐出一句："我管你是谁！没证据就少说些没用的，装神弄鬼的有个屁用。我比较关心的是，你是哪棵葱，有没有权力放了我。至少让我打个电话给律师，耽误我的时间是很贵的。侵犯公民权利之类的就不说了，至少要提个民事赔偿吧。这大半天，耽误的生意你们肯定要赔的。"

戴猛哈哈哈地笑起来："小兄弟，看来这大半年真没少学习，比看场子那会儿强太多了。现在还去'十二重天'替妹子们出头吗？还是说，那个店也是你的下家了？"

戴猛这么一说，二虎似乎摸到了些踪迹，但一时还想不太清楚。这大半年来变化太大，大到他自己也完全不明白究竟发生了什么，只是像一叶小舟一样，随着一波巨浪，恍恍惚惚地突然就不再是街头小混混了。至于什么时候在"十二重天"见过这个人，真的是想不太起来。毕竟，身边的女人也不再是MIUMIU，或者说，需要他操心的女人太多了，而MIUMIU则很久不需要他操心了。

二虎用力挤了挤眼睛，装作不屑的样子，冲戴猛说："这位领导，您也没穿警服，不知道是不是大官。我不懂您在说什么，但是你应该都看到了，也都了解过了。刚才我差点被疯子杀了，从早晨到现在，也有很长时间了。你们找我来，就是为了问我认不认识那个疯子，我可以负责任地讲，不！认！识！至于你们还想知道些什么其他的，有本事自己去查，我没时间奉陪了。我的东西，都还给我，放我走。做不到就别再跟我废话，让我给律师打电话。

否则，你们等着投诉撤职吧。”说完，双臂在胸前一抱，闭上眼睛，果真就不说话了。

啪嗒一声，二虎睁开眼睛，见自己的手机被放在桌板上，后面一个警察抱着一个箱子，自己的手包、车钥匙之类的随身物品，都在箱子里。另一个干警正在给他解手铐，小孙已经退回到讯问桌边坐下。戴猛说：“清点一下自己的物品，签个字，你就可以走了。年纪轻轻的，脾气还是火爆。虽然脖子上的文身洗掉了，但要想做好生意，这脾气还得再练练。”二虎皱着眉在想这些话的暗指，总觉得这个人很奇怪。仔细盯着戴猛的脸瞧了几秒，也没心情真的去想，快速地收拾着自己的东西，只用鼻孔喷出一个“哼”字。

戴猛见他还是没太往心里去，在他即将迈出门口的时候，幽幽说道：“小兄弟，我们早就认识。现在是我第三次看见你，第二次是今天早晨。早上把你绞晕的人，就是我。”

二虎猛地一回身，眼睛盯紧戴猛的脸，脖子上的青筋绽起。两边警察拦住他的身形，他只有躯干和头凶猛地向前探着，有点气急败坏，被人瞬间制服对于他来讲，是远远不能接受的事实。戴猛见二虎情绪来了，便再加一码，踱步到二虎面前，直视着他的双眼，面带不屑地说道：“不服气是吧？够狠是你的优势，也是致命的缺点。有些人你是打不过的，打也不是万能的办法，只有那些怂货才会怕你。老钱出了事，恐怕你在你老板那里，境况也好不到哪去，先想办法处理干净吧。哦，对了，今天晚上，我会在‘拳天下’俱乐部训练。我随时等着你，希望你还能有机会来找我，看看自己够不够格。”

听到这话，二虎咬了咬牙，恨恨的目光凝在戴猛脸上几秒，话也不愿意多说，转身就往外走去。确定人已经离开之后，小孙问：“领导什么意思？”

戴猛说：“先放人，然后跟着。我们手里没证据，扣着他没有任何好处。重要的是挖掘新的线索，所以希望他出去之后，能立刻去做一些和案子有关的事情，比如去找什么人。但是，如果我们直接说他肯定听不进去，所以我用情绪来‘引导’一下他的思路。像这种好勇斗狠出身的人，哪能就真成生意人了呢？骨子里，他还是喜欢打打杀杀，所以只有先让他对我走心，我后面的话，他才能听进去。”

小孙立刻明白了这个决定的用意，但仍旧很关心“引导”的事情：“你是说，如果不激怒他，他出去之后，有可能不会立刻去找上线？”

戴猛说：“他会不会立刻去找，我也不能肯定，因为你之前也没有机会跟他提这件事。我们不能等他自己决定，万一他要先去昌宁镇胡闹撒气呢？我们必须想办法，确保他快点去找老板。有个约架的事儿放在眼前，对他来说就有了一个值得兴奋的目标，如同驴头前吊了个胡萝卜。依着他这种混性子，自然会自己安排接下来的时间。再说，'顶包'的事儿出了这么大问题，他老板那边也不能让他就打个电话汇报吧。"

这时，对讲里传来声音汇报道："鲶鱼上车了，车速很快。两组人在跟。"

第 12 章

二虎之殇

到底是谁激起了这么大的浪潮，一层一层地压得我喘不过气？你先给我荣华富贵，却又夺走我的呼吸和性命。我不恨你，我知道你是不得已为之，但我想知道始作俑者是谁？我想死得瞑目。

——二虎

1. 高速追踪

二虎从刑警支队出来，全力让车辆在烈日下的车流中来回穿梭，以超过前面那些挡路的车辆。被赶到后排就座的小弟被甩得来回摇晃也不敢吱声，副驾的小弟则抓紧车门上方的扶手，他能感觉到大哥的愤怒和焦急。

二虎不断地骂道：“傻X！高速上爬那么慢，老得没劲儿勃起了吧？”

老钱的沦陷让他感到很紧张，原以为老警察做这种事情轻车熟路，没想到这么快就被警方收拾得服服帖帖了。“这老没用的供出了我，到底是哪里出的问题？不过，看警方的意思，应该没有证据，要不然也不会这么快就放了我。对了，会不会有车跟踪？”

他一边穿梭，一边从后视镜往后观察，并没发现咬得很紧的可疑车辆。不过，像二虎这种外行，根本不会知道高速路的跟踪与普通道路不一样，完全没必要全程在后面跟，只要保证不错过出口，前后左右都可以全方位监控跟踪。

看着指挥中心大屏幕上的手机定位信息，小孙觉得不对劲儿，转向戴猛道：“他还是去往昌宁镇的方向了？”言下之意，可能戴猛的分析和策略失误了，二虎根本就没在乎什么报仇比武，也并不急于向他的老大汇报，而是找度假村的麻烦去了？

戴猛也皱起眉头，思考着如果二虎并没有按照自己的预测行动，下一步要用什么对策。

信号在昌宁镇“朝野大墅”附近停下了。负责跟踪的两个车也依次汇报，确认二虎的车的确直接开进了朝野大墅。这个别墅园在整个城市都是财富的象征，独栋别墅加私家果园、草地，平均售价9000万一套；再加上位于近郊的地理位置，只有坐拥巨额资产的巨贾才能买得起别墅园里的房子。如果是个几千万的小明星，根本就不配和那些传说中的大佬们在一起相邻出入。别墅园不允许非业主的车辆进入，如果要访客，必须打电话需要住户确认，外面的车辆经登记后才能进入。

跟踪小组仔细观察了一下别墅园的监控布局，发现摄像头的角度编排细致合理，彼此覆盖有效监视区域，几乎没有死角。于是，慢慢开到较远的地方，边休息边等候。这样一来，为了避开监控，他们就没有好的直线视觉位置了。

戴猛问："业主的信息能查到吗？"

小孙应道："能。稍等，我让人调一下业主资料。"

2. "虎痴" 赵乾

二虎在居中的一幢别墅前停好车，看到老板的奔驰在，心里踏实了很多。按响门铃后，一名高大的保安为他们开了门。按惯例搜过身并交出手机之后，把两名小弟留在了外院，二虎独自穿过草坪，进入到第二进院落里。正室朝南，前面又是一片巨大的草坪，东西两侧各有一栋四方平顶建筑。东边是侍勤装备室，西边是综合格斗训练室，这两幢篮球场大小的训练场是赵乾每天必定会出现的地方。无论多忙，只要不出差，老板赵乾就会在里面训练，跟他亲自挑选的安保小组成员们打磨体能和实战技术。

二虎曾经在这里待了几个月，笑称这里是"虐场"。他的老板赵乾不但有着野兽一样的体能和意识，每天的精力似乎都消磨不尽。更可怕的是，他是打心眼里喜欢这种格斗的运动，非常喜欢虐人，能从打人和挨打里面体会到巨大的快感。从马伽术到 MMA，他几乎什么都练，而且只练最有效的格斗技术。体能训练，又用的是最虐人的 Crossfit，但赵乾练起来像机器一样，量大、狂野、源源不绝。按照时间估计，赵乾既然在，现在应该在实战场里虐杀那些队员。

等到二虎进到实战场里之后，果不其然看到赵乾正在把一个家伙压在身下疯狂地暴打。被他压制的庞然大物估计身高接近 2 米，肥大但并不笨拙，憋红了面孔正在试图从赵乾的侧压下翻转身体，但赵乾的力量太大了，单讲围度的话，赵乾的手臂、屁股和大腿，并不比对手细，每一根肌肉纤维彼此清晰地交错在一起，撑起巨大的力量网络。就在对手把手撑在赵乾的胯部想腾出移动的空间时，赵乾突然翻转到另一侧，一拉对方的头颈，把右腿垫入对手的枕部，另一条腿借着翻转的惯性在右腿脚踝上搭扣，用三角绞锁紧了对手的颈部和一扇肩膀。这个位置的锁技可以压迫颈动脉窦，引起中枢神经紊乱，自动减少呼吸和血液循环造成窒息，一旦形成，几乎没有逃脱的可能。赵乾拿到了这个位置，看了看身下这个前国家柔道队成员，狞笑了一下，俯视着对手眼中流露出来的恐惧，心里快感冲顶。他得意地故意停顿了一下，思考着接下来是要绞晕对方，还是暴捶一顿结束战斗。在赵乾的训练体系里，不允许拍地认输，没有什么 TKO。要么被赢家主动松手饶过，要么就要被绞晕或者带点伤。所以，赵乾的安保团队里，私下里是以伤疤互相标榜地位和资历的。通常，训练得到的伤疤和出任务得到的伤疤成正比，也和他们的职位与级别成正比。赵乾经常自诩为三国时期的名将“虎痴”许褚，也给自己的安保队伍命名为“虎贲军”。

对手已经脸色有点发紫，还在强忍着不敢拍地，又没有什么好办法逃脱，他越是抵抗，消耗的氧气越多，晕过去就越快。赵乾觉得没意思了，一记砸肘给对方的眉弓上开了个大口子结束了战斗。见到殷红的鲜血涌出来，赵乾满意地舔了下嘴唇，方才松掉了三角绞站起来。被砸的对手恍若得到恩赦和认可，忙不迭站起来庄重地行了道服礼，连滴滴答答不断涌出的血也顾不上擦，一脸虔诚。赵乾非常满意，点点头，吩咐道：“去处理一下，把垫子上的血擦干净。技术进步很快，就是原来柔道留下的毛病太多，出手犹豫不够狠，后面还要加强。一会儿去找行动组的 5 个人，要找厉害的，给他们每个人都完成 20 次三角绞控制打击，要留口子，记下了吗？”

大高个点头，肃穆道：“记下了，一定完成！”说完用袖子抹了一下快流进眼睛的血。刚要转身离开，他又听到赵乾补了一句：“明天，你可以去防卫组做副组长了。”大高个忙弯着腰，激动得微微颤抖，憋了半天颤抖着说了一句：“谢谢赵总！”这才转身离去。

正在这时，计时器发出刺耳的蜂鸣声。赵乾抬头看了一下时间，训练课结束。他马上大吼一声：“排队，抗击打！”20 名刚刚拉伸完毕的队员立刻安静地沿着墙壁站好一长排。每个人都自觉地把双手背在后面，收紧腹部和颈部肌肉，一脸的痛苦坚忍。

二虎对这样的场面习以为常，当初在这里训练的时候，每次都会有这样一轮折磨。以他的知识和训练背景，这种纯粹的静态抗击打训练收效甚微，因为在实战中几乎没有人会这样站定不动挨打，至于所谓的神经系统承压能力，也是需要全身的协调训练才能提高，尤其是学会躲闪，才能卸掉大部分力量。不过，他跟赵乾提过，没有任何作用，反倒是换来加倍的“训练”，苦不堪言。

赵乾换上了一副8盎司的手套，站在第一个队员面前，试了几下动作，对着助理教练一挥手：“开始计时!”所有人都面色一紧，闭起双眼，等待迎接狂风暴雨。

一点都不夸张，此刻的赵乾像是开启了涡轮增压发动机的人形机械怪兽，从第一个队员开始，狂风暴雨般的用直拳、摆拳和上勾拳的组合发动进攻。拳头打在肉体上和头颅上的声音并不相同，高高低低地组成了一阵连续密集的音效。50拳过后，第一个队员倒下了，嘴角渗出鲜血，跪在地上行完道服礼，当他抬起头的时候，第二个队员手扶着墙壁蹲在那里正在呕吐……打到后面还有6个人的时候，赵乾开始配合吼叫，真的像野兽一样，频率和拳速同步，声音越来越大，打击的力量也越来越大。但是，二虎知道，这实际上是体能极限的一种表现，不得不使用呼气和发声来增强力量的输出。当最后一名队员收紧下巴屏住呼吸等待着暴风雨的结束时，赵乾的最后一拳也凝聚了全部剩余的体能，自下而上高速挥动上来。“砰”的一声，伴随着骨头碎裂的杂音，上勾拳带动着整个人的身体向斜后方启动，又是“砰”的一声闷响，头和后背撞在墙壁上，方才缓缓滑落到地面，队员已经人事不省，口鼻渗出大量鲜红的血液。旁边有队医赶紧抢上来，调整位置，并用担架抬走急救。

赵乾丝毫不以为意，长长舒了一口气，捏着双拳全身肌肉一阵收紧，方才放松下来，大叫一声：“爽!”这时，神智还清醒的19名队员一字排开，鞠躬、行礼，赵乾还礼后，方才遣散队员。转身抖了抖肩膀和手臂，又舒服地做了个腰部的拉伸，方才问助理教练：“多长时间?”助理教练答道：“7分44秒，跟昨天一样。但是前三个50拳平均完成时间是6秒，是一项新纪录。”

赵乾的眼神像是一头嗜血的猛兽，狞笑道：“还没突破每秒9拳呐，还不够!”

助理教练补充了一句：“都是重击，而且是连续20组。”

赵乾这才由阴转晴，一挥手哈哈哈笑道：“知道了！去吧，你也辛苦。我的小虎子来了。”

言罢，转过身对着二虎咧着嘴一笑，召唤他近前。二虎忙凑上去鞠躬，按照赵乾的规矩双腿并拢行道服礼。还没开口，便被赵乾一把拉起来，紧紧拥抱在怀里，拍了拍后背道：“你小子怎么跑过来了？玩几把？”

“赵总，有件急事要跟您说。”

“急在这几分钟吗？”赵乾翻了他一眼。二虎不敢再说了。他知道赵乾的脾气，想要让他听得进去，必须先让他过过瘾，否则可能根本就不理会，只好脱鞋上垫子，换上旁人递过来的训练服，再次躬身行道服礼。赵乾浅浅还礼，勾了下手指说道：“来吧，直接来，不用客气。让我看看你做生意的日子，有没有变成废物。不要让我失望啊！”

二虎熟悉这种局面，也没有多废话，直接摆好架势找机会进攻。跟赵乾打架，即便是训练，也不是随随便便点到为止，如果不真干，就会被快速干掉，而且还会惹他生气，后果更加严重。脚下一启动，二虎用刺拳开路，一边防着赵乾的抱摔，一边用组合拳进攻。他知道决不能给赵乾机会，否则他会把战斗放倒在地面上，在地面上缠斗目前还没有人逃得过。赵乾发现二虎实力还在，心里大呼过瘾，也一本正经地开始和二虎打拳法，偶尔踢几腿作为战术策应。在所有赵乾的手下里，二虎的拳法和刀法，是最正规的，这个16岁以前在家乡练习正规拳击的小孩，是他非常喜爱的陪练对象，可惜技术有短板，身体也不够强壮，不够格留在“虎贲军”里，反倒是头脑聪明，又有些江湖经验，便放出去跑动生意。

赵乾的拳重，但速度并不慢，可惜基本上都被二虎的步法和身形摇闪躲过去了，偶尔脑门上反而会被二虎不轻不重地点上两下。过了一分钟左右，赵乾打得未见起色，便失去了耐心，加紧拳腿进攻的同时，在找二虎的破绽。怎奈拳击手的步法极其规范，二虎配合着自己的拳法横向移动，赵乾总是不能抓到合适的机会。赵乾大吼一声，硬生生地冒着三记连击下潜抱到了二虎的腰胯，脚下一转利用身体的重量旋转发力，把二虎放倒在地。二虎的最后一记勾拳则穿过了他防守的双手，自下而上地打到了赵乾的下巴上，引起他一阵眩晕。但一进入地面的战斗，那点儿眩晕顷刻就不见了，赵乾如同鲨鱼入海，全身的神经和肌肉立刻进入兴奋的状态，随即很流畅地转入骑乘位置，一拳一拳地砸向二虎的头面。二虎抱起双拳护头，并努力地翻转身体，躲避冰雹般的拳头。赵乾一笑，故意松开了骑乘的重心，让二虎翻转成背面朝向自己，见形态已成，便停止了击打，一只手伸到二虎手臂的下方箍紧他的下巴和脸颊，利用身体的旋转倒地用力一拉，很快控制了二虎的后背，没等二虎防护，便像蟒蛇一样搭好了裸绞的手臂锁，轻轻一发力，二虎撑了没有3

秒钟，手便松垮垮地垂落下来，已经失去了意识。

赵乾很快松开手臂锁扣，把瘫软的二虎抖落在垫子上，哈哈大笑站起来，嘴里连喊着："痛快！痛快！"这才觉得下巴上刚才挨的那一拳生疼，尤其是张大嘴的时候。自然有队医过来抱起二虎的双腿轻轻给他抖动回血。没有几秒，二虎醒了过来，生理的恐惧感肯定是存在的，但因为久已习惯，知道自己老板下手从来都不会留什么余地，也只能讪讪一笑，竖起大拇指，摇头道："我已经尽全力了。"

赵乾大手一挥，撇着嘴道："妈的，你小子就剩点动作底子了，力量速度全都被你腐败掉了吧？最后这个裸绞，怎么能那么轻易地给我位置，之前学的防守呢？都还给我了？再来一局！"

二虎心里装着事，非常着急，开口道："老大，那个顶……"

话还没说完，见赵乾全身肌肉一紧，双眼凶狠的目光瞪了他一下，便知道此时说也没用，只好爬起来勉力应对。这一局，经过上一回合的热身，再加上二虎更加谨慎的防摔，打了 90 多秒，赵乾发了几次力想重拳击倒或强行摔倒，都没有得逞，反倒是多挨了二虎的几记重拳，好在都打在躯干和脑门上，并没有大影响。最后赵乾躲过一串连击之后，故技重施再次拿到二虎的后背控制，没等他挣扎几下，便搭好裸绞的手臂锁，再一发力，二虎感觉气息一滞，脖颈和头颅膨胀得大了一圈，便失去了意识，再次被绞晕。

等他醒来的时候，看到赵乾正得意地看着自己，一边喝水一边摘掉分指手套。二虎反倒心中一喜，因为他知道，现在可以说话了。二虎顾不上还有点头晕，便踉踉跄跄地走到赵乾跟前，在他耳边轻声说："赵总，顶包的安排，确实出事了！"

赵乾刚刚过完瘾，一听这话，立刻拧眉立目地盯着二虎的眼睛，眼神凶狠得像刀一样，扎得二虎心里一激灵。赵乾问："你怎么确定的？"二虎把早晨见李大队，并被带到市局和老钱对峙的过程，简要地跟赵乾说了一遍。最后补充道："公安手里，肯定没有我见老钱的证据，只有老钱一个人咬我，应该问题不大。"

赵乾猛地把喝水的水壶砸在二虎的脸上，一个顶膝正撞在他胃部的位置，水花四溅之后，二虎的嘴角涌出一口鲜血，无力地跪在地上止不住地向外呕吐。他疼得出了一身冷汗，全身的血都被抽干了似的，大口地呼吸来减缓疼痛。这一下，胃都快被撞碎了。

手下人搬来椅子，放在二虎面前，赵乾怒气冲冲地坐在上面，一个耳光把二虎抽倒在地，脸上瞬间隆起几条清晰的指印。这一下力量极大，打得二虎脑袋里一片白光，眼睛已经看不清东西了。奇怪的是，剧烈的眩晕和脸上的疼痛似乎中和了胃的抽搐与扭曲，那一瞬间反倒好受了些，只是抑制不住的恶心不断地向外涌动。最终，二虎没能忍住，一大口胃里的碎糜混合着胃液和血液喷出了口腔。吐过之后，剧烈的刺痛才从大脑深处和身体的深处强烈传来。

赵乾根本就没理会二虎的反应，厉声逼问道："你怎么搞的？"

二虎还在剧烈地咳着血，呼吸尚不能平复，根本没法回答问题，只好扬了扬视线，表示对赵乾的回应。这一个对视更加激怒了赵乾，他示意手下人把二虎拉起来。虚弱的二虎脚下根本就站不稳，只好被架着半跪在赵乾面前。刚刚架稳，赵乾便一脚正面蹬在二虎胸口，二虎能隐隐听到"咔、咔"的关节位移声音，胸口被闷得像凹下去一样，肺都被挤扁了的感觉，一阵强烈的窒息感包裹上来，让二虎仿佛看到了死亡的黑暗阴影。好在，赵乾发泄过后，看到二虎剧烈地喘息在抢命，便没有再行进攻，坐在那里等着二虎恢复。肺管里充斥着血液的呼吸听起来让周围围观的人感到不寒而栗，立刻感受到了生命的脆弱并理解了什么叫作"苟延残喘"。

好一阵子，二虎才能把呼吸放平稳，吐干净嘴里和身体里的混合液体之后，强忍着疼痛努力地把视线对焦，断断续续地开始解释："老大，您别生气，现在最多查到我，就算他们能关联到您，只要我这不漏，他们什么也拿不到。"

赵乾眯着眼睛，用低沉的声音问他："当初，那老梆子你就该直接给他办了。"

二虎一边咳嗽一边点头，困难地答道："当时觉得万无一失啊。老梆子原本就虚，又是酒又是色的掏空了身子，没多久就软下去了。我还把他嫖妓、吸毒和强奸的东西都给他看了，也提到了他儿子，他都吓得尿裤子了。在我看来，这种事情找老警察最保险，一是处理起来您交办的事情方便、干净、放心，比我自己亲自操办要周全；二是即使出了事，老警察也有对付他们自己人的套路，是最不容易招的。"二虎越是这么说，赵乾心里的火就越旺，燎得他猛地站起来，捏住二虎的脖子往后一捏，疼得二虎的脸都变了形。他恶狠狠的目光盯着二虎的脸，作势要一膝盖顶到脆弱的下巴上，二虎拼命从喉管里挤出声音求道："不知道怎的，没想到这个废物这么快就被敲掉了。您别生气。放心，最多是我去担下来，他们没有东西，单靠老钱那个王八蛋的口供，绝不能把我怎么样，更不会牵扯到您。我是第一次处理这个事，自己惹了祸我一定担下来，绝不给您找麻烦。"说完这些话，二虎额上的青筋几乎爆开，根本无法再呼吸和发声，只能咬着牙、忍着疼，竟然流下泪来。

见二虎这个样子，赵乾的愤怒似乎消了些，松了手，让手下人给他拿毛巾。有几个和二虎共处过的兄弟，帮着忙七手八脚地把地面清理干净，递给二虎一杯水漱口，见赵乾点头，便给他也搬了把椅子坐下。二虎这才略觉放心，调了调姿势，半倚在椅子里，继续跟赵乾汇报道："老大，我打算找人去九龙昌盛探探，看看究竟是怎么个过程。上午警察找我的时候，并没有什么有用的话，搞明白状况了，我来处理善后的事。您知道就好，不用操心。"

"他们知道你来这里吗？"

"应该不知道。我路上仔细看了，没见到有尾巴。"

赵乾这才转怒为笑，拍了拍二虎的头，问道："伤着了没？"

二虎赶忙摇摇头，挺了一下胸膛说："没事，哪能这样就伤着呢！晚上我还得回去找一个老 B，妈的！"说到这里，他啐出一口血水，骂道："早晨也是输在这老 B 手里，要是给我机会好好打，根本就不可能被他得逞。"

赵乾一听，眼睛亮了起来，问道："哦？警察里还能有人打败你？普通刑警的功夫都是样子货，难道还出动特警了？"

二虎心里咯噔一下，知道面前这位武痴的意思，忙道："不知道是哪来的家伙，不过官职应该不低，就是他最后下命令放了我。他们审了半天，也没从我嘴里套出一个字。早晨就是趁我没注意吧，要不然不能这么快就绞晕了我。"

赵乾更感兴趣了："多大岁数，怎么绞的？"

二虎土灰着脸色回应道："应该是裸绞，但太快了，不记得细节了。"

赵乾双臂肌肉一隆，浑身的能量膨胀开来，高兴地喊道："有意思，有意思！"然后向着二虎招招手："给我看看，再来一次！"没等二虎答话，独自向垫子中间走去，留下的背影念叨着："太有意思了！"

二虎艰难地从椅子上站起身来，手抚着胸口试着做了两次深呼吸，感觉到还是有隐隐的疼痛。脸上的疼痛不算什么，头还有点晕，但身体能动，他自己觉得问题不大。望向赵乾的时候，只见他用力地向下一挥拳头，大吼一声：“过来！最后一局！”

二虎暗自定了定神，慢慢走过去，调整自己的呼吸和肌肉，想着只要熬过去这一回合，就没事了。晚上管他什么江湖道义和武林规矩，叫上一帮人，先把那个家伙臭揍一顿，再搞清楚九龙昌盛发生的状况，回来给老板一个清爽的交代。

3. 用命止损

两人刚刚开始计时，门外进来两个人。一个干瘦的男人穿着灰色的套装坐在轮椅里，眼镜后面的细长眼睛里，隐藏着阴恻恻的光。扫视过全场之后，示意自己身后的助手把轮椅推到了赵乾和二虎动手的垫子上。周围的人也没敢阻拦，如果换做旁人，不脱鞋上垫子是大忌，必然会被赵乾痛揍一顿并罚清扫一周场馆的。轮椅上的人没有任何动作，只是关注着两个人在垫子上的进退攻防。当赵乾吃了一记摆拳借势转身跪倒搂抱住二虎的腰之后，猛地站起并向斜上方把二虎的整个身体顶起，然后头朝下重重摔在垫子上，单手箍住脖颈后一翻滚，两人一前一后成了坐姿。赵乾狞笑了一下，把翻滚中同步搭好的裸绞手臂锁略微一缩紧，脸上露出了得意的笑容。但他随即见到轮椅上的人，略微一皱眉，便停下手臂的发力，没有再继续。

见赵乾看到了自己，轮椅上的人开了口，声音并不大，有点弱的音量冲着赵乾说：“赵总，你的这个爱好，我真是不能理解，天天打来打去，很有意思吗？”

似乎二人就这个问题争论过很多遍，赵乾并没有搭理他的话，只问道：“你大驾光临我的训练馆，非常少见啊！有什么指示？”

“指示不敢当。我就是为了他来的。”说罢，来人只伸出一只手指，指了指二虎。

“哦？为了他，二虎？”显然，那人的说法让赵乾非常意外，他松开手臂，拍了拍二虎的肩膀，让他留在原地待着。自己走到轮椅对面，在小弟们搬来的椅子上坐下，方才问道：“怎么说？”

轮椅里的人冷笑了一下："小子手机里被安装了定位软件，公安的信号一路追到了朝野大墅。"

只一句话，二虎心里剧烈地跳动了两下，然后竟然感觉不到心跳了。

只一句话，赵乾当即从椅子上跳起来，大声吼道："什么！"

那人镜片闪了一下，仍旧是冷冷的，轻声说道："喊有什么用？等着你着急，警察都该堵上门来了。一拿到手机，我就发现了跟踪软件，做了消毒处理之后，已经让小九儿打了辆出租，把手机又扔回刑警支队大院了，估计他们正头晕呢。别墅院门口短暂停过两辆车，虽然是民用牌照，但我的车牌自动识别系统，从过去 30 天的道路监控里查询确认，确认是公安的车，应该是外勤的，用来外出办案方便的。出租车一动，他们有一辆就跟着手机信号追回去了。"

那人每说一句，二虎的头脑就如同被雷声重重地震一下，可怕的感觉层层来袭，脑袋里面比刚才被赵乾殴打还要疼。他从垫子上站起来，额上豆粒大小的汗珠不断滴下，躯干管控不住地发抖。赵乾回身盯着二虎，不知道该说什么，他的震惊并不弱于二虎，徒自捏紧拳头，也感受到了后背上的一层冷汗。

轮椅里的人没理会他们两人，幽幽说道："现在可以肯定的是，公安放他回来，就是为了顺藤摸瓜，你还有心在这里跟他打来打去。能不能做事情也动动脑子？再猛你还能猛得过枪？"这句话说得赵乾狠狠咬了一下牙关，但眼前局势并不是斗嘴的时候，便强行咽下到了嘴边的话。

那人示意助手把轮椅向赵乾的方向推近了一些，示意赵乾弯下腰，附在他耳边说道："不服气？别说枪，恐怕你的功夫连少爷养的那两条大丹都对付不了。"赵乾猛地起身想要发作，被他拉住了脖子。若按照力气，无论如何一个瘫痪之人也不可能按得住他，但提到少爷，让赵乾心里一惊，硬生生地把自己停在那个附耳倾听的姿势。他此刻心中慌乱，只能任由那人继续说道："我需要问那小子几个问题，你让其他人出去。"

赵乾也不多问，挥了几下手，让场地里的其他人都立刻离开。偌大的训练场，只剩下赵乾、轮椅里的男子和他的助手，以及六神无主的二虎。二虎感觉到咽喉发干，稍稍往门口的方向退了两步，见赵乾招手让他过去，本能地摆手道："老大，我现在就去找警察，把整个案子自己担下来，您相信我。"他越是这样说，赵乾心里越是惊疑不定，他吼道："你他妈给我过来！福总要问你话，怕什么？我还能吃了你吗？”

二虎心下惴惴不安，挪动着来到距离轮椅比较近的地方，他并没见过那人，但从他与赵乾讲话的神态来看，似乎赵乾还惧他三分。

那个男人只是用眼睛朝着斜上方盯了二虎一眼，二虎便感到遍身寒意，不由得蹲下身体，单腿跪在轮椅前。尽管是个残疾人，但二虎的姿势让他的视线成了自上而下的俯视，他抿嘴一笑，淡然道：“难怪赵总喜欢你，真是懂事，比起他手下那批傻大笨粗有眼力价多了。”

二虎不敢看他的眼睛，低下头小心翼翼地听他问话。

“警察问了你些什么问题？”

二虎仔细地在脑海中回忆了一遍早晨到上午的情景，说道“问我现在做什么，还问了我老板是谁？”赵乾听到这里，快步走上来，目露凶光。

二虎说：“老大，自始至终我也没有说起过您。”

轮椅里的人冷笑一下，嫌弃地对赵乾说：“有个屁用，他没跟警察说，你就不会被查了？按照他做的事、接触的人，查到你这是手到擒来的事情。那么多比赛的出品人名单里都有你的名字呢，很难查吗？”贬完了赵乾，那人又问二虎：“还有呢？”

二虎眨了眨眼睛，回应道：“问的最多的，是我来没来过昌宁镇，认不认识老钱，还提到了……”

赵乾冲他吼道：“还提到什么？!”

二虎说：“还提到了‘顶包’，问我有没有找过老钱顶包。”

轮椅中的男人脸色逐渐阴沉下来，赵乾突然一记摆拳，重重地打在二虎的头上，嘴里骂道：“X你妈的！你个废物，挺简单的一件事，你给我弄成这样。该怎么做都给你写好了，该删的监控福总也都给你删干净了，还专门给你打过电话提醒你小心，你他妈给我弄砸了！”

二虎被他的拳头打得颤颤巍巍，好不容易重新爬起来，感觉左侧的牙齿掉了两颗，强忍着疼，没敢多说话。

轮椅里依旧是一张阴沉的脸，沉默了十几秒，冷冷说道：“老钱应该是把他知道的都供出来了，不要侥幸。他那些见不得人的录像和账单，还有儿子的信息，我费力弄来给你，竟然没管用……”这话不知道是说给谁听的，赵乾和二虎都觉得阴森森的，只能茫然注视着那张阴沉的脸。

那人又思考了一下，对赵乾说道：“赵总，你是聪明人，我下面的话只说一遍。少爷任性，但我们作为办事情的人，就是要给他解决问题，让他放心。这件事我之前考虑的不得不说很周密，现在还是快引火烧身了，说明两点。”他讲到这里，眼睛直勾勾地看着赵乾，仿佛旁边的二虎根本不存在。

赵乾也不敢插话，只能屏气凝神继续听他说。

那人继续道：“第一，警察里面有高手，找到了破绽，并且顺藤摸瓜地搞掉了老钱，这是我万万没想到的。我需要知道警察里的那个人，是谁？刚才时间不够，否则我可以在手机里埋点东西过去，现在需要你来打听一下。”他沉默了一会儿，又把视线转向二虎，阴冷的声音道：“小兄弟，按理说，你能想到找老钱，是很不错的解决方案，我本来是很欣赏你的。但是，非常抱歉，现在战火已经烧到了护城河，突破了你，也就烧到了赵总。你觉得呢？”

二虎心里一凛，忙回应道：“福总，您放心，绝对烧不到赵总这里。我是有操守的人，就算把我抓进去判了，我也不会提赵总一个字。”

轮椅里的男人突然哈哈哈的一阵大笑，笑得停不下来，半晌方才阴沉地盯着二虎说道：“我当然相信你，能被赵总信任的，就必定是好汉一条。”说完这句话，他又转向赵乾，淡淡地说道：“但是，只有死人是不会泄露任何消息的，连尸体都能被法医读出大量信息，所以如果想干净，就不仅要活不见人，还要死不见尸。”

这句轻轻的声音，却让二虎震惊到满脑袋轰轰作响，后面的什么声音都听不进去了。赵乾也大为吃惊，来回看了看两个人，对那人辩解道：“福总，不至于吧。这小子是个好手，很多生意都是他在打理，弄得像模像样。”

那人轻蔑一笑，用更加清淡的声音提醒赵乾说：“警察现在应该已经查到了你，只是未必能确定；他们也一定能按照公司的股份信息，查到我，查到少爷。这些我都可以处理干净，不会有问题。但是，目前只有一个下人，知道你对他交代整件事情的过程，知道你拿方案给他，知道你删掉了一些重要的监控和物证，更知道是你把尸体转交给他。现在，他应该也知道了我，并能猜得到我负责了些什么事情。而且，他还听到了我们在谈论少爷。”

每说一句，赵乾的心里就一紧，偌大一个猛兽般的壮汉竟然开始眼神慌乱。

那人最后说了一句：“连老警察他们都能搞定，你觉得什么人可以知道这么多信息，又能保证守口如瓶呢？一旦挖出来了，恐怕就不仅仅是你和我要头疼的问题了吧？”说完，他摆了摆手，让助手往外推动轮椅。走到场馆门口的时候，见赵乾还在犹豫不决，就加了一句："你不要妇人之仁，还替其他人操心。下一步，怎么应对警察对你的调查，才是你目前唯一值得操心的地方。"话音落定的时候，人已经出了门。

赵乾呆在原地，咀嚼着刚才听到的话，兽意逐渐在眼中闪现，他把身体转向了仍旧呆呆跪在地上的二虎，隐隐露出犬齿。二虎见状，立刻激灵一下从地上站起来，顾不得身上的疼痛，一边向后退，一边摆手道："老大，你是知道我的，我绝对不会供出去。你要相信我！"

赵乾见他这副样子，更加不相信，突然暴起冲向二虎，全力进攻。暴风骤雨般的动力一输出，二虎本就受了伤，根本招架不住，没躲闪两次就被赵乾控制住了后背，连反抗的机会都没能找到，颈部就已经被牢牢的裸绞搭扣锁住。赵乾发力收缩之前，默默在二虎耳边说了一句："对不起，兄弟，我们下辈子再继续做兄弟！"说完，逐渐收紧了全身的肌肉，像一条巨蟒缠住了猎物。

不到 7 秒钟的时间，二虎全身松软地垂了下来，头部逐渐变成深紫色，眼球和舌头向外凸出，没有了任何动作。赵乾又继续保持着裸绞的动作加深发力，约莫有 1 分钟左右，才松开了手臂。二虎的尸体滑落在自己的身下，他才跌坐在垫子上，怔怔发呆。

良久，他用对讲系统下命令，让所有安保人员和工作人员，撤到外院，"没有我的命令，谁也不许进到二进院以里！30 分钟之后，再各回原位执勤。"不到 2 分钟，对讲系统里传来汇报，所有人员已经撤出完毕。

赵乾一把扛起二虎的尸体，走出训练馆，直奔正房走进去。经过草坪的时候，二虎这具头面青紫的尸体，颤巍巍地伏在赵乾魁梧的肩膀上，在烈日的照射下只是让人觉得诡异，但并不阴森。但是，当赵乾走到正室大堂的楼梯下，打开一扇密码门的时候，一股阴森的气息从黑洞洞的台阶深处涌出，似乎连尸体的脸上，都显现出了惊恐的表情。

第 13 章

手机追踪

在手机里埋追踪器？呵呵，雕虫小技。我要不要也埋点什么放回去听听？算了，估计放回去也是先检查内容、再检查指纹之类的，最后放到物证库里存着，听不到有意思的东西。消消毒就够了。九儿，你跑一趟呗？

——福坤

1. 手机回来了

二虎把车开进“朝野大墅”的时候，在市局刑警支队的作战指挥中心里，所有人注视着屏幕上的追踪信号，看到它进了别墅园停了下来。没过十分钟，所有人都不约而同地感到奇怪，因为二虎的手机又出来了。大家在想：“这家伙在朝野大墅里停了没有10分钟就出来了。这10分钟里发生了什么？”任支命令一辆外勤车立刻跟踪信号，另一辆留守在附近继续监视。

负责跟踪的外勤车立刻按照信号的定位追赶，一边辨识着车流中哪一辆是目标车辆，一边小心翼翼地防着被对方识别出明显的跟踪特征。在追上去之前，指挥中心和外勤的两辆车反复确认过，二虎驾驶的那辆奔驰，并未再次从“朝野大墅”中开出。也许是，换了车辆？

李支队皱紧了眉头，以他多年的办案经验，总感觉这一切很反常，因为明明信号还在不停地朝着城里的方向移动，可以确定就在返城高速上，但是却肯定不是二虎的车辆。换车的动机是什么？换了车，会不会也换了人？如果换了人，是不是意味着出现了更多的不可控因素？

时间已经指向了下午四点，道路上的车辆逐渐多了起来，这让外勤小组的追踪计划泡了汤。毕竟晚出发了十几分钟，所以一直相差个几公里的距离。当追踪信号下了高速之后，外勤车辆好不容易追赶上的距离，被城里的路况又拉长了一些。就算现在再派出一辆车，也未必能赶得上去，让人焦虑。正在大家纠结的时候，指挥中心的人发现，追踪信号行驶的路径，竟然是朝着支队大院的方向开过来，而且越来越近！干警们面面相觑，谁也猜不透这个信号动向的意图。李支赶忙站起身来，走出楼道向着街道的方向观察。小孙和马大队立刻乘电梯往楼下赶，虽然还不知道是什么车、什么人，但总要下去看一下才踏实。还未等到他们到达大院，李支已经在9楼看到一辆出租车经过支队门口，并未减速，车上伸出一只手臂向外挥动了一下，就继续前行了。路上车来车往的，除了这只挥动的手臂，其他也未见什么异常。

正在这时，指挥中心的警员大声喊道：“李支，信号停了！”李支一听，心里一紧，他想到了不妙的可能性，立刻返回到指挥中心的大屏幕前。果然，信号停在了支队大院的位置，不再移动。“赶紧联系楼下的老马，看下门口附近有没有手机！”这么出乎意料的结果，让每个人都提了一口气到嗓子眼儿，紧张得不行。任支命令外勤小组立刻返回支队待命。很快，楼下传来回复，在支队大院的门口的确捡到了手机，但没见有人。这下，大家确定上当了。

任支立刻命令调取门口的监控，查看那辆出租车的信息。出租车的牌照和司机基本信息很快返回，任支命令外勤小组出发继续寻找出租车，同时发布协查通报，要求发现可疑车辆后可以直接命令截停。与此同时，任支命令技侦的同志立刻检查手机上有没有什么有价值的痕迹和数据。

监控组把目标牌照和车辆特征输入全市交通监控查询系统，基于图像视觉分析技术的自动识别和追踪系统很快给出了位置，再加上晚高峰的威力，交警那边没多久就找到了在路上慢慢移动的出租车。外勤车辆闪着警灯赶到，直接把出租车截停在了路边。车上的乘客非常不耐烦，激动地探出头来质问：“你们是什么人？有什么资格拦住我的车？”外勤小组的警员亮出自己的证件，正色道：“先生，我们正在调查一起谋杀案，请您下车配合调查，我们需要您提供一些重要的信息。”另一名搭档执法记录仪开机拍摄。客人缩在车里，手紧紧地抓住门把手，强烈厌恶的表情显现在脸上，大声地喊道：“我是好人，我为什么要配合调查？你们有什么依据查我？”

外勤小组警员耐心地解释了一遍：“先生，我们是市公安局的刑警，正在追踪一起谋杀案的涉嫌参与人员，麻烦您履行公民义务，配合调查。我们只有几个问题，不会耽误您太久。”

不知为什么，乘车人情绪非常激动，歇斯底里地发狂道：“什么义务？警察就可以随便盘问别人吗？我是纳税人你们知道吗？你们的工资是我纳的税知道吗？你们是公仆，是给我们服务的你们明白吗？你说调查就调查，我是好人我凭什么配合调查？”外勤小组最后一遍耐着性子跟他解释：“先生，我们只有几个问题，不会耽误太久。”同时，一位成员在他们对话的过程中悄悄靠近司机的驾驶位，并示意司机打开车窗。乘客并未理会这个解释，继续吼着：“我不配合，你能把我怎么着？我要赶着去接孩子，几分钟也不想耽误！”然后非常急躁地催促着司机快点开车。

案情重大，如果该乘客正是向窗外扔手机的人，就具有参与案件的重大嫌疑，而且这条线索的价值直接决定后续侦查的进度和效率。外勤警员只好使用战术配合动作，一人在出租车驾驶位打开中控锁的同时，另外两名一名拉开车门，一名迅捷地将乘客拖出车厢并控制在地面上。当见到手铐的时候，乘客才意识到问题的严重性，慌忙表示愿意配合。

“你的姓名，身份证带了吗？”

“史宏清，身份证在我钱包里。”

“你什么时间、在什么位置上的车？”

“就在刚才，大约五六分钟前，在月季园地铁站那里上的车。”

“打车去哪里？干什么？”

“去旭日小学接小孩放学。警察同志，对不起，我刚才态度不好，但主要是因为怕耽误了接孩子，所以才着急的。不好意思。”

在他们一问一答的过程中，外勤小组成员显示联网查验了乘客的身份信息，随后利落地回放出租车的行车记录仪，按照乘客所说的时间回放，发现他所说的情况属实，画面里的确是该乘客在5分钟前路边招手停车，地点正是月季园地铁站路旁。另一名警员在背对背询问司机，三人一对眼光，确认信息重合无误，负责跟乘客谈话的警员敬了一个礼道：“谢谢您配合调查，您提供的信息非常重要。耽误您接孩子的时间了，案件侦查希望得到每一位公民的支持，请您谅解。您可以走了。”

史姓乘客还没明白究竟发生了什么，就见出租车司机过来跟他道歉说：“不好意思，我得跟这些警察叔叔回去配合调查了，您得重新打辆车了。钱我不能收您的了，实在对不住您！”话一说完，便坐回到自己的驾驶位，跟着警察的车辆开走了。这一切发生得太快，乘客还没反应过来就被三辆车留在了原地，他呆了一会儿，只好摸摸自己的头，长舒一口气，继而望着道路上密密麻麻的车流，讪讪地寻找着那个亮红色的“空车”标志。

2. 出租车司机的重要信息

出租司机被带回支队，停好车后，司机被带到一间会见室里，马大队和小孙负责问话。到目前为止，这桩公然在三环抛尸的虐杀案，竟然只剩下眼前这一条可以继续挖掘的线索，二虎的生死去向还不知道，“朝野大墅”虽然是涉案地点，却因为没有任何有利的凭据而无法惊动。这辆出租车能给出的信息，很有可能决定了案件继续侦查的可行性。

司机个头中上，身量也大，只是微胖了点，皮肤黝黑，是一副标准的劳动人民面孔和口音，应该是城市化进程中从农民转为服务业劳动大军中的一员，看肤色就知道是常年从事户外体力劳动。华生注意到，他的左手、左脸肤色略深，这和他所做的出租车司机职业吻合。

马大队负责主问："今天下午 17：40-17：50 左右，你是不是开车载客经过这个院子过？"

司机皱起双眉略微思考了一下，认真回答道："是的，警官。那时候我是西向东行驶，经过这里。"讲话的时候，有些小幅度的点头哈腰，神色间却是满不在乎的油滑笑容，和这座城市里大多数出租司机一个样。他们每天奔波在市井之间，坐车的各色人等都是他们的观察对象和聊天对象——乘客们电话里聊的国家大事、经济走向，小情侣间窃窃私语聊的爱恨情仇，司机和乘客之间的嬉笑怒骂，让他们成了信息集散地。时间一长，出租司机的见识中，高官巨贾和平头百姓也就没有那么多差别，都有着各自的喜怒哀乐，都是活生生的人。

"知道这是哪吗？"

"派出所吧？公安局？我没见过这么大、好几层楼的派出所，都没这么大。"

"你为什么当时要走辅路？后来没多久不是又回到主路上直行了吗？"

司机明显有点意外，睁大了眼睛，继而竖起大拇指，认真道："警察同志你们是真厉害啊！你咋知道我后来回主路了？哦，对对，你们有监控。交警他们老拿监控照我们，我们害怕。但是你们不是交警，掌握这么多情况，我是不害怕的。要是我出了事什么的，肯定能很快破案。我们这些司机不容易，辛苦一天也挣不着太多钱，还可能遇到坏人抢劫。上个月听说好几起……"

"别说没用的，问你为什么要拐一段辅路？"马大队嫌他啰唆，直接打断问他。

司机一低头，有点怕马大队，赶忙赔笑解释说："客人要求的，当时一拐过来门口这条路，我就在主路的中间道，这么走顺啊！没想到客人非说让我出来走辅路，我以为他要靠边找下车的地方呢，心里说'还没到地方呢'。不过，离他本来跟我说的目的地也差不了几块钱儿，我就听他的了，毕竟什么样的客人都有，为了点小事跟人家起争执太矫情。没想到辅路刚走了没 30

米，他又让我回主路。我当时还纳闷呢！这不是瞎指挥嘛！不过，嗨！我们当司机的，什么客人都得伺候，要想让自己开心，最大的秘诀就是不计较、不找事。”

马大队和小孙互相看了一眼：“在辅路上，客人在车里做什么动作了没有？”

“哎哟！我净顾着听他指挥拐来拐去了，真没注意后排乘客有什么动作。”

“说说看，你什么时候、在哪，拉上这位乘客的？”

“让我想一下啊……大概……下午 3 点多，在昌宁镇上的襄阳路南头。哦，对了！具体的时间我那发票上有，客人一上车我就开始打表了。下车时间发票上也有。”小孙朝同事低声吩咐了一声，立刻有专人去调取昌宁镇上襄阳路南头的监控录像了。这次好歹要找到打车人的样子。

马大队继续问道：“客人长什么样子，穿什么衣服？”

司机不由得皱紧了眉头，仔细回忆，用缓慢的语速一点一点描述道：“发型很奇怪，就是两边剃光，中间留得很长的那种，还梳了个小辫子，男不男、女不女的。好像最近好多年轻人留这个头，我们村里都有，不过都是不务正业的小孩。这种发型还有个外国名字，叫什么西……”小孙接道：“莫西干？”司机睁大眼睛望向小孙警官，流露出惊喜表情，张开嘴连连点头，应道：“是，就是这奇怪的名字。”

马大队问道：“还有呢？”

司机急忙收敛了笑容，再次回忆并叙述道：“四方脸，粗脖子。眉毛不浓，好像右边眉毛是断的，后半截没有或者看不清，就像缺了一半似的……应该是单眼皮……哦！对了，大小眼很明显，这个我记得清楚！右眼明显小。嗯……还有……厚嘴唇，车上也不怎么说话，其他就看不到了。哦，还有，他嘴边上有一颗痦子，凸出来那种，黑色的，很明显。还有一个地方特别奇怪，年纪轻轻的小孩，他居然留着一撮儿山羊胡。”一口气说了这么多，对于一个司机来说，不知道算不算职业习惯。司机好像说累了似的，停在那里，眼睛看着马大队和小孙，等着他们的更多提问。

小孙认真地记录，马大队见记得差不多了，便再问道：“衣着呢？有什么特征没有？”

司机眼睛望向空中，一边眨眼一边左右转动着，非常努力地回忆了一会儿，才道：“那个大汉身上穿一件灰色的长袖夹克衫，裤子记不清了，挺普通的，应该没花纹，也不奇怪，反正不是小孩们穿的那种露肉的破裤子或者半截腿的那种，要不然我肯定能记得。”

“多高？胖还是瘦？”

“大概得有一米八吧。我就是拿眼睛看的，不一定准啊！我看那身形很壮！肯定很有劲儿！”

“还有吗？”

“没有了。”

“为什么你的行车记录仪上，没有拍到这个人拦车的画面？”

司机立刻确认问道：“没有吗？”脸上有点吃惊的样子，随即眼睛朝下沉吟了一会儿，仿佛想明白了，补充道：“哦，我想起来了。这个客人是我今天的第一单，我拉上人才插的记录仪。平常我那个点烟器都插着，歇着的时候我好抽口烟，有客人了才插记录仪。”

小孙追问：“他在哪里下的车？”这是非常关键的问题，所有人都屏住呼吸，如果能抓到这个人，那么就又多了一条活的线索。

司机点头微笑，恭敬答道：“也就是过了咱们这没多久，红绿灯路口我不是直行了吗？再往前是个立交桥，他让我在立交桥桥下左转。立交桥那个红绿灯一变绿，我排第三辆，跟着往左转待转线上动，刚停下，他就把钱往我手里一按，发票也没要，就下车走了。”马大队和小孙不由得觉得有点发愁，因为，立交桥下的位置，是没有监控的。好在立交桥周围的四个斑马线都有监控，也可以调来看，按照画像想找人应该不是难事，就算他换了衣服也没问题。

和司机又随便聊了几个问题，发现他基本上能够贡献的信息都讲出来了，小孙便结束了询问。在复查笔录和签字的过程里，有人敲门送进来一张画像，正是根据司机刚才描述的形象绘制的面孔。小孙递给司机，让他看看对不对，还有什么地方要修改。

司机看到画像大为惊讶，啧啧称奇道：“嚯！你们太厉害了！人民警察就是专业啊！这么快就画出来了，就是这人。啧啧，这大小眼画得，太像了，跟真的一样。哦，头发这里要改一改，他有一个明显的美人尖。其他都太像了！”再次修改后拿给司机确认，司机非常肯定地点点头，表示正是此人。

在马大队和小孙询问司机的同时，信息支持小组查验了司机和车辆的基本信息，确认属实并没有前科。同时，痕迹组的人在车的把手、座位和电动窗按钮上，并没有发现有价值的指纹。刚刚在支队门口捡回来的手机上没有任何指纹，被清理得干干净净，想必扔手机的时候，嫌疑人应该是戴着手套的，只是监控画面里看不太清楚。不过，出租车这样的公共场所，除非是非常新鲜的指纹，否则就算提取到指纹或者脚印用处也不大，因为乘坐的人太多了。

马大队出去组织调取立交桥下的监控，并安排专人排查。留下小孙来送司机。小孙还是一贯的痞样子，冲着司机一笑，站起来伸出手。那司机也忙不迭地站起来，伸出手和小孙握手。小孙说："感谢啊！司机同志，您提供的信息非常重要。耽误您的时间了。"

司机这时给出非常客气的甚至有点巴结的笑脸，忙不迭说道："警官您别客气，能为人民警察服务，能帮着找坏蛋，我感到非常荣幸！就是……"见他有点为难，小孙好奇道："怎么？有什么不好说的吗？"司机连忙摆手道："没有，没有。您要是刚才不提，我还真不好意思说。您看，现在也有七点多了，我今天就拉了那一个大活儿，后来那个接孩子的，您的同事不是给拦下了吗，钱我也没挣着。我这一个多小时的钱，就算是耽误了。其他的倒不重要，就是现在拉出租，份儿钱太重，每天要是跑不够500块钱，连吃饭的钱都没有。您看，能不能让公安局给我补偿100块钱，我太谢谢您了！谢谢啊！谢谢啊！"小孙倒是没有想到这一点，看他虔诚的样子，也知道出租车司机的确不容易，就从自己的兜里拿出100块，递给司机，然后拍了拍他的后背说："走吧，我送你下楼。"

3. 监控追踪

送走出租司机后，任支组织尽可能多的人手，一起回到监控分析小组的工作室，通过大屏幕帮着找穿灰色长袖上衣的男人。这个工作比想象中要困难一些，由于监控系统搭载的面孔识别程序还不能做到超越人工的准确程度，尤其是在特征出现明显变化的时候，比如贴一条胡子，或者戴上墨镜，很难自动报警。因此，结合这自动识别的程序，主要还是靠人眼进行过滤。按照立交桥下的监控画面显示，17点52分出租车出现在路口等红灯，车后排座椅上隐约坐了个人，但实在看不清。车子在 17 点 53 分进入桥下，失去监控画面，30 秒后左转驶出立交桥下，这个时候可以看到，车辆的确已经只剩下司机了，而且醒目的空车标志也被立了起来。为了防止嫌疑人变装，任支命令，以出租车驶入立交桥下的时间为原点，把窗口时间设定为 15 分钟，这样一来，即使要找的人在立交桥下逗留拖延时间，也不太可能等待这么久。所有监控分析小组的成员屏息凝神地开始查找，从车辆进去开始 15 分钟之内所有出现在画面里的人，有没有特征相似的。令人意外的是，根本就没用了 15 分钟，一名队员很快就大声报告说找到了！所有人立刻涌到他的显示器前面，看着画面上的这个宝贵线索。

在距离车入桥下盲区大概只有 15 秒的时候，东侧斑马线上向南的方向就走出了这样一个人。莫西干发型，四方大脸山羊胡，戴了一副很大的墨镜。衣服是灰色的衬衣，穿着类似保安们常穿的通勤战术裤和战术靴，背上背了一个包。大体上，和司机描述出来的画像非常相近，但身高应该没有一米八那么高，从画面上看，只是比身边的女性路人高了一点，但靴子很大。肥大的衣服下，看起来身形确实壮硕，只是走起路来的姿势一拖一拖的，似乎脚底下不甚利落。这个姿势更像是个胖子或者腿脚有毛病的人，而不像身体健壮有力的青年男性。

这个发现让所有人都很兴奋！接下来的工作虽然枯燥，但毕竟有了方向。在任支的细致指挥下，按照画面中找到的嫌疑人的行进路线，不断调取相关路段的监控。这是个漫长的过程，每次调取监控的过程，大家都是又期待，又焦急。这个人向南边走了没有 200 米，就在公共汽车站停下，搭乘了一辆终点是南部郊区兴顺区的公交车。搭乘公交车的监控跟踪是比较复杂的，因为乘客有可能在中途的任何一站下车，侦查员们必须按照这辆车的车牌号和行进路线，一站一站地排查公交站的监控。如果车上嫌疑人有什么着装或者外貌的变更，则更加麻烦，因为公交车上的监控，需要等到公交车回归车站、结束掉一天的行程之后，才能调取。

好在，4 站之后，大家顺利地在画面里看到了这个家伙，看起来表面上没有什么变化。刚刚松一口气，侦查员们又紧张起来，因为嫌疑人下车之后，朝着地铁站走去。这是全市最大型的换乘站，有 16 个出入口以及四条交汇的地铁线路，每分钟人流量近万。没办法，记下嫌疑人进站的位置和时间码后，任支派出监控识别小组，立刻出发去地铁公司查看和调取相关的监控录像。

这就意味着，至少要损失 4 个小时的时间，甚至可能会更久。不过，只要能咬紧这条线索，就还有希望。监控分析小组成员们都知道，熟悉的熬夜又要开始了。

留在昌宁镇朝野大墅外面的那辆外勤车，盯了整整一个下午和晚上，也没有发现二虎从朝野大墅里面出来。他的两个小兄弟倒是早就被送出来了，任由二人离去。外勤小组悄悄地上前盘问后，发现他们也不知道二虎到底什么状况。鉴于朝野大墅中的住户非富即贵，如果没有过硬的线索，也不便贸然闯进去寻找二虎的下落。再加上手机被莫名其妙地送回来，二虎这条线索就这样被卡在这里了，只能寄希望于先找到抛手机的人。

任支一边召回昌宁镇的外勤，一边命令李大队在旭日区暗中查询二虎的信息，包括等候是否有人报案等等。同时，李支向市局汇报，申请加紧对二虎老板的信息搜集和分析。交代完这些工作之后，任支让戴猛和华生先回去休息，因为在监控筛查结果出来之前，大家都耗着没有意义。两人都明白这个道理，也没有怎么推托。从支队一出来，戴猛匆匆走向自己的车，跟华生说："我现在赶去道馆，早晨和二虎约好了，他如果没事，应该会来找我报仇。说实话，现在我非常希望他来找我。"华生这才想起，还有这么一件事，连忙问道："要不要我一起去，我怕有危险。"戴猛哈哈大笑："你去了就没危险了？没事，道馆不是他们能行凶的地方，那么多能打的人呢！再说，真来了，反倒让我放心。凭本事，他小子也占不了我便宜。"华生这才点头表示放心，然后跟戴猛说："戴总，我不知道合不合适，想征求一下您的意见。"戴猛说："什么事？"

华生说："刚才这个司机，我心里不踏实。倒是没见到有什么明显的破绽，身份也核实过了，但总觉得有点奇怪的地方。能不能，明天约姜老师来一起看看刚才那段询问的录像？如果司机这里没问题，后面的追查还算有个清晰的方向。"

戴猛道："我来约老姜，看看他的时间合不合适。刚才我倒是觉得，司机的表现除了有点兴奋之外，疑点不明显。你知道的，出租车司机见人多，爱聊天，表达起来可能各种风格，我也觉得让老姜来看看比较放心。"

华生点头，跟戴猛告别。见时间还来得及，他赶紧给肖依打电话说："我出来啦！哪里见面？"

肖依在电话那头开心道："今天结束得早啊！你确定要学吗？"

华生低头看了眼自己都快挡住脚尖的肚子，抿着嘴自己嘲笑了下自己，坚决道："就今天！"

肖依大赞一声："好！直接道馆见，我已经快到了！"

第 14 章

反跟踪与易容术

这些警察真有意思，放着那么多混蛋不管，抓也抓不着，判也判不了，非得管这些垃圾人的案子。他们是人渣、是垃圾啊！你们管不了，我们还不能管吗？

——小九儿

1. 出租车司机的破绽

第二天早晨，姜老师就来到了刑警支队，和戴猛、华生一起回看出租司机的谈话录像。看完录像，马大队见姜老师眉头紧锁，便问道："姜老师，有什么问题吗？"姜老师说："我觉得这个司机有几处微表情，明显存在异常情绪啊！"这句话让所有人都心里一惊！华生暗自道："不知道和我想的是不是一样。"

众人赶紧从头再次回放，姜老师则开始解释看到的疑点："我首先注意到的是，他很客气，但也很淡定。一般百姓见到警察接受调查的时候，是非常渴望减少麻烦的，没做坏事的话，要么横，要么配合听指挥。"

马大队点头称是："大多数老百姓如果涉及案件侦查阶段的询问，比较多的是两种情绪混合，一种是天然的恐惧性紧张，怕受委屈、被冤枉；另一种是因为自己没事，而受不了委屈和冤枉的那种高傲。只要一给加压，要么就是怕得要命，要么就是急得翻脸。前者情况多一点。"

姜老师摇摇头："这就是我说的奇怪地方，您说的这两种情绪，在他身上都没有。"这个判断只能作为一个基线状态，毕竟人的阅历和思想形形色色，见到警察不慌不怕的也很正常，不能作为怀疑的依据。姜老师继续说："我们再来看他的回忆反应。你看，这里你问他经过支队的行驶路线，他眨了 4 次眼睛，但同时却没有皱眉，说明回忆的脑负荷在增加，但还没有形成困难，这与他的回忆时间成正比，是比较正常的回忆反应。事实证明，他后续给出的也是实话。我们可以作为回忆基线特征。等到我们说看到他的行驶轨迹一会儿出一会儿进的时候，他在这里这个惊讶表现得太夸张了！"华生暗中点头，他也觉得，司机当时听说警察知道他的行车路线时，那个明显的惊讶有表演嫌疑，只是觉得不能作为怀疑对方的依据。适当的夸张表演，也许是一种亢奋状态，是出于马大队前面解释的【轻微恐惧+积极自保】的亢奋。

姜老师继续讲："在这里停下。放大图像，对，大家看，在说你们厉害他放心的时候，他在夸你们，说自己有安全感，但是脸上并不是真的安全感，也不是单纯的谄媚，而是有上唇提升和撇嘴的轻蔑与否定在。这肯定就不是真心夸了。你能看到这里的一点歪嘴吗？这就是轻蔑。”华生看了看马大队和小孙，心里想，警民之间的那种长期存在的矛盾关系，会不会是这个轻蔑的原因。司机的这个表情华生当时看到了，但因为司机之前是在开着玩笑说交警的事情，顺带把其他警种也都放在讽刺的对立面上，也会产生轻蔑，这个可能性是存在的。

姜老师也解释到了这一点：“但因为他前面在讽刺交警，所以不能确定这个轻蔑是不是也源自对警方的惯常敌意。很多老百姓还是有这种对立意识的。毕竟在普通老百姓观念里，警察是管他们的。”马大队和小孙警官对这个无奈的局面都颇有感受，其实破案办案都是工作职责，但老百姓还是会认为警察是特权机构，总能欺负普通百姓，便有了对特权的惯常厌恶和排斥。

姜老师解释说：“前面这些，是对他的情绪状态进行分析，会发现有不对劲儿的地方，但都不足以认定他有欺骗表达。但接下来这个特征，就跑不掉了。”华生心里一“叮”，立刻凑到近前，仔细观看姜老师所指的那一帧画面。

“在你们问他乘客上车时间地点的时候，他非常用力地在回忆，回忆的时间比较长。时间和地理位置信息，属于符号化的抽象信息，且距离提问时间又久，所以回忆起来难度相对提高是正常的，可以看到他出现了皱眉的动作。这个有物证做比对，也属于是真话的基线特征。”说到这里，姜老师一顿，向后划动一段画面，停下后比对道：“但是接下来就奇怪了。马大队问他客人的外貌和着装时，大家看他回忆时的表情。回忆发型的时候，眉头皱得这么紧，回忆的时间也比较长，这里高度疑似表演。因为，发型是一个人的重要面部特征，除了具有突出的个性化风格之外，即使从图像识别的角度讲，也占据视觉信息中很大的面积百分比。发型会给人留下很深的印象，甚至于很多人会因为别人发型的变化而认错人！一个乘客从上车到下车，接近 2 个小时的时间里一直在近距离相处，即使不需要特别记忆，对发型的印象也应该非常深刻，更何况那个乘客的发型还非常有特点。本来视觉图像信息应该比时间、地点这类符号化抽象信息给大脑留下的印象更深，但现在他前面的回忆反应都很浅，这个发型的回忆却这么用力，这一点很反常。除非司机没有看过乘客的发型，否则这可以确定是一个故意表演的破绽。那么，他到底看没看过乘客的发型呢？”小孙立刻接口道：“不但看过，而且看得还很仔细。他后来添加了很多细致的描述和评论，甚至还试图给出正确的名称‘莫西干’。”

姜老师笑道：“对！而且那个恍然大悟的样子表演得也假。他假装不熟悉或者想不起来，但小孙提醒他之后，他眼睛睁得太大了，连连点头所表达出来的恍然大悟，远远超过三个字所能引起的兴奋。而且，注意看这里，看到他说完话的笑容里，掺杂了一个微小的轻蔑吗？如果前面有惊讶的仰慕和震撼，后面的轻蔑又是为什么呢？这两个表情的先后出现，只能说明一种情况。”戴猛接道：“假装不知道。”姜老师道：“对的，这种把‘话钥匙’留给别人的手法，是比较常见的谈话策略，通常可以让讲出‘话钥匙’的人产生愉悦感和认同感，尤其是点题的‘话钥匙’，以及猜答案的‘话钥匙’。”

小孙听得既尴尬又高兴。尴尬的是，当时司机扔出来的话钥匙，是他接的，那一刻他的确为自己能给出正确答案而兴奋，以至于忽略了对方的真伪；高兴的是，今天听到了这么通透的解释。

姜老师看到之后，拍拍小孙的肩膀，替他宽慰道：“没什么，这个司机表面上看很朴素，但是可能是个厉害的角色。他用‘话钥匙’技术用得太细微了，就算是我，也是现在马后炮分析才能有点感觉，当时根本就没办法察觉到。而且，他有可能没有什么专业训练背景，只是两个字就可以办到。”姜老师目光转向华生。华生想了一下，试着说出答案：“装傻？”

姜老师竖起大拇指，冲着华生向上顶了顶。然后，却接了一个诡异的笑容。一下子，大家都明白了，刚才姜老师又行云流水地给华生扔了一个“话钥匙”，就是刚刚被提到的“猜答案的话钥匙”。看大家笑，华生也立刻意识到发生了什么。他内查自我的感觉过程，发现接到那个目光和不可见的“话钥匙”之后，自己会瞬间觉得“一定要答出来，答不出来就太辜负了。自然，答出来说明我们很有默契，又或者我懂的很多。”所以，姜老师的那个诡异笑容，正如视频中出租司机脸上的轻蔑笑容一样。那是一个陷阱捕获到猎物的得意和不屑。

姜老师继续分析后面的视频，他发现出租司机的语言实际上非常有特点：“你们看，他非常仔细地看了乘客，把他脸上的每个细节都描述得很清楚。各位闭上眼睛想一下，让你描述我的面部特征，你能说出什么来？普通人对描绘一张面孔是有能力障碍的，除非是受过专业训练的画像师。还有一种可能是。”这次姜老师的目光，看向当时提问司机的马大队。马大队略微思考了一下，立刻接道：“故意准备好的，特别强调的内容。”他这么一说，在座的各位心里都收紧了。

姜老师点头说：“大家看这里，他在回忆乘客衣服的时候，回忆的动作更加夸张，居然花了几秒钟的时间望向天空。华生，眼睛闭上，我的鞋是什么颜色的?”华生听话地闭上眼睛，随即回答道：“黑色，少量绿色，运动款。”姜老师满意点头，分析道：“对的，各位看，这就是正常的回忆反应，回忆的对象还是一双面积并不大的鞋，如果是一件不复杂的衬衣，应该是什么样子。”

戴猛等老姜说完，补充了一个非常重要的观点：“我还看到一个很明显的问题，老姜给分析分析对不对。你们注意到没有，司机在整个问答的过程中，没有一次问及调查的目的，也就是为什么案子要调查他。并且，他全程都没有流露出一丝的恐惧情绪。”

马大队和小孙当时负责询问，现在被戴猛一说，马大队的双眉不由得皱起。小孙思考了一会儿，接口道：“这样一说，的确反常。外勤拦截乘客的时候，可能对着那个接孩子的乘客宣布过调查的是谋杀案，但并未直接跟司机讲过。就算他听到了，也不会一句不问。如果说是因为老实，不敢问警察，那就应该有紧张、有恐惧。全程的问答，他的确比较轻松，一副毫不在意的样子，但如果是这么好事、八卦和松弛，应该第一个就打听案子的性质和严重程度。”

姜老师总结道：“各位，我们可能放过了一条重要的线索。按照这段问答的录像来看，我可以提供两点比较肯定的结论：第一，这个司机有表演，不是完全配合的诚恳状态；第二，他的表演以及语言，目标是为了强化一些乘车人的特征。回忆得用力，描述得细致，听的人会很容易采信他的信息。那么下一个问题，就是他为什么要这么干?”

这一问，在场的所有人都立刻明白了。几个人彼此互相看了一眼，脑海中闪现出一个不祥的词——“骗”。

2. 消失的嫌疑人

小孙眉头紧皱喃喃道：“到目前为止，司机所提供的信息，几乎全部都有监控视频证实，包括上车地点的监控，我们也调取了，时间、地点、乘客样貌都对，后面的路线、停车的位置、乘客下车的位置、发票信息等等，都能和物证比对得上。如果他真的在骗我们，他想骗什么呢？”

老姜直接讲出了自己的想法：“行车路线、接客时间、放客地点等等，有监控在做假的难度太大。但是，从他刚才叙述的信息量比例来看，用来形容嫌疑人长相和着装的信息量相对特别大，而微表情的破绽恰好出在这些信息表述过程中。要骗，就是这些地方。”言罢，问马大队：“监控小组那边的进展顺利吗？有没有跟上嫌疑人？”马大队摇摇头，轻叹了一口气，又咬咬牙道：“没有。专案组所有的人一夜未睡，已经接近透支。从嫌疑人进站的时间点开始筛查，但地铁站里人流量太大了，跟了一会儿就找不到了。时间窗口现在已经设定到 30 分钟了。”华生小声重复道：“30 分钟……”小孙解释道：“上车的 16 个站台是监控小组看得最细致的地方，30 分钟之内，竟然没有看到嫌疑人上任何一班地铁，这是非常匪夷所思的结果。只要能找到上车的画面，至少能往后一站一站地跟，车厢里也有监控，还是能跟得上。虽然会很困难，但至少不像现在，连人都找不到了。”

姜老师说：“如果嫌疑人换装……”简单想了一下，很快他自己否定了自己的想法：“但是，这么大的动静，视频里是肯定很显眼的。”小孙疑道：“换装我们也考虑过，一是的确没看到，二是如果要换装，在天桥底下其实是最佳时机，因为那时没有监控，换了装就找不到了。地铁站里人虽然多，但是如果换装的话，动作也显眼，前后差异也显眼。”

姜老师说：“天桥底下未必是最佳换装时机。虽然，没有监控看不到换装的过程，但是，天桥四周摄像头多、覆盖的角度全，从天桥出入的人员数量前后差异是很容易被筛查出来的。平白无故多了一个人，只有出没有进，那还不明显？如果是换车，倒是个很好的选择。”

马大队点头道：“对的。而且，我们也的确没用多久就找到了这个平白无故多出来的人，特征又都符合司机的描述，他就是姜老师说的‘只有出、没有进’。现在这个人多出来了，先坐公交，再进地铁，不太可能在这里换装吧。”

华生提了一个问题：“地铁站里的公共区间，是不便换装的，但是有没有监控的盲区呢？”几个人眼神一对，立刻同时喊出来：“厕所！”

大家赶紧来到监控分析小组，看到的景象让人心疼。队员们的眼睛都布满血丝，泡面和饼干堆放在食品区，每个人都疲惫不堪但又坚持着在慢放的画面里，挑选着一丝一毫可以的像素。任支已经戒烟一年多了，现在面前已经有了3根烟屁股。之前，监控分析小组的成员们，一直把目光集中在候车区、行走区找人。现在目标更新之后，重点盯防几个厕所，让所有人精神一振，仿佛之前的一夜没有熬过似的，所有人心里充满期盼。时间并不长，就有人兴奋地汇报道："找到啦!"一下子，显示器前面就挤满了人，最外层的干警搬来椅子，踩在上面扒着人群往里看。画面里，那个莫西干头、墨镜、大脸、山羊胡、灰衬衣的家伙，走进了离入口较远的一个公共厕所。就是他!

找到他踪迹的警员愤愤地骂道："这家伙肯定有问题！你们看这里。"他把录像向前回置了一段时间，指着屏幕说道："你们看，这家伙现在是躲在这个大胖子身后的，不注意就会忽略掉，因为他利用大胖子的对向行走，突然逆向向后倒退了15步。看到了吗？其实这个胖哥当时还很诡异地看了他几眼，但被我忽略了。这说明，这个家伙在提防着摄像头，他在有意反监控跟踪。然后，他在柱子后面等了一会儿，才又出来的，难怪我们找不到。如果不是倒推，还真难发现他竟然这么狡猾!"

找到了就好办！守着这个厕所，静静等着他出来就是了。防着点他变装，衣服、墨镜、胡子，甚至连光头都没放过，几十个人的眼睛紧紧盯着屏幕。但是，直到设定的时间窗口终止，也没有发现任何相似的人走出厕所。所有人都慌了，任支咬了咬牙，命令道："分组再来一次，所有人，用比对查找，找那些'只有出、没有进'的新面孔。"小孙请示道："任支，那我们需要向前也开时间窗口。因为人上厕所是需要时间的，在这个灰衣人进去的第一秒开始，每一个走出来的人，都有可能是之前几分钟走进去上厕所的。所以，这之后走出来的人，有很多是在灰衣人进厕所之前，就已经进去了。时间窗口向前开多少合适？"任支思考了一段时间，显然是在计算时间窗口的合理性，继而命令道："向前15分钟，向后15分钟。进去过又出来的面孔过滤掉，没有进去，但是出来的，重点标记。"

一声令下，所有人投入战斗。这是最后一线的希望，战胜嫌疑人的欲望，在这一时刻，驱散了所有人的疲惫。

3. 灭　口

时间已经到了中午，距离赵乾昨天傍晚背着二虎尸体进入地下室，已经过去了整整一夜，一个漫长的夜。

正午 12 点一过，赵乾从密码门中走出，头型已经重新梳过，发丝仍旧湿漉漉的，衣服也明显换过了干净的。不过，脸上疲惫的神情却难以掩饰。他用对讲通知安保人员："我去训练馆，有事到那里找我。"

训练馆里，似乎要把身体里所有的憋闷燃烧成灰烬，赵乾击打沙袋的样子让旁边的人看着害怕，似乎是一台疯狂的机器在试图撕碎面前的猎物。那个坐轮椅的人就在这时再次悄无声息地出现在馆里，推着轮椅的助手依旧面无表情，脚下也没有丝毫动静。直到轮椅里的人开口，赵乾方才停下自己的暴怒。

"让你为难了，赵总！"

赵乾咬咬牙，没有说话，慢慢扬起了下巴。

"都是为了少爷，所以，二虎的事情，请你不要往心里去。"

赵乾轻轻地"嗯"了一声算作回应。

看到他那副雄壮的身躯里，仿佛住着个赌气的小孩子，轮椅里那人打心眼里觉得可笑。不过，他立刻正色道："昨天，我派去给小九儿开车送手机的人回来了。我知道你昨晚肯定忙，没敢打扰，今天带过来你见见？毕竟曾经是你的人，这次表现不错，反复求我要回到你这里来。"还没等他说完，赵乾愤恨地打断他："得了！你知不知道今天早晨，警察已经猜破了他的身份？这人就不能留着了。"

这个结果让轮椅里的人大为吃惊，忙问道："已经猜破了身份？这怎么可能？"

赵乾没好气地说道："我问过了，警方外请了几个专家，有一个竟然是通过微表情分析谎言，他识破了你设的局，这是我没想到的。今早我正在紧要关头的时候，被电话打断，不得以重新再来。当时我差点没忍住火，但毕竟那是件关乎天命的大事，我只好从头开始，再来一次，费了好大的工夫。”

轮椅里的人摘下眼镜，仔细地用衣角擦拭镜片，同时思考对策。片刻后，他决然道：“这样，处理这个开车的是当务之急。本来我是带他来向你说情的，现在不用这么费事了，省得我欠你一份大人情，现在看来，你自己留着消消气吧。当然，事后处理干净，这是你的特长，不用我多嘴。”说罢这些话，他的助手朝着训练馆的门口一招手。从门外走进来一个人，熟练地走到垫子前，弯腰向赵乾行了道服礼，然后才转向福坤，弯腰施礼。

轮椅里的人瞥了他一眼，冷笑一声：“任务完成得不错，应答自如，重点也突出。当初调你去开车扫街，看来是对的，这半年历练得越来越出色了。找赵总领赏吧。”说罢，一脸温暖地伸出手，来人赶紧弯下腰低头，让那人的手拍到他的头顶。说完这些话，轮椅中的人一摆手，身后的助手推起轮椅往馆外走，同时向所有馆里的人挥手，示意他们出去。一瞬间，馆里就只剩了赵乾和来人，正是昨天那个出租车司机。

来人一弯腰，满脸笑容地说：“赵总，这段时间我很想念您。福总说，昨天的任务完成的好，找您领花红，五万、十万都听您的。钱不是最重要的，小的能回来看您就足够了，真的很开心。”

还没等他抬起头，只觉得脸上遭受了一记重击，整个人就直挺挺地向旁边倒下去。赵乾扑了上去，疯狂地击打，像发了疯一样，边喊边打。没用多少时间，赵乾站起身。正要擦手上的血，突然，电话铃响起，他接起后立刻自行振作起精神，恭敬道：“少爷，您有什么吩咐？”

电话中的声音吩咐道：“民都南路那开了一家炸鸡店，这两天被‘标准化炸鸡协会’堵门了。你找两个小的，去店里吃炸鸡。如果不让进，就闹一闹。”赵乾逐字逐句记下少爷的吩咐，点头称是。

少爷继续吩咐：“找两个狠点的，不怕闹大一点，给这些不要脸的什么炸鸡协会点颜色看看。也是给我们冲冲晦气，老福跟我说这两天警察咬得紧，不是吗？”赵乾听到这里，一脸惭愧。他没有多说什么，只是继续听少爷吩咐：“所以，这次让小孩儿们嘴严一点。”

4. 易容术

刑警支队监控排查室里，异常的安静，除了鼠标和键盘的声音之外，几乎听不到别的声音。3 个小时过去了，所有小组汇总情况，发现了一个奇怪的现象。时间窗口里，所有画面中出现过的男人，都被排除了。每个人都有进有出，只有灰衣人一个人的侧脸，快速地闪进厕所之后，就再也没出来。与此同时，小组成员也不约而同地标记到一个小女孩的面孔，马尾辫一晃一晃地跳出了厕所，彩色墨镜遮住大半个面孔，应该是个非常俊秀的年轻女孩。T 恤、白色跨栏修身背心、牛仔短裤和长筒靴包裹着曼妙的双腿，在地铁站的人群中，非常显眼。之所以标记她，是因为时间窗口中，没有见到她走进厕所，而她却在灰衣人进去之后没多久走出了厕所！

由于只有一个侧面的镜头拍到厕所外面，所以无法确定灰衣人当时进到厕所里面究竟走进了男厕还是女厕。任支谨慎起见，命令所有人分成三组，一组把灰衣人进入后的时间窗口加长到 30 分钟，全力排查男性差异；一组把灰衣人进入前的时间窗口加长到 30 分钟，看看有没有这个显眼的女孩曾经进入过厕所；最后一组按照常规手法，把时间窗口前后都延长至 30 分钟，进行普查。

又是半天过去了，所有小组回复：只有这一个女孩异常，时间窗口内，从未进入过厕所。而且，后续的地铁站监控显示，这个女孩从厕所出来之后，没有登上任何一列地铁，而是径直走出了地铁站。

正在大家一筹莫展的时候，任支的电话突然响了起来。任支一直在听，神色越来越凝重。挂断电话后，对所有人下达命令："民都西路阿里兰炸鸡店，发生大规模伤人，派出所已经维持不住了，市局调了增援，我们刑警也立刻赶赴现场！"

第 15 章

围魏救赵

我们当过兵的人，最见不得没本事的赖皮货。没本事就老老实实待着，现在还要招惹、欺负人，那你们就是人渣。既然是人渣，清一清，也算是兵哥哥我为这个社会做点贡献。

——特种兵

1. 围攻炸鸡店

当任支率领刑警队赶到阿里兰炸鸡店的时候，纵使是一名老刑警，也被眼前的场面吓了一跳。出乎所有人意料的是，事情竟然大到动用了武警。全副武装的防暴武警围成一个半圆，把接近 300 名头戴统一制式金色鸡腿帽的“标准化炸鸡协会”成员挡在圈外。会众们群情激愤，齐声高呼着众人听不懂的口号，试图挤压和冲击防暴武警组成的防护圈，但是并没有和防暴武警发生肢体冲突。

现场指挥员派人来向任支介绍现场情况：“店主报案说，他的炸鸡店连续一周遭遇围堵，干扰和阻止食客进店就餐。起因是本市的‘标准化炸鸡协会’认为这家店的炸鸡不符合正宗的炸鸡标准，不允许他们悬挂‘好炸鸡’标志，同时派多名标准化炸鸡店的从业人员在门口劝离食客。工商部门和食品卫生检疫监督局抽查过，食物质量和店面卫生都符合法律要求，法律层面没有问题，无须停业整改。工商和卫生部门公开发布了检查结果后，更多食客通过互联网知道这件事，前来声援阿里兰炸鸡店。虽然昨天晚上由市政府相关部门牵头，派出所坐镇，店家和‘标准化炸鸡协会’相关负责人坐下来沟通协调，但并未取得实质进展。不想今天矛盾突然升级，协会派出 40 名会众堵在门口，禁止所有食客进入，并和店家以及前来声援的食客发生了肢体冲突。派出所接报案后立刻到店门口待命，按照之前的处理模式，防止发生治安案件。”

众所周知，这个标准化炸鸡协会几乎在全国垄断了炸鸡行业，还在地方上建立了自己的分支机构，成立了全国性的行业协会。普通人想搞炸鸡店，按照行里的规矩，必须先加入他们的协会并遵循他们的标准，才能悬挂“好炸鸡”的标志正常经营。政府因为特别的原因，也不好强行干预，以免引起不必要的冲突，除非发生了触犯刑法的恶性事件，警方才能介入。而且，之前在国内有很多次因为地方警察处置不当，导致标准化炸鸡协会成员大规模到政府门口抗议，最终事件以惩戒警察和从轻处理肇事者不了了之。再后来，警方对这些事情就不愿意严格依法处置了，以免惹祸上身。所以，今天这个局面着实让人头疼。

任支看着眼前这几百顶金色鸡腿帽不断涌动，心里一阵紧张，从来有这个炸鸡协会参与的群体事件都让警方头疼，今天希望不要出什么意外。他问道：“怎么现在这么多人，连武警都调动了？”指挥中心的人附在任支耳边，悄声说：“后来，不知哪里来了两个硬货，一定要进去吃炸鸡，被门口这40个成员一阻拦，发生了肢体冲突。没想到这两人突然从隔壁五金铺里拿出两把小的螺丝刀。两个人两把刀，很快伤了对方十来个人。”

任支关心地问道：“有死亡吗？”

对方应道：“目前还没有。进攻很专业，两个人似乎只伤不杀。我也没看到伤人现场，是通报信息。”

任支点点头，继续听对方汇报：“派出所的人立刻召唤增援，炸鸡协会的成员也招呼人，这两人也不走，就待在这等着。炸鸡协会的人比警方的增援来得还快，陆陆续续来了很多，还带了各种武器，源源不绝。这两人也真吓人，面对那么多人，眼睛都不眨一下，冲上来的都被同样的手法放倒在地。伤了四五十个之后，自己一点事没有。好在武警和特警很快赶到，要不然再强也扛不住炸鸡协会这几百人，非得把他们生吞活剥了。”

任支问：“隔离之后，就一直到现在？”对方点头称是。

任支观察了一下附近的环境，监控条件非常好，有多个不同角度的公共安全摄像头可以拍到事发地点。他立刻命令监控分析小组的人调取附近所有监控。然后，带着物证勘验的人按照指挥中心的引导，慢慢向圈里靠近。

就在这时，几百名成员纷纷停下向前的拥挤，在外围方向闪让出一条通道。所有人都仿佛一瞬间恢复了平静，不再高呼口号，不再涌动和冲击，而是纷纷跪倒在地上，摊开双手向同一个方向施礼。这时，任支他们才看到，原来是本市炸鸡协会会长亲自来了。

这位年迈的长者精神矍铄，在两位年轻女子的搀扶下，缓步向指挥中心车辆走来。一边走，一边慈爱地扫视跪地的成员，直到在指挥车前驻步，方才眼神瞬间犀利起来。

与市府派来现场的政府官员握手后，长者缓缓开口道：“龚秘书长，我代表市炸鸡协会，向您以及您所代表的市委市政府，提出强烈抗议！一件因为食品行业自律的内部矛盾事件，竟然演化到今天的惨状，这么多炸鸡协会的兄弟倒在血泊之中，甚至可能丧失生命！这是非常严重的刑事案件，甚至是恐怖袭击，是针对全市乃至全国的炸鸡协会会员的恐怖袭击！他们很多都是普通的炸鸡店厨师、员工，很多人都有着幸福的家庭，有着可爱的孩子。他们到这里，只是为了保证所有的炸鸡都能符合‘好炸鸡’的标准，能让广大人民群众吃上可口的、地道的标准化炸鸡。他们做错了什么？我郑重提出要求：必须严惩凶手！给所有炸鸡协会成员一个交代，给广大人民群众一个交代，给党和政府一个交代！”

龚秘书长和蔼地接过话题，并与会长热情地握手，在他的耳边细细说些什么。会长听罢，转过身，面色凝重地朝着跪拜的成员们挥挥手，说了一段安抚的语言之后，成员们方才纷纷站起身来，用愤怒的目光盯着阿里兰炸鸡店的方向，盯着防暴武警的人墙和被人墙围起来的位置，缓缓散去。

长者见人已退散，便转过身，与龚秘书长握手告别道：“希望这些受伤的炸鸡协会成员能够无碍，祖先保佑他们。也希望市委市政府能够说到做到，严惩凶徒。下个月我参加完全国炸鸡协会代表大会之后，会邀请市委市政府领导参观我们的天然养鸡场，届时也希望龚秘书长能够同行光临，我会向您敬上一杯祖先赐予我们的美酒，以示感谢。”

待到秘书长回礼完毕，会长才在两名女子的搀扶下，登上自己的车离去了。

2. 二员虎将

见围堵的人员退去，指挥中心安排不同警种有条不紊地接手处理后续事宜。防暴武警整队，医疗、急救人员整队待命。这时，任支和刑警支队的成员才看到让他们终生难忘的一幕。

约有四五十名戴着金色鸡腿帽的协会成员躺倒在地上，呻吟不止。地上并没有想象中的血流成河那么夸张，也没有见到众人身上血肉模糊。但每个受伤的成员都只能呻吟，却无力或者不敢翻动身体，只有仔细看才能看到肩、臂弯、大腿根部和膝窝等部位有出血点，所以整个场面非常诡异。一大片因为疼痛而扭曲的面孔发出哀号，但身体却都平静地躺在自己的位置上，仅有小幅度的移动和抽搐。任支带来的刑警队员们不禁窃窃私语，这样的大场面对于刑警队员们来讲，也是第一次见。

半圆的圆心处，正是阿里兰炸鸡店的入口。台阶上坐着两个青年男子，嘴角带着毫不掩饰的轻蔑微笑，每人脚下放有一把沾满血的小螺丝刀。即使面对着荷枪实弹的武警枪口，两个人也只是旁若无人地轻声聊天，个子高一点的还点起一支烟。不过，负责监视他们的武警战士并没有做出任何干预，只是凝神监视着他们，以防异动。

阿里兰炸鸡店就在二人身后，店里面只有店老板以及服务员，一个食客都没有，他们正隔着玻璃向外张望。见围堵的炸鸡协会撤离，老板端来两杯热水，向警戒的持枪武警请示，见武警没有阻止，才大步来到两个年轻人的身边，将热水递到面前。任支大喊一声："干什么呢?"这个质问吓了老板一跳，动作尴尬地停在半途。

高个青年站起身来，身边的武警队员摆出战术动作防范。矮个青年举起双手，也缓慢站起身来，用脚将二人脚下的螺丝刀踢开，高个青年也缓缓举起手，开口对着任支解释："警官，我们本来没想伤人，只是想来吃份炸鸡套餐。不用紧张，我们不会伤害好人的。"矮个青年对着老板说："希望不会影响你做生意。"老板苦笑了一下，摇摇头，没有说话，只是用眼睛望向任支，请示是否可以递给他们。

按照现场勘验的规范以及嫌疑人处置条例，这时候是决不允许出现任何意外状况的。任支严厉地警告老板："对不起，现在是警方办案阶段，请您服从我们的指挥。请不要接近嫌疑人，更不要有任何物质接触。麻烦您，到店里等候，我们会有工作人员找您配合调查。"

见没有了希望，老板无奈地垂下了手臂，眼里闪着泪光对两人说："对不起，兄弟，连累你们了。为了我的小店，不值得的，不值得的。委屈你们了!"仿佛面前的两个人根本就不是刚刚刀挑几十人的凶徒，而是某种英雄。

任支命令给两名嫌疑人戴上手铐，带回支队审讯。一宗三环抛尸案弄得不干不净，这时候来这么大一出大规模伤害案，还涉及炸鸡协会，谁要是说不头疼，肯定是在撒谎。

车带上人，挂着警灯呼啸而去。勘验小组相互配合，拍照、采血、查验痕迹、收集凶器等等，各项工作有条不紊。急救中心的车辆一辆一辆地往各家医院运送伤者。秦明凑上去临时查看了几个受伤的炸鸡协会成员，发现他们的伤口都集中在肩、肘、膝关节处，大多是穿刺伤，没有伤到骨头和大血管，连伤者手臂上的防卫伤都很少见，不禁啧啧称奇："非常专业的刀法啊！"

见两名年轻人被带走了，赵乾窝在附近的一辆车里，捏紧了拳头，狠狠地捶砸着副驾的座椅。这次，他遵从少爷的指示，行动前先查了基本情况，知道要以少对多，还要让少爷满意，只好动用了自己的好兄弟。也只有精锐部队出来的成员，才能无所畏惧地以一挡百，面对群敌肉搏毫不退却。但是，这样的损失太大了，赵乾非常心疼。他失去了二虎这个"代理人"，本来就非常的不方便，这次的损失更是如同雪上加霜。如果每次都得消耗掉精锐力量，按照这个用法，很快子弹就会打光的。

当然，赵乾相信，这两个小兄弟都曾经是战场上踩着敌人尸体活下来的，对于少爷提出的"嘴严一点"，肯定不会再出问题了。

两名年轻人被带回支队。他们在阿里兰炸鸡店门口的作为，不知道通过什么途径，竟然比他们的人更早传回支队。所以，等押送他们的警车出现在支队大院的时候，竟然引得一路上的干警频频引颈相望。

马大队和小孙各自率领一名干警，分别审讯这一高一矮两名肇事者。

"你叫什么名字？"

"秦大用。"

"在什么单位工作？"

"自由职业者。"

"做了什么触犯法律的事情？"

"没有触犯法律，伤人了。"

"哟呵！嘴还挺硬。这是普通的伤人吗？"

"不是。"

"重新说！"

"我们见义勇为，自卫防御导致暴徒受伤。"

"你是自卫防御？那么多受伤的是暴徒？"

"对啊！我们干吗要打架啊！我们就是朋友介绍说，那家炸鸡好吃，决定去尝尝。"

"什么朋友？还负责介绍好吃的饭馆？"

"就是平常一起玩的朋友啊！警官，你和你的朋友们平常难道不交流哪里的东西好吃吗?”

“问你什么回答什么!详细介绍当时的过程。”

“我们去吃他们家的炸鸡套餐,结果到了门口一看,一大帮人堵在那,不让客人进。一看他们那帮懒散无赖的样子,我这气就不打一处来。你都不知道那帮人有多无耻,有个女孩要进去吃鸡,十几个大老爷们挤在那上下其手,连蹭带推的,把人家衣服都弄开了。小姑娘哭着就跑了,他们还吹口哨!

“还有更恶劣的,有个父亲带着自己三四岁大的小孩,可能刚下火车。小孩子见到招牌说要去吃炸鸡,结果这帮流氓不让人家进。本来那个爸爸不想惹事,带着孩子要走,小孩非要吃,小孩懂什么?那个爸爸好声好气地跟这些无赖商量,结果他们面目狰狞地对着大人骂街,还说孩子没教养。后来孩子爸爸急了,跟他们讲道理,这些人开始围攻推搡,最后竟然当着小孩的面,给大人按着跪在地上,让人家自己抽自己脸,否则不让起来,小孩吓得哇哇大哭。旁边民警过来阻止,这帮人说没打人,是孩子爸爸自己跪下的。

“我们俩本来就是听朋友推荐,要来尝尝新鲜。也是年轻,脾气暴,直接就往里走,他们拦着。我当时第一时间警告过他们,不要碰到我啊,警察看着呢,碰到我自己认倒霉。这帮不开眼的家伙,非得凑上来,还用手指头戳我脑门。进攻我脑袋多危险,谁知道他手里有什么,那肯定不能允许,所以他一动手我就自卫啦。

“我们本来没动刀。结果这帮不要脸的,群殴就算了,还偷偷拿棒球棍和电动车锁,警官,这种情况不知道你们遇到过没有啊,我们要是再不保护自己,小命就没了。他们不仁,我只好正当防卫。您听说过《水浒传》里被杨志杀掉的牛二吗?他们那样儿,就算拿了东西,在我们眼里,也是土鸡泥狗。

“我们也没真下狠手,真要想伤人,那应该冲着血管、神经和肌腱去,要不然,眼睛、耳朵、鼻孔这些也行,如果真要是那样,这些人残废是轻的。我们是良好公民,本来就是为了吃份炸鸡套餐,他们不让。那么多人打我们俩,我们只有在对方动手的时候才反击的,这就是正当防卫。警察同志,你们可以调监控看看,他们不动我们就没追着动,他们老往上冲,我们只能自卫反击,很简单的事。

“谁能想得到,他们源源不绝,越来越多。警察同志,请教一个法律问题啊,这么多人持械围攻我们两个,我们有没有作恶的动机?就是为了吃份炸鸡套餐,这是不是适用无限制防卫原则?您看,我们连螺丝刀都是临时从隔壁小铺子里拿的，而且还是拿的最小号。真要想伤人，能这么收敛吗？对吧？

“这么多人受伤，不是我们愿意的，但是也就是幸亏我们会点东西，要不然早就被他们那么多人用车锁砸成肉酱了。你愿意这么倒霉吗？

“没有人让我们去，吃份炸鸡套餐还得有人命令吗？你说，他们要是不堵着门，我们要能自由地进去吃饭，能出这事吗？挡路就算了，还欺负人，这世界是这么讲道理的吗？我跟您说，我们从部队出来，懂规矩，懂法律，要是警察排队跟门口拦着，我们俩肯定躲远远的，谁也不惹这麻烦。别说警察，城管说他们家有问题，我们都得信，也不会非得进去。我们动机很简单，就是想去尝尝这家店的炸鸡套餐。”

问了半天，没有更多的有效信息。监控分析小组的分析结果也出来了，正如这两个年轻人所说，的确是围堵炸鸡店的炸鸡协会成员先动的手，而且持械。两人都是后动手，而且没有主动出击过，只不过是一直缓步向炸鸡店靠近。两个人在刺杀的时候，相互配合，使用精纯的作战攻防技术，有的动作太快，人究竟是怎么倒地的，快到看不清楚。

信息小组查验了两人的身份背景信息以及履历，证实两人的确在军队的特种部队服过役。退伍之后换过几份工作，还自己接过安保的散活，最后都不了了之了，目前没有工作。

3. 夜谈赵乾

实话讲，李支和任支感到十分为难。目前来判断案件性质，尤其是从监控录像中记录的冲突过程来看，要给这两个没有作案动机，也没有主动追击的人定故意伤人，是有点勉强的。但是，受伤的人实在太多了，又都是敏感的炸鸡协会成员。本来他们的事就特别多，高层又有政治影响力，再加上这次围堵炸鸡店的事在此前已经通过互联网闹得动静很大，政府和媒体都高度关注，这么多成员受伤，估计想放人是非常困难的。

就在刚才审讯的时候，市委主管领导还打电话过来询问进展。虽然领导没有表态怎么处理，但向支队说明，炸鸡协会会长正式向市委市政府提交抗议书，要求严惩凶徒。这个看似“客观”的表态，无论对谁都是莫大的压力。

正在焦灼的时候，有人汇报说，来了三位律师，要求自侦查阶段起，给两名青年提供法律咨询服务，如果需要诉讼，会一直提供服务，直到法院终审判决结束。这么早就有刑辩律师介入，而且一来就来了三个，非常少见。所有人都在好奇，这两个退伍的特种兵是什么背景。

任支问："谁聘的他们？"

来人汇报道："是本市刚猛体育文化传播有限公司的总裁，名字叫赵乾。"

"刚猛体育？"戴猛情不自禁地重复道。

马大队不由得眉毛一竖，转脸盯着戴猛。

"怎么？戴总，你听说过这家公司？"李支知道戴猛，平常绝不会随便发言，这时候出声，应该有重要的信息。

"李支，可能您对这个产业圈子不熟。刚猛体育最近风头正劲，自从去年拿到了投资之后，已经举办了很多场综合格斗的比赛，而且请的多是世界上的名将，赛事水平很不错。我是综合格斗比赛的巨粉，所以对这家公司的名字比较熟悉。"

李支点头，吩咐信息搜集小组，着手搜集该公司的背景以及负责人赵乾的相关情况。为什么一家做格斗比赛的公司老总会给这两名年轻人聘请律师呢？

任支问："李支，姚大广被抛尸的案子，目前线索基本上断掉了，钱豪军肯定不是最终的幕后主犯。现在又出了炸鸡协会成员大规模受伤的案子，我们需要调整侦查重点吗？兄弟们连续干了一星期，人手现在显然不足了。"

李支锁紧眉头，思考良久做出决定："我向市局领导请示，以我个人意见，炸鸡协会的案子影响会更复杂，背后牵扯的势力，也不是我们支队能解决的。说实话，我个人更希望继续全力侦破姚大广的案子，但是估计市里更希望炸鸡协会这个案子能够快速解决。"

任支也点头称是，道："那我就让兄弟们分两组，当前多分派点人手到炸鸡协会的案子上，毕竟受伤的人多，物证、口供和各种流程客观上也需要人。留一个小组继续寻找姚大广案的蛛丝马迹，不能让二虎这条线就这么平白无故断了。"

听完两位领导发言，戴猛征得李支同意后介绍道："上次李大队早晨约二虎在早点铺见面的时候，我隐约记得二虎提到过拳赛。虽然他没有说自己给谁打工，但能搞拳赛的公司，就那么几家，也许或多或少会跟赵乾有关系，都是一个圈子的人。另外，昌宁镇的朝野大墅是二虎最后确认出现过的地方，而赵乾公司有好几场比赛，都是在昌宁镇体育馆举办的，这也算是一种相关性。”

李支听完，转向任支，道：“好的，就按刚才说的思路办。也让几天没休息的同志们抓紧时间休息半天。我去市里汇报，等市局最后的命令，估计问题不大。赵乾的背景信息应该很快会有结果，有消息及时通知我。”

信息小组没用多久就提交了赵乾的背景信息。李支和任支加上专案组一批有经验的侦查员看完，不约而同地注意到了几个有意思的点。

赵乾曾经是军队里特种部队蓝刃突击队的成员，参加过数次重大暴恐事件的现场救援和突击任务。后来因为一次劫持人质事件里出手太重，把人质解救下来后，嫌疑人被他抱摔摔到颈椎而死亡，才背着处分离开的。有意思的是，今天持刀刺伤围堵炸鸡店炸鸡协会众的两个人，也是当初和赵乾一同服役的蓝刃突击队队员。这也就解释了为什么，赵乾会出面聘请律师来做他们的辩护人。

更让大家感兴趣的是，赵乾的公司虽然不在昌宁镇，但是他的训练基地却在昌宁镇，很多被他签约买断的选手，都是住在那边的训练基地里，适时参加刚猛体育举办的赛事。赵乾自己住的地方，登记地址倒不是在那边，毕竟昌宁镇的好房子价格太高。

小孙一拍大腿，脱口喊道：“我怎么觉得，越听越有关系啊！任支，咱们能查一下赵乾的通话信息吗？看看二虎失踪的那段时间，这家伙在哪？如果要是在朝野大墅，那这会不会是太巧了？”

任支道：“查赵乾的通话信息？他还‘不够格’啊。要先针对嫌疑人立案，然后由市局政委签字同意，技侦处那边才能针对嫌疑人动用技术手段。现在赵乾只是聘了律师，自己并未涉案。二虎的案子，更没有直接线索表明他涉案，肯定无法启动对他的侦查。”

小孙知道任支说的是实情，撇了撇嘴，失望地作罢。

任支皱紧眉头，轻声叹息了一下道：“现在局面很有意思，二虎的手机里所有内容清空且无法恢复，只有我们植入的跟踪软件还保留着，这显然是有人有意为之。而且……”

马大队急道：“而且什么？”

任支说："而且我判断，二虎凶多吉少！"

戴猛的声音有点低沉："我也担心这个情况。昨天早晨我裸绞制服了他，他很不服气。所以我和二虎约过，晚上让他来训练馆挑战我。结果他没来，现在看来也许真的是有问题了。"

听戴猛讲完这些话，姜老师突然发言，他向李支请示道："李支、任支，我建议把赵乾叫来，聊聊看？"

马大队有点犹豫："姜老师，我们现在只是根据背景信息进行的关联……您别误会，我担心的是，会不会打草惊蛇。"

李支谨慎地思考了片刻，本来紧皱的眉毛释然了："老马，不用担心，我觉得接触接触，按规矩来就好。见面聊聊总比不通气要强，聊深聊浅无所谓，而且姜老师和戴总他们在边上看着，你们又都是有经验的老刑警，至少比不聊强。"

任支也点头称是，立刻安排人联络赵乾到刑警支队来"聊聊"看。

通过律师，李支客气地表达了对赵乾的邀请，希望他能来支队见个面，聊聊老部下的情况。赵乾没有任何犹豫迟疑，当即答应下来。支队这边则由李支亲自出马和对方谈，其他人在监控室观察。

赵乾如约到了支队，雄壮的身材走路带风，青嘘嘘的胡子茬配上棱角分明的肌肉，一股刚猛之气散发出来给人形成压迫感，虽然嘴角和眼睛挂着笑。

在短短的等待时间里，华生自己也搜集了一些关于赵乾和刚猛体育的消息。在这个自媒体消息满天飞的时代，消息无论真真假假，都还是有些用处的。在华生刚刚见到戴猛的时候，所学的第一课就是单向表达不辨真假。但是，"单向表达不辨真假"并不代表不能分析，分析单向表达能够得出的最直接结论，是对方表达的动机。比如，广告里的明星不管演技多么拙劣、漏洞百出，但是他们挤眉弄眼的卖力表演，无一例外是为了告诉观众，"我代言的这东西很好，快点掏钱买！"这就是动机。

所以，刚猛集团每天都有自媒体的文章发布，关于赛事、关于运动员、关于融资进展，等等，再加上专门花钱推广，想搜到他们的信息一点都不难。最近的消息，就是自称B轮融资即将到位，数额将达到八位数的美金。如果这件事是真的，意味着刚猛体育的赛事，至少还能运作两年以上。

戴猛评了一句，淡淡的："钱的真假不一定，赛事的水平却是客观的。看他力捧的几个中国运动员就知道，各种作秀和刷小怪，就这一点，足够判断刚猛体育的赛事离有生命力的优质商业赛事还差很远。”

夜色已经有点深了。当赵乾的车开到支队大院的时候，李支在门口迎接，和赵乾寒暄几句，有律师作陪也不便太过松散随意，便请入会见室。这是公安局的惯例，包括家人、证人、律师以及尚未采取强制措施的涉案人员等，都会在这间屋子里接收公安局的询问。所以，这间房间里的监控是极佳的，全角、特写应有尽有。这些监控画面，对被询问人是保护，对办案人员也是保护，同时也提供了客观的记录，以备不时之需。

李支开门见山：“赵总，您好！这么晚还要您跑一趟，请多包涵。我们这里手续上要规矩，谢谢对我们工作的支持啊！听律师说，您希望为秦大用和刘勇提供法律支持。我们私下里说句实话，这起案件影响非常大，大到我们支队也仅仅是侦查单位。所以，我们冒昧邀请您来当面谈一下，保证双方能够高效率地沟通。感谢您提供宝贵的时间配合。”

赵乾脸上的太阳穴和腮帮子棱角清晰，即使在笑也让人觉得表情生硬，这和他藏在西装里的彪悍身材很相称。他回应道：“领导，您不必客气。我知道的，您这边也是秉公办案，不会刻意为难偏颇。一切按照法律的标准来，您不必为难。我这边全力配合，这几个律师，想必您也不陌生。”

老姜听到这些话，非常惊讶，戴猛恰好也投来诧异的目光，两人心中暗暗称奇，“这个家伙说话水平可以啊！听着特别平和，但每句话都有着或压或顶的劲儿，让人并不轻松。”

李支队是办老了案子的老刑警，所以赵乾的话里余音在他耳中一清二楚，笑笑说道：“我明白您的意思。现在的状况是比较棘手，最大的问题是，市局还没有定下来是否要立案，我们正在还原案件发生的过程。实话说，从现场监控来分析，以及根据秦大用和刘勇的说法，他们的确并非传统意义上的暴徒。但是，第一因为伤及多人，第二……伤众还都是炸鸡协会的成员，社会影响和政治影响都很大。所以，等所有伤者的伤情鉴定下来之后，才能定具体适用的刑事措施。在此之前，这两人只能在刑警支队这里，等候调查结果。”

赵乾脸上肌肉一凛，目光阴沉了下来。

律师询问道：“李支队长，现在算什么？刑事传唤吗？”

李支点头道：“对。这个程度，肯定已经不是普通的治安案件了。根据市局的要求，我们现在按刑事案件进行调查。”

律师插话道：“根据刑诉法第一百一十七条第二款规定，传唤不得超过十二小时。”

李支并不喜欢律师咄咄逼人的样子，因为他并没有觉得秦大用和刘勇是恶人，心里根本就没有倾向性，只是希望快点查清楚并解决得干干净净，尤其是不要让炸鸡协会的政治影响干扰客观办案。现在律师的这个态度，似乎拿公安当了敌人，胡乱施压，当然也是为了做给赵乾看，以显露其专业性。李支不看律师，转向赵乾的目光，应道：“请您理解。同样是刑诉法规定，案情特别重大、复杂，需要采取拘留、逮捕措施的，传唤、据传持续时间不得超过二十四小时。”

华生在监控里看到，赵乾暗中咬牙，目光瞬间里凶了一下，但很快又抿起嘴唇给了李支一个笑容，只是牙齿还咬得极紧。

李支接着说：“赵总，您应该对我们公安机关放心。我们其实是最希望平平静静，不发生任何事情的。现在事情闹得确实大，而且不瞒您说，因为伤者的身份比较敏感，究竟最后怎么处理，也不是我们刑警一家说了算。我个人估计，拘留是肯定要走的程序。不过，这两个人下手很有分寸。按照我看过的伤口，应该会鉴定为轻微伤，到不了轻伤的程度，所以你不需要担心我们这里。”

这句话说了一半，已经尽可能表明了公安机关的态度，但并未指明本案的关键在哪里，这要看赵乾还有他聘请的律师能不能找到准确的干预点去发力。如果雇佣的是“看热闹不嫌事大”的律师，那就不好说了。

赵乾问道：“我有没有办法带人走？”

律师补充道：“比如取保候审？”

李支听律师这么一问，就已经知道深浅，便轻轻一笑，答道：“按照规定，暴力犯罪以及其他严重犯罪的犯罪嫌疑人，还有严重危害社会治安的犯罪嫌疑人，以及其他犯罪性质恶劣、情节严重的犯罪嫌疑人，是不能适用取保候审的。况且，现在还在传唤期内……”

律师还想说什么，被赵乾一挥手拦了下来。赵乾对着李支认真地说：“领导，我喜欢您的风格，说话让人放心。我相信您的说法，等您的消息。有任何事情，您可以直接通知我，也可以让律师找我。这是我的名片。”

说着，递过一张名片，用的是双手。

李支也双手接过，回应道："好！我也想问赵总一个问题。"

赵乾眉头一扬，恢复了笑容，问道："什么问题？"

李支："您为什么要'捞'这两人？他们惹的祸，动静可不小。"

听到"动静不小"，赵乾的笑容消退，这个变化非常明显。他沉吟了片刻，眼睛稳稳地注视着李支，脸上又逐渐恢复了生意人的笑容，缓缓开口道："这两个人的素质非常好，有功底。您也知道，我是做比赛的，好运动员难找。我想让他们加入我的训练营，打我的比赛，做中国最优秀的综合格斗巨星！"

尽管此刻的赵乾笑容满面，但华生在这笑容之前，已经从对方的脸上读到了抑制的愤怒。如果仅仅是为了签约运动员而捞人，愤怒情绪是不应该出现的。

李支显然不会拿这个解释当真，遂追问了一句："这么简单的原因？赵总，您和这两人没有什么历史渊源吗？"

见李支这么直白，赵乾突然哈哈大笑起来，让身边的律师有些不知所措，但其他人心里都明白这是为什么。良久，赵乾方才恢复了刚才的认真表情，仍旧带着充盈的进攻性，答道："当着明白人，不说糊涂话。这两个兄弟，是我之前部队里的小兄弟，我们是战友。"他用手一指李支，继续施压道，"您若当过兵，自然知道战友的情谊是什么感受。我的小兄弟遇难，当老大哥的肯定要帮。您这边只要没有故意为难他们就好，剩下的事情我来操心。如果公安的兄弟非得使歪劲儿……"赵乾的上唇，轻微地向上提起。如果这个动作毫无保留地做出来，就是龇出犬齿的愤怒表情，也就是凶狠的撕咬欲望。老姜在笔记本上写了几行字，给戴猛、华生看过后，通过仪器拍照传给李支面前的信息提示屏。

李支低头看了一眼，发现自己也正是这么打算的。他未动声色，趁着对方给自己加压的机会，立刻给以更强烈的刺激源："赵总，您怎么使劲儿，我们管不着。我们只负责勘验清楚事实，然后按照法律办。我知道你们曾经服役的蓝刃突击队，也是部队的精锐力量，用来打击坏人的。所以，我相信蓝刃的老队员，也还是代表正义的力量，不会成为社会渣滓。一旦做了错事，成为社会渣滓，也就是背叛了自己的队伍，更需要接收法律的惩罚。我本人，希望所有人都是好人。只要是坏人，绝不姑息！"

这番话就是姜老师的建议——"加重刺激，引发对抗"。赵乾表面上看起来总是笑眯眯的生意人模样，但是没几个回合就频频流露出愤怒。这种性子不会特别深沉，有什么对抗性的想法，只要趁着对方发威的时候一顶，就能让对方把劲儿都使出来。

果然，赵乾捏紧了拳头，绷紧嘴唇没有接话，眼睛里似乎要冒出火来。要的就是他的这个反应。情绪一上来，头就昏。不管之前做过多少防备，那都需要清醒的思考和控制，只要情绪一上来，这些东西统统暂时靠边站。

借着他这股劲儿，李支抛出一个问题："赵总，另外跟您打听一个人。有个叫'二虎'的小孩，您知道他现在在哪吗？"

赵乾脸上一阵错愕，表情极为复杂。本来在聊秦大用和刘勇，怎么突然转到了二虎这里？虽然只有短短两三秒钟，但对于姜老师他们来讲，足够清晰了。整张面孔上的表情如同慢镜头一样，先后出现了惊讶、恐惧、愤怒、悲伤，4 种表情的驱动让他的脸色非常难看。虽然赵乾在竭力控制自己的表情，很快又恢复了勉强的笑容，但是笑容掩饰不了之前那一瞬间的震惊和慌乱，捏得更紧的拳头也同样把内心的对抗之剧烈显现无遗。

律师看他神色不对，纷纷开口提示："赵总，您没有必要回答这个问题……"

赵乾稳了稳心神，开口回答："这个名字……我并不熟悉，怎么了？"

他本来想否认掉，但心里略微迟疑了一下，还是口风上出现了犹豫。这句话问完，赵乾满以为李支会接过去说些什么，没料想对方只是看着他，看得他有点不自在，便又自行补充道："不知道您为什么问起这个人，不过我是非常愿意帮忙的人，如果是跟我或者我的赛事有什么关系，您可以直接提要求。工作关系的话，我要回去问下秘书，看看她那里有没有记录。我们赛事需要用人，每次都雇佣很多公司之外的人。不过您知道，我是总裁，只负责大事的指挥，这些具体的小事，有专人负责。"

这是明显的拖延术，一是拖时间、空间，二是拖记忆责任，普通人只要这么一说，这一局就算搅和乱了，回去查不查的根本不必兑现。

但是，老姜却清楚地看到赵乾在讲这些话的时候，悲伤和疼痛的表情还是能隐隐在脸上显现，根本无法完全被抑制住。最后，赵乾又加了一句："这年头，好用的人不好找啊！"

李支点头道："嗯，好。劳烦您查查看，有什么相关信息，欢迎您随时给我打电话。"

赵乾听完这话并未作声，而是眼睛望向桌面，左右来回移动着，思考了很长时间。很明显，他在想一件比较重要的事情。良久，他才抬起视线，审慎地问道："领导，能不能告诉我，您为什么要问起这个人？"

李支看出对方很慎重，知道他这是在摸底牌了，微微一笑："一个案子，这小孩儿知道些信息，本来挺重要的。现在，炸鸡协会这个案子一出，也没那么重要了。关于他，您要是有消息就告诉我一声，不必专门费心打听。谢谢赵总！"

看赵乾神情关注地看着自己，知道他在思考自己的话是否可信，便加了一句："赵总的比赛，我还没看过。一般什么时候有，在哪里能看啊？"

这一句话原本就是为了转移话题，找对方感兴趣的点转移话题，防止对方过于提防和小心二虎的问题。没想到，这么简单的一个问题能取得明显的效果，赵乾立刻就切换了态度，本来肃穆多疑的神情里立刻绽放出了笑容，积极回应道："每个月两场，都是周六晚上在川南卫视直播。您能抽空看我的比赛，那是我们的荣耀，欢迎领导批评指正啊！"

李支哈哈一笑，说道："好的好的，一定按时收看。聊远了，谢谢赵总今天的时间，还让您专门跑了一趟。感谢！我们会跟律师保持联系，随时沟通案件进展。"

赵乾明白，这也是送客的话，简单客套了一下便起身离去。

不等李支回来，华生便难掩兴奋地悄悄对戴猛说："戴总，这家伙对比赛好上心啊！"

戴猛显然不太确定明白华生的意思，问他："你是说他刚才情绪转换太快？"

华生点头："对，这么明显的情绪变化，只能说明一件事情——他有软肋。"

第 16 章

华生变了

什么叫强人？再强的人，也会有自己的软肋。他关心的事情，他害怕的事情，他想做好的事情，都是软肋。找到那个软肋的地方，轻轻捅一下，试试看。

——老姜

1. 赵乾的软肋

尽管华生的声音很小，但还是让马大队听到了，他眼睛一亮，好奇地问道："哦？什么地方是他的软肋？你看到他哪里心虚了？"

华生赶紧解释道："我说的软肋，倒不是具体哪句话心虚说谎，而是他对三个问题有明显的情绪波动。秦大用和刘勇，不用说，特别关心；问到二虎让他特别震惊；最后李支提到的比赛，竟然让他从前面的复杂对抗心态里，突然变得很兴奋。前面两个原因我们能猜得到，但最后一个更有意思，我们也许是可以利用的。"

正说着，李支回来了，决定在观察室就地讨论一下刚才的状况，因为两个最关键的点都问出去了，似乎效果也很好。李支非常想知道从姜老师的角度来看，看到了什么信息。

姜老师反问李支："李支，你能不能看到赵乾那个时候的一脸无奈？"

戴猛见李支被问得有点蒙，便提醒老姜道："慢慢说，赵乾从头到尾有好几个地方有悲伤类情绪，你说的是啥时候的表情？"

被戴猛一提醒，老姜明白自己有点兴奋过头了，他详细解释道："就是他最后说了一句'好用的人不好找啊'，我觉得那句话并不是胡说的，因为他脸上那种怅然若失的悲伤类表情很真实。这恐怕就是华生刚才说的'软肋'之一吧？"

见李支不明所以，老姜便哈哈一笑："我们先不说这事。重点是，二虎的确让他非常敏感。您看您刚一提到二虎，他那一瞬间几乎完全失控，又是惊讶，又是恐惧，还有愤怒和悲伤，都掺杂在一起。这个复合情绪的涌现，非常经典，非常难得啊！"

李支看他兴奋的样子，便跟任支商量："老任，回头把刚才的录像，备份一份留给姜老师他们研究院吧。看把他给兴奋的，跟看见红烧肉似的。"

老姜双手竖起大拇指连连点头，高扬双眉道："李支，您太善解人意了！谢谢！谢谢！"

任支吩咐小孙稍后给办。姜老师很是高兴，又是谢任支，又是谢李支，然后向李支和任支阐述了自己的观点："领导，我有些思路，说出来给大家当靶子，研判一下是否成立。首先，二虎是去昌宁镇之后没了踪迹，然后又发生了抛手机的怪异事情，说谎的出租车司机也是居住在昌宁镇的。其次，二虎之前突然从街边小混混变成了号令一方的生意人，连派出所所长都敢敲打的牛人，这说明他背后有更大的势力支撑。第三，那天早晨李大队约他的时候，据他自己说，是参与格斗赛事的组织，正好赵乾就是搞赛事的，训练基地也在昌宁镇。现在二虎不知所踪，和昌宁的'朝野大墅'有着分不开的关系。虽然，没法证明二虎的消失和赵乾有直接关系，但毕竟这么多巧合指向了这种可能性。最后就是，刚才您和他提到二虎的时候，根本就没怎么加压，也没有提任何细节，但他的反应剧烈到几乎失控，最可疑的是恐惧和愤怒。假设二虎和他是有关系的，那么现在二虎被我们调查过，他的愤怒就很好理解。只是恐惧情绪的出现，我暂时还理解不了。但一定是因为某些原因，才能让他的瞬间反应这么复杂。"

李支亲自谈的话，能够感受到种种异常，现在经过老姜这么细细解释，感受到的东西就更加清晰。

戴猛接着老姜的话说："我也注意到赵乾在说'好用的人不好找'时，有悲伤类情绪。我理解，那是明显的'累心'表情。根据我们之前搜集的一些信息，可以从刚猛体育举办的格斗比赛开始调查制作团队，这个信息是公开的，比较容易获得。如果证实了二虎参与过刚猛体育举办的比赛，就能证明他的老板极有可能是赵乾。放大胆子假设的话，赵乾会不会是因为我们针对二虎的侦查，预见到了什么危机？我们现在找不到他，这个能干的手下没了或者没有了，赵乾会不会是因为这个而悲伤？"

老姜打了个响指，加了一句话："二虎好勇，赵乾更甚。你看他的身材，再加上蓝刃突击队的背景，估计自己就很能打，也只有这样的人，能把二虎这种好勇斗狠的小混混收拾得服服帖帖，连文身都洗了。"

马大队听到这里，突然插话打断了他的分析，礼貌地说："姜老师，我们要先停在这里，大家现在分析得太有倾向性了。"一边说一边转向戴猛道："戴总，刑侦的原则是有多少证据，说多少话。要是能确认当时赵乾的位置，一切都好说。现在不能启动这条线的调查，我们只能大胆假设，但必须小心求证。咱们可不敢在这个节骨眼想得太分散，毕竟，炸鸡协会的大案子刚发，好多善后工作等着解决。"

场面略微有点尴尬，老姜也知道自己兴奋过头了，后面的话是纯推理想象，不够硬气。任支也表示同意马大队的意见，表态道："我们还是按照李支之前的意思，重点解决炸鸡协会的案子。支队会保留一个小组留在姚大广的抛尸案上。辛苦戴总和华生，如果姜老师那边有任何发现，随时跟我沟通。"

戴猛明白，任支说的是对的。有的时候，如果假设太过空中楼阁，可能会误导侦查队伍走歪路。

出来的路上，戴猛问华生："你刚才说的'软肋'，还有其他的意思，对吗？"

华生赶忙解释道："是的。我觉得其实这些情况之间的关联，还是有可能存在的。尤其是他怅然若失的那个情绪，我觉得肯定不是表演，因为没必要。如果二虎跟他有关系，现在人又不见了，对他来讲也许的确是一种损失。不论是否和二虎相关，至少他很需要'好用的人'。他不也是开公司的吗？我当时是觉得，如果有机会去应个聘，参与到他运作的事情里，又能熟悉内部的情况，也顺便打听打听二虎的消息。很安全的。"

戴猛摇头道："肯定不行，你又不是警察。辛辛苦苦读到博士，还是干自己擅长的事情对这个社会贡献最高。再说，我可听说你和肖依现在处得不错，别自己给自己找麻烦。工作的事情，是养家糊口，除了贡献社会，更是对自己和家人的付出，不能随便凭兴趣涉险。"

华生瞠目结舌，惊道："这您是怎么知道的？"

戴猛见他的样子哈哈一笑，反问道："这还用问？你不是昨天开始学习柔术了吗？"

华生旋即明白了，脸上一红："原来是这里'走漏了消息'。"

戴猛道："肖依去的俱乐部我也常去，老板和主教练都是我的好朋友。"他忽然停下脚步，正色道："你不会是真的想去给赵乾打工，才动了心思要练柔术吧？"

华生连忙摆手道："哪有？这不是被肖依嘲笑的嘛。她这么厉害，又老嫌我胖。您还别说，我虽然才学了一天，就已经上瘾了，太好玩了！"

戴猛认真地盯着华生的脸看了足足有 10 秒钟，然后一笑："玩，肯定可以，再练一段时间，还可以找我跟你练。肖依练得非常快，有天赋。不过你千万别想有的没的，踏踏实实地过好自己的日子。刑警支队这么多专业分工，不会缺人，更不会从系统外找人。你和我，只要给他们提供专业意见，就已经是做到了最大的贡献。”

华生点头称是，并不多言。两人告别后，华生仰头面对着散射着路灯橘黄色光芒的夜空，长长地吁出一口气。

炸鸡协会的案子处理起来复杂冗长，本来很简单的刑事案件，被搅入了各种复杂因素，秦大用和刘勇两个人，最终还是被逮捕，尽管所有伤者的伤情最终被鉴定为轻微伤，但因为人数众多，还是移交检察院以故意伤害罪起诉。这个过程当中，二虎的线索上始终没有新的发现，赵乾也只是数次打听秦大用和刘勇的处理结果，让律师来发力，其他方面平平静静。

在这一个月左右的时间里，华生仔仔细细看了刚猛体育举办的所有比赛。除了能看懂综合格斗选手的水准之外，他还多了一项新本领，巴西柔术。作为没有任何站立格斗技基础的小白，他在肖依的指导下，每天在垫子上都要花两个多小时，饥渴地学习和磨炼自己的地面缠斗技术。慢慢的，不但肚子没有了，身板也厚实起来，脖子粗了一圈，原来的衬衣都穿不下了。肖依经常开玩笑说，这是被她给绞啊绞啊的，慢慢绞粗了。有好几次，肖依捧着他的脸仔细端详，认真地说：“原来你壮起来，是这样的啊！”说完便捂着嘴笑，任凭华生怎么挠她痒，也不肯解释是“什么样”。

2. 对战戴猛

一天傍晚，肖依带着华生去往戴猛训练的道馆训练。这是华生第一次看到戴猛穿道服的样子，没想到戴猛的身材竟然如此厚实，着实让华生大为吃惊。而且，华生注意到了戴猛腰间的带色，竟然是紫带！

肖依显然是非常兴奋，面前这位大叔既是上级，又是恩人，还是巴西柔术的前辈，她的神色间呈现出不同寻常的尊重。

两个人从站立位开始，经过几轮抢手之后，戴猛抢到了领子和袖子的标准优势把位，只一瞬间，双脚向肖依的支撑腿之间一错步，变脸拧腰发力，一个漂亮的背摔，肖依的人就已经从戴猛背后团起，“啪”的一声被摔在地面，看得华生心头一惊。平常自己不舍得真打真摔，到戴猛这里竟然发力如此脆生。好在经过这一个月左右的训练，华生知道越是干脆的发力就越没有伤害，看肖依的神色也没有痛苦，而是淡定迎战，这才放下心来。一个背摔成功，戴猛趁势想拿侧压的位置，却被肖依敏捷的虾行躲过，进入到半封闭防守的位置。戴猛在上，肖依在下，两个人彼此用手肘抢夺着控制的把位，一阵焦灼。华生此刻再也不会像初学者那样觉得这个体位尴尬，而是仔细琢磨倘若是自己，该如何破解这个位置的劣势。几番攻防下来，肖依被戴猛翻转至上位，领子和袖子被牢牢地控制住逃脱不开。戴猛用脚蹬在肖依的胯上，把她的身体蹬起。肖依的身体处于腾空状态，丝毫没有借力之处，处境就非常被动了。突然之间，她整个人向下跌落，这是戴猛设置的一个圈套，刚好将她的脖颈与一个肩膀落入至自己部署的三角绞陷阱中，身体一转稍一发力，肖依拍地认输。

松开锁扣之后，肖依坐在地上展颜一笑，俏皮的神情又回到她的脸上，强烈要求再来一局。两个人又兔起鹘落地缠斗起来。戴猛也斗得极为认真，并没有因为肖依的娇小身材和下属身份而放水。一个下位十字固、一个裸绞、一个达西绞、一个上位十字固、一个秘鲁领带，戴猛连续赢了 5 局。肖依的头发有些凌乱了，但表情超级开心，甚至越战越勇地哇哇大叫起来，兴奋得像个小疯子。

戴猛连连摇头，说道："厉害厉害，逼得我还是用了不少力量。"华生现在已经充分明白了其中的奥秘，巴西柔术的技术核心在于重心控制、三角形的稳定支撑，以及杠杆原理等人体的控制与反控制，像下棋一样，讲究的是部署和牵制，在训练中并不鼓励用力量来降服对手。所以，戴猛说的用了力量，实际上对肖依是一种大大的夸奖，因为两个人的体重本来就相差很多。对于一个娇小的姑娘而言，如果两个人力量是均衡的，那么胜败可能要重新评判了。

肖依说："没事，我们馆里那些野蛮人，经常暴力破解我的进攻，我都习惯了。"

戴猛正色道："接下来这一回合，我不用力量拉扯，只凭借体重跟你周旋，把你的大招都拿出来给我尝尝。"

肖依一听这话，眉毛一拧，坏笑道："好！说话算话啊！"声音还未落下，身形已经扑了上来。这一次，戴猛的动作仍然敏捷，但的确不再使用拉、拽、推、顶等发力动作，只是不断地转换身形和位置，肖依也翻滚进退地一直想控制住他的移动，但总是差那么一点。两个人的上下翻飞，犹如令人眼花缭乱的舞蹈一般，让华生大呼过瘾。最终，肖依压制住戴猛的脖颈和后背，手臂搭扣后快速一转体，“蟒蛇绞!”华生暗叫！这个动作，是肖依近来练习最多的一个动作，而且在华生身上试了上百次。今天终于有机会完成，降服的还是戴猛这样的高手，可想而知肖依会有多高兴!

果然，肖依眼角眉梢的笑意毫不掩饰地散发出来，只是还抿着嘴唇以示对前辈的尊重。戴猛竖起大拇指，活动了几下脖子，赞叹道：“厉害啊！这是我第一次被蟒蛇绞降服，原来是这么个滋味。”

肖依兴奋过后微微有点羞涩，一边整理头发一边谦虚道：“您可别谦虚了，还不是因为您没有用力量，要不然我根本不可能抓到这个机会。”说完这些话，眼睛往华生的方向一瞥，甩头示意道：“你来吧，看了这么半天，早就想试试吧?”华生心里跃跃欲试，没有客套推辞，走上场行礼，郑重道：“请多指教。”神色间根本就看不出是同一间公司的上下属，完全是道场里的后辈在向前辈求教。

跟华生打起来，戴猛立刻就能感觉到对手是个初学者，从身形的移动到控制的发力，都还远没有到达流畅自如的地步。戴猛索性也就放慢了自己的节奏，随着华生的主动进攻来调整自己的攻防。华生则感觉，面前的这个家伙哪里还是什么公司里的高管，简直像一头熊，甚至是一头躺在地上的大象，拖也拖不动，推也推不开，都不知道怎么才能把自己练的那些招数用出来。正在迟疑间，突然脚下一股力量扫来，华生暗道不好，已然倒在地上。好在这些倒地的动作已经磨炼过上千次，所以倒不慌张。换作一般人，无论练过拳击还是散打，一旦被放倒在地都会头晕发蒙，因为那些凭借着蹬地才能做出的发力动作在倒地之后就全废了。无论高矮胖瘦，没有受过训练的人，在地面上就是废物一个。

华生瞬间稳定自己的视线，发现戴猛也倒在地上，恰好落在自己身边，本能地一把抓住领子的把位，一抬腿骑在了戴猛身上，形成了骑乘的优势位置。肖依大叫“加油!”在一旁给他鼓劲儿。令华生意外的是，戴猛被骑乘之后，竟然伸出一只手臂来掐自己的脖子，这可是新手才会犯的错误。他立刻双手将这只进犯的手臂牢牢固定在自己胸前，起身一扫腿，想着完成一个漂亮的十字固。结果他的重心刚一变化，就感觉到身下的戴猛很大的力量翻转而起，自己的十字固不但没有做成，被他一个转身压在侧压的优势位置，还没明白过来的时候，戴猛又飞速转换为骑乘位，拉进华生那只慌乱中挥动的手臂再一转，十字固形成！戴猛并没有用太大的力量，只是在华生的肘关节上稍微加压，疼痛便激发了华生体内与生俱来的危机感，拍地认输。

肖依笑吟吟地走上前来，一边鼓掌一边笑道："上当了吧？哈哈。"

见华生一脸蒙，肖依解释道："刚才你的那个十字固，是戴总故意给你的，是个陷阱啊！"

华生这才明白过来，心道："我说呢！原来那条手臂是故意给我的。"这就是人体象棋的妙处，高手会根据对手的动态，判断出对手要做的动作，如果为了引得对手进圈套，还会故意丢给对手一些他需要的破绽，挖个坑等对手跳进来，然后活生生把他掩埋起来。

华生突然觉得，这个逻辑，和微反应的分析与情绪控制策略如出一辙。想到这一点妙处，自己高兴得眼睛都亮了。

戴猛道："华生不错，这才不到一个月的时间，已经知道了基本的控制体位和进攻方法，再多练几年，恐怕会非常厉害。"

见肖依在旁边撇嘴，戴猛哈哈笑道："看肖依不乐意了。实话实说，你学得虽然快，但还是没有肖依当初进步得快。"肖依这才得意地笑起来，戴猛对华生说道："来，华生，躺下。"肖依听得在一边捂着嘴偷乐，华生本来很笃定地认为，戴猛要教他刚才的细节问题了，但被肖依这么一笑，搞得有点恍惚。

3. 收和放的控制

还好，华生躺下之后做出基本防护姿势，戴猛直接从骑乘位开始，示意华生给一条手臂。华生便模仿着刚才他的样子，伸出一条手臂来推挡戴猛的身体。戴猛牢牢控制住华生的手臂之后，开始教他："十字固的要义，不在于那个很帅的翻倒和掰手臂，而在于控制。如果在这个跨腿的过程里控制得不紧，动作再快都有可能被对手翻转，更何况是别人主动喂你的手。"

于是，戴猛控制着华生的手臂，开始抬起右腿，同时左腿紧紧地贴在他的右肩之下。华生感觉自己像是被一条大章鱼紧紧吸住，虽然重心有变化，不再被重重地压住，但身体想动却动不了，因为自己的右肩和手臂被牢牢的力量包裹住，以至于全身都没法移动，稍有挣扎对手就会用更大的力量压制和夹紧。当戴猛的左膝贴着华生的脸跨过头顶的时候，华生已经全然明白了这个控制动作的要义，而且心里“咯噔”一声叫道：“逃不掉了。”果然，戴猛之后的后仰和拉扯手臂，只是最后的临门一脚，做不做这个动作，仅仅取决于对方是不是要伤害自己。其实，胜负早已经在刚才的控制和体位转换过程中决出。

这个细腻的技术细节，让华生如获至宝。他心里冒出的快感让额头上的汗滴闪闪发光。戴猛自己翻转到下位，让华生从骑乘位开始，一点一点地尝试这个控制的细节。一开始华生动作还有点生涩，但技术要领掌握得很牢，也就经过了二十次左右的练习，华生就已经可以流畅自如地控制和翻转了。

华生的心里非常激动，不仅仅是因为掌握了一个扎扎实实的先进技术，更是因为他强烈感觉到，巴西柔术这种动脑子的技术流格斗流派，和自己倾力研究的微反应测试和控制技术如出一辙。两者都是攻敌所必救，巴西柔术攻击对手的关节和呼吸，微反应聚焦于对手的利益诉求和情绪；二者都是依靠人体的基本反应原理，巴西柔术利用的是人体关节的角度极限和颈部的生理弱点，微反应则利用了人类情绪的不可抑制以及神经系统对身体的控制原理。最关键的是，二者的重点都讲求过程的控制，而不是暴力降服，无论是对身体还是对大脑。高水平的选手，可以通过设置真真假假的刺激源，引导着对手往圈套里钻。

肖依就看着华生在那狂喜，心里感到很诧异，不由得嘴一撇，颠颠儿地跑过来臭他：“嘿！乐啥呢？半天没合拢嘴了。至于吗？才学了一个细节就沾沾自喜了？”

戴猛站起身，冲着肖依一招手，叫道：“来，你作师姐的来教训教训他，别让他翘尾巴。”

肖依笑靥如花：“好咧！我可真下手了啊！”

两人当即开始实战。虽然华生用尽自己的技术和力气，但相比起肖依的灵活和敏捷，总是赢不了她，还被她降服了 4 次，而且都是用的十字固，仿佛肖依是故意的。肖依翻身跪坐在边上，一边摆手一边轻蔑道：“没意思没意思，就这水平还不够我塞牙缝的呢！”

华生一边抹着汗一边大口喘气，讪讪一笑：“厉害，厉害！”“切！”肖依下巴一仰，自己躺好在地上，朝着华生招招手说：“你来，从骑乘开始。”华生也没客气，直接骑在肖依身上，两人碰碰拳，即刻再次开始较量。刚才的比拼里，华生始终没有机会拿到这个骑乘位，所以肖依始终掌握着主动。现在实战从骑乘位开始，肖依明显感觉不对劲儿了。华生原来的水平即使在骑乘位，自己想把身体逃脱出来也是轻而易举的事情，这一次则觉得怎样都脱离不开华生的控制。而且，最重要的一个区别是，华生之前都是利用体重和蛮力，现在肖依的身体感受到的，则是黏着的力量，华生的双腿仿佛吸在自己身上一样，怎么起桥和虾行都无济于事。

突然之间，肖依感觉到压力有一点松动，就是这一个瞬间的机会，她快速虾行抽离身体。没想到，这是华生故意布下的局，她的身体一侧，华生的两条大腿立刻再次吸附到她的身体上，并且牢牢拉住一只手臂。华生把刚才练习的技术得心应手地施展出来，细密扎实地控制着肖依的身体，左腿屈膝紧贴着肖依的头顶滑过，展背后仰，利用腰腹的力量把肖依紧紧缩起的手臂拉直，以她的肘关节为轴点支撑在自己的腹部，形成了对手臂的杠杆。肖依尝试着抽离和转身等破解方法，几次都没有成功，知道这个动作已经被华生做成，便也不再纠结，拍地认输。

等两人起身之后，华生见肖依一脸严肃，以为自己把她降服惹得她不高兴了，便讪讪走上前去说道：“喂，别那么小气嘛！你不是让着我从骑乘开始的吗？真要是动手，我哪能拿到骑乘位呢？”还想要说，见肖依拉着脸，伸出食指勾了勾让他过去，便再凑近一点。肖依一把抓住他的领子，华生以为姑娘要摔一个或者绞一个解解恨，便闭上眼睛等着。没想到，肖依用力一拉，在自己的脸上狠狠亲了一下。当他诧异地睁开眼睛的时候，见肖依笑吟吟地看着自己，说道：“进步神速，奖励一个！”

戴猛在旁边调侃道：“哎呀！辣眼睛。你们俩不要这样，还得考虑考虑周围人的感受吧。我这当长辈的没看到也就算了，这么明目张胆地秀恩爱，让我藏哪去？”说罢，三人都笑。

训练完毕，戴猛驱车送他俩回家。路上华生问戴猛：“戴总，想跟您请示个事情。”

戴猛问：“哦？”

华生咳嗽了一声，显得有点不自在，肖依这时候也咳嗽了一声，华生才道："内审部刚结了一个案子，您知道的。"

戴猛点头、打转向灯，"嗯"了一声，说道："我知道的，公共关系的张宏。据说最关键的那150万就是你问出来，干得不错。"

华生略有迟疑："下一个案子还在搜集信息阶段，我估计一两个星期之内不会碰人。不知道市局那边的案子有没有进展？"

戴猛听出来了点意思，但只是说："我也不知道，炸鸡协会的事情横冲直撞进来，给刑警支队弄得很别扭，费了好大劲儿。昨天我和老姜还聊过，他那边也没有新消息。我们这个节骨眼不好去打听，只能听支队通知。"

华生也"嗯"了一声，便不说话了。肖依在后座上又咳了一阵。华生刚要开口，戴猛就接话道："好啦，你俩别演戏了，有什么事情直接说。"脸上带着笑，眼睛瞄了一眼后视镜，见肖依在那藏着脸笑。

华生向戴猛请示道："戴总，肖依的妈妈在老家，想要收拾东西，以后就搬过来跟肖依一起住。我俩商量着，最近回去一趟，帮老人家整理整理东西，也把医疗、社保、户口之类的手续给跑一跑，毕竟老人家年纪大，不如我们灵光。"

戴猛哈哈大笑："这个事情你支支吾吾的干什么？公司又不是没制度，用你俩的年假就行了呗。"

华生一脸的窘，回应道："我们部门的头已经同意了，具体时间让我定，只要赶在下个案子碰人之前就行。但我觉得，得跟您请示，要不然这边的事情我不放心啊！"

戴猛朝着后视镜说道："肖依，这是你的主意吧？你家华生现在不归我直属管理，他请假的事情只要部门领导同意就好……"说到这里突然明白了华生的意思，他实际上是担心公安局案子的侦查进度，不想错过任何突发进展，便言语一转："你俩请好假，领导同意了之后就可以动身，我这里没有任何问题。毕竟，老人家的事情是后半辈子的大事，重要。放心去吧。"然后又特别对华生说："我知道你的担心，既然现在还没有消息，就放心去。如果真有了消息，我也会第一时间告诉你。但我还是那个观点，先管好自己，再管好身边的家人，然后尽情给这个社会做贡献。这个优先级排序，你懂吧？说句难听的，公安的兄弟没我们在还办不了案子了？"

华生被这番话释然了。他转身朝肖依说："那我们现在就订票，坐明早的火车回去？"

肖依狠狠地点下头，乐呵呵地大声说："谢谢戴总！您真是太好啦！我这就订票！"说完，便拿出手机，低头开始查询票务信息。

车快到肖依家楼下的时候，肖依和华生正在商量明早具体出发的时间。戴猛电话响了。他接起电话并没有多说，而只是听，最后只问了一句："现在吗？"然后对着电话说："好，我马上到。"挂断电话后，戴猛跟华生说："刚刚支队又发现一具尸体，让我们去，李支特意点了你的名。"

华生没有说话，呆在那里有点不知所措。肖依快速看了看两个人的神情，也愣了一下，不过最后还是笑笑说："你们前面把我放下，然后赶紧去。明天我自己回去。"见华生的神色有愧疚，但又明显很牵挂刚刚发生的案子，便安慰他道："哎呀！没事，我妈肯定能理解。再说那些事情都不难，我就是自己跑过来的，有经验呢。放心吧！你安心地留在这边，自己注意安全就好。前面停车，停车。"

戴猛把车停在楼下，肖依见华生还不放心，便朝着戴猛说："老同志，麻烦你闭一下眼睛。"说完见戴猛识趣地闭上眼睛，便搂过华生的头，狠狠地吻上去。

华生手足无措地享受着女孩的热吻，又知道戴猛就在旁边忍着笑，又不知如何解决当前的局面，只能闭上眼睛等待肖依的决定。好在，很快肖依就坐回座位，爽快地跟华生说："听我的，放心去。我们随时联系，我们回来的时候，罚你去车站接我们，也给我妈表达下心意，嗯……送束鲜花吧。好啦，你们赶紧走，晚安！"

说完，拎着包就下车了，头也不回地往楼上走去。华生望着她的背影，慌忙道："随时联系啊……晚安。"肖依依旧没有回头，只是摆了摆手。

戴猛看肖依身影消失在楼道里，对华生说："这件事听你的，我的原则刚才说得很清楚了。你不必为难，想不清楚的时候，凭自己的直觉。"

华生眼睛一亮，决定道："戴总，咱们去支队。"

"好！"车子引擎响起，驶上公路。

华生问："刚才电话里怎么说？"

戴猛眼睛注视着前方，淡淡地说："新发现一具尸体。据老秦说，很惨。"

第 17 章

第二具尸体

疼吗？呵呵，你也能感觉到疼啊？我以为你们这种变态，是没办法感觉到疼呢。可以了，知道疼就行了，希望你能记一辈子，你一定能记住一辈子，因为你的一辈子快到头了。

——少爷

1. 有特色的犯罪模式

戴猛的车用最快的速度抵达市局支队大院门口。

和第一次踏进支队大院一样，华生仍然被直接领去了法医室。他在心里自己跟自己开玩笑，“两次都是直接见尸体，这也算见过世面的老刑警了吧？”

老秦亲自给开的门，身上的警服已经全部湿透，贴在胖乎乎的身上，看着就又热又湿又疲劳，刚刚脱掉的防护服上还有凝结的汗水。看样子，是刚刚解剖完毕。见戴猛和华生进来，老秦勉强笑笑，走回到自己的椅子里坐下，然后微微闭上眼睛，脸上的神情不仅仅是疲劳，仿佛还有更深的心事。马大队悄悄地走进屋，用眼神和大家打招呼后，站在戴猛和华生的身边等待老秦恢复体力。

得有 1 分钟左右的功夫，老秦豁然睁开眼睛，大家为之精神一振。老秦开口道：“有没有要出去抽烟的，同去？”弄得大家好尴尬。马大队知道老秦是“不抽烟会死星人”，皱着眉毛笑着道：“就一根啊，我们等着你。”

老秦嘿嘿一笑：“谢谢领导！”

10 分钟的工夫，等到老秦放松回来，华生明显发现，他的面色变得非常凝重。

秦明走到尸体边，向在场所有人做简报：“大家要做好心理准备。”说完这句话，还特意看了华生一眼。华生点头，表示明白。

当他打开遮尸布的时候，尽管华生已经暗自做好了心理上的准备，但一瞬间还是觉得眼前有点发暗，从胃到咽喉抑制不住的挤压感涌上来，嘴里再次翻起一股酸涩的味道。第一次有这个反应的时候，还是一个月前。

秦明按照顺序进行简报介绍：“死者王艳梅，女性，26 岁，尸源信息已经确定，是我市某软件公司员工，居住在旭日区港湾家园 B 座 13 层 04 室，独租一间一室一厅。尸体是今天早晨被发现于自己居所建筑物的天台，当时把报案的物业员工给吓坏了。死者的死亡时间推断为昨夜 23 点到今晨 4 点之间，距当前 22 个小时左右。生前遭受非常严重的折磨。”

在老秦介绍的同时，华生忍受着生理上的恶心和恐惧，还是用眼睛看向尸体，但他的目光只触碰了一下便不由得闪开，用力地闭上眼睛后，强力按捺自己的心跳和呕吐感。老秦正在说："先看眼睛部分吧，死者的右眼眼球被整个摘除，六条眼外肌离断清晰，非常专业的手法。另外，死者双眼眼睑被切除。我觉得这是非常有特色的犯罪模式了。"

"死不瞑目！"老秦的声音让华生直接想到了这个让人毛骨悚然的词汇。他自己也没有想到，作为一个理科男，竟然因为目睹了伤口再加上这个充满联想空间的词汇，导致强烈的恐惧直冲大脑，呕吐的欲望和眩晕的感觉双倍折磨着他的神经系统。

秦明继续介绍："第二个有特色的折磨手法是火烧。死者头发、眉毛、腋毛和阴毛被明火烧光，附近真皮层烧伤痕迹明显，部分碳化。双手手掌和双脚脚掌皮肤全部碳化，肌肉蛋白质凝固坏死，部分与掌骨分离，我认为是长时间明火烧烤导致。"讲到这里，秦明把遮尸布全部打开，展现在众人面前的，就是一具黑白相间的残缺尸体，还散发着烧焦的蛋白质味道。秦明沉吟了一下，继续说道："另外，死者双臂肘关节骨折脱位，手指脚趾指骨全部骨折脱位，怀疑是被逆向掰断的。双侧髌骨粉碎性骨折。"

"手掰断、腿敲碎、手指脚趾骨折，火烤……"这些特征一个个地被描述出来后，华生模模糊糊觉得非常耳熟，总觉得在哪里听说过或者看到过，但一时之间因为强烈的刺激而无法想起。

秦明用手指将众人的目光引向死者的双腿，那里更加惨不忍睹。众人全部缩紧眉头，因为他们知道，这不是法医的解剖工作导致，而是只有一种可能。秦明叹了口气道："这里是我做法医几十年第一次遇到的状况，死者左大腿股四头肌全部被摘除，右小腿所有肌肉被摘除，只剩下一根胫骨。根据切口估计，凶手使用的也是类似手术刀之类的非常锋利的精致的锐器。特别请大家注意，如果按照肌肉组织离断和血管结扎的手法评估，他的刀工不在我之下。双手臂、双腿剩余的部分，有明显的皮下瘀血和皮肤擦伤，符合约束伤特征。"

戴猛默默出声："所以，凶手应该有相关的专业背景，比如外科医生……"

华生一直在脑海中努力回忆那个似曾相识的信息，刚刚听到秦明的话，才顺势向死者腿部望去。这一眼不要紧，尸骨残骸的惨相瞬间冲花了他的眼睛。

本来还能努力地克制，想收集更多信息用来调取那个冥冥中觉得有用的回忆，但现在只觉得全身上下的肌肉在缩紧，胃在大力地收缩，不断挤压着酸涩的液体冲向大脑。此刻的大脑，真的感觉像被酸水侵蚀一样，针刺般疼痛。

秦明加了一句让所有人都发冷的话："最让我感到异样的地方是，这些伤口，全部都有生活反应，初步推断并非致死原因，也就是说，凶手是在被害者活着的时候，施加了上述折磨手段。"

华生后背"刷"的一下，冷汗湿透了上半身。这一身汗倒是让恐惧感随着温度的降低而冷却，不再那么眩晕了。当他再次尝试把注意力集中在尸体上时，脑海中不由得响起了死者挣扎时绝望的尖叫和呻吟。他不能想象，死者在遭受这些折磨的时候，会是怎样的感受。

讲完这些，老秦倒是松弛了下来，他和马大队聊天似的讨论道："马大队，说实话，解剖的时候，我一开始也非常震惊，但是越往后越觉得……怎么说呢，不能用'有趣'来形容……越往后越觉得这具尸体里信息量极大，行凶者很有意思。"

马大队瞪了他一眼，老秦倒是没有当真，连忙点头承认："是的，我知道我用词不准确，但普通的'残忍'、'变态'之类的词汇，不足以形容这个行凶者。我一直想不明白一件事情……再告诉大家点更凶残的结果……"他顿了下，看了看华生的反应，见他双眼还能集中视线来听，便拿起激光笔指向死者双腿的白骨说："死者大腿和小腿肌肉的剔除，手法非常专业，大家看这里，死者腿上的每根大血管都被结扎，防止失血过多。所以，全部肌肉剔除完毕之后，被害人仍然可能没有死亡。而且，毒检科的同事并没有从死者的血液中检测出常见的麻醉剂成分，所以……"他的话并未说完，但大家已经明白了。没有检出麻醉剂成分，说明在所有的折磨过程中，死者是清醒的，是活生生地感受了自己被施虐的全部过程。

华生脑海中再次响起了死者尖利的嚎叫和痛苦的挣扎呼吸，这让他的大脑仿佛置身冰窖一般，头好沉，视线浑浑的看不清眼前的东西。但随着老秦的下一句话"我一直在想，凶手为什么要如此精致地折磨一个人"，华生听进去了，也就慢慢地恢复了神智。他对凶手真的开始一点一点好奇起来。而且，这具尸体上的每一处伤口，都可以推导出好多凶手可能的行为模式。想到这里，华生不由得望向戴猛。戴猛在笔记本上飞快地写着什么，估计也想到了很多行为模式之间的关联。

看到戴猛的淡定和集中，华生感觉到生理上的恐惧和恶心在减少，头脑可以缓慢地恢复思考了，而且思路越来越清晰。他觉得这些发生在死者身上的伤势，自己一定在哪里见过。不过，想不起来的先不去管它，他先向老秦提出了自己最关心的问题："秦老师，你怎么能肯定被害人在经受了这么大的折磨后，还没死亡？普通人的话，疼也疼死了，或者，吓也吓死了。"

秦明手一拍自己大腿，大声道："好问题！我之所以这么肯定她是活着受的折磨，是因为这个死者最终致死原因，是溺水。"所有人都大吃一惊，马大队追问道："折磨成这样，最后淹死的？"脸上的肌肉一阵轻微颤抖。

2. 淹　刑

老秦打开一组尸检解剖的照片，放一张，讲一张，似乎在点评的根本就不是一具尸体。

"尸检发现，死者死因是机械性窒息，溺亡。死者口鼻腔有蕈（xùn）状泡沫。这是活体溺水的第一个证据。因为水进入呼吸道后，呼吸道黏膜分泌亢奋。溺液和黏液以及空气随着剧烈的呼吸运动或者呛咳搅拌，会在呼吸道形成泡沫，死后会从口鼻溢出。如果是尸体入水，因为没有呼吸，也就不会有这样的泡沫。"

马大队张口要说话，秦明挥手示意打断他，说道："我知道你要问，会不会是先呛水，后分离骨肉。别急，还有更强的证据。"

秦明换下一张照片，继续解释道："解剖发现，死者头部颞骨岩部出血，口唇青紫，指甲紫绀，内脏瘀血。可惜眼睑被取掉了，否则应该还有眼睑内侧出现出血点。这些都是溺亡的特征，可以证明死者是因为溺水而死亡的。"

再换一张照片，"解剖发现，死者有明显的水性肺气肿，这是第三条重要的溺死证据。死者的肺部因为吸入大量水分，体积大幅膨胀，被肋骨压制，形成肺部表面的肋骨压痕。肺泡破裂，在肺叶表面形成我们称为'溺死斑'的红斑。解剖时，手指触感有明显捻发感。"

再换一张照片，"解剖发现，死者静脉瘀血怒张，右心瘀血，左右心腔颜色不一致。这是第四条溺亡的证据。"

他每说一条证据，华生就越能够脱离尸体带来的恐惧感，用理性的思维把这些证据慢慢关联在一起。秦明缓了口气，说道：“当然，死亡是个复杂的原因，死者生前被折磨导致的疼痛、恐惧，以及不可避免的大量失血，肯定都会作为这个被害人死亡的一部分原因，但最后的致死原因，是溺亡。”

戴猛说：“第一案发现场找到了吗？”

马大队应道：“确认了，就是她租住的房子，那里应该就是第一案发现场。之所以这样认定，是因为经过初步勘验，住所内部所有地面、墙面和天花板，以及室内的陈设，都是经过仔细擦拭的，连死者自己的居住痕迹都没有了。目前唯一的血迹，是在卫生间的马桶底座内侧发现的，经检验，是死者的血迹，估计是擦拭的时候疏漏了。”

戴猛惊道：“入室折磨和溺杀！这么做风险非常大啊！周围住的都是邻居，死者又没用麻药，这动静无论如何都小不了。”

秦明道：“也不一定。我发现死者后脑和颈部衔接处有血肿，但没有钝器造成的皮肤撕裂伤。开颅后发现脑干、小脑部分有损伤，虽然没有麻醉剂，但有可能是很大力量的打击，造成了被害人的瞬间昏迷。”

马大队补充道：“邻居的走访排查正在做，但目前没有什么有效的信息。这个小区离死者的公司比较近，那里聚集了很多科技公司，所以这个小区里基本都是附近公司的年轻员工租住。楼下、楼上和同层一共 8 户，2 户待租，另外 6 户里租了 10 个人，有 7 个人昨夜在公司加班，联系他们的时候还没有回来。只剩下了 3 个人，都表示没有听到任何异常动静。”

戴猛点头的同时，在内心深处画起一个大大的问号：“闯到别人家里，虐杀对方，这份自信和胆量绝不是普通的刑事犯罪嫌疑人能有的。更何况，这么复杂的器官摘除、血管打结、肌肉剥离、关节折断等等，死者怎么能不叫呢？这种控制手法让人不寒而栗。而且，凶手还让死者清醒地看到自己被折磨的过程，这种侵蚀和占有被害的心态，也超越了普通的侵犯，似乎在刻意执行着某种意义。”

秦明继续：“我检查尸体的时候，还发现了一条重要的线索。”

戴猛问：“是什么？”

秦明答道：“在死者的食管和气管内，发现了少量草纸的纤维。”

华生此刻已经完全忘记了对尸体的恐惧感，抢在戴猛前惊呼道：“草纸?!”

秦明看了华生一眼，确认道："是的，草纸。你想到了什么？"

华生答道："死者是溺水而亡，现在又检出了草纸纤维。这两件事加在一起，我第一时间想起的是，在二战期间德军、日军常用的——淹刑，一种古老的刑讯折磨手段。"

秦明给他竖起一个大拇指，点头说道："我其实也联想到了这种方式，最终导致被害人死亡。这种方法用于折磨，通常是为了逼供。死者生前的确被捆绑过，这可以从双臂以及残存部分的腿部皮肤表面的约束伤推导得出。"

马大队一拍大腿，突然喊道："难怪！死者摆放在客厅的餐桌是木质的，我们勘验到桌子的四条腿底部有水分浸入，但桌面没有水分浸入。桌面边侧有数道明显的摩擦痕迹，应该就是捆绑留下的。如果是淹刑，这些平均高达3厘米的水浸痕迹，就有了一种合理解释。"

华生听到这里，按照笔记本上的内容默默在脑海中整理着："摘除眼球、切除眼睑、掰断大小关节、烧毛、剔肉、呛水……"

戴猛却更加关注杀害的手法："这次的杀害方式，有点实验的意思了。一点一点浇水，一层一层加纸，不着急地慢慢观察，看着被害人的痛苦和无助，最终导致被害人死亡。"

华生突然转头向戴猛问："戴总你觉得，会不会有逼供？如果有的话，会在逼问什么？"

戴猛说道："是不是有逼问，我回答不了，因为这种信息并不能从尸体上就看得到。不过，我大胆地说一句，凶手非常耐心，下手非常精致，不似要逼供那么匆忙和有目的性。而且大半夜的如果是为了逼供，势必会造成更大的动静，也不会打击死者的脑干。凶手的行为模式，更像是在享受这个过程。或者，他的内心对死者有强烈的个人恩怨，所以才会过度施虐。不过，无论这两种可能的哪一种成立，凶手的精神状态都已经属于变态无疑了。"

3. 重大案情分析会2

尸体情况介绍完毕之后，李支在9楼会议室召开案情分析会。

马大队的神色非常疲劳，眼睛里不似平常那么有光彩。发生这么严重的罪案，让他的压力很大。从早晨带队去现场进行勘验，到现在也只吃了两碗泡面。

他首先向李支汇报道："李支，我们已经在尸检那里跟老秦碰过了详细的情况，他一会儿会把尸检报告打印提交上来。我们去做的现场勘验。尸体发现在建筑物的天台，第一案发现场是死者住所，这两点都已确认。但是从住所通往天台的楼道里和电梯里，都没有发现血迹。唯一的血迹，是在死者住所的卫生间里的马桶底座上，而且非常少量，经检验确认为死者本人的血迹。住所现场非常干净，显然经过仔细的擦拭和痕迹处理，目前仍然没有发现任何指纹、掌纹和足迹，兄弟们还在现场进行二次查找。此外，我们查看了物业的监控，从死者昨天晚上 19 点 48 分最后一次乘电梯返家开始，再没有发现电梯里有任何异常情形，也没有再见过死者搭乘电梯，没有见到有人搬运重物、行李箱、大型袋子的画面。初步怀疑，凶手行凶后，通过步行走楼梯将尸体搬运至楼顶。楼道和天台区域，都没有监控。"

李支问："抛尸现场有什么特征吗？"

马大队汇报道："没有发现其他异常，有很多或陈旧或残缺的足迹，痕迹科的兄弟们正在就比较清晰的足迹进行鉴定比对，目前已知的足迹比对结果里，可以确定有报案人的。其他……还没有发现其他新鲜可疑的足迹。"

李支一皱眉："这怎么可能？那么重的人，只要有搬运，哪怕脚下套了东西，也一定会有新鲜痕迹产生。没有一点可疑的痕迹线索？"

马大队解释道："的确，我们在天台地面上发现有大片的刮擦痕迹，一直延伸到尸体所在的位置，推测就是拖动尸体留下的痕迹。而且，痕迹中检测到微量塑料成分，推测当初运送尸体的时候，使用了塑料布包裹。但是除此之外，的确没有发现其他有价值的痕迹。"

李支提了一个问题："一个人能做到吗？"这个问题提醒了所有人。

马大队以为李支在问能不能一个人搬运尸体，而戴猛则立刻印证了自己的想法——如此精致控制的折磨和杀人，一个人是很难完成的。就算被害完全配合，不做任何挣扎，光是完成眼球摘除、肌肉离断、血管结扎等复杂手段，不是有大量训练也不可能在几个小时之内完成。更何况还有淹刑这种不断尝试，尝试到桌下浸水的水量，光是水的搬运也会花费大量时间啊！最后，凶手竟然还有时间把整个房间仔仔细细地打扫了一遍。所以，可以肯定凶手不是一个人！

而马大队则回答道："搬运尸体的话，应该可以一个人完成，楼梯里毕竟基本上不会留下有效足迹，而到了天台上的拖动，则又可以抹掉那人留下的大部分足迹。"说到这里，似乎知道自己的分析有错误，便停下来思考。突然他又想起来一件事情，补充道："哦，我们抵达现场的时候，还有一只流浪猫蹲在尸体身边，所以附近有很多猫的脚印。"

就这一句话，让华生的脑海里"叮"了一声，一连串的线索都在同时整合在一起，清晰地出现在他的大脑里。他不由得用力敲了一下桌子，脱口而出："我想我可能找到一条重要的线索。"这个举动惊到了所有人，大家不约而同地望向他，颇有些诧异，因为平常这小伙子并不是这种风格。

华生稍微有点不好意思，但还是急匆匆地把自己的想法连珠般地说出："港湾家园小区，最近发生了一起非常著名的虐猫事件。虐猫女对流浪猫使用了非常残酷的手段，其中就包括摘除眼球、折断四肢、火烤皮毛、剔除腿上的肌肉等等非人的手段，跟死者遭受的折磨非常相似。而且，虐猫女还拍摄了大量的照片和小视频，发布到互联网上，引发了网友们的强烈愤慨。当时，很多网友参与到讨伐的队伍里来，根据照片和视频里的环境、建筑物角度等细节信息，推导出应该就是港湾小区，后来网友们还在小区的垃圾桶里找到了被虐流浪猫的尸体。我一直觉得尸检结果里这些关键词有点耳熟，刚刚马大队提到流浪猫的时候，我一下就想起来了。"

大家被华生的这个想法说得感觉有点奇怪。虽然几处逻辑都能存在关联，但还是觉得把这么残忍的杀人案和虐待动物的互联网事件联系在一起，有点勉强。

李支点点头，在沉思，没有表达自己的态度。任支听完，觉得有点匪夷所思。他认为这两件事之间如果有关联，那凶手的动机就是为动物鸣不平的"复仇"心态，这在实际发生过的案件中还没有出现过。全国范围内也还没听说过有人以身试法，试的还是严重的杀人犯罪，仅仅是为了给流浪猫鸣不平。任支询问马大队："死者的物品开始查验了吗？电脑、手机之类的东西。"

马大队尴尬一笑："还没开始，从接报案到现在，兄弟们还没歇脚。现场勘验、监控分析，以及法医这边是第一批。他们完事了，再让技术小组的人查验电脑和手机之类的死者物品。"

任支点头道："好！尽快呈报结果，有消息第一时间更新提醒。港湾家园是很老的小区了，人口密集。凶手要完成整体的犯罪过程，包括折磨、精致手术、淹刑、运尸，是需要很长时间的。在晚间进入死者的住所，一定会有异常的声响，作案过程也不可能不引发任何响声。还是要从邻居那里入手，再细细地问。这是第一个重点。另外，进入犯罪现场—实施犯罪—离开犯罪现场，这条凶手的行进路线，是必须要搞明白的。总要有人，应该还不止一个人，从小区的公共区域进入楼群和死者住所。这么复杂的作案过程，需要至少几个小时的时间完成，完成后离开作案现场也应该有痕迹，比如比较密集的脚印、监控录像等等。这些还需要再仔细地查。”

下达完这些具体的命令，任支朝向戴猛和华生两人问：“请两位专家再给我们提供一些宝贵的建议。”

华生对自己提出的线索没有获得认同很意外，他没有讲话，只是看向戴猛。戴猛思考了一下，开口道：“知无不言，言无不尽，我把我想到的一个关键的事情说一下，但不要影响大家的重要办案思路，尤其是任支刚才交代的办案重点，一定不要被我的思路干扰。”大家都明白，这个节骨眼儿上，信息越多，越有利于办案，但主要的办案节奏，还是要听领导的指挥。

4. 犯罪心理画像 2

戴猛放心，解释道：“这个案子的主要嫌疑人，也就是进行眼球摘除、肌肉离断以及淹刑的人，从行为模式的角度来分析，可以总结为两个字——‘控制’，非常精致的控制。而且他最后采用淹刑的手段溺杀被害，这种反复尝试的折磨虐杀，虽然和刚才华生说的虐猫没有直接关系，但从心态来讲几乎如出一辙。我们甚至可以想象，他微笑着观察死者挣扎的过程，这绝不是普通的刑事犯罪那种凶狠和冲动，他在享受这个过程。”说到这里，他停下来看看大家的反应，见大家听得都很专注，便继续大胆假设道：“这种精致的控制和变态的享受，让我想起另外一起案子……”

李支接话道：“姚大广的抛尸案？”

戴猛一点头：“对！一个多月前让我们头疼的三环抛尸案。我们停在二虎那条线索上，后来就一直停滞，没有新的进展。这两起案子，表面上看起来没有什么关联。但是，我们来看看两起案件嫌疑人的行为模式，就会发现一些巧合。第一，姚大广的尸体，也是饱受折磨，折磨的手法虽然貌似没有这么精致，但从组织实施的角度讲，车辆的撞击和手术刀的离断相比而言，其实并不粗犷。尤其是碰瓷伪造现场、教人说伪证的组织，可以讲做得非常精致。我是觉得，从作案的组织水平和心理变态程度来看，有这种作案条件、作案心理和专业背景的人，应该不多。第二，姚大广是碰瓷惯犯，死于碰瓷的仿制，今天的死者如果是华生所说的虐猫者，那么从被虐手段来看，就可以认定为死于虐猫的仿制。假设这一条成立的话，又是一个非常强烈的关联，两期案子都是‘以其人之道，还治其人之身’的意思，动机可以暂时归结为一种法外惩戒的心态，因为两起案件的死者都无法接受法律‘惩戒’。第三，两起案子死者都在生前经受残忍的折磨，但是最终死因却惊人地相似。姚大广是机械性窒息的绞刑，本案是溺亡的淹刑，更关键的是这两种结束被害生命的手法，与前面的折磨手段根本就没有必需的逻辑关系，更像是单独实施的一个环节。”

沉默了片刻，戴猛说：“嗯，差不多，暂时就这么多。我是大胆设想，谨慎求证的过程交给兄弟们，我也怕自己的超前想法捣乱，所以请李支把关。一切后续调查听您安排，如果需要我们参加的话，您尽管跟我们说就好。”

在回去的路上，戴猛和华生都一直沉默，也许两人都在思考着刚才的诡异案情，也许还有着其他的心事。

戴猛突然之间没头没尾地说了一句：“我觉得你说得对。”

华生问：“您是说虐猫事件的关联？”

戴猛点头：“我越想，越觉得凶手的动机与他作案的行为模式吻合。这么复杂而变态精致的折磨手法，普通的动机也驱动不了。越是我们普通人难以理解的动机，反而越可能驱动出超常的行为。”

华生非常诚恳地讲：“戴总，不瞒您说，我能理解那种恨。”戴猛很惊讶，偏头看着华生一段时间，才又把头转回正前方，没有说话。

华生自己解释道：“我看了那些虐猫的新闻，有些图片和视频流出我也看到了。我看完的感觉就是，特别恨。最恨的是这些无能的虐待小动物的人，在现实中和人打交道都是 loser，都是没有办法处理好自己生活的低弱群体。他们只有欺负那些没有办法反抗，甚至没有办法喊疼喊委屈的小动物，才能找回些许的心理平衡。这种人特别可恨！”华生的脸上，渐渐浮现出了凶狠的表情，话走真心。

戴猛不用看他，也能从语气中感受到情绪的剧烈起伏。他没有多说什么，只是问了一句："你如果是 loser，会去折磨小动物吗？"

华生听了一怔，简单思考一下就决然道："肯定不会啊！我下不去手，我能感受到小动物的痛苦和无助，我会难过。"

戴猛"嗯"了一声，沉默片刻，又问："如果没有法律约束，有人长期虐待动物且沾沾自喜地炫耀，你会想惩罚他们吗？"

华生明白了他的意思，审慎地把自己代入到那个虚拟情境中，良久才答道："也许……会。我可以接受弱者弱，强者强，每个人都有自己的处境差异；我也可以接受弱者和弱者的斤斤计较，可以接受强者和强者的明争暗斗，那些都是人性。但是，这种事儿……让我产生深深的厌恶，他们倘若悄悄做不敢声张，我还可怜他们的卑微。他们现在这么堂而皇之地恬不知耻，我会希望他们为自己的无耻付出代价，体会痛苦。"

戴猛远远没有料到华生能把这种心理状态通过简单几句话还原出来，一时之间沉默而不知该说什么。同时，他也隐隐从华生的表情和呼吸中，体察到了什么隐隐的东西，说不上好还是不好，没有办法评价，遂问道："有法律约束的前提下，你会动手去惩罚这些人吗？"

华生知道自己刚才陷入了自己的情绪中，而且一瞬间陷得很深。他也觉得奇怪，从来没有想过这个问题，却能在头脑中感受如此深刻。听戴猛这么一问，断然答道："当然不会。文明社会中对人个体的惩罚，只有公权才有资格做。也许很多人都有惩罚他人的理由，杀父之仇、夺妻之恨、弑子之怨，但这些理由不是资格，也不可能成为权利。倘若人人都能私仇，那么人人都不会安生。所以，我肯定不会。"

戴猛"嗯"了一声，没有再跟华生讨论这个话题，而是突然问他："你明天要不要去岳母家啊？"

华生反应了一下才明白，戴猛说道"岳母"是指肖依的妈妈，脸上一热，但也没有纠正什么，直接回答道："说实话，想去。阿姨那边，对她来讲也算是个大事，毕竟老人家以后要动根本了。这个新发的案件，嫌疑人还没找到的话，暂时我可以离开。您看呢？"

戴猛点头微笑，心里一丝释然，看来自己刚才担心得有点多余了。他问华生："那我现在给你送到哪里？是回你住处，还是直接去肖依那里？"说完，笑着等华生的答复。华生有点不好意思，心知自己和肖依还没有好到那个程度，也知道戴猛在开他自认幽默的中年男人玩笑，便说："您在我楼下附近停就好，我还得收拾东西呢！"

看了下表，时间已经是凌晨一点多了。华生犹豫了下，还是给肖依打了电话，希望能买到和她同一班的火车。肖依的声音迷迷糊糊的，显然是睡着了，听到华生说明早要跟自己一起走，"哇！"的一声高兴大叫起来，然后又立刻关心地问："不是说又发了命案吗？你别因为我的事耽误了正经事情。"声音里一点都不困了，还掺杂着一点特别的小担心。

华生简单解释了一下状况，催促她说："快把火车班次发给我，一会儿买不到票了。"肖依的声音简直高兴得不得了，连忙跟他说了火车班次，并再次确认说："真的没关系吗？你真的能出来？"

华生已经听出她的心意了，见她还这么装客气，不由得好笑，用一只手捂着手机小声道："乖，睡觉啦，不要太兴奋。没问题的，放心吧。明天早晨火车站见！"

肖依那边连连"嗯""嗯"，犹犹豫豫地问出一句话："要不……你今晚来我这里一起睡？"

第 18 章

第三具尸体

虽然我觉得您有点任性，但是没有关系，我还是会全力支持。这件事情您要求得太急，没办法做详细布置了。我不喜欢冒险，我喜欢一切运筹帷幄，但我只能冒险，为了您，也为了小九儿，更为了我自己。

——福坤

1. 再现浮尸

华生和肖依正在火车上计划着这几天的安排，要帮妈妈做的事情太多，时间还是蛮紧的。

同时，市局支队大楼9层的会议室里，已经异常忙碌。

技术组的同志一早就向专案组通报了查验结果。港湾家园死者的电脑和手机里果然存储有大量虐猫、虐狗的照片和视频，血淋淋的残忍程度，连技术组的小伙子都不忍直视。

如此一来，死者生前遭受的虐待和她虐杀小动物这两件事之间，也许就有了关联，华生的想法得到了一定程度的验证。但是，所有专案组的人对于作案者的动机还是不敢确认，真的有人会因为给小动物们鸣不平而犯下杀人重罪吗？但是，目前掌握的线索，只有这一个方向能解释得通，情杀、财杀、误杀，都没有证据支持。

李支是个开明的老刑警，并不排斥奇怪的设想，他深深地抽了一口烟，问技术组的同志："还有其他信息吗？手机里的通话记录和短信恢复了吗？"

负责人回话道："恢复做过了，和既有信息差别不大，也没有找到删除命令的痕迹。我们在她的微信记录里看到，有好几个虐猫群，似乎他们这是一个产业，拍了照片和视频可以卖给国外的网站挣钱，所以他们有很多关于这方面的交流，有虐杀方法、虐杀心得、虐杀的生意等等，非常变态。我们忍着看了很多，可以确认的有两点。"

李支目不转睛，又点起一支烟。

负责人明白领导在听在思考，继续汇报："第一，这名死者肯定是虐杀小动物的心理变态者，参与很多虐杀事件。第二，跟本案可能有关的记录，是在发现尸体的前一天，某一个群里的聊天记录。群里有一个人跟死者聊天一共7句，说是会送猫过来。然后，两个人加了私聊，确定了送猫时间是晚上九点半。"

李支眉毛一立，其他人也立刻竖起了耳朵，这是一个非常敏感的信息啊！任支立刻问："能查到留言的是什么人吗？电梯监控、小区监控，有没有发现什么人来送猫？”

监控小组的负责人摇摇头，有点沉重地说：“我们在以昨晚 21 点 30 分为中心，先后试了 5 次时间窗口，都没有看到任何异常。最后索性把死者回家的时间点到发现尸体的时间点之间都看了，也没有发现疑似送猫的人。邻居里走访排查的结果，也纷纷表示当晚没有在电梯里看到什么不熟悉的人。非常奇怪。”

李支不禁轻轻出了一声：“哦？”

任支问：“其他小组，有新发现吗？”

马大队汇报道：“在死者住所的冰箱内，发现手术刀一把，上面验证出两种血迹，一种是死者本人的血，另一种不是人血，经分析发现是猫的血迹。未见指纹。”

所有人，心里一沉。

就在大家都沉默的时候，李支的电话铃响了起来，尽管铃声是《吉祥三宝》这么温馨的曲子，但在这个时刻听起来，让人皮肤发紧。电话接通不到两秒钟，李支的神色竟然出现了些许震惊的痕迹。这种表情对于这位从警 30 年、经手无数大案的老警察而言，几乎都已绝迹。

电话里汇报的内容是，刚刚又发现一具尸体！

这是一具男性尸体，全身赤裸，被发现于从昌宁区水库向城区引水渠的下游，被人民公园的湖水围栏挡在外面，随着水波上下浮动。尸体被打捞上来的时候，已经被水泡得鼓胀胀的惨白。

现场并没有发现任何可疑的痕迹，因此这里并非第一作案现场，尸体应该是漂到这里停下的。于是，任支命令分头行动，尸体运回支队解剖尸检，一组人立刻开始搜集失踪人口信息，一组人研究地理信息和水文信息，判断尸体可能经过、甚至投放的地点。

老秦已经习惯了，连续两天解剖检验尸体，并没有感觉疲劳，但是连续两天的直接发案密度却让他的心里压力很大。往常因为身在市局，各下辖区的案子也常常参加，但性质还没有出现过这么严重的。

老秦很快确认死者年龄在 18-22 岁之间，死因确定是颈部被绳索状物勒颈窒息而亡，眼睑内侧的出血点等痕迹也证明死因无误。不过，由于水流和浸泡，尸体上的很多痕迹被自然毁坏，但尸身四肢上遍布的灼烧痕迹，却依旧明显。有些肌肉因为被烤熟了，又在水中冲击，自动脱离了骨头，看起来惨不忍睹。尸身上有很多伤口都是漂流的过程中被石头或鱼类添加的死后伤，伤口遍及全身但都翻着白色的皮肤破绽，没有生活反应。

尽管这具尸体鉴定结果相对简单一些，但目前却没有任何可以用于开展侦查的信息，再加上两起案件间隔不到24小时，会议室里每个人的神色都明显焦虑。任支问："尸体身份确认了没？"

马大队还跑在排查一线，小孙向领导汇报道："目前还没有。"

任支捏了捏两只手，感到心里一阵紧张，没有尸源信息，就意味着这起案子没有抓手可以推进。

他问："水文和地理分析的结果呢？"

小孙答道："老秦帮我们计算过，根据尸体的浸水程度和发胀程度，其在水中浸泡的时间应该超过了10个小时。但是，由于无法判断尸体被栅栏挡住之后停留了多久，所以没有办法准确判断出具体的抛尸地点在哪里。理论上，从作为源头的龙盘水库开始，沿着引水渠一路漂流下来的最长时间需要6个小时，所以整条水道上的任何一个位置都有可能是抛尸地点。

这样一来，工作量就太大了，不可能沿着整条引水渠全部走访排查一遍。倘若这个抛尸方案是凶手刻意为之，就说明对方心计极深，提前算计到了侦查手段。

任支再追问："失踪信息人口方面呢，有消息吗？"

小孙汇报道："我们已经通知了各派出所和分局，按照倒序把近一个月的失踪人口信息汇总上报。按照年龄和性别交叉比对之后，目前还有12条符合的记录。DNA鉴定的同志们在全力筛查了。不过，不是所有被报失踪的人员都留有DNA记录，正在想办法。"

时间是硬成本，很多时候是必须要付出和等待的。人的大脑进行信息处理可以达到光速级别，但回落到物理世界中则只能受到各种现实规则的牵绊。任支无奈地点点头，他几乎想抽烟了。一直看着他布置工作的李支已经很久没有见到老兄弟和老下属这么焦虑了，任支一路踏踏实实赶过来走上领导岗位，一直以稳健著称，协调各工种配合流畅、缜密细致。这次明显看出内心的波动，正如自己的心情一样。

2. 并案侦查

李支斟酌道："我在设想一条思路。港湾家园的案子里，华生提到过一个思路——惩戒，至少姚大广和王艳梅都符合了这个假设。现在的未知死者尸体最明显的特征是火烧痕迹，同时也是窒息死亡，我们能不能按照这个思路逆向排查一下？"

小孙说："您的意思是，看看失踪人口里有没有纵火相关的人员？"

李支点头，补充道："不应该局限于失踪人口，近期出现过的纵火案涉案人员，都可以进行一级筛查。"

任支将信将疑地看着李支，不确定这个思路是好是坏，但目前也没有更快的其他方法。他只是担心，这种大胆的侦查方向，会不会造成警力的浪费并影响士气。小孙立刻反应过来，马上安排落实。很快结果就上报回来，就在昨天晚上 9 点左右，本市滨海区下辖派出所接到一起失踪人口报案，报案人称，他的儿子失踪。小孙把一叠材料分开交给李支和任支，兴奋地汇报道："这个失踪青年刚刚满十八岁不到两天。在三个多月前曾经纵火焚烧了一名素不相识的女老师，被滨海分局处理过，但因为持有精神病残疾人证而没有立案。"

所有人眼睛一亮！李支问道："DNA 有吗？"

小孙用力一点头，应道："留了。正在验证。"

DNA 鉴定结果很快就出来了，纵火青年的 DNA 记录与死者 DNA 吻合。李支和任支同时用力地拍了一下手掌，大为兴奋！这样一来，尸源问题就解决了。但更大的麻烦也来了。如果凶手真的是出于惩戒动机而犯罪，那么对他（们）的追查难度几乎形同于大海捞针。

在所有的命案侦查中，随机犯罪是难度最大的，尤其是这种没有痕迹物证作支持的随机犯罪侦查。大多数命案都可以通过死者的社交关系进行快速梳理和排查，情杀、仇杀、财杀等等，逻辑关联都相对非常清晰。但随机犯罪则很特殊，因为死者和凶手之间没有明显的逻辑关系可以用于倒推。即使是出于惩戒动机，理论上所有人都可能实施犯罪行为。看来，现在必须要把戴猛总结出来的凶手行为特征用于案件调查了。

任支和李支快速商量了一下，决定通知专案小组：第一，将三个案件并案侦查，重新研究姚大广案、王艳梅案和本案中的所有犯罪细节，找到共同特征；第二，重点排查与赵乾相关的人员，以此为切入点开展工作；第三，特别注意有医学背景，财力比较雄厚，或社会地位比较高，可能具备高级别组织能力的人员或组织；第四，特别注意有计算机技术和通信技术专业背景的人员。此外，立刻通知失踪报案的人来刑警支队，要当面了解更加详细的情况，同时派人去滨海分局调取之前纵火伤害案的所有案卷信息。

死者名叫宋鹏鹏，只有18岁，却劣迹斑斑。

当报案人宋建文来到支队的时候，小孙警官很快就了解了他的家庭情况和基本信息，可以确信这是一个比较混蛋的、失败的爸爸。自己的日子都过得糊里糊涂、处处碰壁，更无心管教一个调皮的孩子。从他这里，基本上能得到的信息就是孩子失踪当天曾和他发生激烈争吵，他一怒之下把孩子用铁链锁在家中，然后自己就去上班了。其他的，什么有用的信息也提供不出来。但是，在失去了儿子之后，他却并未见什么难过和悲伤，纠缠着警方一味打听怎么才能找到凶手，怎么才能索要赔偿。小孙被他聒噪得真是压不住心里的火，但又没有冲他发火的借口，冷冷地道："没想到，儿子活着的时候你不怎么操心，现在死了，你能操这么细的心啊！"言罢，转身去向任支汇报情况了，派了个面冷的大个头送宋建文离开。

任支命令，迅速调取惠春里小区的监控，并对邻居进行走访调查。令人没想到的是，前方很快传回结果，监控小组把他爸爸上班离开家之后的录像调集之后发现，夜里00：40—01：30之间，因为小区停电，没有监控条件，信息缺失。来电之后的监控经过检查，未见异常。

怎么会这么巧？就在这段时间停电？从锁具被暴力破坏来判断，宋鹏鹏肯定是被带离的，但是现场没有打斗的痕迹，也没有任何有效的痕迹。在如此安静的夜里，邻居们甚至没有听到任何异常的动静。

任支在脑海中模拟了一下50分钟的时间分布，从进入小区，到控制宋鹏鹏，再到离开小区，恐怕这段时间的停电是有人刻意为之。他立刻嘱咐监控分析小组，调取小区周围道路监控，希望能拍到车辆的异常记录，靠近的、停留的、进入或离开小区的。那个时间点，毕竟不会有太多车辆。

但很快，令人失望的结果再次传回。专案组惊讶地发现，当时不仅仅是小区断电，而是覆盖方圆 5 公里左右的变电站出现了故障，所以那附近连道路的监控也都没有数据。

李支被这种胆大的行为激怒了。如果这是凶手干的，为了劫持和杀害一个人，竟然敢断掉一个大区域的电。这既是巧妙的犯罪构思，同时也是对警方侦查力量的挑衅，说明他们为了达到目的，完全不在乎后果。

李支重重熄掉手中的烟，咬紧牙问："变电站的故障原因，查了吗？"

小孙回复："李支，变电站的断电原因已经查明，没有设备故障，断电指令是由总控工作站直接发出的。"

这下奇了，竟然不是故障？总控工作站不会自己无缘无故地给辖区断电，这条指令只能是人为下达的。

"谁下达的指令？"

"服务器日志上，记录的是一名陈姓工程师用他的 ID 登录，并于当日 00∶40下达了断电指令。但是，我们调查了当晚值班的陈某，他称自己并未下达过指令，且在发现断电之后立刻向市总公司汇报、复核，确认没有这项计划之后，便立刻着手恢复。市总公司那边的通话记录可以证明这一点。我们也调查了该变电站其他电网工作人员，他们也称并没有人做过类似的操作指令，服务器日志中也没有发现他们的账号有相关操作记录。另有工作间里的监控可以证明。他们的 IT 工程师仔细检查过系统，告诉我们说……"

"犹豫什么？说啊！"

"李支，我不是犹豫，他们说服务器里的日志生成时间，比监控探测到的实际断电时间晚了 12 秒钟，这种情况是不合理的。"

李支喃喃地重复道："晚了 12 秒钟，也就是先断了电，12 秒之后才有了服务器日志？"

小孙确认："是的。我们已经提取了相关的证据，的确晚了 12 秒。正常的情况应该是先下达指令，然后发生断电的情况。这也就意味着……"

两人异口同声："服务器日志是假的！"

李支声音微微抖动了起来，大声问："谁有权限修改服务器日志？"

小孙答："只有根用户。根用户权限，不要说变电站的工作站，就是区里的电力公司总工程师，都没有。这么高的用户权限只有一个人掌握，那就是市电力公司总工程师。"

这个嫌疑人的指向，让李支感到头疼，任支看出他的为难，递上一杯新茶。

李支明白，电力公司是相对独立的行政体系，并不受市委市政府直接管理，而是向国家电力公司汇报工作。也就是说，市电力公司的三总工职位，跟市公安局长的职位一样，比自己要高。职位的高低并不是最核心的难点，难点是要调查市电力局总工程师的话，估计审批手续从市局这里开始就会很审慎，之后更会有层层障碍，难度可想而知。能源是城市的核心动力，谁也不愿意得罪这些老大哥。

任支问："有市电力公司总工程师的资料吗？"知己知彼，心中有底。

小孙立刻点头道："这个简单。"

没多久，资料简报反馈回来，包括履历，还包括近期参加的活动、讲话、新闻、行程等，一应俱全。但是，当大家仔仔细细分析过之后，并没有找到任何可疑的地方，很难跟这次犯罪牵扯上什么关联。80年代初的大学生，一路在电力系统从基层干到现在的领导岗位，也是纯技术型领导岗位，与政治基本绝缘。家庭、孩子都很普通，社交关系比较简单。从年龄和职业背景来看，显然不会和死者有什么直接关联。那么，会不会是暗中帮助凶手呢？犹豫良久，李支决定还是要明着跟电力公司和总工程师会谈一次，讲明情况。会谈的过程，可以把姜老师他们叫上从旁观察，帮助筛查可能存在的疑点。

于是，李支先向市局申请了给电力公司的公函，请对方协助调查。不出所料，市局领导在很详细地询问过公函意图和风险防控措施之后，才审慎地用比较中性的温和措辞核发出来。李支却把函放在自己手里并未发出，而是通过朋友找朋友的方式，先私下跟总工联系。接通电话之后，总工的反应出人意料的平和，也很爽快，双方很快就约好明天下午见面。李支悬着的心放下了一半。任支理解李支的苦心，是怕直接发函公事公办，可能会导致事态扩大，徒增负担。一手准备好函，一边私下取得联系，没有问题就风平浪静地悄悄过去，有问题再出具公函，掌控更强。

李支即刻给姜老师打电话，说明情况后邀请他明天一起去见面，跟这位总工程师碰碰。

3. 戏弄肖依

华生他们刚一回到肖依家，就开始忙乎起来了。先是帮妈妈收拾家里的东西，该卖的卖，该打包的打包，该送人的送人。像装箱子、搬柜子、爬高蹬地这种事情，幸亏是华生来了，要不然就算肖依身体再灵便，身高的硬伤也不能靠蹦来弥补。肖依则一边跟妈妈聊天，一边在厨房忙着。母女俩好久没见，各种工作、生活和情感的细碎话题伴着洗、切、蒸、炸的声音，让两人都觉得那么踏实。食材一下锅，香味就飘得满屋都是。肖依给华生端杯水过去，看着他额头微微冒汗的样子，眼睛里都是欢喜。

华生把水杯递给肖依，说道："叔叔、阿姨的书可真够多的，难怪能养出这么聪明伶俐的姑娘！"肖依看他夸自己，满心欢喜。视线随着华生的动作上上下下不肯离开，目光痴痴的。原来在她心里，其实还是更喜欢这个踏实卖力做家务做到热汗淋漓的华生，尽管那个聪明又犀利的华生也非常好，但这个更像自己爸爸的那种风格，勤勤恳恳的聪明人非常性感。

华生看出来她有点奇怪，便故意贴近了脸，仔细看着她的眼睛，一下子就笑起来了，抿着嘴扭过去，得意得肩膀直抖，显然在偷笑。这下肖依不乐意了，用手拍他后背问道："你笑什么呢？"华生头也不回，继续背着脸偷乐，摆摆手道："你让我笑一会儿。"

肖依拉住他的手臂，强行把他的脸扭过来，故作严肃地问道："到底在笑什么？"

华生的脸在她手中间被挤得动不了了，他便顺势正色道："你等等啊，我给你拍张照片，我发现了一个绝世好素材。"

看他突然变成一脸正经的样子，还说什么"绝世好素材"，肖依有点蒙。华生拿起手机，对着肖依的眼睛仔细地拍了一张照片。肖依看了看拍到的照片，并没有什么特别。可是华生仔细看过之后，又忍不住笑了起来，一脸的得意坏笑。

肖依脸一沉，最后通牒道："说不说啊？我可警告你，你的表现决定了晚上的待遇。"

华生逗她："什么待遇？"

肖依正色道："闻到这香味了吗？我妈一共做了12个菜，好好表现可以都吃，干活一般就只能吃4个凉菜。如果你不告诉我照片里怎么了，你就只吃米饭吧你！"

华生大为惊讶："这么重要啊！"

肖依瞪了一下眼睛，嗔道："当然啦！这可是态度问题，是你的自我定位问题。不要以为只有你会看表情，我也会，我看到你一脸得意坏笑，究竟是什么意思？"

华生顺势应道："好吧，好吧，只吃米饭太可怕了。我还是告诉你吧。"他把照片放大给肖依看，问她："你看得到自己的瞳孔吗？"

"看得到啊！怎么了？"肖依一脸懵懂，"又黑又大的，不是很可爱吗？"

"就光是可爱吗？"华生摆出一副非常严肃的样子，摇动着手指说："不不不，这么大的瞳孔，说明你刚才在想坏事。"

"想坏……事……"肖依努力回想，"没有啊……"

"我跟你说啊，瞳孔放大这种反应，要么是愤怒，要么是恐惧，要么是性兴奋，你自己说你刚才是哪种状态吧。"理工男开玩笑的方式总是让普通人很无语，但肖依就是爱。

听完他的这三种分析，肖依立刻就脸红了，她眼睛一瞪，凶道："就你这个样子，看看你的肚子……"说到这里，用手指戳了戳华生腰间，才发现他原来的游泳圈已经没有了，取而代之的是坚实的核心肌肉，只好话锋一转："你以为瘦下来我就会怕你吗？胖子我都能收拾得了，瘦了更好办！"

华生几乎贴近了她的脸，一副认真的学究样子，颇为惊讶地说："呀！瞳孔又放大了啊！要么是更生气，要么是更害怕，要么是更……"把肖依的脸说得通红，又不知道该怎么对付他这副一本正经胡说八道的样子。扭身走开的时候，甩下一句话："你今天晚上只能吃米饭！"

饭菜都摆好了，肖依妈妈首先表达了对华生的感谢，言辞间颇为感动，总是先看看华生，再看看自己女儿，然后再说些客套话。华生其实不太擅长应对这种场面，尤其还是对自己人，所以略显尴尬。倘若是纯粹的业务关系，他倒是可以做到风生水起，左右逢源。走心和不走心的差别，即使是这位心理学博士，差别也还是蛮大的，毕竟人不是机器，趋利避害、想轻松自在的驱动力会让人成为"人"。

肖依一看两人的神情，立刻心里跟明镜儿似的。她插话拦住自己妈妈说道：“哎呀！妈！你不用跟他客气。他吃了多少您做的好吃的呢！”

肖依妈妈倒是明白的，责怪自己孩子道：“你少瞎说，妈妈还是知道的，华生这次来可是专程来的，公司里还有事都请假了。这份心意，阿姨知道，阿姨心里明白。”其实，这些都是肖依自己跟她说的。肖依之所以没说是公安局的杀人案，是怕妈妈担心。

华生看了一眼肖依，两个人眼神一对就已经明白了大致状况。华生赶紧安慰道：“阿姨，您不用这么客气。我来之前，工作都安排好了，不会有问题的，也跟领导请好假了。领导听说是来帮您搬家，非常支持。因为，肖依是个好同志，在单位里非常受欢迎！”华生知道长辈们最关心的几个点，不动声色地就把这几个关键问题藏在话里递出去了。

肖依妈妈果然放心很多，特别地看了一眼华生，又看了一眼自己的女儿，眼神有点热切地看着女儿却对华生说：“华生啊！这次我搬过去跟依依一起住，你还是要常来坐坐啊，只要有时间，就常来，要不然就我跟依依两人，好吃的都没机会做。”

华生乐呵呵地连声称好，肖依却嗔怪道：“妈，您这啥意思？他不来，您还不给我做饭了是吗？这我可不干！”一脸的不服气神色丢给华生看。一转脸却又对华生讲：“你，听见了没有？回去以后，必须每周来我家至少两次，看着我妈把饭菜做好，然后等我的命令。我要看我的心情，心情好就留你一起吃，心情不好你就请回，我们自己吃。好不好？”说完龇牙咧嘴地一笑，还朝着华生吐了下舌头。当着肖依妈妈的面，尽管谁都不会当真，但华生还是没有答话，只是无奈地笑笑，给肖依的蛮霸表演加点效果分。

快吃完的时候，华生嘱咐肖依妈妈说：“阿姨，明天我们给您预约了体检。今天晚上 8 点之后，您就不能吃东西了。好好休息！谢谢您做这么多好吃的，今天可解馋了！”肖依也跟着嘱咐道：“嗯，是的，妈，今天晚上您要好好睡一觉，争取让明天各项指标都健康。”肖依的爸爸癌症去世，就是因为长期积劳成疾又不按时去体检，所以发现得晚了些。因此，肖依对这件事情非常上心，这次回来一定要给妈妈做个全身体检。她继续说：“今天晚上我不和您聊天了，等明天体检完再说。今晚您还是自己睡，问题不大吧？”

肖依妈妈立刻就问道：“那你睡哪里啊？咱家一共就两间卧室。我本来打算咱俩一间，华生一间的。”肖依看了华生一眼，华生特别配合地说道：“没事，我睡客厅。”

4. 巨兽坤睿

因为是私下约见，不好请对方到支队的办案区，这次和市电力公司总工程师韩子培见面的地方，约在了“观碗水”茶楼。这个茶楼的位置与市局刑警支队、韩子培家在地图上形成了一个三角形。定这个地方，李支是经过仔细考虑的。如果定在支队，显得过于强势，毕竟案情还没有明朗；如果定在韩家附近，则显得支队态度太过殷勤；定在两点间的直线中间，则会显得有点随意。定在这个地方，会让韩子培重视这件事，又不会显得李支太过失礼。

陪同李支一起跟韩子培见面的是姜老师。没想到，对方一见面却大为惊讶，连声道：“这不是姜老师吗？我和我爱人，可都是你的粉丝啊！”

这个突发状况，出乎所有人的意料之外。接下来的寒暄则显得略有尴尬，直到韩子培微笑着对李支说：“李支队长，姜老师研究的项目我可是知道的。之前您约我出来聊，我猜可能有什么案件需要我私人的帮助。现在姜老师跟着您一起来，我大概知道您对我的需求了。”

这些话让李支和姜老师的尴尬达到峰值。本来藏在后面的杀手锏现在变成了明面上的展览品，输了人，输了意图，而且可能让对方防备程度空前提高。李支故作镇定地没有把眼睛往姜老师的方向看，心里生怕两个人目光相触之后难堪。韩子培的话一落地，他开始担心接下来谈话的效果变得很差，导致后面调查进度严重受阻，心中暗暗后悔。

姜老师心里的波动倒没有这么大，因为即使对方加以防备，但越用心就破绽越多，所以这一点倒是不担心。只是因为对方会注意到自己的存在，这种情况下，很多刺激源会因为这个前提而失去应有的力度。

不过，韩子培接下来的话却化解了尴尬：“没关系，您尽管问，我知无不言，言无不尽。姜老师也不要手下留情，您尽管客观分析，我还真是特别期待。之前都是在电视里看您，今天能作为被分析的对象，很荣幸啊！回去之后，我可跟我老伴有得炫耀了。”

一番客客气气的恭维话，却不动声色地把李、姜二人最担心的问题摆在桌面上，这种解决方法就目前的情境来看，的确非常高明。

既然对方已经敞开大门，李支就开门见山。

“韩总，前天晚上凌晨的时候，滨海区惠春里小区有一次异常断电，经过我们侦查，是负责那片地区供电的变电站下达了断电指令。但是，最让人奇怪的是，断电指令并不是当晚值班的工程师下达的……”

讲到这里，李支停下话语，凝神端详韩总工的神色变化。姜老师微笑着，保持表情始终没有变化，同时保持视线始终没有移开。他们都看到了韩子培的惊讶，虽然幅度不大，但却在脸上保持了好几秒钟。

李支和姜老师都没有说话，等在那里，看对方进一步的反应。

韩子培身体往前探了探，皱着眉，先看了一眼姜老师，又把视线转到李支的脸上，看着对方边思考边斟酌道：“所有电网操作事宜，市里都会有计划、有备案，这次断电是否计划内，很容易查。而且按照规定，一定是变电站工程师用他自己的管理员账号登录系统后，才可以下达指令，这样才可以做到对操作方案的记录。我对下面的要求就是，电力事关民生，事事有据可查。如果值班工程师没有下达断电指令的话，是谁下达的？”

这番话，涉及两个可以验证的事实，并直指问题的核心，符合实话的特征。姜老师心中暗暗点头，但表面上并没有太大变化，只是在韩子培看他的一瞬间，给予一个增强的微笑，表示认可和鼓励。这样的鼓励笑容，是告诉对方“不要停”、“请继续”。

李支听到最后一句话，也往前探了探身，用视线几乎逼视着韩子培的双眼，没有笑容，脸色严肃地问：“这也正是我们想要请教您的问题，既然不是值班工程师下达的指令，那么还有什么人，可以远程访问服务器？”

韩子培调整了一个舒服的坐姿，视线飘向他的右上方沉思了一会儿，回答道：“其实，理论上只要是有操作权限的人，都可以。但是，无论是谁下达了操作指令，服务器里都会有日志做记录。而且，电网的计算机网络物理上不接入互联网，所以无论是谁操作的，都是在内网操作。”

李支见他直言不讳地讲了操作权限，已经自己把问题推到核心，也就顺其自然地问他：“我们的侦查结果是，下达指令的账户，是变电站服务器的根用户。而掌握根用户权限的人，应该只有您，是这样吗？”

这就是将军的问题。姜老师把全部的注意力都集中在他的面部区域，寻找着任何一点细微异常变化。

韩子培很快回应道："但是，我那时在医院陪老伴输液。"

李支一怔，他知道医院有监控可查。

姜老师在他脸上没有找到任何得意，但却真切地看到了焦急。

李支摸出一支烟，利用点烟的过程思考了一下其他的可能性，最后尝试一把问："韩总工，我得跟您确认一下，服务器的根用户密码，只有您一个人掌握吗？"

韩子培看他神色，能够感觉到事态严重，认真解释道："是，所有服务器的根用户密码，也就是超级管理员密码，只有我一个人知道。因为这些密码平时根本就用不到，只是留作备份，各级管理人员有自己的账户和密码。全市3000多个变电站的服务器采购、集成、调试完毕之后，根用户密码都会交由我这里保管。到目前为止，我还没有拆封过，都锁在办公室的保险柜里。"

李支不由得轻轻"啊！"了一声，知道这条线索应该是断掉了。

韩总工看到李支的反应，脸上出现了惊讶和担忧的神色，他意识到自己的话给对面这位刑警支队的领导，增加了很大的压力。

姜老师却在这个时候突然问出了第一个问题："韩总，您是说，所有的服务器根用户密码交给您的时候都是封装的？"

韩总工应道："对。"

"那在您接手之后，是肯定没有人会获知密码了，对吗？"

"对。我也不知道。根用户密码对我们业务上来讲，真的只是防止系统级故障，平时根本不会用。所以，我从来没有拆封过。别人，自然是不可能知道的。这些我可以向市公司申请，作为物证提交公安部门检查。"

李支诚恳地"嗯"了一声，点头表示感谢。他现在还没有想到更好的侦查方向。

姜老师则再问道："那么在您之前呢？谁负责供货、集成和基础调试？"

一句话让李支豁然开朗！韩总一拍自己脑门，笑道："对！还有他们！"

市局支队很快查到，本市电力系统所用的所有服务器，都是由坤睿科技中标、供货和负责基础调试。坤睿科技是一家大型IT集团公司，业务涉及PC、服务器、高端工作站等终端设备贸易、网络交换通信系统的集成、高清监控和人工智能系统的部署等领域，下属无数个中小规模的公司承接不同档次的业务，它们分食了大半民用市场份额。集团持股方的复杂关系决定了坤睿科技即使在政府系统的采购中标商里也是常客，航天、能源，甚至军队的IT 采购项目里，由于坤睿科技的密级资质很高，也是少数供货商之一。除了硬件部署、集成之外，其自主开发的软件，也是行业里不可替代的头筹。坤睿科技下辖一支专业能力非常强的开发团队，在国内 IT 产业里堪称巨兽。

这次和市电力公司的合作规格非常之高，直接由坤睿科技签署中标合同并承担部署职责。李支让人收集了坤睿科技的资料，发现它的 CEO 叫做福坤，是一名传奇人物。

第 19 章

传奇的福坤

一个人前半生是怎么长大的，后半生就会不断重复和强化他的那些生存本领。

——戴猛

1. 家庭突变

对福坤来说，8 岁以前的日子是非常幸福的。

爸爸是当时人工智能领域的领军人物，在全球学界和业界都享有盛誉。他领导的团队研发出一款突破性的汽车自动驾驶算法，可以根据摄像头采集路况，并对图像中所有形状进行动态识别、跟踪计算和分析，比如道路的延伸方向和宽窄变化，交通标志的示意，前车的速度变化等等，然后做出辅助驾驶决策。这个算法在当年，开创了自动驾驶的先河，在很多人还不能理解为什么程序可以给汽车下达正确指令的时代，就已经获得了无数投资机构的青睐，他们蜂拥而至，世界上最有钱的公司也希望能够把他收归麾下。福坤的爸爸从学者转换身份为成功企业家，经常奔走在全球各个城市，会谈着各种生意。资本的力量和传媒的力量，又接着把他推到大众视野当中，成为热点不断的明星级企业家，产业圈、资本圈里每天都是关于他的各种消息，层出不穷的投资论坛、慈善年会和政商会谈，只有邀请到福坤的爸爸才算是真正的“高端”。就连娱乐圈里，也不知为什么经常可见他的行踪和消息。

受到影响最大的人，是福坤的妈妈。作为一名普通的高校教师，丈夫的成名和“暴富”给她带来了翻天覆地的变化，连她自己都分不清是好是坏。家里的钱多起来了，从此任何采买都不用再算计，因为算计所花的时间成本和心力，远不是那点节省的差额可以补偿的。大件小件的东西不缺，福坤的妈妈就开始张罗着买房子。一开始两人还商量，后来福坤爸爸实在没有时间，也没有心思，就全凭妻子一个人做主。在买了两套市区的大宅和 5 套郊区的别墅后，买房子和装修这两件事已经让她感到了疲劳和恶心，全然没有了兴趣。至于上班这件事，大家知道的，衣服、鞋、化妆品、包、车这些东西，在高校里不是什么好东西，不但不会赢得认同，反而会遭受到排挤和孤立。然而，福坤的妈妈又的确只是个普通人，在用过好东西之后，的确很难为了融入某个群体而去故意穿着、使用普通的东西。这样一来，福坤妈妈突然觉得自己没有什么可以使劲儿的事情了，心里便空落落的，有点惶恐，有点无奈。孩子每天的事情就是上学、放学，最多就是准备早、晚两餐。学校里那点作业和考试，福坤自己就轻轻松松解决掉了，根本就不会让她多操一点心。她只能偶尔带着孩子逛逛街，旅旅游，逢年过节的张罗些家里的事情。

福坤当时还小，并没有感觉爸爸身上发生的变化有多大的影响，只是觉得爸爸不在家的时间明显多起来，其他并没有什么明显的变化。爸爸原来常常在家的时候，经常带着六七岁的福坤拿实验室里的小程序调试着玩，现在他不常在家，福坤就继续在程序里做着自己的各种尝试。刚上一年级的福坤之所以能自觉地做功课，是因为他把更多的时间都花在了计算机上，跟他爸爸年轻的时候一样，他对那些千变万化的软硬件功能充满着原始的痴迷，如果不是妈妈每天管教着，仅凭兴趣的话，小小年纪的福坤可能会像大人一样通宵彻夜地“玩儿”。所以对他来说，爸爸在家不在家区别不大，回来了也蛮亲切的，不回来也不会觉得别扭。他不曾在意的一个变化是，自己所使用的设备越来越昂贵，功能甚至超越了很多当年的专业实验室设备，他做出来的小程序，有很多被爸爸添加到了公司的产品中。

这样的日子过了 3 年之后，福坤突然就感受到了让他不安的变化。

爸爸回家更少了，回来也不怎么跟母子俩说话。妈妈变得很暴躁，看到福坤写完作业摆弄电脑，气就不打一处来，每每粗暴地打断福坤专注的兴趣，勒令他去看书或者写字，甚至到后来直接要求他关上房门去睡觉。一开始，福坤会以宝宝的身份跟妈妈撒娇、闹情绪、反抗，没想到迎接来的一律是妈妈更加失控的发飙、怒吼、歇斯底里。后来福坤尝试着好好表现，努力扫地、擦桌子、洗碗，甚至每天早早地把自己的内裤和袜子洗完晾好，洗漱完毕，只盼妈妈能允许自己全神贯注地搞一会儿小程序，那是他心里面的瘾，强烈地撩拨着男孩的兴趣和欲望。

早的时候，妈妈看到福坤这么讨好，不忍为难，福坤在欢呼着奔向电脑的一瞬间，并没有在意妈妈滑落的眼泪。但好日子总是不能长久，再到后来，无论福坤如何努力表现成一个乖孩子，妈妈都绝对禁止他再碰电脑了，甚至把他所有的设备都泡进浴缸里，当着他的面毁掉。那以后，每天做完作业，福坤就会自觉地做好所有事情，看妈妈还平静，便敢读一会儿书，然后睡觉；如果妈妈情绪不好，自己便打声招呼，默默关上房门上床，睁着眼睛等困意来临。这样漆黑无际的等待，对于一个 8 岁多的男孩而言，太过枯燥、寂静、漫长，泪水和委屈在慢慢习惯之后，仿佛给他的人格上镀了一层坚硬而冰冷的外壳。

9 岁生日的前两天，爸爸妈妈告诉他，两个人离婚了，妈妈离开这个家，福坤跟爸爸继续生活。妈妈走的时候，没有任何留恋和犹豫，也没有多看福坤一眼，平静的可怕，只是背影有点佝偻。爸爸告诉福坤，妈妈的生活不会有困难，因为离婚分给了她一半的财产。

福坤不理解这些，他也不关心，因为他已经快一年的时间没有从妈妈那里得到任何温暖了。妈妈的离开对他来说，只有一个意义，就是他从此自由了。福坤立刻给爸爸列了一个单子，并且在第二天就拿到了所有他需要的设备和软件。他又可以开始钻研自己积攒了一年的欲望，而且不必再有任何妥协和忍耐，再也不会有人突然暴跳如雷地发脾气，不会有人驱赶他去睡觉。9 岁生日那一天，爸爸带回来一个阿姨和小妹妹，给福坤过生日。上一个生日还是和爸爸、妈妈一起过的，尽管两人都没怎么说话。

2. 从天而降的妹妹

阿姨很漂亮，经常对福坤笑，还给福坤唱生日歌。福坤没觉得有什么特别，因为他并不关心这些，他只想着快点结束掉这个无聊的过程，还有好几个参数要去调试。小妹妹很可爱，只有不到 3 岁。在福坤吹完蜡烛之后，突然忽闪着大眼睛说："亲亲哥哥！"把爸爸给高兴坏了，抱过来放到福坤怀里，福坤很无奈地接受了一脸口水，但看到那张苹果一样的圆脸之后，还是笑了笑。这是他一年多以来，第一次有笑的欲望和感受。

当天晚上，福坤就通过搜索引擎查清楚了阿姨的身份，因为那个阿姨拍过两部电视剧、一部电影，还出过一首单曲，小有名气。他关掉电脑，突然觉得那些怀念了一年的小程序们无法再引起自己专注而热情的兴奋，似乎应该还有很多事情需要思考，比如妈妈，比如这个给自己过生日的阿姨，但他想不明白，只是在入睡前记得那张红苹果般的笑脸。

从那天起，每天在家里陪伴他的便是这个漂亮阿姨和小妹妹。小家伙的存在，让安静而冷漠的家里多了很多生气，每个人的面孔都鲜活起来，连爸爸在家里的时间也多了很多。晚上的时候，爸爸和阿姨在客厅里陪小妹妹玩，福坤自己在房间里做作业或者调程序。小妹妹偶尔开门找他来玩，漂亮阿姨总是很快来说，“哥哥在做作业，不好打扰”，小家伙便撇撇嘴，不大情愿地退回客厅里玩。福坤遇到问题，会找爸爸请教，爸爸总是好脾气，会非常耐心地回答和指点，有的时候甚至惊讶于福坤的发现，父子俩一起调试。这样的日子，让福坤感觉心里很踏实，心头的冷漠悄悄地在减淡。

福坤的衣食住行彻底不需要自己操心了，爸爸会请小时工来打扫卫生、做饭和接送上下学，阿姨会给他和小妹妹买新衣服、买零食、买礼物，每次都一式两份，一模一样，四个人会一起出门吃饭、看电影、逛街。尽管最初福坤又恢复了那些对小程序的瘾，但他能感觉到，自己也喜欢和鲜活的笑脸为伴。尤其是那个红苹果般的小脸蛋，简直太可爱了，不论在家里还是在外面，小家伙最喜欢“哥哥”、“哥哥”地叫，跌跌撞撞地努力追赶上他的脚步，喜欢亲他，弄他一脸口水，还总是要“哥哥抱”，有的时候让爸爸都妒忌。

有一天，福坤正在调试“通过光反射判断物体表面深度变化”的程序，小家伙敲敲门冒出小脑袋，神秘兮兮地说：“哥哥，这个给你。”福坤看到，她摊开的小手里面，是一颗剥好的荔枝。他有点诧异，问道：“咦？荔枝！哪来的？”小妹妹回答道：“妈妈给的，让我吃，好甜的。你吃。”就在这个时候，漂亮阿姨出现在小妹妹身后，满脸笑容地忙对福坤说：“看你在忙，没敢打扰你，想着你们俩下午都已经吃过苹果了。要吃吗？外面倒是还有。”福坤当即回了一句：“不用了，我已经刷过牙了。”小妹妹还是举起小手往他嘴里送，他勉强笑了一下，摸了摸她的小脸蛋，说道：“乖果果，哥哥不吃，你自己吃吧。”漂亮阿姨看了看福坤的脸色，没等果果答话，便一把抱起她，关上了他的房门。

福坤慢慢感觉到日子开始变得有点不自在了，虽然他并没有想明白到底哪里发生了变化，吃饭穿衣还是一如既往，该有的玩具礼物也没缺过，作息安排也没有太多干扰，但漂亮阿姨的笑脸好像消失了。虽然他并不那么在意这件事，但那个女人当着爸爸的面，或者对着小妹妹说话，她都会笑，而且一笑就是好久，可是在只有他们俩能彼此看到的时候，漂亮阿姨的脸就立刻变得冷冰冰，让福坤感到阴沉而不安。

小妹妹开始特别喜欢学人说话，最喜欢的是学福坤说话，一遍一遍地重复，乐此不疲。福坤便把从学校里流传的歪诗念出来教她，“床前明月光，洒了一碗汤，举头拿毛巾，低头擦裤裆。”逗得小妹妹哈哈大笑，不断地重复，两人似乎找到了恶搞的趣味点，你一句我一句的，越说越高兴。漂亮阿姨起初还跟着笑笑，听了三四句便皱紧眉头喝止了小妹妹：“果果，不许再说这些东西了，多难听！”可果果并没有停下来，她绕着福坤的身体，一边跑一边更大声地重复着刚刚学会的歪诗，自己笑个没完，还大叫道：“哥哥，哥哥，还要，还要。”福坤觉得有趣，便没去管漂亮阿姨眼中的怒火，放肆地跟着小妹妹又喊又跳，冒出更多歪诗怪句，两人闹作一团。漂亮阿姨突然发作，冲上来一把拉开果果拦在身后，用很大的力气抓住福坤的手猛地甩开，大声吼道：“我说不要再说了，听到没有！听到没有！”福坤被她的样子吓坏了，那一瞬间，仿佛看到了离去的妈妈当年歇斯底里的样子。这个样子他是很熟悉的，知道会发生什么，玩耍的趣味和兴致立刻被浇熄，心里恢复到一团冷寂。他立即停下所有嬉笑，默默走回自己的房间，昂起头关上房门。漂亮阿姨快步跟上来，一把推开房门发出碰撞的巨响，凶狠地对他说：“我告诉你，以后这种下三烂的玩意儿，你在家里一个字也别提。果果还小，不能从小就受这种污染，跟你还有你那些下三烂的同学学坏。听到没有？”

福坤虽然不明白自己到底做错了什么，但他完全不能接受面前这个发狂的凶狠面孔，毕竟在他心里，这个漂亮阿姨不是妈妈，没资格对他这样发脾气。他抬起眼睛，直勾勾地盯着漂亮阿姨，毫无惧色地冷冷说道：“这是我的房间，麻烦你出去。”

漂亮阿姨也完全没有想到福坤是这样的反应，气得抬起手，哆哆嗦嗦地指着福坤的鼻子却不知道该说什么，全身的力气只能忍在牙齿间，牙齿咬得咯咯作响。小妹妹跑进来，看到妈妈凶狠的样子，吓得哭得更厉害了，一边哭一边重复道：“妈妈不生气，哥哥不生气，我不说了，我再也不说了。”一只手抱紧妈妈的大腿，另一只小手边擦眼泪，边想拉住哥哥的手。福坤见她哭得可怜，去拉她的小手想安慰一下，被漂亮阿姨一把打开，拖拽着小妹妹走出房间，留下砰然关闭的房门。

爸爸当晚睡前叫过福坤，叹了一口气，摸了摸他的头，只说了一句：“以后，你在学校里学到的那些东西，自己跟同学乐呵乐呵就得了，不要回家来说。妹妹还小。”说这话的时候，前半程眼睛还看着福坤，发现他眼睛里的冰冷后，便把视线垂下，又叹了口气，接道：“儿子，这件事爸爸觉得你没有错，不过妈妈也没有错，对吗？”福坤深吸一口气，鼓起勇气把自己很久以来想说的话说了出来：“她不是我妈。”

福坤的爸爸一怔，看到9岁儿子扬起下巴的样子，动了动嘴唇想说什么，又忍下了。在强行熄灭了眼中的怒火之后，板起面孔要求道：“福坤，请你看着我的眼睛，给我记住。我不管你认不认这个妈妈，没有关系，这个人是我的事情，不需要你来解决。但是，我是你爸爸，果果是你妹妹，这两件事你改不了，必须得接受。听明白了吗？”

福坤看他神色，点点头，便没有其他回应了，冷漠到连一个多余的眼神变化都没有。

从那天以后，漂亮阿姨便只会对小妹妹好了，零食、玩具、礼物、衣服，都只会给小妹妹买一份，吃饭的时候只会给小妹妹一个人夹菜，只会带小妹妹一个人去逛街看电影，只会跟小妹妹一个人说话、聊天、讲故事，仿佛活生生的一个福坤凭空从她眼中消失了一样。

福坤感觉到非常别扭，他问过自己，到底需不需要漂亮阿姨对自己好，答案是否定的，他告诉自己的正确答案是，无所谓。但当他看到那些新奇、漂亮、有趣的小玩意儿时，当他被漂亮阿姨刻意忽视的时候，还是会有强烈的失落感。这种失落感慢慢积累，沉淀在他幼小的心灵里，酝酿成了恨。他越是适应和习惯了这种不公平，内心深处也就越痛恨这种不公平。

果果还是很喜欢自己的哥哥，几年的时间一点点长大，小嘴巴里也会说越来越多可爱的话，当黑黑的头发被剪成娃娃头的时候，脸蛋就更像一颗大红苹果，粉嫩粉嫩的讨人喜欢。在这个“家”里，唯一能让福坤笑的人，就只有果果了。每一次果果偷偷把好吃的塞给哥哥的时候，福坤都会摸摸她的脸蛋，笑着跟她说：“果果自己吃吧，哥哥不爱吃这些小女孩的东西。”这个时候，果果都会把东西硬塞在哥哥手里，眨眨眼睛说：“别让妈妈知道啊！”

果果7岁的时候，福坤13岁了。青春期的变化，让他变得更加深沉、阴冷，完全不似一个闹腾而狂妄的普通男孩。除了对妹妹友善之外，福坤对爸爸也失去了心理依赖。他渐渐明白了爸爸当初为什么会和妈妈离婚，听说了这个漂亮阿姨的一些传闻，内心深处生出深深的厌恶。漂亮阿姨的那张脸孔，在福坤现在看来，尽管投入了很多保养，但仍然是一张失败的作品。孩子大了，漂亮阿姨也老了些，但她最拿手的还是打扮和买东西，果果上学的事情她却一点也操不上心。果果所有的学习习惯和功课，都是福坤手把手教会的。漂亮阿姨索性就无事一身轻，每天更加肆无忌惮地在外面玩，有的时候还会彻夜不归。而这个时候，福坤的爸爸已经被公司收购战搞得焦头烂额，自顾不暇。

3. 失　控

一天晚上，爸爸回到家的时候，发现福坤正在带着妹妹洗漱，准备睡觉，而漂亮阿姨还没有回家，不由得怒火中烧。他气急败坏地打电话给那个女人，问明白了所在的地址，便抓起车钥匙要出门。福坤一把拉住爸爸说："爸，你不要去了。"

爸爸一把甩开他的手，愤怒地喷出一口气，拉开房门转身吼道："你们俩在家里，好好睡觉！"果果吓哭了。福坤再次拉住爸爸的手臂，说道："我们俩跟你一起去。"爸爸这次没说什么，坐在沙发上沉默地等待，压抑着从心头滚滚泛出的愤怒。福坤先很快地给妹妹穿上衣服，再给自己穿好衣服，然后牵着妹妹的手，跟爸爸说："可以出发了。"

三个人来到夜店的时候，发现漂亮阿姨正在和一群人喝酒，男男女女的已经醉醺醺的，杯盘狼藉。福坤爸爸的出现让场面冷了一瞬间，随即人们便又在酒精的催动下聒噪起来。福坤爸爸没有说话，咬紧牙关一把拉住漂亮阿姨的手臂，向外拖拽着就走。福坤领着妹妹站在一旁，冷冷地看着步态蹒跚的漂亮阿姨，还有那些痴痴迷迷的男女，默默跟在爸爸身后。回家的路上，自动驾驶系统询问福坤爸爸："主人，您的身体目前处于亢奋状态，抓握有力、心率增高、瞳孔放大，容易造成危险驾驶，是否需要程序接管驾驶工作?"福坤爸爸冷冷地道："不用。"随即一言不发，双眼盯着路面，加大了油门，发动机发出了轰鸣声。

这是 3 年之后的新版本自动驾驶软件，福坤的爸爸悄悄研制出来的新功能——针对驾驶者状态的判断模块。他创新性地把驾驶者生物状态和路况动态进行了内外关联，做出了更优化的迭代。如果驾驶员出现生理疲劳，自动驾驶系统会征询意见，只需要主人语音做出认可便立即接管驾驶权限，把车辆安全行驶到目的地；如果驾驶员生物状态非常兴奋且稳定，自动驾驶系统会根据所在地点的交通规则，设立一个安全边界，其他的都交给驾驶者自己来玩，系统还会提供大量基础安全的技术性微调和控制，让驾驶者尽情享受驾驶的乐趣；如果驾驶员出现醉酒等违法驾驶特征，自动驾驶系统会强制接管驾驶权限，不给主人犯错误出危险开启任何可能性的起点。软件还没有公开，只安装在他自己的车辆上进行测试。毕竟，能把用户体验和核心功能开发直接对接，是很多人梦寐以求的研发模式。

漂亮阿姨慵懒地倚靠在副驾驶的座位上，带着微微眩晕的感觉，听到这组问答之后扑哧一声笑出声来，一脸的鄙夷。似乎听到声音，就已经明白了她的表情，爸爸冷着脸，紧紧抓握着方向盘，从嘴角甩出一句："你笑什么？"漂亮阿姨见问，闭上眼睛享受大脑里眩晕的美妙感觉，脸上的鄙夷更甚，幽幽吐出一句话："我笑啊……我替你高兴啊！恭喜你，你那个垂死的公司是不是有救了？"这句话一听就知道并不是真的恭喜，因为它的重音被放到了"垂死"两个字。

福坤的爸爸眼角抽搐了一下，眼中闪过一丝凶光，脚下油门又加重了一些。发动机低吼着，驱动着一辆车4个人在道路上迸出新的速度，似乎这种方式可以消减爸爸隐忍的愤怒。然而，愤怒没有被消减，却被自动驾驶系统捕获了状态。系统问："目前车速已经超出路况可承受安全边界值，是否需要系统接管驾驶？"在如此尴尬的时间点，出现这么一个提醒的声音，不但没有起到警示的作用，反而让福坤爸爸出离愤怒了，他大吼一声："闭嘴。Shut up！Shut up！"他不想让程序在这种时候出来捣乱，这个程序已经给他添加了太多的麻烦，几乎占据了他所有的精力和时间，然而却依然不那么听话。福坤爸爸是真的爱它，却又不能完全驯服它。

漂亮阿姨看到这个场景，放声大笑，笑了好久都停不下来，似乎要把所有郁积在心里的怨气通过这个长笑全部发泄出来才肯罢休。笑声到后来已经变得失真，略显凄厉。果果从来没有见过妈妈这个样子，害怕地钻到福坤怀里，开始嘤嘤地抽泣和乞求，乞求妈妈不要再笑了，因为她害怕。福坤也感觉到从来没有感受过的危险，似乎爸爸和这个女人都不正常，在前排坐着的，不是两个人，而是两匹诡异的野兽。

福坤爸爸大吼道："Shut up！你笑什么！Shut up！"漂亮阿姨的泪水在她

脸上冲刷出两道黑线，眼窝周围乱成了一团糟，已经看不到漂亮的踪影了。她高扬双眉，把眼睛睁到大得吓人，伸直了脖子朝着福坤爸爸怒吼道："我笑什么？我笑你无能！我笑你是个废物！你搞不定你老婆，搞不定我，搞不定你儿子，现在连这套破程序也搞不定？啊哈哈哈……"凄厉的笑声让后排的果果抱得更紧了，福坤抚摸着她的头不断安慰："没事，没事，一会儿就到家了。"

女人在轰鸣的引擎声中继续大吼道："我过了30了，你给了我什么？我的那些同学们，以前不如我的那些贱货们，都已经成影后啦！我除了每天给你养这两个孩子，还有什么？你倒是有一样能做好的啊！现在连公司都快折腾没了，你有脸拖着两个孩子来找我？我没脸让人家看见你们！"说罢这些，开始呜呜地哽咽，继而是号啕和尖叫。

福坤感觉到了危险的抖动，他朝爸爸看去，发现那正是剧烈的愤怒在爸爸身上激发出的反应。福坤的爸爸听着女人的抱怨和宣泄，没有回应一个字，目光几乎喷着火，愤怒驱动着车辆似乎也在喷火，在地面上飞行。自动驾驶系统再次提示："车速已经超出安全边界值，您的握力极大，愤怒情绪明显，容易造成危险驾驶，是否需要系统接管驾驶？"福坤爸爸从嘴角挤出两个字"不用"，心里的弦几乎快崩断了。

女人见男人没回应，反倒是自己停下来，擦拭了下面容和发髻，点燃一支烟。那口烟雾在车内弥漫的时候，她幽幽说道："老福，这么说吧。没有事业我认了，毕竟我跟你那会儿，是最风光的。没有钱，我也认了，穷不下去，富不起来，可能这就是我的命，幸好你老婆还给你留了几套房子，吃到死再把这两小的普普通通养到大，足够用了。这些都不重要，可是我好歹也是个女人啊，还是个漂亮女人，还不算老，你能不能在床上管点用，能不能像个男人？"

福坤爸爸再也控制不住了，他双手松开方向盘，猛地向身边的女人扑过去，掐住她的脖颈，声音从喉咙间嘶吼出来："你他妈说什么？当着孩子的面说什么呢！能闭上你的臭嘴吗？"

在福坤爸爸失控的一瞬间，福坤大声地喊道："Rock and Roll！"这是他给自动驾驶系统添加的一个小暗号，只要听到这个声音，系统就会立即接管所有行驶控制。连爸爸也不知道有这样一个暗号的存在，但今天这个暗号却救了一车人的四条命。

两个大人在前面撕打，一个孩子在自己怀里哭泣，福坤抱着果果，除了能够不断安慰她，剩下能做的事，也只有用眼睛警惕地注视着路况的变化，期待快点到家，结束掉这场噩梦。

还好，系统接管了驾驶，回归了安全速度，根据前面的道路和车辆状况，几个轻微的加减速调整，就切换到了稳定而流畅的车道上。为了这个系统，13 岁的福坤至少消耗了几百个晚上。现在看来，自己参与开发的这套系统，是可靠的。福坤长舒了一口气，继续用目光审视着周围的路况，安慰着妹妹，那对男女还在互相撕扯和打骂。车辆在空旷的道路上开始加速，福坤心里觉得舒爽起来，只要拐过前面的红灯路口，就接近到家了，而那一小段家门口的路，是他无数次观察和测试过的实验路段，这意味着，无论爸爸和那个女人闹成什么样子，至少一家人是安全的。

前面的大卡车发出了刹车的尖锐摩擦声，福坤看到了远处的红灯，但不知道为什么，系统并没有丝毫减速的意思。福坤大喊着“停”、“减速”等不是指令的呼叫声，却没能阻止车辆的飞速前行和吵闹的男女。最后一个留在他脑海中的画面，是前面一辆大卡车背影快速变大，而车身上应该亮起的红色刹车灯，却始终没有过任何变化。

4. 进出福利院

当福坤再次清醒过来的时候，他发现自己坐在轮椅上，在一个陌生的空旷房间里晒太阳。他隐隐约约记得自己醒来过，有人在自己身边奔跑过、走动过，但都不是特别清晰的记忆，以至于他自己无法确定到底是真实的感受还是在长期昏迷中大脑的臆想。他对轮椅并不是很陌生，丝毫没有觉得震惊或者突兀，只是努力尝试感觉和挪动自己的身体，却只能感觉到肋骨的位置，再往下的小腹、生殖器、臀部、腿和脚，全然没有任何回应。这种感觉似乎以前也曾经出现过，不由得让福坤怀疑，自己到底是什么时候开始知道瘫痪的滋味的，因为并没有自己以为会有的沮丧和绝望。

福利院里面，有电脑可以用，只可惜性能极低，安装的也都是基础类别的标配软件。倘若不是福坤拼命地在记事本里写下一段一段别人都看不懂的代码，这些电脑的作用应该是高级别的电器摆设。福坤发现，自己的双手依旧灵活，大脑的思路更甚，丝毫没有受到车祸的影响，只是不记得在自己昏迷的这段时间到底发生了什么，所以果果、爸爸和那个女人的丧命，以及新闻媒体对这件不大不小的波澜如何报道，他只能选择接受。也许，这个结果对爸爸和那个女人来讲，都是好事，是一种体面的解脱。但对于果果来讲，还是能让福坤感到鼻子酸酸的，毕竟那小女孩那么喜欢自己，也很可爱，她的小生命里，不知道有几年是快乐的，如果还活着，会不会像自己现在一样，体会着无尽而漫长的痛楚。

福利院里，大多都是再小一些的孩子，还有一些是刚出生就被亲生爹妈抛弃的婴儿，只有几个孩子比福坤大。在他们口中，福坤被称作“瘫子坤”。开始的时候，这些大孩子会抢福坤配发的餐食，当然也会抢更小的孩子。福坤让他们抢，觉得这几口吃的不重要。看到他们得意扬扬地跑开，满嘴塞满了食物的炫耀，福坤心里泛起一阵恶心和怜悯，嘴角会轻轻吐出“愚蠢”两个字。后来，也许是因为大孩子们总在福坤眼里看到鄙夷，就联合起来整他，比如趁他不注意，在下坡的时候突然猛地推轮椅；又或者悄悄地从背后把轮椅掀翻，让福坤后脑朝下地摔躺在地上；还有一次凌晨，趁着福坤睡着，把他的轮椅推到卫生间里锁起来，导致福利院的工作人员苦苦找了一整天。遇到这些事情，福坤就顺其自然地受着，没有愤怒，没有委屈，没有害怕，始终都是那么平静。如果摔在地上，就爬起来，如果流血了，就擦干净。这些能算什么呢？要把那些坏小孩教导向善吗？福坤对自己说：“没必要。”

他始终不能放下的，是程序的那个漏洞，忽略了车灯可能存在故障这样的一个小漏洞，让他沦落到今时今日。所以，尽管他没有条件尝试，但利用一台捐赠的电脑，他在记事本上无数次地演练着图像分析的算法，只要还能做这件事情，他就能让自己处于一个表面上非常平静的状态。

始终整不服这个“瘫子坤”一直让大孩子们觉得很没有面子。他们注意到了这一点，便发动了一次突然袭击。趁着福坤正在写代码的时候，一个孩子突然用被罩从后面蒙住了福坤的头，另外两个冲上来，手忙脚乱地把福坤的手绑在轮椅的扶手上。为首的坏孩子头一顿散乱的拳打脚踢夹杂着辱骂过后，方才命令后方的孩子把被罩掀开。坏孩子头喘着粗气，看到了福坤平静而阴沉的目光。这目光让他觉得不舒服，便又甩出两个耳光。福坤的手被绑住，没法擦嘴角淌出的鲜血，他用舌头在嘴角的地方尽可能够了够，舔进了大部分血液，连同嘴里正在冒出的那些，一同平静地吞咽了下去。这种毫不在乎的挑衅，让坏孩子头气急败坏，他命令其他三个人一起揍他，使劲揍。那三个人一阵猛打，慢慢地都自己停下了手。因为他们发现，福坤一直平静地看着他们，目光阴沉得可怕。除了打到眼睛上的瞬间之外，这样的目光自始至终没有变过，即使眼眶周围已经鼓起了青紫色的大包。

坏孩子头歇过来一口气，见福坤还是没有害怕，便命令大家停手，把福坤推回到电脑前，笑眯眯地说："瘫子坤，你可以啊，真硬朗。我们兄弟服你！这台电脑也跟你一样硬朗吗？嚯！这些乱七八糟的外国字，都写的是什么呀？你挺努力啊，每天写写写，累不累？烦不烦？你要是低头叫一声哥，我就饶了你，你要是不肯叫……"他抬起头，学着早期港片里坏蛋的笑容，扫视了一下另外三个人，威胁道："可别怪我心狠手辣！"其他三人在旁聒噪："叫不叫？叫不叫？"

福坤心里真的只有鄙夷，不愿意跟他们说话，甚至不愿意看他们愚蠢的面孔。他低下头，嘴角流露出极大的轻蔑。这个表情激怒了坏孩子头，他猛地抓住福坤的头发往后一掀，凶狠道："还不服是吧，我让你亲眼看着！"

在同伴接过头发并把福坤保持着面朝电脑的姿势之后，坏孩子头深吸一口气，拿出藏在兜里的一个台球，猛地朝着电脑屏幕掷去！屏幕裂了，上面的图案和文字跟着变得碎裂，但依旧能看得见。坏孩子头得意扬扬地瞥向福坤的时候，看到他竟然笑了起来。坏孩子头不明白，连对方最心爱的东西都毁了，为什么对方还笑。但他后来肯定明白，自己是为什么被管理老师惩罚，打扫一个星期的厕所和公共卫生。

人性这东西，绝对跟认知能力有关系。知道的越多，就越容易成为两个极端的人，特别好或者特别坏。而蠢货，即使你给他祸害别人的机会，也还是蠢货。

再后来，福坤被一对美国夫妇领养走了，坏孩子头再也没有见过他，福利院的工作人员也从此失去了福坤的消息。

在世人眼中，福坤的下一次出现，已经是毕业于麻省理工的图像识别和人工智能专家，他创办的公司研发了世界上第一套通过军用路测的自动驾驶系统，并以极高的价格卖给了全球最大的人工智能公司。当然，这些新闻，只有读得懂英文的业内人士知道。而对于更多的中国人来讲，福坤的名头是身残志坚的高级海归人才，闪耀着当年科技界最耀眼的光环，以当年最高身价加盟坤睿科技。现如今，不但掌管着一个 IT 巨擘，还是市政协委员。

就连坏孩子头，都在镇上的报刊亭看到了福坤的消息。他拿起那本自己不舍得买的杂志，辨认了许久，方才把烟狠狠地扔到地上并用脚碾灭，吐出一口烟圈后，悠悠说道："要不是当初我手下留情，没把那电脑砸个稀巴烂，你小子能有今天？"

第 20 章

不动如山，静密入藏

肢体的残障损失掉了大半的生物反应，智力的发达反制了所有的逻辑圈套。这是微反应遇到的空前难题，真的存在没有破绽的人吗？

——老姜

1. 周密准备

“但是，我们现在并不能确定是坤睿科技的人下达了断电指令。”任支非常谨慎。

“是。”李支点头表示同意，随即讲述自己的思路：“坤睿科技这么大的规模，单凭一笔业务上的逻辑指向，很难确定侦查对象。韩总工这边提供了所有电力系统服务器的初始账户封装包和实用资料，经过查证，的确都还没有拆封。而且韩总工非常配合，主动提出接受测谎，结论非常干净，可以排除。这件事情上，老韩的心胸真了不起啊！”

姜老师一笑，也算是给李支解压：“他的心胸，来自于他对这些事情的兴趣。您可不知道，测谎之前老韩有多兴奋，好像孩子见到玩具似的，一点也不担心有什么数据上的异常影响了对他的判断。测完之后，拉着我的手跟我聊好久，各种问题啊！别说，有一些问题问得还真是不错。”

大众对测谎仪的评价，褒贬不一。历史上发生过的著名错案，更是让测谎这项技术雪上加霜，把大量判断准确的案例埋没在“臭名昭著”的错案之下。毕竟，人是这样的动物，偏重于记住别人错的、差的和恶的事情。实际上，测谎仪如果确认可以排除嫌疑，准确率极高，因为没有人能够在做过错事之后，在自己的大脑中把痕迹消除得一干二净，而且越是动脑子想掩饰，痕迹就越明显。测谎仪被大众误会说没用的最大原因，是在于其进行“认定”和“无法排除”的边界，受到人为左右。测试过程中如果被试对于某些题目出现了异常波动，说明他在一定程度上知情或有主观态度，且脑部对那个问题的加工复杂，复杂到引发了交感神经的兴奋。倘若每一个涉案问题，被试在回答有利于自己的答案时（比如“你杀过人吗?”，被试一定会说“没有”）都会引发异常波动，他的嫌疑就很大了。尤其是那些保密的涉案信息，应该只有作案人和侦查员才知道的信息，如果引发了被试反复的异常波动，则可以给出认定结论，而且涉案信息保密程度越好，这种结论准确率也就越高。但是，如果涉案信息被公开了，除了警方和作案人之外，很多吃瓜群众也通过围观或者网络，或者口耳相传而得知了一些具体内容，比如失窃金额、作案工具、死亡方式或伤口惨状等等，那么被试即使没有参与作案，也有可能对一些问题产生异常反应。这种不清不楚的情况，就只能结论为“不能排除”。很多冤案，就是在这种情况下被测试人员强行结论为“认定”，也就拖累了测谎仪这种原本客观准确的技术。

像韩总工所涉及的案情和物证，知情范围本来就极小，相关题目的影响度就会很高，如果每个题目反应数据都很干净的话，得出“排除”的结论是很可靠的。毕竟，没有其他证据，或者更好的办法来证明他涉案了。

“老韩说，因为这个采购、集成工程，他和坤睿科技的总裁福坤见过一面。”姜老师说。

“嗯，双方身份地位差不多，又都是技术出身。这么大一笔生意，见面交流很正常。”李支若有所思，又问道：“老韩怎么评价这位精英？”

“哦？”姜老师仔细回忆了一下，答道：“其实也没说什么，就是评价对方很聪明，眼神和思路都很犀利，人的修养很好。别看高位截瘫，但人的状态很精神，顽强的毅力让人佩服。”

任支听完，微微摇摇头：“看来两人也只是点头之交，并没有深入交流，这些评价意义不大。”

李支笑笑，拍了拍任支的肩膀，用这种方式对两人间彼此的默契表达了愉悦。他说：“我知道老任在想什么。其实，我倒是觉得，即使只有这么一点线索，请对方过来交流一下也不为过。毕竟，大公司的总裁也是市民，有义务对我们的工作开展支持，现在可是连发命案。你想想看，连韩总工这种国有企业的老总都能来，还有什么级别的企业高管有理由拒绝呢。他要是真拒绝，那我们至少也知道了一种态度，也是下一步再行动的依据。他来了，不管说什么，我们肯定能得到比他说的内容更多的信息。”说到这里，李支看了一眼姜老师，有点复杂地一笑：“不过，姜老师这次不要明着出现，韩总工那里是我们运气好。”

姜老师知道李支话说成这样，已经很客气地点到为止了。他摊开双手耸了耸肩，说道：“我也没办法啊！为了搞这研究，只能多见人、多经事。案子是一类，其他的事我也得多见多学。”

李支哈哈大笑：“我理解，我理解！你要是个警察，也许就耽误了，我们肩上任务那么重，一个案子刚搞完，下一个案子就来了，哪有时间静下心来总结。对吧，老任？”

任支微微皱着眉，他在思考请福坤来的利弊，也在思考姜老师的参与方式，遂斟酌道：“微表情在我们前面的几个案子里，起到了非常重要的作用，既防止我们被骗，又挖掘到了大量隐藏信息。后面的侦查，姜老师还请一如既往地支持我们。”

“自己的事。”老姜很爽快。

任支继续道：“我是在想，请坤睿科技的总裁过来，我们还是需要更多的准备工作。仅仅凭着断电这一件事，恐怕很可能无功而返，因为对方可以用来推脱解释的理由太多了，随便抛出一个来，恐怕就可以很简单地封住我们的口。”

李支和姜老师同时点头。

姜老师说：“对的，准备的信息越多，可以提问的角度和力度就越丰富，对方流露出应激微反应的可能性就越大，便于挖掘更多信息。关键是，现在我们要从哪些信息下手？”

李支和任支对视了一眼，任支点点头，李支笑了起来：“看来我俩又想到一块去了。我们赶紧派人调查一下，昌宁镇的道路监控、九龙昌盛会所的监控系统、港湾小区的监控系统，都是哪些公司中标集成的。”

很快，调查结果就返回了，这个结果让人兴奋，但更让人焦虑，因为昌宁区所有的道路监控都是坤睿科技下辖公司中标并维护，九龙昌盛温泉度假中心的监控系统、港湾小区的监控系统，也都是坤睿科技下辖公司中标并维护。不但如此，在本市的 9 个行政区里，有 44% 的道路安全监控、公共安全监控是坤睿系公司中标，他们中标的政府、司法、学校、商业楼宇监控和网络系统部署更是不计其数。谁都知道，这个调查结果既意味着一种假设方向的重合，让人欣喜；同时这么大规模的数据量，又会让局面变得很棘手。目前看来，可以邀请福坤来聊一聊了。不论结果如何，至少，有很多话可以聊，也有很多微反应可以看。

2. 步步占先

福坤从他的车上被机械架传送下来的时候，华生和姜老师站在支队的三楼仔细观察了一下这个传说中的IT奇男子。双腿因为常年没有正常运动而引起不可避免的肌肉萎缩，裤管被风一吹，看起来有点空。但轮椅上坐得安稳的上半身，却充满精气神。俯视的角度来看，只能发现他和李支、任支等一行迎接的人寒暄时始终平静，没有什么表情变化，似乎一双眼睛总是在镜片后面闪烁着具有侵略性的目光；举止方面倒还得体，只是因为仅有两只手在动，躯干和头几乎没有参与动作，也就不太容易获得有效的行为分析信息。

在接待室里，李支先非常客气地给福坤解释："福总，感谢您能抽出时间。这次是因为发生了大案，所以按照我们的工作要求，所有我们邀请来配合调查的人都会在接待室完成询问过程。我的意思是，等我们询问完毕，咱们再移步到我们支队的会客室，到时候给您泡杯好茶，我自己的茶。"透过单向玻璃，华生和姜老师的目光始终集中在福坤的脸上和身上，未敢有半点移开。

福坤一边听一边打量了一下房间的环境，又依次扫过了任支和李支的脸，听完李支的话，冷冷的面孔上微微动了动，算是回应了一个礼貌的笑容，然后就又是一片平静地开口道："李支队长，您不必如此客气。法律面前人人平等就是这个意思，既然我来支持警方工作，就不是以富贵身份坐在您面前。您如此礼遇，倒让我不安，希望不是什么特别的方法。如果是那样，我就要担心自己在您心里的定位了。"一双眼睛自始至终看着李支，用逼视的目光形容也不为过。这段话有守有攻，让李支微微一怔，尤其是他的冷静神色和目光，无形之中加强了这段话的力度，逼迫得李支只能哈哈一笑，做出邀请对方入座的手势，才又发现福坤本就是在轮椅上，没有什么落座不落座的，便自己坐定。

福坤顺着他的手势方向，还是微微移动了下轮椅的位置和角度，算是配合李支的动作。他身后的助手想要从后面推动帮忙的时候，被他摆手制止。

他的脸上仍然平静。

之所以会觉得失控，是因为这个开场很客气的谈话方案，是李支此前与姜老师详细商议过的，试图用开场松、随后紧的压力震荡来刺激福坤的反应。没想到第一个回合就被对方占了先机。福坤没有反应不说，还把问题背后的意图给有意无意地剔出来了，这让李支有点意外。

姜老师在单向玻璃后不由得皱起了双眉。恰好就在这时，福坤把视线移向了这边，一双眼睛透过镜片，牢牢地盯着这个方向足足有 3 秒钟，仿佛在跟他对视一样。倘若是直面对视，是姜老师惯常经历的状况，但此刻隔着一层“我能见他，他不能见我”的物理隔断形成对视，感觉非常诡异。他在另一端，能看到什么呢？

既然开场的“松”没管用，其他的“松”就会更刻意，那么不如直接来“紧”一下，下重手试试对方的状态。

“福总，您知道我们是为了什么请您来吗？”这是警方惯用的问题，对不同的人，压力值可深可浅，效果的深浅取决于对方的心态虚不虚。

“你刚才讲过的，出了大案。”福坤用了“你”，没有用“您”，不热切，不谦卑，不客气。

“……”李支心道有意思，便补问道：“我是说，具体是出了什么大案，我们需要请您到这里来，您知道吗？”此刻，这样的补问并不算疏漏或拮据，看对方怎么回答。如果对方对抗性地回应说：“这是你们警察的事情，我怎么知道？”局面就会简单很多。

但福坤没有这么生硬地对抗性回答，而是说：“不知道，没有人跟我说……但我听说，前不久有个人公然在三环上用车碾人，闹得很大。是因为这个案子吗？”

“……”李支微微皱起眉，轻轻摇摇头表示并非如此，同时脑子里闪过几种策略，都没最终说出口。

“那我就不知道了。”见李支没说话，福坤下了一个平淡的结论结束掉这个问题。一句多余的话都没有，一丝表情都没有变过。

老姜在单向玻璃后面，不由得轻轻地、深深地吸了一口气。

李支也悄悄换了一次呼吸，仿佛自然地追问道：“您为什么会提到三环的那起案子？”

“最近的话，我只听说过那起案件。”福坤平静地看着李支，没有侵略性，没有得意，也没有想要关心进一步信息的迫切或者期待。没有办法确定他在想什么，因为没有变化，也就没有办法确定他说的是不是真话。哪怕他稍稍加一句“有结果了吗？”也好通过表情判断他有没有得意，有没有戏谑，或者是不是真的关心。现在看来，没法接话，接什么都不对，都会被对方掌握对话的主动权。他的回应，给自己保留了最大的合理性，一个公司总裁不太关心和自己无关的案子，完全正常，你能责问他什么呢？在这条路上继续走下去，会走到死胡同里，并且被越来越窄的死胡同挤死在末端。

李支直接更换了主题，再次加深刺激力度：“我们最近发现了一个少年的尸体。”讲完这句话，李支的表情都不由自主地减弱了礼貌的笑意。四双眼睛的视线都凝聚在福坤的脸上。

“怎么死的？”福坤的回答流畅得像水一样，也让几个人都仿佛被当头浇了一盆凉水。他既没有皱眉表示很关心，也没有抬起下巴表示“来吧，老子成竹在胸，你们随便问”。他就是顺着你的逻辑追问了一点，表达了适度的关注，普通人听到命案第一个关心的事也会是这个问题。甚至你可以认为他是在客气但实际上并不关心，就算你告诉他怎么死的，也只是完成了一个客气的问答过程而已。的确，事实上，一起和自己不相干的命案，有什么可关心的呢？但是，这么一个问题抛出来，答或者不答，答真还是答假，答多还是答少，就变成了李支的“任务”，回答得不好，仿佛会让人理亏一般。

李支只能回答，把对话接过去：“很复杂。你听说了吗？”

具体的案情，尤其是尸体特征等信息不能随便透露，因为这些保密的信息将来可以用于测谎和讯问。如果时机没有成熟就主动泄露关键涉案信息，会让测谎数据失效，也会让讯问变得非常被动，指供、诱供、逼供都可能涉嫌。最理想的讯问结果，是嫌疑人自己在没有任何提示的情况下，叙述了涉案细节，这些信息又能和证据吻合，这样的口供才是完美的。但也恰恰因为如此，所以审讯是一门难度很大的艺术。

福坤没有说话，一来一回，只摇了一次头，表示没有听说过，便没有其他反应了。既然不关我的事，我为什么要过多关心？非常正常的反应，正常到没有任何值得注意的细节。

姜老师觉得自己的额头有点凉，那是一层薄薄的汗液正在蒸发时带走了热量。

“死者是从家里被人掳走的。本来，我们可以通过道路监控和小区监控来找出掳走他的人，但是不知道为什么，偏偏他被抓走的那段时间，整个小区和附近的方圆几公里，遭遇了大面积断电。”这个断电的信息，已经有很多人知道，同时又可能是关键作案手法，李支试图再加大些刺激力度，再往前推进一下。

其实，这是一个不得已的做法，因为李支手里已经没有其他牌可以打了。对话的逻辑把自己推到了这样一个窘境：如果他不再继续主动提问，前面所有的对话便都没有意义，那也就意味着今天无功而返；如果他想要继续对话，还要挖掘出有效信息，就只能给出些涉案的细节。对方前面给出的反应太淡了，淡到和白开水一样。现在有人死了，被抓走的时候居住地还有异常的断电，再跟你没关系也不应该没反应了吧？毕竟这里面隐藏的逻辑关联，足够引起任何人的关注，既包括老百姓，也包括善于思考的理工男，当然更包括那些作案的人。他们会得意，还是会害怕？

福坤果然有了变化。他第一次皱起了眉，镜片后的目光更加犀利了一些。因为李支能够感觉得到，福坤的目光直接射入他的瞳孔，似乎想要从自己的大脑中挖掘出信息来。这种凝视的深度和力度，不似普通人的那种假装关心，因为那些仅仅通过皱眉和收紧眼睑表达出来的关心，视线的焦点都很短，在尚未触碰到别人瞳孔之前就已经松散了。

因为八卦关心，或者仅仅是因为悬疑和好奇而关心都可以理解，但是敢从一个老刑警眼睛里掏东西的状况，却绝少发生。这样力度的对视和思考，只能说明一点，那就是福坤不但想要知道更多信息，还在做着某种判断。对于警方来讲，如果对方知情，甚至对方直接参与作案，刚刚的问题实际上已经在暗示他，警方没有办法找到关键线索。普通的嫌疑人会放松，甚至会得意起来。如果嫌疑人心机深沉，可能会提高警惕，为什么一个老刑警会把这样的信息当面讲出来，背后还会有什么套路在等着？

福坤却只有那一点变化，没有松弛和得意。他就只皱了皱眉，凝视着李支的眼睛。大概也就几秒钟之后，便开口问道：“您跟我讲这些，需要我做什么？”李支最担心的回答，果然出现了，因为这样的回答可能是出自一个防卫心很强的嫌疑人，但也可以出自一个配合调查的普通公民。他的表现的确没有八卦和猎奇，也听得出来不是很客气，但作为一家超大规模公司的总裁，手里的资源很多、事务很多、时间很少的情况下，这样的回应也没有任何问题。

在姜老师看来，最关键的是，这个提问方式的回应，又掌握了后续对话的主动权，因为现在要回答问题的是李支，而且必须回答。

李支能想象得到，如果真的回应他的这个问题，无论怎么答，都会越来越不利——

“不需要您做什么，只想知道知不知情？”“不知道。”Over。

“变电站都是您的公司中标，负责安装和集成的？”“应该是，所以呢？”Over。

“您知道变电站的服务器根用户密码吗？”“不知道，需要我让手下人查一下吗？”Over。

李支心念电转，一时之间不知道该怎么提出控制对方的问题。

他还没来得及回应，又听到福坤似乎喃喃自语地补充道：“是想问我知不知情？还是这件事与我有关系，需要我进行解释？又或者，您是希望我参与分析案件？”讲完最后一句，他平静的脸上出现了一点笑意，低头摘下眼镜，不慌不忙地擦了擦之后，又重新戴上。抬起头再次和李支对视的时候，目光已经恢复到了最初见面的状态，没有刚才听到问题之后的那么犀利。

不仅仅是李支，连姜老师都暗暗吃惊。这一系列的追问，竟然与自己对下一步提问的谋划惊人的相似！也就是说，福坤在抢先手。下棋的时候，如果被对方猜到了后面要走的步骤，恐怕基本没有赢面了。

没想到，福坤又继续道：“您别介意，最后一句我是乱说的。不过真的要我参加分析的话，我也感到很荣幸，能帮忙的地方一定尽力。”

他的回应到这里结束了，给李支留下了城门大开的样子，安静地等待着李支的回应，城内是密布雄兵还是空空如也，没法判断。即便如此，他的身体也没有出现任何松弛和得意的表现，连呼吸的频率都没有变化，似乎在用很认真的态度期待着后面的交流。

李支换了一个提问的角度：“我们请您来，是希望请教您一个问题。没有连接互联网的内部网络，比如电网控制系统这种，有没有可能通过外部计算机进行远程访问和控制？”

福坤的镜片似乎闪过一道光芒，他略微思考了一小会儿，认真答道：“如果内网和互联网是物理隔断，也就是整个网络没有任何一个节点直接或间接连接到互联网，那么远程的访问和控制肯定没办法做。军队和你们公安系统的内网，都是这种级别的，为了保证信息安全。”

李支追问了一个问题："参与网络部署的工程师呢？他们从零开始建设的这个系统，理论上对系统里的每一台电脑以及电脑之间的网络通信掌控度都很高，也做不到吗？"

福坤笑了，笑得很直白，所有人都能肯定那笑容里有一点点得意。他再次强调："不管掌控度有多高，只要是物理层面和外界隔断，就算是有了系统根用户的权限，也没有办法从外面进行操控啊！这就如同，你是房子的主人，对房子里的一切都了如指掌，可以随便搬移砸摔，但做这些事的前提是你要在屋子里。如果被锁在门外，连进都进不去，再熟悉又能怎么样呢？"

李支听完，只沉吟着接了半句："所以……"他故意拉长了尾音。

"所以只有在屋里的人可以为所欲为，屋外的人什么也做不了。"福坤收敛了刚才的笑容，又恢复成一贯的平静样子，反问道："李支队长，这个技术问题其实您不需要专门请我来，我想您手下的技术侦查人员也可以回答，这属于最基础的网络工程知识了。"

李支猜到他可能会有此一问，便点头道："嗯，我手下的同志跟我讲过。我向您请教，是为了判断得更加准确，毕竟您的资历和技术实力，要比我们这些跑一线的同志专业很多。而且，电网的控制系统，也是坤睿科技直接中的标，集成施工的。"

姜老师在单向玻璃后面，用力地挥了一下拳头！李支现在这个时机提出这个问题，简直太棒了！

3. 反　击

"哦，是吗？"这是福坤的第一个反应。他立刻又接道："所以，李支队长今天请我来，实际上是为了搞清楚电网的内网系统是否出了故障？是否可能被外人入侵，才导致你刚才说到的死者遭遇劫持时的断电？"

李支再次点头，这次点得很深、很慢，没有说话，只是看着福坤。

福坤平静的面孔上，脸色显得有点阴沉，他缓缓解释道："据我所知，电网的控制系统一定是和外界物理隔断的。如果您和公安的同志认为问题出在这套系统里，那么下一步应该查的是下达断电命令的服务器日志。谁下的命令，什么时间下的命令，以及是本地还是远程下达的命令，日志里会一清二楚。我可以帮您确定的是，问题只能出在他们的系统内，外人肯定动不了。像这样的国家级工程，我们公司即使中标，也只负责部署和调试到符合应用需求，之后就全部移交给甲方。这有点像……我们是建筑公司和装修公司，房子造好之后，我们就被锁在屋外，跟房子里的事情没有关系了。"

李支伸出两根手指，身体向福坤的方向倾斜，说道："还有两种情况，可能存在关系。"

福坤扬眉："哦？"

李支注视着他，弯起一根手指："售后服务阶段，比如维修或者升级。"

福坤点头，没有表情变化。

李支再次扬起第二根手指："建筑工人或者装修工人在房子里留了主人不知道的后门，也有可能，对吗？"

福坤的眼睛和眉毛一起皱紧，思考了一会儿，应道："我懂您的意思了。作为中标方，我立刻让人去查当时的施工小组，从负责人到每一个布线的工人，我会把所有名单提交给您，并要求他们全力配合您的调查。同时，建议您让电网公司的领导赶紧清查所有服务器，看看里面是否有您所说的'后门'程序，或者是近期是否有我们公司的售后人员去接触过他们的计算机。如果是坤睿科技的人涉及到案情里，麻烦您在不违反规则的情况下，第一时间通知我一下。我不希望我的团队里出现这种情况。"

他把话全部挑明，后面就没有必要再就其他问题纠缠了，毕竟现在只是询问。而且福坤的两个解决方案都非常合理、有效，也把责任全部厘清。再问下去，他只需要用"不知道"一个方法，就能解除所有提问的压力，真到了那个阶段，反倒是警方失去了主动权。

李支顺势收尾："非常感谢您的配合和支持！福总能够如此深明大义，也让我感动。良好的社会治安，就需要福总您这样的大家，多多地参与维护。我代表市局和刑警支队，向您致敬。"说罢，站起身来探出手，这也是一个礼貌的感谢动作。

华生忍不住小声问道："姜老师，其他问题今天就不问了？包括昌宁区的道路监控，还有温泉度假中心的监控、港湾小区的监控等等……就这样让他走了？"

老姜也压低声音，仿佛怕声音传到隔壁，虽然两个房间的隔声经过严格测试。他给华生解释道："最直接、最关键的问题如果无效，那么从空间、时间的维度向外围扩散的问题，有效刺激度就更低，他可以用很多理由波澜不惊地应对过去。太多的无效问答对我们不利，尤其是下一步开展侦查，以及下一次面对他的时候。手里的大牌如果压不住对手，其他的小牌先放一放。"

华生立刻明白了其中的关键，"嗯"了一声。

与此同时，福坤也伸出手和李支轻握，嘴角边挂着微笑："您不要客气。我也不说虚话大话，什么企业家的社会责任之类的，只是出于对自己的尊重和对坤睿科技的信任与爱护，尽了应当尽的责任。今天第一次和您交流，对您的风范非常钦佩。希望过了这个案子，有机会请您到我公司去坐坐，交个朋友。毕竟，这个时代值得我深交的人不多。"说到这里，他有意无意地朝着单向玻璃看了一眼，又补充道："今天我估计你们还有事情要商量，如果姜老师也在，代我向他问好。就不多耽误您的时间了，下次有机会，再品尝您泡的茶。"说罢，在李支微微一怔的同时，自行转动轮椅向外离去。

华生被他最后的话搞蒙了，难道他已经知道姜老师在场？

这意味着什么？他是怎么突然跳转到这个话题的？这是不是意味着他此前的所有表现，都知道可能被姜老师观察着？如果是这样，那么可分析的地方就大打折扣。最关键的是，他怎么会突然毫无征兆地提到姜老师呢？

华生扭头看向姜老师，一眼就看到他捏得很紧的拳头和死死盯住单向玻璃的目光，连忙去拍拍他的肩膀。老姜扭过头，拍了拍华生的手示意没事，笑得有点勉强。华生能感觉到他手里的湿腻冰冷。

这是强烈的恐惧反应，大大出乎了华生的意料之外。李支和任支恰好这时也已经回来，看到了姜老师的异样，忙问："你怎么了？"

老姜说："我的实验室，可能也是坤睿系的公司中的标。快三年前的事了，我从没往这个角度想过。当初学校的采购流程里，我负责提需求，负责完工后使用，资产管理处负责实施所有流程。我隐约记得在投标的几家企业标书里，好像看到过坤睿的字样。"

旁人一时之间想不明白其中的关联，只好关注地看着老姜，听他自己接下去说："我不确定他为什么结尾会猜到我可能参与办案？那不是瞎猜，那是有意给您传递出来的信息，同时也是传达给我的。最好的可能是，他最近见过了韩总工，我的事他是听老韩说的。如果真是这样，我倒不是非常担心。"

任支应道："这一点不难求证。"

老姜眉头皱得更紧了："第二种可能就很可怕。如果他像我们估计的那样，可以远程监视和控制他们经手的设备与系统，我的实验室也不会例外。他知道我在做什么研究，他知道我们的研究方法，那么他就会明白刚才您的所有提问策略。"

华生不由自主地插话道："刺激源无效，就没有办法看到真实反应。"

李支却摇摇头："他能不能远程监控您的实验室，我不确定，但如果仅仅是监控了您的实验室，我是说如果仅仅是这样，那么福坤不会在今天这个场合提出。他一定是猜到你在参与这一系列案件的侦查，否则前面那么严密的攻防都没有破绽，最后不会贸然提出。你和公安机关合作搞微反应研究，知道这件事的人虽然不多，但恐怕也不少，未必是从实验室里走漏了什么消息。再说，这一系列的案子还没有侦查结束，你那里不是什么都没有吗？"的确，所有案件材料只能在法院判决确定之后，才能通过严格的手续，把相关资料移交给他的实验室来做研究。

想到这里，老姜不但没有轻松，反而加重了担忧的表情，斟酌说道："那么，还有一种可能性就更加可怕。"他把目光抬起来，凝重地看着李支，说道："警队里有人给他通消息。"

第 21 章

福坤的破绽

狐狸倘若知晓所有的陷阱，就可以做出完美的回避，甚至用假象欺骗猎人。一个人如果明白每个提问背后的意图，就可以进行合理的表演，尽管不带有一丝真诚，却会让你觉得都是真的。

——老姜

1. 控制与失控

李支把手一摆，安慰姜老师："老姜，别急。这件事虽然诡异，但也还不至于只有你说的三种可能。"

老姜眉毛一挑："哦?"

李支神色凝重："是。我担心的情况更加可怕。坤睿科技的业务里面，有一项是给通信运营商提供网络交换设备和服务器，如果他们要是在这里头做手脚，恐怕信息的获取就无孔不入了。"

华生不由自主地摸了摸自己的手机，感觉到后背肩胛骨中间刷的一下冒出一层冷汗。

李支继续道："福坤是个厉害的角色，跟他谈话虽然时间不长，但我能感觉到他应对有序，攻防严谨。说来惭愧，做了这么多年刑警，我可以肯定他的状态是在对抗，但他的对抗程度拿捏得很微妙，不心虚但也不蛮横。往好的方向想，似乎他的表现也没有问题。"

任支接着李支的话却说："李支，也许您的感觉是对的，福坤的确没有问题。我觉得我们首先要回归原点。"

李支和老姜一同扭头望向他："哦?"

任支讲道："我一直在想，因为变电站的服务器被人做手脚，我们就把坤睿科技的总裁列入怀疑对象，这个思路现在来看也许有点冒进了？就算是坤睿科技的问题，难道嫌疑人一定是他吗？这因果之间，存在着太多的偏差可能。"任支说的，其实有道理，这个判断有点粗暴。

但是，老姜还是拿出电话，一边拨号一边道："我先问下韩总工，看看是不是他跟福坤提过我。"

华生的眼睛一亮。

通话非常简单。韩总工告诉老姜，他和福坤只见过那一次，就是很久之前坤睿科技中标电力公司系统的那一次，此后再未碰过面。这个结果让老姜的心跳加快，不安的感觉更加强烈。

另外三个人看到他的样子，只有耐心地等他思考。老姜沉默了一会儿，抬起头先望向任支："任支，我现在非常确定福坤是有问题的，请您一定把他列入侦查范围。"

任支的目光明显发出疑问，道："如果正式开展对他的调查，事情就比较麻烦了，对方可是政协委员。您能给我更多的原因吗？"

老姜很笃定，解释说："他在刚刚和你们面谈的时候，前面的表现的确没有什么可怀疑的地方，但最后提到我，恐怕是他最大的破绽！提及我的具体原因我还不确定，但我可以肯定，他是特意的。"

任支当即反驳道："既然是特意的，为什么还是破绽？"

老姜也立刻回应说："他的全程表达，都在努力做到'控制'二字，最后提到我，也是为了实现'控制'二字。不过，他前面的表现是为了控制自己，保证自己'不输'；而后面提及我，则是为了控制整个局面，他想干扰我们的侦查工作和策略，他想赢。不输，每个跟警察对话的人都会有这种诉求，但想赢的心态，只有罪犯才会有。这个目标的转变，就是他的破绽。"

华生插话道："我觉得不仅如此，其实福坤前面也是有破绽的。"这句话让在场的三人都大为惊讶，不约而同反应道："哦？"尤其是老姜，他的眼神里除了惊讶之外，似乎还有热切的激动。华生有点不好意思，笑着请示任支："要不，我们一边看录像，我试着解读一下？请姜老师指正。"

这种时候，根本就不是客气的时候，所以老姜没有心思摆出什么老前辈的姿态嫉妒年轻人，他巴不得能找到更多的依据，让自己的判断更加准确。

很快，刚刚谈话的录像投放在大屏幕上，点滴细节再次出现在几人面前，仿佛一个升级版的时空倒错。

录像中，李支告诉福坤"死者是从家里被人掳走的。本来，我们可以通过道路监控和小区监控来找出掳走他的人，但是不知道为什么，偏偏他被抓走的那段时间，整个小区和附近的方圆几公里，遭遇了大面积断电。"从这里开始，画面 4 倍慢放，华生配合画面讲述自己的思路："李支这里讲的是核心案情，对嫌疑人来讲是非常有力的刺激源。福坤的视线出现了明显的变化，分为两个阶段。在刚听到问题的时候，他的视线非常专注，从眼轮匝肌的收缩程度以及视线停驻时长来看，那时候他的脑筋大动，想了好多东西。"

姜老师补充说："这也是他第一次皱眉，对于一张平静的脸来讲，这个反应算是大动作，映射内心出现明显波动。"

李支作为当事人，在看这些画面的时候，体会丰富："是的。当时我能感觉到，他似乎在思考我的意思。”

任支依旧谨慎地从相反角度提出质询：“但如果是我，我也会对这样的情况产生强烈的兴趣。尤其是如果此前我毫不知情，劫持人的时候居然有大面积断电这么凑巧而诡异的事情，我也一定会很好奇。”

姜老师说：“对的，所以这个反应本身不能作为怀疑他的依据。不过，我想华生的重点在后面。”

华生点头，继续解析道：“没错。请大家注意这里。”画面播放到福坤连续向李支提问“是想问我知不知情？还是这件事与我有关系，需要我进行解释？又或者，您是希望我参与分析案件？”的地方，由于慢放的缘故，福坤的全程动作特别醒目，也显得别有意味。画面里，他先是笑了一下，然后摘下眼镜，不慌不忙地擦了擦之后，又重新戴上。

华生把画面停在这里，说道：“我注意到两件事。第一件事是，他为什么要笑？第二件事是，他为什么要擦眼镜？在重新戴上眼镜之后，他的视线又放松了，恢复了初始基线态。”

姜老师顺着华生的思路流畅脱口而出道：“在反问了三个问题之后，笑容表达了他的优越感或收益感；整个过程中，眼镜并没有受到污染，物理上没有脏，也不会突然变脏，所以擦眼镜的动作如果不属于安慰反应，就属于调整视觉信息感受，也就是说，要么他心有不安，要么他的眼睛感受到疲劳。”

华生接着姜老师的话：“我正是这么理解的。在擦完眼镜之后，他的视线恢复成了初始基线态，我觉得不安的逻辑归因会很弱，尤其是他前面刚刚还在笑。更大的可能，应该是他的三句追问以及背后的大脑思考，让他感觉到了疲劳，而这种疲劳对他而言，感受为视觉上的疲劳。”

任支问他：“你的意思是，他在听到李支讲这案情之后，不仅会联想到种种诡异的案情，还开动脑筋想了怎样回应李支的问题，所以会疲劳，是吗？”

华生回答道：“我的意思是，他根本没有去联想诡异的案情，而是把所有精力集中在思考如何回应李支。对于不涉案的普通人来讲，恐怕想‘为什么会断电’是最常规的线性思维，然而又会因为什么也不知道无法想到太多而浅尝辄止，肯定是不会费脑子的。如果他心存挑衅，信口追问出这三个问题，倒也不为稀奇，但费这么大的力气来想，恐怕只有一种情况。”

姜老师明白了他的意思：“谨慎。他在提问之前，反复盘算自己这一步可能出现的利和弊？”

华生点头："对的。他对这个回应太用心了，非常谨慎，他甚至有可能还思考了李支下一步会回应的内容。"

李支眉头舒缓了些，认可道："的确，他想得不错。我当时想的，正是这些问题！"

这一段讨论，任支紧皱双眉，听得非常仔细，轻轻点点头，没有说话。

华生把录像停在了下一个位置，画面里李支刚刚跟福坤讨论完物理隔断的内网无法被外部操控的基础原理，李支问他："建筑工人或者装修工人在房子里留了主人不知道的后门，也有可能，对吗？"听到问题的一瞬间，福坤的眼睛和眉毛一起皱紧。华生音量不大，直指这个反应说出了自己的判断："我觉得，这里似乎有愤怒出现。"

老姜盯着画面仔细辨认了一下，高兴得一拍手，音量比华生大出很多："的确！这个细节发现了不起，福坤现在可以上榜了。"不等任支发问，老姜主动给他解释道："任支，我这样解释可能好理解一些。他被李支提到的'后门'问题，给逼急了。愤怒是想拼斗、想赢的心态。他的下眼睑凸起、向上移动，尽管幅度不大，那是因为他的自我抑制使之并不明显。这说明，他并不想表达自己内心的愤怒。"

任支相信老姜对微表情的判断，只是还不明白其中的逻辑关联，问道："公司负责人，意识到自己的公司里可能有犯罪分子，也会愤怒吧？被警方当面质疑之后，又不方便发作而隐忍抑制，也可以解释得通。我还是不明白依据什么加重他的嫌疑。"

华生接着解释："那要看他的愤怒是冲谁。这是他唯一一次出现的愤怒，而发怒的对象是李支，或者说是李支所提的问题。如果是公司里出了问题而他自己是清白的，那么作为企业主会对内愤怒，对李支代表的警方则应该是愧疚甚至恐惧。前面那么平静地控制着自己的言谈举止，在讨论内网外网的问题上，开始加大了对抗的力度，在听到'后门'的一瞬间出现愤怒，随后压制住，谨慎思考给出了所谓'合理'的解决方案。他并不想把愤怒的对抗流露出来，因为那是他的自我保护。"

任支理解了两个人对福坤表情的解读，终于点头认可道："这段解释里的逻辑，的确可以强化对福坤的怀疑。不过，我们还是要慎之又慎，千万不能把这些分析公开出去。接下来，我们要尽量在证据和线索方面努力，找到有效的物证。"

华生说："其实，还有一些疑点，只不过没有这两处破绽这么硬。比如，刚刚告诉他电网系统是坤睿中标的时候，他的第一反应是'哦，是吗?'，这是一个不知情的回应。可是，韩总工那边却的确和他见过面，见面的原因就是因为这个项目的合作。怎么说，韩总工也是高级别的领导，他们坤睿直接中标的都是些大项目，他不知情说不太通。当然，如果他就是一个醉心于技术而对人际关系不重视的话，也存在这种可能性。只是，会有点奇怪。"

任支这才知道，华生只挑了两点最过硬的破绽进行了分析，除此之外，还有更多的嫌疑破绽存在。既然如此，说明华生非常之谨慎，不是为了归罪而鸡蛋里挑骨头了。

2. 内　鬼

观察室里突然安静了下来，大概能有十几秒钟的时间没人说话。李支突然说："这里只有我们四个人，对吗?这个房间有监控头吗，刚才我们的对话会被录下来吗?"

任支立刻明白李支想到了什么，他迅速走到门口，向左右张望，确认没人后关上房门，向李支汇报："放心。周围没有其他人，只有我们四个。这间观察室有监控摄像，但并不收音。当初建设的时候，考虑到了案情讨论的保密需要。"

李支右手捏成拳头，在自己的左手掌中狠狠一砸，叫了一声"好!"姜老师和华生面面相觑，这种奇怪而紧张的局面还是第一次经历。

李支将三人聚在桌边坐定，拿起一支烟刚要点，才想起来这是办案区，规定不许抽烟。他只好舔舔嘴唇，一瞬间神色凝重了起来。大家知道，李支这是有非常重要的话要说。

李支却没有说话，眼神陡然一亮，顺次打量着每个人的眼睛和面孔。任支和姜老师很明白李支的意图，但即便如此，被这样打量的时候，心脏的表面还是有如被毛刷轻轻扫过一样。

老姜心里的感受，倒不是慌，他仔细辨认了一下，那是一种对未知的惶恐，这个惶恐来自于对对手的抵触与期待。这样的审视结果，最终要对方来判断，作为被审视的一方，自己当然希望判断结果是好的，这是基本的安全感需求，所以会期待；但恰恰审视就是一种侵略行为，不论最终结果如何，手握判断的“生杀大权”，从动物的角度看就是敌人。又抵触又期待的纠结，才造成了心里发毛的不安感觉。

华生还没懂李支这是在做什么，当李支的目光转移到他的面孔时，他便朝李支笑笑，却见老爷子表情严肃地在自己面孔上不停打量，然后又停在自己的瞳孔间变得深邃起来。华生心里倒是没有痒痒的发毛感觉，因为一来不知道李支究竟是要判断什么，二来他看到李支的眼球转动频率并不快，不是那种交感神经兴奋的生理性高频，如果是警惕或者惶恐，眼球闪动的速度要比这快得多。既然是控制着打量而没有情绪，就说明还没有不好的判断，甚至这套动作可能就是一种表演，意图故意施压。正是因为自觉无利害缠身左右，没有期待也没有畏缩，所以他能够客观地审视李支的点滴举动，神台清明。

李支审视完毕之后，方才开口道：“究竟是谁下指令停了惠春里小区的电，是目前我们继续侦查的关键，任支可以安排技术人员从电网系统里继续追查，虽然希望渺茫，但如果找到证据，则会形成突破性的进展。一开始，我也觉得直接找福坤的原因太过薄弱，但现在看来，他的确可能有问题。他临走前突然矛头指向姜老师，让人担心。如果他是凭公共信息瞎猜的话，刚才那么紧张的局面不允许他瞎说。那么……”他沉吟了一下，声音变得低沉沙哑：“第一种可能，是我们当中有人向外透露侦查细节；第二种可能，我们的内部工作，有技术上的安全隐患，被泄露了。”看来老姜的忧虑，现在也成了李支的忧虑。

任支见李支停下不再说话，斟酌着自己的思路说：“既然我们已经决定并案侦查，那么不妨假设所有案件都是同一名嫌疑人所为。从姚大广被杀开始，先是顾三儿造假投案，然后是昌宁镇的派出所所长归案、二虎失踪，再到后来的港湾小区王艳梅案、惠春里断电，我们发现这些案件的几项共同之处，比如死者都是机械性窒息死亡，死亡之前都受过虐待，作案人动机可能是某种‘惩戒’，有很好的经济条件和组织能力，等等。除此之外，还有最重要的一个共同特征是，这些案件到目前为止，还没有发现直接物证。所有通话记录、定位、监控等等这些常规证据，都没有；现场勘查的痕迹、DNA 这些传统证据，也没有。嫌疑人还一层一层地给我们铺设了很多伪装，我们现在层层突破他设置的迷局，靠的就是对每个涉案人员的精准掌控，姜老师的微表情在其中功不可没。现在，福坤的公司涉案，我们找他谈话的过程里，他突然毫无征兆地指向姜老师，我也非常担心。如果真的是内部出了问题，无论是人还是机器，我们的侦查手段被泄露出去了，这是非常严重的。”

老姜一边听，一边点头，待任支说完，他问道：“他究竟想干什么？这是我始终困惑的地方。他这样暴露自己，对他没有好处啊？”

任支摇摇头，道：“按照最恶的揣测，也许是一种威胁。如果是这样，就意味着你的存在成了他们的痛点，同时也意味着，我们更加接近嫌疑人了，否则以福坤的智商，为什么要把自己牵扯进来？我想，电网服务器被入侵这么一个复杂的局面，如果他装作若无其事的话，难度并不会很大。”

李支则说道：“这是重点之一，还有另外一方面的担忧，就是我们还有多少信息被泄露出去了，是怎么泄露出去的。”说完，他的目光看向华生。

这次华生的感受和刚才大为不同，他已经完全明白了当前所讨论的主题是什么。华生基本上全程都在参与这一系列案件的侦查过程，也是局中人，跟姜老师的立场和定位相似。作案人如果真的掌握了侦查过程的细节，那么他们是不是知道自己的存在，就变成了一个非常敏感的问题。所以，华生有点莫名的紧张。当李支望向他的时候，他再也无法平静地分析李支的眼神了。虽然知道很无稽，但华生此刻觉得那种怀疑的目光，烧灼得内心深处隐隐的发毛，“如果怀疑是我走漏了信息，我该怎么自证？”

华生本不知道该说些什么，但李支的目光里似乎有种力量，催促着他不得不说出一些心中所想：“我是第一次遇到这么复杂的情况，坦率讲，心里有点乱。我不知道是否应该首先做个表态，应该不是我泄露的消息。”他这个话音一落，旁边三人都纷纷笑了起来。对困境的担忧掺杂在笑意里，让众人的心情仿佛刚刚亮起一点，又隐入到无尽黑暗中去。

华生自己也尴尬地笑着自嘲：“让大家见笑了。我和几个人说过案子的事情，第一个是我的同学罗倩，当时来帮我们鉴定顾三儿的手机，李支和任支都见过的。第二个是我女朋友肖依，但我没有对她讲得很细，因为她其实没有很关心，需要的话，我可以回忆一下跟她过的内容。除此之外，就没有其他人了。目前确认的涉案人中，我只认识二虎一个人，他并不认识我。因为我们只有在很早之前意外见过一面，后来再没有过交集……其他人就更……”他滔滔不绝地讲了一大堆，同时也是在梳理着自己的思路，回忆着哪里可能出过纰漏，只是第一次给自己洗白，完全没有思路。

李支听着听着，不由得哈哈笑了起来，他摆摆手："好了好了。我还记得，好几个关键的地方，是你和姜老师推进的，哪能就怀疑到你头上呢？"

姜老师则拦住了李支的话："也未必。我们可以分成两种情况来讨论。第一种，人为泄密；第二种，信息被窃取。如果是第一种的话，谁也不能逃离嫌疑，包括李支您，理论上也有可能是泄密者。"李支没有说话，他仔细一想就明白了其中的逻辑。任支的眉头皱紧了一些，因为他预感到，按照这个思路，局面会变得异常复杂。

姜老师继续道："理论上，我也有可能是泄密者。如果我和嫌疑人之间存在某种利益关联，福坤刚刚的表现那么奇怪，就有可能是和我商议好的一出戏，目的是为了洗脱我的嫌疑。之后呢，之后我可以不参与案件侦查，或者往错误的方向诱导侦查，把架在嫌疑人脖子上的剑悄悄移开。当然，后者很难，因为微表情发现了线索，还要事实来验证。我胡说八道的话，和事实对不上，就没办法伪装太久。我只是说，每个人都有可能是那个潜伏的泄密者。"

任支说："如果是这样，那么反倒是第二种情况更加简单些，我们只需要注意通信保密，电脑、手机、网络之类的信息传输加以小心，就可以很大程度上避免再次被窃。我立即布置下去命令，清查侦查设备，看看有没有被开后门的痕迹。"

李支拦住他说："等一等，我们先商量个策略出来。"

任支一怔，随即立刻明白，人的问题不搞清楚，贸然下命令去检查设备，会打草惊蛇的。

李支说："姜老师是对的。每个人理论上都有嫌疑。刚才华生的表现，其实倒是挺好的一种自证表现，但我们没有办法让支队每个参与办案的民警都自证一遍，那样会军心大乱，而且也不一定能找得到。在这方面，老任，假设你目前是干净的……"任支默契一笑，李支继续道："你有什么思路吗？"

任支还是不由自主地先看了一眼姜老师和华生，方才说出了一个字："有。"

第 22 章

暗夜“惩戒”

你这“精神病”好可怜啊，什么本事都没有，却从小犯浑用狠，以前仗着不到法定年龄，现在又想凭一张鉴定证书当免死金牌？处理你这种没规矩的废物，其实不用废话，一点点生理疼痛就能立一个小规矩。当然啦，我知道你不怕挨揍，从小被揍惯了嘛！所以，我不会揍你的。

——少爷

1. 你终于 18 岁了

“网上有消息了吗?”少爷睡了整整一个白天，醒来的时候声音明显有点疲惫。

“爆开了，各种传说，估计警察们已经忙疯了!”短发姑娘见他醒过来，宽慰一笑。

“那‘精神病’找到了?”少爷脸上轻蔑一笑，没再管这件事。

“是。”短发姑娘简短地回答道。

“赵乾说去哪办?”少爷短促有力的用鼻孔呼气 9 次，再深深吸入一口气，让自己的精神振作起来之后问。

“水库边。你不会要现在就赶过去吧?人在赵乾手里，又跑不掉。”

“走。他不是刚好过十八岁了吗，多放一天我心里痒痒。你知道的，这种货色我喜欢，好期待跟他聊聊!‘精神病人’我还没聊过呢!”说完，他兴奋地搓搓手，又补充道:“我什么时候肯花一天时间睡觉过，不就是为了见这家伙吗?”

“昨天刚做完一堂大手术，你看你的手还在发抖……”

话还没有说完，就被少爷投过来的冷峻目光压住了后面的内容。短发姑娘撇撇嘴，知道没法说服他，故意吹起了口哨，随着那个身影走出房门。

少爷坐在后排继续调整着呼吸，没用多久就已经从深度的疲劳中恢复过来，尤其是眼睛的酸胀，已经得到明显的缓解。手臂和手指的肌肉也恢复到了松弛而有弹性的状态，仿佛随时都能再开启一堂大手术。

当他睁开眼睛的时候，短发姑娘才朝着后视镜里的人一笑，笑起来很好看。她打量着少爷的面庞，有点娇蛮地道:“哎!一会儿你要是还想从骨头上剔肉的话，还让我来操刀好不好?这可比让我去化妆挤公交、钻地铁有意思多啦!”

少爷抬起眼皮扫了一眼后视镜中那副孩子般的纯真笑脸，虎起脸压低声音批评道:“那不叫剔肉，你以为是杀猪做菜吗?你一个女孩子家，长得又这么漂亮，怎么偏偏好这一口？不害怕吗？”

姑娘下巴微微扬起，鼻孔里“哼”了一声：“这有什么可怕的。作恶的人，她越痛苦，我就越感觉温暖，似乎心里都融化了，很有安全感。倒是那些被她折磨的小猫小狗，它们也不会明白为什么被人折磨，怕也没法说，疼也没法说，委屈也没法说，也没办法反抗，只能自己舔伤口，也许它们以为自己能好起来吧。看得让人难过。”说到后来，音量越来越小，眼里泛起了泪光。

少爷哈哈大笑！笑得姑娘一脸窘迫，竟然有些绯红。好久，少爷才慢慢止住笑声，用手揉了揉脸颊，长长舒了一口气道：“好久没有笑得这么开心了！脸都酸了。我还没见过你掉眼泪呐！今天可开了眼界了。”说完话，脸上还是挂着掩饰不住的笑容。

姑娘朝着后视镜白了一眼，也不跟他争辩，只甩了一句：“切！你等着瞧，哪天你哭了，我得给你拍下来。”

车辆缓缓停在水库边上，周围人迹罕至，这条砂石铺成的小路也只够通行一辆车的。赵乾的车就停在那里，另外一辆，应该是福坤的丰田 ALPHA。两辆车没有发动，寂静地趴在石子路上，像两头沉默的巨兽。

见少爷的车驶来，赵乾和福坤同时开了自己的车门，赵乾整理着衣服，福坤缓缓通过电动移转梯把自己乘坐的轮椅放在车下，两人一起向前迎了几步，却仿佛没有注意到对方似的。

少爷冲着赵乾问：“抓的时候没费劲儿吧？你缓过来了吗？”

还没等他回答，短发姑娘两步窜过来，重重地一拍赵乾的肩头，问他：“你亲自抓的？动手了吗？能打过你吗？”弄得赵乾非常尴尬，恭敬地朝着少爷浅鞠了一躬，汇报道：“没费什么劲儿，那家伙被他爸用铁链子锁在屋里，也没什么本事，就是个普通人。一开始见到我还想发狠，当时我就给他捏晕了。进出很快，邻居们也没有察觉。您放心。”

福坤在一旁听的时候，眼睛却目不转睛地看着短发姑娘，在她转脸看向自己的时候，闪现出一个友善的笑容。姑娘鼻孔里哼了一声，把下巴抬起来，脸转向少爷的方向，并不理会福坤。

似乎对这样的待遇已经习以为常，福坤没有什么尴尬的神情，而是也把面孔转向少爷，汇报道：“他们住的是贫民区的老楼，不是咱们公司的地，监控不好处理。好在是半夜，人们睡得熟，不会引起太多注意。我先断了那一大片的电，废掉监控和路灯，这样车辆的进出都没有记录。”似乎他并不在意姑娘对他的冷落，只要她能看过来一眼就好。

少爷“嗯”了一声，没有说话，径直朝着赵乾的车走去。

福坤又补充道：“港湾小区那边，监控已经处理干净了。警察也没有查到什么。”

少爷头也没回，只是“嗯”了一声，继续向前。

赵乾知道他要看看那个人，便赶紧几步超在前面去开车门，也防着那人突然闹腾起来，惹到少爷。

车门一开，看到的是一张黝黑的面孔顶着肮脏蓬乱的黄发，一脸的狐疑，眼睛里闪着逃生的狡猾，惶恐地打量着面前的这个年轻人，目光经过他右手里拿的金黄色的手机时，多停留了两秒并轻轻吞咽了一口口水，随即突然立起眉毛尖声喊道：“放了老子！你妈的，小白脸，有种放了老子！看老子不捅了你！”

这突然的举动并未惊到少爷，倒似是早有预料。听到这些尖声的挑衅和呵斥，少爷只是拿手指掩住了鼻子，仿佛是嫌弃这人肮脏的身体上散发出来的味道，以及随着话语喷出的酸臭口气。福坤对着赵乾使了个颜色，赵乾一探身，用一只手捏住了那人的脖子，瞬间让他哑声。那人的双手和双脚被牢牢绑住，脖子被捏住之后，这个干瘦的家伙只能不断地扭动身躯来表示抗议。但扭动的幅度越大，赵乾的手指就越用力收紧，没几下他就不敢大动了，只能拼命地呼吸，瞪着眼睛死死地盯着赵乾，想朝他吐口水，那一点令人恶心的液体却只能勉强地从嘴角流出。

少爷接过短发少女递过来的鱼钩，摆摆手让赵乾走开，嫌弃地凑近他一点，声音和眼睛一样散发着灰暗的味道：“你不要再喊了。再喊一次，我就用这些鱼钩，把你的嘴封起来。”

这句话像一条阴暗的幽灵，从那人的脊梁骨里一下子钻进去，让那人激灵灵打了个冷战。他竟真的便未敢再作声，若有若无地点点头，只犹豫着用肮脏的袖子擦去嘴角的唾液残迹。

短发少女拿回鱼钩，却并未收起来，反倒从另外一侧上了车，坐在那人身边。他惶恐地扭头看看她，见到这么漂亮的姑娘，眼里瞳孔立刻就散开了，眼睛痴痴地盯着短发少女的脸庞，脸上露出淫邪的神色，还并拢双腿磨蹭着。他眼前闪烁着鱼钩的微弱反光，所以对漂亮姑娘的冲动不敢肆意露出来，但内心的意识却让他把自己的身体朝着靠近的方向挪了挪，和漂亮姑娘挨得近了些，他竟然扬起鼻子长长地吸了一口气，很享受的样子。

短发姑娘却没理会这些细微的变化，大咧咧一拍那人的肩头，认真地说："这是我家主人，他问你一句，你要好好答一句。不说话或者乱说话，发现一次，我就给你的手指头上挂一根鱼钩哟。"说完，晃动着手里那一大把鱼钩，故意露出凶狠的表情。

那人嘴角一咧笑了起来，仿佛对那只手拍在肩上很是受用，看着漂亮姑娘认真的样子，舔了舔嘴唇，但顷刻间又看到那一大把泛着蓝莹莹光芒的鱼钩，觉得匪夷所思。无论如何，他还没有把这两种风格截然不同的东西放在一起来体会。他点点头，露出奇怪而不解的表情转脸面向少爷。

"听说你被你爸用铁链子锁在家里不让出门？"

那人没有答话，脸上明显现出一丝不屑，不知这份无所谓，是对他爸的行为还是对少爷的问题。

"为什么要锁你？"

"他？因为他没有别的本事啊！除了揍我，什么也不会。揍完了要去上班，就锁起来呗。"那人在说这些话的时候，不在乎地摇晃着脑袋，撇着嘴挤着眼睛，斜瞥着少爷。

少爷用拇指和食指捏着他的下巴，想把他的头拧正。那人并不配合，猛地扬起下巴，愤懑地甩开他的手。还没等他摆好傲慢的姿势，突然就爆发出一声尖叫，剧烈的疼痛让脸颊上的肌肉不住的颤抖。原来短发姑娘已经把一只鱼钩穿过了他的右手虎口，线还牵在她手里。那人疼得浑身一阵颤抖，眼泪立时就涌出了眼角，那是生生疼出来的眼泪。除了那一声尖叫之外，刚才还混不吝的那个小痞子，再也没敢发出任何声音，只用左手扶着伤口，乖乖地把脸转回向少爷，全身仍在止不住地发抖，不知道是因为疼，还是因为怕。

少爷轻轻摇摇头，叹息了一口气，跟他说："你要记住这个小姐姐说的每一个字，她不会说第二遍的。知道了吗？"声音轻柔得像是在跟小宠物说话。

2. 我好好问，你好好答

那人忍着眼泪和疼痛，忙乱地点头表示记下了。

少爷接着问他：“你妈呢？”

那人身上的痞气几乎一瞬间消失殆尽，眼睛紧紧跟着少爷的眼睛，不敢有任何多余的动作，愤恨的味道也被藏在目光里，答道：“早被我爸打跑了。我很小的时候，就没有妈妈了。”

少爷好奇道：“那你跟你爸生活到现在？”

那人骨子里的轻蔑还是流露在了脸上：“让他养，我要么早就饿死了，要么被打死。他根本不管我……都是我爷爷奶奶把我养大的。”

少爷听到这一句，忽就沉默了，似乎被这句话触动了他内心深处的某一缕思绪。

见少爷目光闪动，那人也不说话了，他调集着全身的感官，试图从空气里闻出会发生什么危险，大脑也在飞速思考面前的局面，不知道这个阴冷的人会爆发出什么可怕的能量。

“既然是爷爷奶奶管你，你爸为什么要锁你？”

水库边的天光逐渐暗了下去，带着山里的水雾，让人心里阴沉沉的。

那人听到这句，眼睛竟然瞬间泛出点滴泪光。他倔强的在嘴里暗暗咬了咬牙，缓缓说道：“我爷爷 3 个月前死了，……”

少爷仿佛从深深的思绪中一跃而出，突然面色一凛，用鼻孔“哼哼”冷笑了一下之后，逼问道：“好了，我不要听这些叽叽歪歪的废话。讲实在的，这次你爸为什么要锁你？”眼睛里闪烁的阴冷目光似乎能刺穿那人的头骨。

这逼视仿佛有很大的力量，压得那人逐渐低下了头，嘴里嗫嚅了几个字，声音虚弱得几不可闻。

短发姑娘用极快的速度，捏起他的右手食指，准确地将一只鱼钩穿入又穿出。在她动作都完成之后，那个干瘦的身躯才猛然一阵剧烈的抖动，他想喊的时候已经来不及了，因为他见到姑娘手里捏着细细的鱼线，如果自己一挣扎，或者姑娘轻轻一拽，可能会让鱼钩从指尖深处破肉而出。

他疼得嘶嘶的直吸气，却只能捏住鱼线的一截儿，连忙向少爷弯腰低头，那样子几乎是在车的座椅上磕头了，同时嘴里大声地报告道：“是因为我闯了祸，又进了公安局，我爸把我领回家又管不了我，只能锁住我。”

见他变得顺从了，少爷才冷漠地点了点头，示意赵乾把他拖下车。短发姑娘松掉手里的鱼线，若无其事的从另外一侧下车，跟着一行人来到了水库边的草地上。

少爷看了一眼福坤，福坤点点头，示意少爷放心。

赵乾一路拖着那人，让他跪在少爷面前。虎口和手指的疼痛一阵阵袭来，而且感觉越来越尖锐，那人脸上渗出一层冷汗。水库边即将被暗夜吞噬，水面波纹反射着几不可见的天光。空气中时不时地卷起几阵凉风，吹到汗水湿透的身上让他瑟瑟发抖。但身体的痛苦比起面前这个阴晴不定的奇怪男子来讲，都不算可怕，因为到现在为止，他还不知道自己为什么会被抓到这里来，即将发生什么也完全没有预料的可能。

这样一个无赖，此刻却已经牢牢记住，必须有问有答，不能有丝毫的犹豫和迟疑，否则必定会再被一枚鱼钩刺穿。那个漂亮姑娘下手可真狠，而且悄无声息，形同鬼魅。本来还在垂涎她的脸蛋和窈窕身材，此刻却是看都不敢看她一眼。

少爷蹲下身来，盯着那双慌乱而狡诈的眼睛，微微露出狰狞的面部表情，一字一顿地交代给那人：“你做了什么，我知道得一清二楚。接下来，不要让我再一句一句的问，你自己把3个月前干了什么，都说出来。包括怎么想的，怎么做的，什么感觉，都老老实实说出来。只要有一点跟我知道的不一样，我就会让你连后悔都来不及。要听话啊！”说完，轻轻拍拍他的头，自己站起身来面向着翻着微微浪花的水面，便不再理会他。

“3个月前?”那人当时就愣在那里，眼里满是恐惧的疑惑。

在他震惊的同时，赵乾分别往那人的小腿、大腿、腰腹和手臂上，捆绑了大片的医用纱布和绷带。当那熟悉的气味钻入他的鼻孔时，他的瞳孔一下子放大了，面色惊骇到极端，那一瞬间，连手上的刺痛都感觉不到了。他试图扑上来抱住少爷的大腿求饶，但身体刚一启动，就被赵乾一脚扫踢趴在地上，瘦弱的身躯几乎是横着飞离了地面。跌落在满是石子的地上时，全身上下被小石头硌得痛处根本就感觉不到，因为整扇左肋酸胀得像是要把心脏挤爆。

少爷对这个徒劳的举动嗤之以鼻，看也没看，冷漠的声音传到那人耳朵里：“告诉过你要听话了。我不像你的爷爷奶奶，老东西们只会重复唠叨，我也不像你爸，动不动就会揍你。我好好跟你说话，你不听，后果就只能自己承担。不要以为你手里那张证还能护着你，我愿意费点时间来帮你明白，希望能拯救你那颗烂透了的灵魂。”说到最后“烂透了”的时候，少爷的眼中隐隐闪现了杀机。

那人听少爷提到了“那张证”，心里再次如同被闪电击中，刚刚从窝心的疼痛和呼吸困难中缓过来，大脑却如同短路一般，不再敢乱动。等到少爷说完，他也不知该怎么接话，便只有惶恐地跪坐在那里，目光不断地在少爷的背影上打量，琢磨着这个家伙的意图。

少爷仍旧没有回身，叹了口气，边摇头边无奈道：“看来你还真是烂透了。你要是自己想不起来，我就没法帮忙了。刚才你没有听话，给你一个小小的惩戒。”

短发姑娘往他身边一靠近，吓得他扭动着身体连忙往后缩。短发姑娘被他的样子逗得咯咯地笑，一边笑一边嗔怪道：“看把你吓得！你不是挺厉害的吗？上学那会儿就打架斗殴，又会拦路抢学生的钱，后来又入室盗窃、持刀抢劫，从来没怂过。还敢拉帮结派的欺负姑娘，完事儿了还划伤人家脸，下手也都挺狠的，怎么现在像个小屁孩似的，这么胆小。”一边说着，一边不知道怎么就捏住了这人的手掌，他连逃都逃不掉。

短发姑娘继续说：“我帮你把鱼钩摘下来，别乱动啊！你乱动，鱼钩的倒刺搅和烂了手指尖的肉，可不容易好。对啦，乖！嗯，真乖，好的。呐，这是一个创可贴。”短发姑娘拿出一条创可贴在那人眼前晃了一晃，继续道：“给你的伤口粘上，一会儿你就不觉得鱼钩扎得疼了。”

那人不禁有点迷惑了，只看着面前这张漂亮可爱的笑脸，竟乖乖地配合着，让她把创可贴粘在自己的手指尖，想挤出一个感激的笑容。但是，他忘记了少爷刚才说的“惩戒”二字。在还没有反应过来之前，就看到自己的指尖上燃起一团火焰，一股灼热而尖锐的刺痛瞬间钻入大脑。他没有看错，刚刚创可贴正在燃烧，蓝色的火焰燃烧在自己的指尖，这诡异的画面和钻心的疼痛，让他猛地从地上蹿起来，双腿不停地蹦着，甩动着双手试图熄灭指尖的火焰。

短发姑娘指间夹着一根烟，幽幽地吐出一小口烟气，不急不缓地说道：

“别往身上按啊！你身上的这些绷带和纱布，都是浸饱了汽油的，稍微接触到明火，就会全身被点燃。”

一句话吓得那人当时就僵在那里，不敢再乱甩手，剧烈的疼痛已经变成了麻木，似乎感觉不到指间的钻心了。他看到火焰仍然在燃烧，赶忙用嘴一口吞下右手的食指尖，强行熄灭了已经把指间变成焦黑色的“惩戒”。

火焰一熄灭，那人开始疯狂地发泄着被惊吓和疼痛激发出的恐惧，同时慌乱地用牙齿把手指尖上的创可贴残迹撕扯摘掉。当被烧焦的表皮暴露出来之后，那种隐隐的火烧火燎的刺痛反复又不断袭来。他本能地把手指放到嘴里试图降温，一边蹦着脚，一边含混不清地骂道：“我操你妈！疼死老子了！”

赵乾听到脏话，低吼一声，一记重重的地扫踢在那人的膝关节外侧，只听“咔”的一声轻响，刚才还在蹦跶的人已经无力的跪倒在地。因为倒得太过突然，他的脸还跌落在满是露水的石子滩涂上。尽管膝盖的疼痛刚刚缓解了手指尖端的刺痛，成为新的疼痛焦点，但这些冰凉的露水和石砾，让他意识到了自己的处境，竟然慢慢冷静下来，嘴唇还在不断地颤抖，那是发自内心深处的恐惧激发的，不可抑制。

赵乾用手掌自上而下，在那个脏兮兮的头顶扇了一巴掌，并没有使多大力气，只是配合着一句低沉的命令：“嘴干净点！”

少爷在这整个过程中，都没有回身。直到听见那人安静下来了，方才斜过半张面孔，漫不经心似的从嘴里吐出一个字：“说。”

身上贴满了散发着汽油味的绷带，膝盖外侧半月板撕裂的疼痛，手指尖的焦黑和钻心刺痛，清晨凄凉的冷风和膝盖下感受到的露水的冰凉，让这个在惠新里小区方圆十几公里人人害怕的“混蛋”、“精神病”、“大哥”第一次感受到了无边恐惧的黑暗，正在一步一步吞噬自己的身躯。他竭力平静着自己颤抖的声音，近乎虔诚的对着少爷的背影，讲述自己3个月前所做的事情。

“爷爷死了之后，没人能天天絮叨我了。别看我爸不给我钱，他不管我但我自己不缺钱，几个中学一扫，一下午就能收上千块。我早就把周围的那些小混混全捅了一个遍，那都是我的地盘了，我从来不缺钱。我不爱上班，就天天在外面玩，上网、打游戏，收拾收拾不服的人，跟小弟们买烟抽买酒喝，挺好。有一天我正在学校门口溜达扫钱呢，看见有个年轻的老师拿着新款的手机走过我面前，正在打电话。我知道那款手机刚上市没多久，值5千多块钱，就想偷了她。我一直跟着她，心里琢磨着得准备点什么，就顺手从一个送货的改装三轮车上拿了一小瓶备用汽油。一直跟着也没见她坐公交车或者地铁，就只是走路。我很忙的，为了个破手机根本不值得花那么多时间，就决定不再跟了。我趁她不注意，把一小瓶汽油都浇到了她头上和身上，一点火……轰的一下，那老师便全身都着起来了。我去抢她的手机，我 X！你知道吗？她竟然死死捏住不放，真他妈的！我连拽两下都没拽下来。火势太猛，她又老乱动，还尖叫，弄得周围人都往这边看。我只好跑了。"

他说这些话的时候，似乎只是在讲一件普通的事情，根本就没有什么情绪。

少爷背对着这个满嘴无所谓的无赖，自双肾到脊柱再到两臂一阵阵涌起异常的能量，身体在微微抖动。为了克制越来越强烈的抖动，少爷捏紧了两只拳头。他还不想打人，他也不屑于用自己的拳头来教训这个混蛋。一个无辜的年轻生命，竟然是因为一部手机，几乎丧生于这样一个游手好闲的混蛋之手。烈火在灼烧她的脸庞和身躯的时候，她一定不知道究竟发生了什么，突然之间就从美好的青春年华坠入无尽地狱。灼烧的疼痛可能根本就不算什么，这样突然袭来的无辜和毁于一旦的委屈，才是让人最痛彻心扉、又悲哀无力的。

少爷从牙齿间挤出两个字，声音冷得让那人不由得打了个寒战："继续。"

那人继续说："还没等我吃晚饭，警察就已经找到了我。他们审了我一堂，样子都很凶，但最终没能拿我怎么样。为什么？因为我没到 18 岁，而且我还是'精神病'人啊！当时那些警察都傻眼了！我有证书！他们没法把我关起来。"讲到这里，那人的眼睛里闪现出不能自已的狡黠和得意。他看了一眼少爷，又不知这个怪人要干什么，忙收敛一下心神，继续说道："他们只好把我关进精神病院，让他们给我治疗，好好看管我。那有什么关系？都是老熟人，谁还不知道谁啊？我 16 岁之前搞的几次事都比这个大，不也一样没事吗？别说派出所了，就是刑警队、检察院、法院，都知道关不了我！精神病院挺好玩的，真的，至少比在家里被我爸锁着强。调戏精神病人什么的，还能拍照片发朋友圈，多有意思！"

少爷终于回过身，脸上竟然挂着笑容，只是这笑容没有什么善意，让人觉得有点危险的味道。他走到那人身边，蹲下问他："那张医院出的精神病鉴定结果，是你姨父签的字吧？"，不等他答，继续问道："你 13 岁的时候领着四个小混混灌醉了姑娘猥亵，还划伤人家脸威胁不许报警，那时候不用拿精神病残疾人证就能免于刑事处罚，对吧？”说完，从短发姑娘手里接过打火机，打着火，那火焰被微风吹得忽闪忽闪的，就是不熄灭。少爷望着这火苗出神，幽幽道：“你被精神病院关了3个月就又出来了，你还是无所谓，该干吗干吗，是吗？这些事儿在你看来，都无所谓，是吗？”

那人之前讲的时候还有些暗中得意，听面前这个阴森的年轻人不断的提问，很快就意识到了危险，他闭紧嘴，下意识地把身体往后缩。他刚刚一动，双肩就被死死按住。

少爷拉起他的双手，尽管他在挣扎，眼睛睁大到极限并不断摇头，嘴里含混不清的声音在说着“不要”和“你要干吗”，但没有办法挣脱。这一刻，少爷的力气大得可怕，像铁箍一样接近了他的腕骨。

少爷贴近他，轻声问道：“你被火烧过吗？疼不疼？烫不烫？还有啊，你觉得现在那个老师怎么样了，她难受吗？”

那人闪避着少爷眼神中的怒火，慌乱得讲不清楚话，只知道必须回答：“没有……疼吧……不知道……在医院抢救说是……我爸给了8万块钱……够用了……8万呢……人没死……没事……”

他一边应着，一边试图挣脱，巨大的恐惧驱动着他干瘦的身体，竟然连赵乾按在他肩膀上的手都不得不加了几分力。少爷叹了口气，把打火机的微弱火苗往他手臂上的纱布一蘸，就立刻和赵乾同时后退几步，冷眼旁观。

一声凄厉的尖叫长久回荡在水库的上方，连水面的波浪都被干扰乱了节奏。汽油燃起的蓝色火苗和纱布释放出的黑烟，在那人快速挥动的手臂上绘制出了一幅诡异的动态图像。那图像的样子模糊不清变换不停，显现出来的味道却充满了悲悯和恶毒，配着凄厉的惨叫声，让罪恶的意图在黑烟中挥洒掉了一小部分。没过多长时间，他拍熄了手臂上的火焰，发黑的纱布还是黏在被烫熟的手臂上，边缘的地方可以看到变黑、变硬翘起来的碎片，红肿的手臂上到处都是大大小小的泡。

疼痛把他的脸扭曲到了极致，汗水也顺着脸颊流下，形成几道黑色的沟渠。他紧紧闭着双眼，大口大口的倒吸着空气，对走到他身边的少爷也没有做出恭敬的回应。

少爷不由得提高一些音量，才能盖住他发出来的噪音，他问：“现在你觉得怎么样？被火烧疼不疼知道了吗？我只是让你体会一下，绷带上并没有蘸太多汽油，要不然这条手臂现在就成碳了。你能明白我在说什么吗？”

那人眼睛里透出野兽般的恐惧和敌意，但却快速地点着头，哆哆嗦嗦地应道：“疼、疼，我知道了，被火烧很疼。”

少爷满意地点了一下头，补充了一句：“怕疼你就快点把之后的事也说说，前两天你又闯了什么祸？”

那人明白了他的意思，只好忍着疼，哆嗦着声音希望快点讲完后续：“我精神病院还没待够呢，我姨夫就给我赶出来了。我爸让我去上班，上他妈什么班？正经单位谁敢接收我去上班？他们烦我，更怕我。正经人可能人人都看不起我，叫我‘神经病’，其实呢？”说到这里，他竟然嘿嘿一笑，玩世不恭的样子又出现在脸上，“我他妈那叫‘精神病’！你别看这帮人个个很正经的样子，但其实他们都怕我，这些怂货和书呆子，我操！前天我正在饭馆吃饭，点了两个菜。快结账的时候，我往盘子里吐了口痰，叫服务员过来。当时厨房的大师傅听说了，拿着菜刀出来的。我心说操他妈，吓唬谁呢？最终也就不了了之了。”

少爷亮出一根手指，仰着头似乎在呼吸燃烧出来的烟气，说了一句：“这是一，还有呢？”

这下，那人完全明白了，他那天做了什么事，面前这个恐怖的家伙都知道，之前的折磨都是为了让自己一五一十地说出来，警察也没这么狠啊！我是“精神病人”，连警察都拿我没办法，今天却偏偏遇到这个人，阴毒狠辣，他到底要干什么！心念一动，嘴里继续交代：“然后我想着去网吧打游戏，在公交车上先偷了一个钱包。旁边有个超短裙身材不错，样子又骚，我就偷过去在她身后，摸她的屁股。没想到小娘儿们还是个烈性子，不乐意我摸她。她在车上大声骂我，扯着我衣服说要报警。结果，钱包掉出来了，丢钱包的和一车人围着我。操！这要是搁平时，我就领着几个小兄弟把那小娘们儿办了！他们人多，我当时只能上去扇了她两耳光，刀一掏出来，一车人全怂了。车一停我就走了，也没见有人敢追。后来，就是警察找到我了。”

少爷伸出第二根手指，点头道：“这下，全说齐了。”

那人听出语气里有点异样，不由得心里一紧。

3. 扭　曲

少爷慢慢踱步到两米开外，继续讲道："你知道自己错了吗？随随便便用火烧人，其实很疼，对吧？但是这件事在你心里其实也没什么，对吗？要不然，你出来之后也不会继续去吃霸王餐、猥亵姑娘、偷钱包。不不不，你那个不叫偷，是抢。按照刑法的定义，应该是抢夺，比盗窃的罪重多了。不过，你烧的女老师没有死，抢的人也没有重伤，就算是杀了人，警察也拿你没办法，反正你有精神病残疾人证，是不是？你心里也知道警察拿你没办法，对吗？呵呵。"

少爷在他两米开外的地方慢慢踱着步，根本也不需要他回答，只是自顾自地说着心里的话，表情逐渐冷下来，语气也越来越重，步伐随着音量的低沉越来越慢，最终停下来之前，轻轻叹了一口气，道："你自己知道自己这张'精神病鉴定证书'是怎么来的，所以特别有恃无恐。最可恶的是，你并不觉得你干的这些事会给被害人造成多大的苦痛，只要法律管不了你，就可以继续为所欲为。你虽然年龄不大，但心里的恶已经超过了很多成年人。最可恶的是，你并不觉得这些问题有什么严重的，还想继续混下去。那些人的痛苦和恐惧，你根本就感受不到！我告诉你，在我眼里你就是个垃圾，从小就是垃圾，以后也改不好的垃圾！虽然警察和法律拿你没办法，我有！"

说到最后这两个字的时候，少爷眼睛里凶光一闪而逝。那人一直紧张地看着这个怪人，一直在提防着他又突然加害自己什么，看到这个眼神，再听到那么凶的话，立刻想站起身来逃跑。他只是一头没被教养好的动物，只是比普通人更凶猛、更无所顾忌的动物，跟少爷和手底下的人比起来，连猎物都不算。他努力地蹦着、跳跃着，忍着膝盖的疼痛尽力往没人的方向一下一下地跳，突然眼前一花，鼻梁和眼睛遭受到了重重一击，重到连脑仁都被撞散了似的疼。疼得眼前一黑，人应声倒地。

是那个短发的姑娘！高扫爆头的一腿！

短发少女擦掉了鞋子上的血，蹲下来拍拍他的脸，笑道："还想跑呐？不怕不怕啊！"

倒在地上的“精神病人”还没有从眩晕中缓解过来，鼻子里肯定是涌出了很多鲜血，眼睛明显肿了，睁不开，看不清东西，身体在旋转的地面上似乎不停地下陷，不停地转圈，那个姑娘说的话并没有听清楚，有点像做梦一样，只是非常疼的梦。

短发少女擦亮打火机，用非常快的速度，轻轻地往那人腿上、腰腹和手臂上的绷带上一蘸，三个动作一气呵成，蓝色的火焰瞬间升腾起来，哀号声也在一瞬间升腾了起来。

他在草地上翻滚着、爬动着、扑打着，想要尽快扑灭身上的复仇的火焰。他是对的，如果他站着，向上升腾的火苗就会吞噬他的头脸。当然，最主要的是因为，他的胸口以上，并没有被绑定任何易燃的绷带。

他翻滚的时候，赵乾不由自主地向四周张望，他很紧张，虽然夜色已经笼罩了世界，但那人身体上闪烁的火焰照得周围影影绰绰，再加上这样疯狂的嚎叫，赵乾担心也许会被什么人听到。福坤轻轻撇了撇嘴，他经手的安排，不会有纰漏的。

少爷倒是不在乎这些，只是冷眼看着翻滚的那个可怜虫，目光中的怒火逐渐平息下去，恢复了之前的样子，仿佛面前燃烧的并不是一个活人。

过了好一会儿，火焰在湿漉漉的草地上被滚压熄灭，痛苦的表情停留在那人的脸上却如同定格一般，如果不是因为疼痛导致的肌肉持续颤抖，人们会以为那一瞬间看到的是一具焦黑的尸体。那人的眼睛睁得大大的，看着少爷，目光中充满了恐惧和不解。他不明白为什么这个人要这样折磨他。他也不知道，目前这些并不是最可怕的。

少爷见火势熄灭，迈步走到他身边，蹲下轻声地说：“疼吗？害怕吗？”他笑笑，得意地打量了一下他的全身，那些绷带的汽油含量并不多，他根本就没有想要通过焚烧的方式来结束掉面前这条毫无价值的生命。那人并没有回应，他不敢回应，他被刚才的感受吓呆了，即使疼痛，也没有办法把他从深深的恐惧中唤醒。他真的不明白，这个人为什么要如此这般的折磨自己。

少爷继续轻声地说，声音冷冷的透着干涩，和水库边的清凉湿润格格不入：“我希望你明白两件事情。第一，你用汽油烧人，别人是非常痛苦的。我只是烧了你的四肢，而且用量并不大，只是让你体会一下，你现在的样子告诉我，你应该能感觉到什么叫做痛苦，对吗？被你烧的那个年轻的女老师，被烧得最重的是头和脸，其次是上身，医生鉴定是重度烧伤。她现在面目全非、痛不欲生，可能面临着截肢，虽然死不了，但后半生就完完全全毁在你这么一个不值钱的混蛋手里，欲哭无泪啊！所以，你现在流眼泪有什么用？你的痛苦，不及她的百分之一。你，听得懂吗？”

那人缩在地上，疼痛的颤抖止也止不住，一双眼睛仍旧是睁得滚圆，不解并恐惧地看着少爷，轻轻地点了点头，不知道是听懂了，还是被“训练”出来的配合和听话。

少爷把手抬起来，朝着他的脸摸去，他也不知道躲，或者是不敢躲，这种恐惧的表现让少爷把手停在半途，满意地点点头，开口道：“你现在这么乖，学会了听话，这么懂规矩，应该去医院再申请鉴定一次，不要再拿着那个残疾人证骗人了。你要是能一直这么规矩，这么听话懂事，会逐渐讨人喜欢起来。只不过，代价大了点，对吗？你希望自己变成一个正常人吗？你是不是心里在怨恨，恨你的爸爸妈妈，恨你的姨父，也恨我？没有吗？别骗人了，我能从你的眼睛里看到愤怒。不过没关系，你可以恨我，我倒不在乎。你应该关心的问题，不是怎么把我千刀万剐，而是能不能离开这里，慢慢去做一个正常人。也许，老天爷会给你一次机会？毕竟，警察已经给了你很多次机会。今天从我这里离开，你还是可以有无数次机会，没人能拿你怎么样，对吗？”

看到那人瞳孔深处的恐惧中溢出了一丝希望，少爷突然爆发出一阵大笑，这笑声让赵乾不由自主地耸起肩膀深吸一口气，整理自己的衣服。福坤的目光一直看着少爷，没有变化。短发姑娘则跟着少爷一起笑了起来，声音很好听，像银铃一样动听。她明白少爷为什么笑，也明白少爷接下来要做什么了。她也走到那人身边，蹲下，防着面前这个垂死的垃圾突然暴起做出什么惊到少爷的举动。

少爷把停在半空的手向下移动了几厘米，从那副肮脏的面孔上移动到了脖颈上，那里没有被烧伤，那里的血管嘣嘣地勃动着，显现着生命的活跃。少爷用指腹轻轻触摸了两侧的血管，露出一副爱惜的表情。他从短发少女的手里接过一股小指粗细的鱼线，笑吟吟地看着那双眼睛，享受着他瞳孔中散发出来的恐惧，对他说：“你想错了，你有本假的残疾人证护着你，只是法律拿你没办法，但是，我有！”话音未落，突然一把扳过那人的肩头，让他胸腹面朝下，同时利落地把鱼线缠绕在他的脖子上，双臂同时用力一紧！

这个曾经无所顾忌的混蛋灵魂此刻彻底清醒过来，知道了自己最终面临的是什么。这种恐惧瞬间替代了之前被折磨的恐惧，让他变得异常清醒，他开始拼命翻滚、扭动躯干，但少爷留给他的时间和空间，都没有那么充分，他甚至连发声都没办法，越勒越紧的颈部根本就感觉不到鱼线割破皮肤带来的疼痛，只是觉得面前那片让人恐怖的黑暗要侵入自己的躯体了，一旦侵入到大脑，就会关闭通向那个寂静空间的入口，再也出不去了。

在他生命的最后几秒，少爷却还没有忘记跟他说话：“我特意等到昨天，你 18 岁了，以后不能再拿年龄说事了，也不要假装精神病人再欺负人了。你要好好的，开始学好，学规矩，要拿人命当人命，要学会心疼。下辈子，希望你不会再遇到不会当家长的混蛋!”

一切都安静了，月亮穿过乌云越出山顶，把灰白色的光洒向翻滚着浪花的水库，一时间给暗色的水面添加了几层波光粼粼。风依旧是凉的，吹过满是露水的小草，吹过几个人的衣襟，吹过少爷眼角的一点泪光。再过几个小时，这些露水就会蒸腾得无影无踪，正如少爷脚下的这个消瘦躯体一般。

少爷转身朝着自己的车走去，短发姑娘紧随其后。福坤见状，也推着轮椅转身，向自己的车上移动。赵乾的手下人开始忙活起来，剥衣服、擦尸体、焚烧不需要留下的物品和残迹。少爷脚步不停，嘴里吩咐道：“我回去再睡会儿，有点累了，连着两个。最后结束的过程我有点失控，还是情绪激动了，发力太快，手感不好，我回去再琢磨琢磨。这具尸体扔到水里，让他自己飘到引水渠里去，自然会有人看到。他身上的，还有这里的痕迹务必处理干净，不要犯愚蠢的错误。”

他每说一句，赵乾就恭谨地应一句。直到少爷的车辆消失在视线尽头，赵乾方才回过身，看着手下处理现场，手中结起大日如来的手印，面向刚刚露出来的月亮默念了一段咒语，目送着尸体入水，随着波浪翻滚飘荡。

第 23 章

老姜遇害

我没有兴趣杀人，我只是希望不要出纰漏。每个人都有心底深处的恐惧。如果没有眼睛了，谁还能看微表情？知道什么叫知难而退吗？知道什么叫趋利避害吗？

——福坤

1. 潜伏在实验室里的危机

老姜觉得，任支的方案从逻辑上来讲，是非常缜密的。这几乎是一个完美的计划。

任支一边开始准备，一边依次给专案组的每个人单独下达命令，让他们去不同案发地点调查不同的细节信息。这就如同向水面撒下不同的饵料，哪里的水面下方产生了涟漪，就说明哪颗饵料是鱼儿所需。然后再给专案组成员群发一封邮件，正文中附上只有内网才能访问的链接，指向《侦查结果汇总和下一步工作计划》。这是一个真的工作文档链接，只不过在其中一幅图像文件里植入了一小段代码。这段代码的作用，是追溯获取这份文档的 IP 地址路径。换句话说，如果顺利的话，可以一举抓获隐藏在最后的那个黑客地址，就算他做了防追踪手段而查不到他所使用的真实 IP 地址，也可以找到究竟是哪一台内网电脑被攻破了。这样一来，接下来只需要安静地等待鱼儿上钩就好了。

当然，这个计划有一个核心破绽，就是有四个人知道这个计划的战法。如果和对手传消息的是李、任、姜、张四个人里的某一位，那整个计划就会完整地呈现在对手面前。不敢想象这会是一个什么局面，他们要么偃旗息鼓地全部潜入水底深处，要么利用这个计划以及“你不知道我已经知道”的规则，玩出更高级的把戏。

老姜通过实验室的门禁，把所有灯都打开，目光在这些摄像头和工作站上逐一扫过，似乎在审视和寻找着潜伏的敌人。打开保险柜后，他找到了当时的中标文件和施工合同，赫然发现，整套实验室的设备采购和集成施工，乙方果然是坤睿科技！

老姜觉得有点蹊跷，这几百万的一个项目，即使在 3 年前也不应该是坤睿科技用总公司的名义来承接啊！对他们来说，这个项目的规模太小了。他进入自己的办公间，打开电脑开始查询 3 年前各个高校差不多规模的项目中标公告。光滑的地面反射着天花板上的灯光，让人觉得有些刺眼。

大概用了 30 分钟左右的时间，老姜发现，3 年前，坤睿科技直接中标的实验室项目大概可以分成三类：

1）国家级或教育部级重点实验室，这些大概是因为行政级别高的缘故，可以理解；

2）航空、航天类院校的实验室，这些项目又是特殊行业又多金；

3）理工院校中的某些实验室，这一类项目多为军工科研，所以也是涉密且不缺钱，所以也成为坤睿科技直接承接的项目。

这更加印证了老姜的想法和疑点，自己的微反应实验室无论从级别、行业还是预算规模来讲，都不具备上述特点。难道……正在他凝神深思的时候，突然桌子上的台灯灯泡“啪”的一声炸裂了，吓了老姜一跳。似乎有些荧光灯的粉末散布到空气中，眼睛里不舒服。老姜赶紧捂住口鼻，用手背揉了揉眼睛，然后挥手驱散了空气中的残留。

眼睛里有点涩涩的，让人感觉很不舒服。老姜拿起放在桌面上的常用眼药水瓶，仰起头从绿色的小瓶中给自己的双眼滴入了几滴清凉，再闭上眼睛转动眼球的时候，便感觉好了很多。

他闭上眼睛，大脑中不断闪现白天福坤“问候”自己时的那张面孔。“哦，对了，任支给的任务”，想到这里，他睁开眼睛，电脑屏幕的闪光和地板的反光还是有点刺眼，一整天的思考和深夜的疲劳，让他觉得眼睛隐隐作痛。

时间不早了，明天下午还有课要上，老姜使劲儿晃了晃头让自己清醒一些，复又睁大眼睛，登入自己的邮箱，看到了任支发来的那封邮件，目前还是未读状态。他笑了笑，关掉电脑，大大地伸了个懒腰。离开之前，他再次审视着遍布于实验室的摄像头，目光停下来凝视着最大的那颗，似乎想看穿后面是否藏着福坤或者是谁的脸。也许是盯得太久了，眼睛有些发痒。

2. 毒　盲

阳光已经从前面那栋楼的玻璃上反射进了卫生间，如果直视的话，会感到眼睛生疼。

华生刚刚洗漱完，去床上拉起肖依的手，她闭着眼睛坐起，打了个哈欠，挠了挠头发，然后就坐在那里又没动静了。华生放开她的手，悄悄地凑过去，在她锁骨上轻轻一吻，然后顺势沿着白皙的脖颈向上一路吻上去，猛地把肖依向后扑倒。肖依这才咯咯地笑起来，扭动着身体试图挣脱华生。可惜，此时的华生已经不是当初那个腰缠游泳圈的家伙了，所以任凭肖依变换了几次动作，也没有从他的控制中逃离出去。肖依突然不动了，睁大眼睛看着得意的华生，露出了羞涩的表情。她闭上眼睛，享受着华生在自己身体上或撩拨或疼爱的亲吻，身体也微微扭动着配合，这次不是为了逃离，而是为了和自己心爱的男人贴得更紧密。两人的呼吸开始变得急促，电话铃却突然响了起来，一声接一声没有停下的意思，而且好像间隔越来越短，持续时间越来越长，仿佛一定要把华生从肖依身上拉离开。

华生停下来，充满怨念地看着躺在床头柜上又是震动又是尖叫的手机，肖依捂着嘴笑，忙推他去接电话，自己也就翻身起床。华生无奈，没好气地过去接听电话，他的身体猛然停在原地，肖依也立刻停下自己的脚步，看他神色知道不对劲儿，赶紧凑上去，拉起华生的手，满脸担忧地看着他。华生只说了一句话："姜老师出事了。"便匆匆奔出房门。

在赶往医院的车上，戴猛也打来了电话，说的是同样一件事，老姜现在人在医院眼科急诊抢救。华生赶到医院的时候，老姜正在接受紧急救治，李支和戴猛等人正围着医生打听情况。目前确认的信息，是老姜的眼睛被细菌感染，感染源确认为绿脓假单胞菌。由于感染源浓度极大，目前情况非常危急。

据李支说，老姜一早起床发现自己的眼睛疼得厉害，不断地流眼泪，一照镜子发现双眼红肿得厉害，而且还有一些绿色的分泌物。尽管是第一次看到这种症状，但他联想到昨天的几种古怪情形，立刻判断事有蹊跷，便立刻一边打电话报警称被人投毒，一边到医院检查。

化验结果显示，他的眼睛里感染的菌群总量超标几十万倍，绝不是正常的传染导致。更加不幸的是，由于眼睑表面有微小伤口，细菌的繁殖速度非常快，经过一夜已经形成角膜溃疡，病情非常凶险。

任支按照李支的命令，立刻派人前往他学校里的实验室，目前正在实验室里寻找可疑的物证。目送医生走进急救室后，李支走到一边，和在现场牵头勘查的任支通电话，询问那边的情况。戴猛不便在这个时候打扰李支，忙问华生是怎么回事。华生便把昨天询问福坤的情况向戴猛说了。除了那个四人计划因为保密需要而没有提及之外，福坤的种种表现，以及他最后特别提到姜老师的蹊跷之处，华生介绍得很细致，戴猛听得也很细致。

李支打完电话，过来跟两人说："现场发现一个绿色眼药水瓶，里面还残留有高浓度绿脓假单胞菌液体。目前可以确定，这是有人故意投放的细菌！"戴猛和华生都很惊诧，他们的表情告诉李支，对这样一个匪夷所思的结果，完全不敢相信。

华生说的是："竟然是真的！"

戴猛说的是："为什么？"

李支声音低沉，缓缓道："现场的入口和出口，没有强行进入痕迹。实验室内外的监控没有发现任何异常，只拍到了姜老师的进入、留滞和离开过程。但是有很多可疑的地方，眼药水瓶上，只发现了姜老师一个人的两枚新鲜指纹，地板上也只有他一个人的新鲜鞋底痕迹。实验室的出入通道门把手上，也只有他一个人的指纹。很明显，这是不合常理的，实验室里有那么多员工和学生，不可能只有一个人的指纹和痕迹。所以，可以确定有人潜入过，在那瓶眼药水里投放了细菌，并在离开之前把所有痕迹仔细地打扫干净了。"

戴猛重复喃喃道："所有这些竟然没有监控记录。"

华生却问道："不可能吧，那实验室我去过，光是进门的扫描式门禁系统，没有已经识别并存储的生理数据支持，根本就不可能进入啊！没有强行进入的痕迹？"

李支点头，点得很深，愁眉不展，鼻孔中深深地呼出一口气。

戴猛看得懂李支的忧虑，拉着两人走到角落，看四下无人，悄声问道："我觉得，应该不是普通的内部罪案，对吗？"

李支摇摇头，沉默良久方道："任支也说，这种安防级别的实验室，一般是内部的人才能实施这场犯罪。但如果是内部犯罪，修改监控是可以的，但没必要抹去指纹和痕迹，因为出现的所有内部人员痕迹都是合理存在，没必要擦除。"

华生的音量尽管很低，但频率却已经尖得变了形："负责门禁和监控的系统，是不是有可以被利用的漏洞？这件事，难道和电网那个案子不像吗？案子发生在刚刚找福坤谈过话的当天晚上，福坤又特别暗示了跟姜老师相关的几句话。姜老师还说过，他的实验室……"

三人异口同声地说："也是坤睿中的标！"

急救室的门打开，医生走上前来跟李支汇报道：“目前的急救工作已经完成，我们给患者实施了基础的清创和消炎，但是患者双眼被感染较为严重，需要住院继续治疗，否则可能双目失明。主要的原因，是感染源含菌总数超标严重，恰好眼角膜表面又有非常微小的创口。在经过一夜睡眠之后，温暖、封闭、湿润的环境，让细菌从伤口处大面积入侵，形成角膜溃疡。”

戴猛关切地问道：“大概需要多少时间可以治疗完毕，会造成永久性伤害吗？”

医生轻轻摇了摇头，解释说：“这种细菌其实本来没什么太大危害，身边周围几乎无处不在，对健康人群几乎没有影响，只对抵抗力弱的人群有伤害。但是，他们非常喜欢伤口，再加上这个吓人的菌群数量，如果再晚来半天，恐怕就不可治愈了。后期我们会尽量保证眼球的清洁无菌，以防止复发。如果控制得不好，容易造成全角膜坏死穿孔，眼球内容脱出。那个时候，恐怕……”

医生没有说完，便停下噤了声，因为他看到戴猛和华生的身体开始剧烈地抖动，李支也皱紧双眉，拳头捏得发了青。

医生很难体会这三个人此刻的感受。投毒的人这一手太过狠毒了！对于一个研究微反应的人来讲，如果失去了视力，就意味着再也没有办法观察、思考和分析，也就意味着他前半生所有的努力毁于一旦，后半生也再没有机会从事这项热爱的事情。这是毁灭性的打击，不但是生理上的破坏，更是对人前半生所有心血的毁灭，以及对后半生希望的腐蚀。恐怕，无论多么坚强的人也无法承受。

强烈的恨意在华生的内心中流淌，他恨不得立即找到行凶作案的人，冲上去狠狠地揍他一顿。他甚至一瞬间有了要绞断那人颈椎的冲动。全身的能量冲击着心脏，让华生感受到愤怒、委屈和心疼无处搁置。他暗中咬紧牙关，开始酝酿他长久以来一直思考的问题。

戴猛年纪更长一些，他按捺住了全身的愤怒，恭谨地向医生请教道：“我们能做什么？”

医生回道：“让病患安心地留在我们这里治疗就好。其他的，也没有需要你们做的事情。第一阶段的3天，不要来探视，因为需要病人安静地休息，彻底灭除感染源，然后看病患角膜和眼球的最终受伤程度，设计治疗修复方案。运气好的话，应该能恢复如初。”讲完这些话，医生笑了一下，戴猛和李支都对医生的工作表示感谢，并又嘱托了好多，希望医院用最好的条件和最优的方案来治疗，需要钱、人或者其他的帮助，随时告知。接下来的时间，就只能期待好结果的出现了。华生一个人坐在椅子上，视线停留在室外的明媚阳光出神，心思不知道在想些什么，连戴猛和李支两人走到身边都没有做出反应。

还是李支开口叫他："华生，我们一起去现场看看吧。任支在那里等我们。"

华生仿佛惊醒一样，看到李支和戴猛，才赶紧站起来，脸上挤出一个笑容，紧随二人身后，驱车赶往那间他曾经去过的实验室。

3. 犯罪心理画像3

任支这边正在收队。

他在监控里看到过姜老师翻看标书的记录，便争得了校方和实验室副主任的允许，打开保险柜，将其中的资料作为证据，进行勘验和查阅。很快，当年坤睿集团中标实验室项目的合同就被找到。当鲜红的公章映入任支眼帘的时候，他第一次开始相信了之前的猜测，并在脑海中将此前每个案子的相关部分联系在了一起。再谨慎的人，遇到这么多线索和疑点的同时指向，也禁不住会形成一个判断的方向。

李支问道："有没有可能通过追查细菌液的来源，找到大致的侦查方向？"

任支汇报道："已经询问过法医和相关的病理专家，这种细菌非常普通，几乎无处不在，并不是管制性或限制性的物品，甚至不需要购买，任何人和机构愿意的话，都有可能大量培养，对器材和环境的要求也不高，没有办法追踪来源。"

这件事情做得太阴狠了。几个人心里都如同被压了一座大山，沉重而阴暗。在华生心里，这座阴沉的大山内部，岩浆在黏着地涌动，炎热的气浪和赤红的熔岩在慢慢地向火山口逼近。

回到支队之后，李支和任支立即在9楼会议室召集各个方面汇报情况，研判案情。

除了痕迹物证的信息之外，技侦部门和实验室的网络管理员一同提交了针对实验室服务器的监测结果。在负责管理安防监控的服务器日志中发现，昨天曾有根用户登录的记录。理论上，根用户可以操控服务器做任何事情。由于这台服务器是间接接入互联网的，在追查根用户登录所使用的 IP 地址时竟然发现，IP 地址来自于新几内亚的一台图书馆公用服务器。这是黑客常用的掩饰手法，目的是增加追踪的路径和难度，目前来看，很难找到真正的黑客隐藏地点。又是一项中断的线索，不由得让人感受到沮丧，只是所有人都没有表现得那么明显。

很长一段时间没人说话。戴猛轻轻叹了一口气，自责道："特别惭愧，最近没有跟进这个案子。现在姜老师出了这么大的事情，我心里非常难过。"他的这句话，让华生心里一紧，眼睛开始湿润。华生若无其事地揉了揉眼睛，继续听戴猛讲道："我想从我的角度讲一下看法。投毒这样的犯罪，嫌疑人的行为模式往往都非常谨慎，他们有着非常强烈的内在情绪冲动，但表面上却可能平淡无奇，甚至低调内敛。投毒的行凶模式和用刀棍进行袭击，其本质是一样的凶狠，只是多了一层控制和策略，他们的大脑会想问题想得更多、更细。年龄方面，一般是成年人阶段，有预谋的投毒就更加偏向高龄人群。投毒犯罪基本上会在前期犯罪准备阶段花大量时间进行策划，重点是他们基本上都会做好反侦察措施，在选取毒物和投放方式上，会预测到警方的侦查方向而进行反复斟酌，甚至包括会想好在被调查阶段的应对措施。像细菌投毒这样的极端案例，还可以推测出嫌疑人的教育水平、甚至教育专业。简单说，这个案件的嫌疑人，思虑缜密，自我情绪控制能力极佳，善于行为策略部署，正如他可以将监控信息和痕迹清理得干干净净那样，不留破绽。但是，他的内心中其实易情绪化，只是长期的压抑成长环境让他学会了自我调节和控制的方法。如果不是特别刺中他内心深处隐秘的痛处，很难让他做出冒险的举动。"戴猛每说一句，这些特征便一点一滴地流入到华生的心里。

戴猛继续道："这个嫌疑人，和我们前面并案侦查的那个主嫌疑人，并不尽相同，是两种行为模式。两者都容易产生强烈的情绪冲动，但一个会非常明显地将自己的情绪施加到被害者身上，对他们进行生理折磨和杀害，另一个却藏得深，行事严谨。"

华生听到这里，终于问出了自己思虑很久的问题："那么，究竟为什么会让他们对姜老师下手呢？是什么，刺中了那个人内心的什么痛处？”

这是一个无解的问题。

接二连三的案件发生，一件比一件让人觉得危险，仿佛森冷的牙齿已经隐隐在漫无边际的黑暗波涛中闪烁着微芒，冰冷的水里透来血腥的味道，愈来愈沉闷的压力从四面八方每个角落围绕着愈陷愈深的身体。

但是，偏偏所有案件没有留下任何证据，连线索都是断断续续的。深陷黑暗的人除了静默地屏住呼吸，竖起每一根寒毛仔细聆听之外，不知道该往哪个方向去挪动一步，甚至不敢随意做出任何一个没有意义的动作。之前那些抛下去的鱼饵，不知道能不能把猎物的方向指明？至少，让它产生一点异常的波动。

任支向李支耳语了几句，便让大家回去休息，自己独自留在9楼，慢慢地、一个人一个人地联系，判断着波动的方向。

4. 鱼儿咬钩

“喂？东西拿到了吗？”

“拿到了。”

“里面有内容吗？”

“检查过了，只有前12个小时的内容。存储卡很小，肯定没有录到那天的事情。”

“好……对了，监控控制过了，对吧？”

“没有，我不愿意惊动他。不到一分钟的事情，没必要。而且那人有经验的，下手之前看过了，进了保安室监控拍不到的。就算是找到了，也没有证据证明是他拿的。而且，他跟我攀不上关系，就算被抓到问话，也是最多落个偷东西，不敢牵扯到我们。”

“好，那我就放心了。”

“马大队，坐。”

“任支。”

“怎么样，东西找到了吗？”

“没有。惠春里的保安说，是丢了一个电子时钟，早晨换班的时候还在，但等我赶到的时候已经没有了。”

“什么？东西丢了！”

“是。”马大队一脸懊恼。

“唯一的一个证据又丢失了！”

“任支，我一会儿去问问保安，您先别急。按理说，他们使用的那种档次的摄像时钟，存储卡一般都不会很大。我查过了，就算是 64G 内存的东西，有效摄录时间也只有一周，到期自动覆盖。现在距离案发这么久，几乎不可能存储到有意义的录像。但我会去深入调查一下。”

“不必了。你说的有道理。附近监控查过了吗？昨天、今天有没有可疑的人员经过？”

“我看过了岗亭附近的摄像头布置，进出岗亭的人流可以拍到，但岗亭内的情况拍不到。我已经把这两天的会客登记手册提取回来了，一条一条地核对和排查。您看监控还需要调取一下吗？”

任支皱起眉，闭上眼睛，思考良久，方才睁开双眼，摇了摇头：“算了，保安岗亭人流太过复杂，对方如果诚心想偷窃，防不胜防，不要徒增兄弟们的工作量。而且，只要确定一下丢失的时钟内存量，就可以倒推它是否能拍到孩子失踪当晚的画面。尽管它没有受断电影响，但很有可能意义不大，毕竟时间太久了……哦，对了。今天咱们去的那个实验室，也是坤睿公司中的标。你有什么想法？”

见任支不再追问摄像时钟的问题，马大队心下略微宽松了一点，表情也松弛了些，他应道：“好几条重大的线索指向这家公司，也叫过他们老总来了，目前最大的困境是，还没有有效的证据。”

“嗯，辛苦了！先去休息吧。”

“好的，我先给您把水续上，这就去再找保安了解更多的信息。”

“不必了，意义不大。先休息吧，这一阵子也把你累得够呛。”

“……是！”

马大队退出房间，关上了房门。

晚上，李支和任支特意相约在支队附近的公园里，一边走一边梳理今天的情况。

李支拿出一盒烟，朝着任支示意，任支舔舔嘴唇，抽出一支。两人点燃香烟之后，一同深深地吸了一口，随后将浓浓的烟雾从口中缓缓吐出。任支打趣道："看来，我又得复吸了。"

两人哈哈地轻声笑了起来，惊得黑暗之中草地上的鸟群飞起，很不情愿地被惊扰了好梦。他们的笑声随即停止。

李支问："有结果了吗？"

任支点头，没有作声。

李支复又问："机器，还是人？"

任支皱紧双眉，向四周看了看，说道："机器没有问题，是人。"

李支继续缓缓地向前踱步，又长长地吐出一口烟，问道："确认吗？"

任支轻声汇报道："所有撒出去的线，只有一条鱼饵被偷吃掉了，其他的都没有问题。"

李支立时站定，向四周打量，空旷无人，夜色已黑，灯光奄奄，几欲熄掉。尽管他早就做过心理准备，但还是无法接受这个让人震惊的结果。

任支看着他的神情一阵心疼，把烟在脚下踩灭，还是把结果告诉了自己的老领导："是老马。"

李支没有什么变化，仿佛已经提前知道了这个结果，又或是无论什么结果都已经无法让他再生惊诧，只是等待着任支的解释。

任支继续汇报道："昨天，我在几个案发地点做了些布置。其中惠春里小区的保安亭里，我让小区片警放置了一个4G的摄像时钟，也同时在墙上安装了一个具有隐藏摄像头的挂钟，悬挂在室内。这个'线索'，上午指派给了马大队的，告诉他'惠春西里派出所报告新情况，发现保安亭的摄像时钟可能未受断电影响，拍到了涉案画面'。我让他独自去调取物证，但回来的时候，说是时钟已经丢失。"

李支问道："挂钟里的影像采集回来了？"

任支道："我亲自去的，录像已经拷贝回来了，在我机器里。在我给老马指派命令之后的30分钟，就有人偷走了那个摆在桌上的摄像时钟。20分钟之后，老马到位。"

李支问："人调查了吗？"

任支回道："查过了，小混混，派出所对他很熟，小偷小摸的角色。"

李支神色凝重地向任支确认道："只有这一条线被惊动了？"

尽管心里面非常沉重，因为接下来的局面，他还没有想清楚应该如何应对，但任支还是深深地点了一下头："只有这一条线。要动人吗？"

李支突然下定了决心，手掌一挥，说道："不要动他。这是坏事，但也是好事，好在我们现在知道了。没有你来我往，就没有消息。我们现在缺抓手，这是个好机会。再说，现在的材料，贸然动人什么也抓不到。你忘了，老马是我带出来的兵，打过硬仗的，不好审。"

任支见李支这么确定，也跟着讲道："我原来还拿不定主意，现在您这么说，我有了谱。说实话，我并不确定老马到底陷进去了多久，陷进去了多深。这中间的变故成因，还是需要暗中摸一摸的。"

李支伸出一只手和任支握牢，握得非常用力，用真切的目光盯着任支的眼睛，道："老伙计，总算死水微澜，这局面开始对我们有利了一点，我们一切谨慎再谨慎。也许，还能把这条线牵起来，挖得更深，牵出我们要的东西。怎么弄，我们再想想，虽然略有起色，但总体上还是非常被动的。你要注意安全，更要保重身体。"

任支感觉得出，李支的手变热了，甚至有点烫手。他用力地握紧老领导的手，道了一声"嗯"。

两人分头消失在夜色中。

与此同时，华生和肖依在道馆里已经湿透了道服。打了 12 个回合的车轮战，华生大口地喘着粗气坐在墙边的垫子上，连肖依递过来的水都顾不上喝。肖依用袖子擦擦他头发上的汗滴，关切地问道："今天怎么练得这么狠？不要命啦！"华生只有笑笑的份儿，继续努力地呼吸着空气。

肖依盘起腿坐在他对面，假装正色道："我告诉你哦，你的命可是我的，不能给我用坏了。要不然我找谁去？听见没有。明天不能再这么过量训练了啊！今天你都练了 3 个小时了！"

华生依旧笑笑，喝了一小口水，呼吸总算平复下来了，刮了一下肖依的鼻子，笑道："你的，你的，都是你的。我这么努力训练，也不表扬一下，能进步得飞快吗？"

肖依反问他："你进步那么快干什么？现在我都快治不了你了，是不是想造反？啊？没看见你刚才那个‘拿背’的动作，多快！我就没见过 Tony 师哥被别人拿过背，他可是棕带啊！你一个小蓝带……”尽管语气是轻蔑，眼神里却满是骄傲。

华生又笑笑，箍过她的头在额头上轻轻亲了一下，回道：“那还不是你调教得好！”

肖依的脸一下子就羞红了，眼神忙往四下看看，好在没人注意，便大咧咧拍了一下华生的肩膀，道：“这还差不多！走啦，洗澡，换衣服，回家！”

望着肖依的背影，华生有一瞬间觉得这个世界真的美好，竟然产生了恋恋不舍的感觉。可是，姜老师今天的遭遇却始终笼罩着他的大脑，仿佛乌云密布。他努力没有让自己在这种压抑中沉浸下去，强行打起精神哈哈地笑了一声，站起来跟上肖依的脚步，从后面拉起她的手，握在手里，握得很紧，他想尽可能多一点享受这种美妙的感觉。

第 24 章

第四具尸体

当时你心里有多兽性、多狠毒，你自己还记得吗？对一个完全没有反抗能力的孩子下重手，你是不是心里特别踏实和过瘾，是不是很有快感啊？哈哈，那当然啦！你有完全的掌控权嘛！现在你可以体会一下那孩子的感受，看看肉体上有多疼，心理上有多恐惧。

——少爷

1. 第四次尸检

姜老师的眼睛，经过一周的治疗，已经把眼球表面的细菌全部灭杀。角膜和球结膜有一些轻微损伤，但幸好并未影响视力。后面只需要按照医嘱保养一段时间，就会慢慢好起来。

得到这个消息的时候，华生的眼泪没忍住，当着姜老师的面流了下来。他急忙转过身去用袖子胡乱抹掉眼泪，弄得戴猛和老姜不由得笑了起来。你很难想象一个心理学博士泪流满面的样子。医生看到他们的样子，也觉得有趣，嘱咐他们明天可以来接人出院。戴猛和华生非常高兴地答应着，分头安排出院细节。

当他们第二天一早按照约定的时间来到医院的时候，医生却告知他们，姜老师的病情再次复发，双眼表面又发现了大量绿脓假单胞菌。经过一夜之后，反倒比之前的症状更加严重。刚刚做完检查，包括昨夜的用药记录以及用过的药品残余包装，都没有问题。

姜老师并未作声，从他的脸上看不出什么表情，只是让人感觉非常沉寂。紧闭的双眼只有眼睫毛在微微颤抖，也不知是疼得，还是绝望已极。看到他躺在那里，整个人动也不动，华生心如刀剜。他总觉得，这件事非常蹊跷。

正在戴猛安排医生紧急救治的时候，他的电话响了起来，华生的电话也同时响了起来。两人猛地一惊，同时接听电话，电话是刑警支队打来的。

两人赶到支队的时候，老秦已经忙活完了，正在抽烟休息。见戴猛和华生来，赶忙给李支打电话。没多久，李支带着小孙也都到法医室聚齐。华生这才得知，今天早晨 6 点不到，本市某报社下夜班的编辑发现单位门口横卧一人，形状恐怖，当即报案。支队立刻前往现场进行勘验并取证。

秦明拍了拍华生的手臂，顿时露出了惊讶的表情，嘴巴张得合不拢。他又特意拍了拍华生的胸和腹部，那眼神就有些奇怪的欲望流露出来了。被一个法医上下打量身体，实在是非常奇怪的感受。老秦感叹道："可以啊！小兄弟，我记得我们第一次见面就在这里。现在这应该是我们一起见到的第 4 具尸体。好啦，好啦，先不说他。实话实说，我可是好久没有见过像你这么好的身体啦！”

尽管这句话透着幽默的味道，但是现场几人却没有一个人笑得出来。已经平静很久了，现在又出了一起命案，不知会不会和前面还没侦破的案子关联起来？如果能够有关联，既是好事也是坏事。好的一方面是，又多了可供研究的素材，也许能逼近凶手一步。坏的一方面当然是，如果这起案件还不能侦破的话，压力就又多了一层，而且是加速变得越来越沉重。

李支提醒大家：“在媒体门口发现尸体，全市的其他媒体也就都动起来了，现在相关报道已经爆炸开来。我们赶紧开始看看尸检结果。任支此刻正在楼上指挥现场的勘验和监控的检查。一会儿我们楼上开案情分析会。”

站在尸体面前的时候，和之前的调侃诙谐不同，秦明仿佛变了一个人，目光犀利了起来。

他介绍道：“死者朱晓华，男性，45 岁，目前身份已经确认，之前是报社的一名记者。尸体被发现仰卧于报社门口，而且发现的时候，是赤裸的。”

华生听到这里，不由好奇地把视线转向尸体。只一眼，华生全身的血管瞬间收紧了。尸体全身上下覆盖着无数道宽度一寸左右的伤痕，颜色有黄有青，大部分是棕紫色。这些伤痕交错纵横，密密麻麻地遍布尸体的手臂、胸腹、大腿，就连小腿骨上也有很多不连贯的伤痕。

华生此前见过“虐猫女”王艳梅的尸检，还记忆犹新。但眼前这具尸体的惨状，还是把他吓到了。

李支俯下身看了看，说道：“估计背面的伤痕只多不少，活着的时候没少受罪。”

让华生感到害怕的，正是面前这具尸体身上密密麻麻的瘀伤，仿佛某种深色皮质材料纵横交织在一起，向外膨胀着。

秦明应道：“是的，背面伤痕更多更密、伤势也更重。我粗略统计了一下，全身上下几乎就没有一块好地方。活人的话，依据《人体损伤程度鉴定标准》，挫伤面积累计达到体表面积的 30%，就可以构成重伤二级了。”

说罢，他开始指点尸身不同的部位，依次介绍道：“这些一寸左右宽度的伤痕，生活反应特征明显，都是死者生前遭受的抽打导致。抽打产生的大面积软组织挫伤和皮下出血有的已经发黄了，那是含铁血黄素生成，说明在活着的时候就被代谢吸收了，有的还是死亡前刚刚留下的新伤。所有伤痕边缘整齐，颜色按照时间呈现出有层次的分布，黄色最下、青色居中，棕色和紫色在最上层。说明死者遭受反复殴打，旧伤还没好，新伤就又叠加上去了。根据新旧伤的代谢时间推算，死者至少被约束了 2 周以上。推测凶器为硬质片状物，分量沉重，表面光滑，比如——竹篾片，或者类似的材质。”

李支问：“只有皮内和皮下伤吗？解剖后发现肌肉、内脏、骨骼有伤吗？”

秦明摇头，说道：“胸腹腔没有任何内伤。”然后，他指着死者的膝盖，说道：“大家看这里，膝关节髌骨下面的软组织尚有瘀血，关节腔积液严重，说明死者在被杀害之前，曾经长时间跪姿。”

秦明接着摊开死者的双手，华生看到了两只惨白的，像被泡发了一样的手掌，很多处皮肤已经破裂，也有的地方是厚厚的痂，斑斑驳驳地透出了里面暗红的肌肉。

秦明介绍道：“检查到手的时候，我们发现死者的双手真皮深层及皮下各层组织，都有明显烫伤痕迹，皮肤表面新旧伤叠加，旧伤结痂，新伤发白严重，有明显红肿、水泡、脱皮的迹象，部分区域出现无法愈合的溃烂，且经过取样进行组织病理学检验，发现内部的肌肉、神经全部坏死。这是典型的长时间高温烫伤导致。因为皮肤没有其他变质的表现，没有炭化、没有油炸，推测凶手应该曾长时间用开水浸泡被害人双手。”

李支说：“也就是说，除了反复抽打体表，凶手还反复把被害人的双手泡在开水里？很独特的折磨手段，至今也还没听说过类似案例。”

此刻，华生在大脑中不断脑补着凶手当时折磨被害人的场景，并一点一滴地对应着戴猛之前讲过的行为侧写，尽自己最大可能想象着凶手的样子。他能感觉到自己大脑和全身上下神经系统的兴奋，尸体已经不算什么严重的刺激了，更严重的是死者生前受虐的过程，让人不寒而栗。华生咬住牙关，试图镇压自己微微的颤抖，但根本无法遏制颤抖的加剧。连华生自己也分不清，里面有多少是恐惧，多少是兴奋。

秦明可能是听到了华生牙齿磕碰的声音，回头说：“你要是觉得‘冷’，可以把面具摘下来，顺畅地呼吸一些尸体的味道和新鲜空气，就能从想象的恐惧中回到现实的物理恐惧中来。我也有过这阶段，最让人害怕的根本就不是尸体本身，而是对杀害过程的联想和重现。”

秦明说完，就不再关照华生，留给他自己适应。他把尸身翻转过来面部朝下，继续说道："刚才这些还不是最惨的，你们看看这里。"说罢，用手指向了死者尸身的后背和臀部。

这一下，连戴猛都不由自主地抱起了手臂放在胸前，华生更是倒退了半步。

尸体的后背上，是更加密密麻麻的抽打伤痕，而且更多、更密，还有很多伤痕仍然呈现出紫黑色，可见受伤之重。最让人渗冷汗的是，死者的臀部右侧臀大肌上，出现一个深深的坑，直径大概 7—8 厘米左右，坑边缘有焦黑的烧灼痕迹，碳化严重，皮肤肌肉都被烧尽，直接露出了部分白森森的骨盆和股骨头！

华生用手捂住了自己的嘴，眉头皱紧，望向秦明。这个眼神的意思就是在问："这是什么伤？"

秦明放平尸身，叹了口气，摇摇头道："这也是我第一次遇到类似的伤口，根据生活反应特征，可以确定是生前就被烧穿了右侧臀部的皮肤和肌肉。我查了很多资料，也向理化部门求证，他们的检验结果证实了我的猜想——凶手使用了 X。"

一直没有说话的戴猛脱口而出："你是说，X？！"

秦明向各位解释道："X 是一种化学物质，性状极为活跃，燃点极低，一旦 X 与氧气接触，再接触到人体皮肤的热量，就可能迅速燃烧，达到 1000 度以上的燃烧温度同时，还会散发出浓烈的烟雾。它的危害性非常大，只要碰到物体，就会不断地燃烧，直到全部燃尽后才能熄灭。因此，当 X 接触到人的皮肤时，血肉之躯会短时间被烧穿，深入到骨头，同时产生的烟雾对眼鼻刺激极大。在战争期间，曾经用于做燃烧弹材料，但由于给各国士兵造成的生理伤害和心理创伤极大，已经普遍被共识性弃用。"

戴猛喃喃道："怎么会这样？不对啊！"

秦明接道："我也没想明白，凶手究竟是一种什么心态。死者后背、大腿，以及鼻腔和口腔里残留的微量物质确实含有 X 氧化物的成分。这是我做法医这么久，第一次遇到有凶手使用 X 做燃烧物。任支、李支，按理说，根据《危险化学品安全管理条例》，X 是受公安部门管制的，所以来源应该不难查。我估算了一下，用在死者身上的 X 大约有 20 克左右，所以如何获取的这些 X 是重要线索之一。X 有剧毒，只有专门的企业、实验室或学校，才可能储备，任何购买的动态信息都会第一时间上报公安机关。”

李支皱着眉听秦明的分析，点头。

秦明又继续说：“此外，还有一个特别的特征。死者的头部没有遭受任何打击，连表皮的小伤都没有，这在虐待类案件的尸检结果里比较少见。他的双侧睾丸有挫裂伤，但发现尸体的时候，阴囊的充血已经消失，且肿胀几乎全部消失，这说明，睾丸的伤是比较老的伤。睾丸被击伤后，很有可能还得到了一些治疗帮助恢复。”

李支问：“还有吗？最终死因呢？”

秦明朝着戴猛看了一眼，说道：“机械性窒息。”

2. 又是窒息死亡

戴猛心中一惊，脱口而出：“又是窒息死亡！现在看来，我们可以猜测死者生前被长期罚跪，反复殴打，皮下伤严重，睾丸挫裂，双手被开水严重烫伤，臀部被烧穿，但是头部没有丝毫伤痕。好奇怪啊！他是怎么窒息死亡的？”

秦明刚刚神色还很平静，此刻开始面色变得凝重，答道：“应该是用手‘捏’死的。”

戴猛的眉头一瞬间就皱紧了，喃喃重复道：“手！”

“是的。”秦明确认道，说罢便指向死者的颈部，说道：“死者颈部皮肤表面没有伤痕，前侧和两侧并未见圈状或弧状索沟，也未见扼痕，只有在两侧有点按状的轻微皮下瘀血，连软组织挫伤都几乎没有。也就是说，这次的凶手只用了两只手指，而且用的力量并不大。”

戴猛顺着秦明的解释，仔细观察了死者颈部两侧的位置，倒吸一口冷气，说道：“太可怕了，不用力，定点准确，纯技术性杀人。”

秦明说道：“颈动脉窦是压力感受器，本来是用来负反馈调控血压的。但是，如果人为对颈动脉窦施加外部压力，会引起迷走神经的过度兴奋，导致血压下降，呼吸、心跳过缓甚至骤停，最终造成大脑缺血而晕厥或死亡。”

说罢，看了一眼华生，很认真地对华生讲：“小朋友打闹的时候，千万不要双侧同时发力，单侧还有活路。”华生的大脑在努力地跟，还没有从刚才尸体被虐的惨状中摆脱出来，就又被这个新出现的焦点带入了另外一套迷惘。

戴猛说：“不对，我始终觉得，有什么地方非常奇怪。我想一下……刚才我就在想，尸体上所有其他的施虐性的伤害，完全是暴力式的发泄，可以想象凶手在施虐的时候，残暴异常，很有可能处于情绪失控的非理性状态。但是，他自始至终没有攻击头部，这不符合绝大多数暴力伤害的特征，很多人疯狂起来的时候，对头部的攻击最多也最猛，因为这种虐待的杀伤性强，施虐者会感到强烈的破坏快感。现在看来，更奇怪的是最终的杀害方式，竟然是用手指按压颈动脉窦。这个杀人方式太过精致控制，和前面的暴虐截然不同。老秦，你觉得呢？”

秦明说：“嗯。我也还没想明白。也许是两个人共同作案。但是，按照我们此前几起并案侦查的案子来看，这个用手指捏死被害人的方式，肯定是一种升级。抛开生前的折磨手段，单纯从死因来分析，凶手作案的手法和心态，比前三次大幅度提升！用手，可以体会到死者生命体征的变化，包括温度、肌肉的痉挛程度和呼吸的变化。他在体会和享受这个致人死亡的过程！”

秦明话音一落，华生脊柱一阵寒冷打颤。

戴猛道：“我也是这样想。他现在纯粹在以杀人为乐趣了。”

秦明继续分析道：“而且，你们看，这两处按压点，从尸检的角度可以认定，不是一次完成的，因为皮下瘀血的面积大概三倍于一个拇指的面积。所以，我推测凶手在这个点上，曾经反复施压。”

戴猛说：“你的意思是，他有可能分很多次，重复尝试让人晕厥、窒息的力度，直至最后死亡？”

华生听了，脑袋里响起一阵低鸣，刚刚湿透的内衣，再次被冷汗浸透。

戴猛和李支一对眼色，他向李支询问道：“李支，您觉得能并案吗？”

李支说：“现在还为时过早，我们不能仅凭尸检结果就确定侦查方向，还要等待更多的物证。”

戴猛却发表了不同的观点：“我倒是觉得，并案的可能性很大。”

华生不由问道：“您觉得是同一个或者同一拨嫌疑人再次作案？”

戴猛答道：“对。当然，李支的观点是正确的，还需要现场的更多证据，比如监控或者其他的。但是，单从作案手法来讲，我觉得和前面的三个案子重合特征非常多。第一，最突出的特征，四起命案都是机械性窒息死亡。一起‘绞刑’，粗暴而快速；一起‘淹刑’，粗暴但反复尝试；一起用绳索直接勒毕，凶手已经能感受到窒息的过程中被害人的感受；现在这一起，已经使用了手指直接扼杀。执行手段的进阶，可以体现其心理状态的进阶。这是其一。”

大家仔细地听，华生听得更加认真，他对那个凶手的描绘，在内心中逐步开始清晰。

戴猛继续分析道：“其二，想必大家也很清楚。所有四起案件的被害人生前都接受过折磨，只不过是不同类型的折磨。前面三起案件我们假设了一种‘惩戒’的动机，并且找到了死者所受折磨与他们生前所做过的事情之间的关联。所以，我想我们现在不妨分析一下这名死者所遭受的折磨，跟他生前的某些事情有没有关联。”

李支当即大力地拍了一下手掌，连称：“对！死者身份是确定的，他生前究竟有什么事情可能跟这些折磨手法有关系，很容易查。”说完，便立刻电话给任支，让他安排人针对死者生前的类似事件进行调查。

部署完毕，戴猛却突然又说道：“但是，我心里也同时有两个疑点。”

李支一偏头：“哦？”

戴猛问秦明道：“老秦，我想到的是，如果凶手用手指对这个位置反复尝试，是不是可以推测，凶手没有类似医学之类的专业教育背景？第二起案件里，能够做出那么专业的肌肉离断和神经结扎，执行者应该是接受过相关高水平教育的。”

老秦点头，边思考边道：“有可能，因为如果凶手系统学习过解剖学，不会找不准这么重要的神经特征点。另外一个疑点呢？”

戴猛道：“一般的连环变态杀人犯罪，其实并不都是理性决策。国外有研究，大多数连环杀人犯会有MAO-A基因缺陷，他们不能很好地感受别人的恐惧和悲伤，所以会不断折磨被害人，试图从他们剧烈的恐惧或悲伤情绪中满足自己的某种需求。所以，他们通常在第一起犯案之后，心理会产生更强烈的欲望，犯罪间隔会缩短，犯罪手法也不断升级。我们现在可以模拟还原一下凶手行凶时的心态。我能揣测出来，他已经不拿被害人当成生命了，心态冷漠到令人感到恐惧，拿杀人当做实验来做，反复尝试和体会这种变态的快感和掌控感。但是，从犯罪时间间隔来看，却并不符合现有的研究规律。”

李支斟酌道：“犯罪的三个条件，一是遗传的先天缺陷，二是后天生活的境遇，三是突发性刺激源。所以，如果不是典型的先天严重缺陷，不一定产生那么强烈的作案冲动，毕竟国情和社会环境不一样。我倒是对第三个条件很感兴趣，不知道是什么事情引得凶手花两个星期的时间拘禁和折磨死者。”

华生听到李支这么说，突然说到：“我想起一件事情来，不知道能不能对得上。最先，我只是觉得尸体满身的伤痕似曾相识，后来被吓断了思路。现在回想起来，而且越想越像。大概半年之前，有一宗虐待小孩的新闻报道，影响极大。有一个上小学的孩子，被亲生父母送给朋友收养。后来，养父因为孩子写作业不听话，用竹篾片殴打孩子，也是全身都遍布这样的伤痕，还用烟头烫孩子的屁股，用开水烫孩子的手。后来经过网络披露了孩子的受虐照片，网络上掀起轩然大波，激起强烈公愤。最终，检察机关提起公诉，那个养父因为故意伤害罪被判了 6 个月有期徒刑。”

李支说道：“我记得这个案子，当时是旭日区分局经办的。”

华生道：“据新闻媒体报道说，后来在法庭上那家伙竟然出现了情绪失控，当庭咆哮哭闹。最可恨的是，孩子的亲生父母竟然求情，说也是一种爱，是对孩子的督促和教训，要求法庭判无罪。”

李支问：“死者是不是那个养父?!”

针对死者的调查很快就得到了肯定的答案。正是因为那个案件，报社开除了他的公职。恰好是两周前，死者刚刚从监狱里释放出来，就失去了踪迹。

李支和任支一通气，立刻决定并案侦查!

3. 监控追踪

早晨 6：20。

一接到报案之后，任支第一时间派马大队去监狱和报社了解死者的进一步信息。随后，侦查的重点，就从发现尸体的现场证据开始着手。

出乎众人意料之外，这一次监控拍到了清晰的抛尸过程。一辆白色的 SUV 汽车于凌晨 4 点钟左右行驶至报社门口，停在围墙的阴影里，有一个人影从驾驶位下车，大腹便便地走到后备厢，打开后直接将尸体拉到车下，肥大的身影拉动那具尸身几乎没怎么费力。那人没有在尸体上花费太多时间，直接走回驾驶室扬长而去。车牌号的照明灯并没有亮起，好在昏暗的路灯灯光还是能够勉强看清楚车牌号码。经过调查，居然是死者自己家里的车。任支立刻命人前往死者所居住的小区，调取停车场监控录像。

另外一个小组，则以报社门口抛尸的时间为原点，分别向前和向后两个方向，慢慢搜集车辆行进轨迹上被监控拍到的画面。只要在公共交通范围内，监控视频就可以联网调取。在数次切换的监控画面中，大家可以明确地看到驾驶车辆的人。他是个大胡子，眉毛也很浓，头戴一顶棒球帽，帽檐压在深色的大框墨镜上，整张脸的特征非常明显，但就是看不到五官。车辆在报社门口抛尸之后，径直开离，大概经过20多分钟开进市政法学院。

可怕的是，政法学院正在建设新的教学楼和图书馆，巴掌大的地盘已经沦为了彻头彻尾的工地，拉土方的大车、拉搅拌机的工程车在门口进进出出，已经趁着天蒙蒙亮开始忙碌起来了。那辆车排在工程大车中间，没多久就进入了校园，因为门口并没有保安负责管理，平常用于拦车收费的栏杆，一直是扬起的。

公共区域的监控到此为止。任支看了下时间，距离抛尸案发已经过去了3个小时。他当即派出一个小组前往该校，一边与值班的保卫处取得联系，现场调看校内监控视频查找线索，同时要求把之前所有监控拷贝一份尽快赶回支队进行缜密排查。

支队这边，逆向追查也一直顺利，由于时间段属于凌晨，路面车辆较少，对这辆车的追踪并不难。跟了一大圈之后，监控小组的人惊讶地发现，这辆车竟然是在案发前一小时，从政法学院里开出来的！任支立刻命令留守政法学院的小组回复监控调看结果。

尽管学校目前已经是个大工地，但校园内基础的公共监控还是正常的，能够覆盖到大部分公共区域。经过调看监控，现场的小组很快发现，凌晨3点左右，白色车辆是从一个刚刚建成的地下车库中驶出的。凌晨4点半左右，它又驶入了同一个车库。然而，因为这个地下车库刚刚建成，尚未正式投入使用，所以里面还没有安装监控系统。这样一来，地下车库里后来究竟发生了什么，就无从可知了。这个消息让任支感到心头一紧，情况似乎有点不妙。他下达命令给留守在学校的小组，立刻去往地下停车场，封锁出入口，严禁任何人员出入。支队同时派出勘查小组增援。

任支看了下时间，已经快 8 点了。现在距离案发已经过去了快 4 个小时。学校里此刻应该有很多人开始准备要上课去了。如果再拖久一点，恐怕侦查的难度就会更大。

这时，勘验小组回来提交抛尸现场的痕迹检验和微量物证检验结果。

抛尸现场发生在报社门口，路面为标准柏油路面。除了勘查到轮胎痕迹之外，竟然还提取到了大半枚比较清晰的足迹！该足迹鉴定结果为 NF 品牌户外鞋，尺码约为 44 号，鞋底磨损较轻，应该为半年之内的新鞋，双脚受力均衡没有明显偏侧。以画面中的鞋号按比例计算，嫌疑人身高应该在 1 米 75 至 1 米 80 之间，体型偏胖，体重预测应为 85—95 公斤之间。可惜，柏油路面无法检测到足迹的陷入程度，所以无法判断这目测的体重水平是否可靠。虽然只有一枚足迹，但总是聊胜于无。

任支命令坐守支队的监控小组继续分析从学校拷贝回来的监控，以发现车辆驶出的凌晨 3 点为原点，加大时间窗口为一周，向前检查学校公共区域的监控，看看这辆涉案车此前何时进入的地库，当时车辆里有什么人。如果能够找到早先的蛛丝马迹，也可以继续追踪下去。

这段时间窗口非常的大，用人工来检索的话，那么追踪白色 SUV 驶入地库前的轨迹倒查会非常耗时，但现在有了自动图像识别算法，只需要输入颜色和车型的重要数据，程序就会在所有视频的帧中自动寻找满足条件的画面。程序很快返回结果，再次让人吃惊的是，在长达一周的画面中竟然没有检索到那辆涉嫌作案的白车。

任支当即命令，时间窗口继续放大。程序返回的结果依旧相同，一个月以来的监控画面中，就没有出现过那辆涉嫌作案的车辆。这是什么意思？那辆车已经在一个月之前，就停在校园地库里了？校园监控的最长存储时间是一个月，满期后会自动覆盖，所以无从追查再往前的画面。

任支紧皱双眉，心中暗道："恐怕行凶者是故意选择了这所院校以及这个车库，作为其藏匿车辆和脱身的场所，他算计得太完美了。往前一个月的录像里都没有见到这辆车的移动，说明那辆车停放在地库里很久了，这一个月的停留时间也在嫌疑人的作案计划里。"

就在这时，前往学校查看地库的同志打来电话汇报，他们发现那辆车还停在地库！

任支立刻命令："保护好现场，立即开始重点勘查车内细节，看有没有什么有用的东西，指纹、毛发，如果能找到DNA就更好了！"说完，又想到了一个关键的问题，大声道："如果现在车辆还在，嫌疑人就应当已经逃跑。现场勘查注意找寻可疑的痕迹。我们这边再通过监控搜索，重点查找车辆回去之后，有没有人员出入地库！"

任支和技术员立刻决定，以车辆返回地库的时间为原点，把对可疑人员的排查时间窗口定为1小时，重点查找案发之后离开车库的人员或车辆。车辆回到地库时，是凌晨4点半的样子，如果嫌疑人逃离，无论是步行还是驾车，都会非常显眼。

可惜，仔细搜寻过之后，并没有在监控中发现任何人或车再次从车库及周边出入。任支打电话给在现场的勘验小组，让他们查看下车库是否有其他出入口，得到的回复是，车库和地面建筑有三个通道相连，可以通过地面建筑离开车库。好！楼里的监控是一直在使用的，速查！

几名负责检查监控的警员揉了揉发红的眼睛，打起精神仔细地观察着楼道里每个视角的监控。取回的监控截止到早晨7点34分，但所有监控审查完毕，也并没有在地库到地面建筑的出入口处发现那个大胡子的胖子身影，楼道里已经陆续出现了来上课的学生。

难道，那家伙停好车之后，并没有通过地面建筑离开，也没有直接离开车库，而是还停留在车库中？任支心中一凛！

监控方面，再也没有新的有效信息了。一时之间，所有人的士气都低落下去了。没有想到，监控条件这么好的一起抛尸案，让大家追查整整几个小时，最终还是没有结果。

李支和秦明带着戴猛、华生来到指挥中心的时候，看到任支和警员们的样子，已经预料到了某种不利的局势。随后，针对车辆的勘验结果也返回到支队，结果同样让人没办法兴奋起来。整个车厢里的痕迹被擦拭得一干二净，连一根头发都没有找到。在后备厢里发现了部分脱落的皮肤碎屑和毛发，鉴定确认属于死者，微量的磷氧化物也证实，尸体当时正是藏匿于此。由于是水泥地面，灰尘较多，留在车周围的足迹，比留在抛尸地点柏油路上的足迹要清晰很多，足迹特征得到复核，但步幅却明显偏小。可惜，当勘验小组赶到地库进行封锁现场的时候，已经有部分老师来地库中停车，准备去上课。停车场里公共行进区域，就留存有各种新鲜的痕迹，所以那个脚印就几乎不可找寻，很难发现有效的追查线索了。

新多了一具尸体，却又没有任何抓手，这一次，连直接嫌疑人都没找到。

4. 巧妙的迷阵

凌晨 4：37。

大胡子把白色 SUV 停好，熄火关灯。车里还残留有死者尸体的味道，他实在是不喜欢。他拿出浸泡过酒精的湿巾，一边哼着小夜曲，一边耐心地把方向盘、档把、操控台、车门、车窗等等一切接触过的、没接触过的地方，一点一点地擦干净。然后拿起放在副驾地面上的车载吸尘器，仔仔细细地把刚刚擦过的地方又依次细致地吸了一遍。干完这些事情，大胡子的脸上似乎是泛起了笑容，仿佛很开心，把塑胶手套先扔进大包里，那双手竟然很纤细。然后，他拿出手机当作照明，又仔细地检查了一遍。等到曲子哼到了第 7 遍的时候，终于确认没有留下一点痕迹。

这是一个令人满意的结果，他好像给了自己一个满意的笑容，然后关好车门。打量了四周并未发现动静之后，便走向距离这辆白车最远的一个角落，那里灯光昏暗，停着一辆非常普通的黑色大众，普通到人们根本就不会注意。一路之上，这个体型肥胖的大胡子竟然有着矫捷的体态，像跳舞一样，轻盈地时而前进，时而后退，有时会突然跳起来，有时踮起脚尖。当他闪身进入车辆后门之后，方才摘掉帽子，露出一头娟秀的短发。墨镜、胡子、衣服以及肥大的充气垫逐一卸下，被她统统扔进了一个大包。

待到整理完毕，刚才肥胖的大胡子，已经变成了漂亮而利落的短发姑娘，穿着像个正在找工作的学生，不伦不类的正式。她还照着后视镜给自己淡淡地化了个妆，当听到有车辆的动静时，便蜷缩着躺在了后座地板上，闭上眼睛，心里开始哼小夜曲。

不用看，仅凭听，她便知道地库里又进来了一辆车、两辆车……有人走过的脚步声也陆陆续续多了起来。看了下时间，现在是早晨 7 点 20，差不多了。

当她听到附近有车停稳，便坐起身，整理了一下发型，赶在对方开门下车的时候，从车中走出来。“砰”、“砰”两声关门声先后响起。她背起大包，规规矩矩地走出车库，向电梯走去。耳中传来紧急刹车的声音，似乎身后有警灯的闪烁。

上课好无聊啊！这老师在上面讲的都是些什么？虚头巴脑，信口胡说。恐怕这个油头大叔是在用瞎编的吹牛经历来引起女学生的仰慕吧！什么最高法院副院长是你同学啊！什么市检察长是你学生啊！看看你那个猥琐的目光，来回在我脸上打量，真是想把那双眼睛给抠出来啊！

9 点啦！还有 3 个小时！

10 点啦！还有 2 个小时！

11 点啦！还没有吃过东西，有点饿了……

终于下课啦！

短发少女跟随着下课的学生潮，不急不慌地离开教学楼，经过学校门口的时候，回头看到地库门口的黄色警戒带，在微风里上下翻动……

第 25 章

不入虎穴

我知道你想要什么，想要我就给你；我知道你怕什么，你的怕也是一种需求，我也可以满足你。我可以算准了你的取舍，更可以控制好我的收放。

——华生

1. 华生辞职

华生正式向单位提交了辞职信，而且非常坚决，据说原因是抱怨经常办理案件，加班、熬夜、不自由，太累。内审部领导先是苦劝未果，然后两个人竟然争吵了起来，华生愤然收拾东西离开了办公室。

戴猛作为集团领导，不便直接越级过问部门内部的事务，只是私下约华生聊了一下。问及原因的时候，华生没有明确说，只是说时间精力不够用，需要调整一个阶段。看他神色并没有大的异常，还是平时那个阳光的样子，戴猛便没有深问。他能感觉到两人之间似乎有某种默契，似乎这是一个理所应当的变化。聊天结束之前，戴猛提了一个要求，那就是不能断了联系，要时时能见到面，能时时沟通。

华生笑得很开心，说道："戴总，您多虑了。我又不是要逃跑。而且，我和肖依正商量着结婚的事情呢，也许就在今年。"

戴猛也笑起来："这可是大喜事！到时候我要到场当证婚人，而且送一个大红包！"

辞职之后，华生彻底改变了自己的生活，每天都只有两件事情：训练和看比赛。他按照教练的建议，制定了一个超量训练计划，每天两练，和专业运动员一起摸爬滚打，在垫子上花的时间至少6个小时。因为练得多，所以吃得也讲究，除了每天5顿的减脂增肌餐之外，还有大量专业运动员所使用的蛋白粉、关节剂、BCCA等等，身体变得越来越好用，缠斗技能也突飞猛进。

除了看比赛之外，华生还在直播平台上专门开了自己的房间，每周固定给重要的综合格斗赛事做直播解说。除了美国的第一赛事UFC之外，还有国内的知名赛事"极斗"。他把自己的两项专业知识都用在解说过程中，既可以根据选手在开战前的表情与动作来判断选手的心理状态，也能紧跟场上比赛的细节，包括双方选手的技术动作和战术策略，进行精准的描述和评论，再加上偶尔会讲一些有意思的训练方法和圈里的故事，迷得不光一帮圈里老炮们每期必定前来围观，越来越多的圈外人也都蜂拥而至，打赏的打赏，聊天的聊天，好不热闹！

没用一个月的时间，华生就已经成为国内综合格斗赛事的知名解说，甚至有卫视频道来请他参与赛事直播的解说。不过，华生没有答应，还是严格按照自己的计划，拼命训练，然后休息的时候看比赛、解说。辞职之后收入就没了进项，他却吃得又多又讲究，再加上训练的费用，华生的积蓄哗哗地从银行卡里流出。自古以来，就是“穷文富武”，好在直播能有些打赏的收入平衡一下，却也只能在直播平台里转来转去，很难变现。

这些变化让肖依察觉到了不对劲儿的地方，华生无论从体型还是生活状态上，越来越像一个运动员，距离他最早的样子变化太大了。尤其是钱的问题，已经明显让肖依感受到了危机。如果下个月还是这样，恐怕以她一个人的收入，很难支撑两个人的生活开销。

肖依问过他到底要干吗，华生告诉他，“调整一个阶段，感觉到状态好了，马上就去找工作。”肖依相信他，便没有再过多问什么。

姜老师的病不知道为什么，反反复复。戴猛倒是每天都去看望他，并不断地跟医生交流。医生也觉得很奇怪，普通的细菌感染，应该一周左右就可以痊愈。但是姜老师的症状很奇怪，明明白天还有所好转，但过了一晚总会再有反复，眼球表面的细菌总是会少量滋生出来，不断反复。可是，在这个过程中，华生却一次都没有再来看望过他，仿佛突然不认识了一样。姜老师问起过华生，但戴猛也搞不清楚华生的意图，只是告诉他还有联系。

华生在解说极斗比赛的时候，针对运动员的技术动作，提出了很多细节的批评。网友们的反响不一，懂得多的，会夸他解释到位，不懂的则经常吐槽“你行你上”！慢慢地，极斗赛事的口碑就有了些负面的评价。赛事主办方刚猛体育官方账号发来私信，要求他不要再提出这么多否定的解说内容，但华生并未理会。

这天，肖依又问起华生的打算，华生笑着告诉她：“好啦好啦！我明天就去找工作。”说完，打开一份文档，指给肖依看：“呐，你看！简历都准备好了！”

肖依惊奇地问道：“啊？你要去刚猛体育应聘？”

刚猛体育传媒有限公司成立不到两年时间，但一经问世便在体育圈和金融圈一鸣惊人。它是国内第一家以创业融资的方式成立法人，并用现代传媒方式举办综合格斗比赛的创业公司。在他之前，都是些体制内出来的老教练、老运动员，自己靠朋友拉起摊子，靠朋友的朋友拉来企业赞助，东比一场、西比一场。也有电视台栏目组织些专业或业余运动员，在摄影棚里搭个擂台进行比赛，剪成很多期每周播出几场，比赛的质量和现场的观众数量一样让人尴尬。当然，中国的观众还是很宽容的，练家子们骂归骂，但也还是看；不懂功夫的，则被电视节目里捧起来的“战神”们忽悠得五迷三道的。

刚猛体育的创始人，据江湖上传说是原来的特种兵，自己就一身好功夫，用军队的方法管理公司，整个团队执行力特别高。又不知通过什么渠道，引入了中国首富掌控的亿通集团的天使投资。第一笔2000万人民币的天使轮投资消息一公布，当时就震惊了圈内圈外！要知道，很多创业公司连A轮都未必能融到2000万。

有了钱，有了班子，又学习了国际上最优秀的比赛管理和运动员管理，刚猛体育把他们创建的“极斗”世界综合格斗系列赛事迅速打造成了最酷炫的比赛，还在卫视频道每周播出，成功吸引大量粉丝。第二年，刚猛体育就顺利地融到了亿通集团领投的A轮融资，这次是1亿人民币。外界纷纷传说，投资人已经放出话来，允许刚猛体育前面5年亏损，只要把比赛办成中国第一就好！

华生此刻坐在面试官面前，用眼睛打量着面前的三个HR。与之前去戴猛公司面试时的不同之处在于，眼前的这三位面试官打人的心思，在他面前如同透明一样。

华生查过这个眼镜男是谁，原来在一家大的互联网企业负责宣传的，现在是赵乾身边负责宣传的总监。长期的高薪和甲方身份让他养成了高傲的姿态。旁边两个女的，虽各有几分姿色，却都染过低劣的发色，脸的颜色和脖子有着明显的色差，看起来就是刚刚挤进白领圈不久的样子。一个人穿低跟鞋，双脚摊开放在地上，脚掌心相对，这个姿势虽然舒服，但却使得两条粗壮的小腿打开了一个难堪的角度，显得粗鄙，好在一条长裙遮住了大半。另一个则穿着高水台的仿制红底鞋，踩着高跟翘起了脚尖晃动着，不由得让华生想起了鲁菊花。她们俩显然不需要多操心，只要搞定这个眼镜男就可以了。

华生摆出一副端庄的样子，把双膝和双脚踝同时并拢，躯干坐直，双手放在膝头，面带微笑地回应着面试官的问题。

“你就是那个斗牛的解说啊？”眼镜男歪着身子，用拇指和食指捏着华生的简历，右侧的脸颊因为上嘴唇提升而鼓起，双眼瞥着华生的恭敬模样，一脸的轻蔑。在不知道对手实力的情况下，仅凭些流出碎片信息就抱有预置偏见，而且还是轻蔑型的预置偏见，这样的人特别容易被震荡，尤其是从“捧”和“配合”开始的震荡。

“是。您听过我的解说？”

“没有。但我知道，你在解说的时候，没少黑我们的比赛啊！”眼镜男轻轻摇晃着脑袋，还有翘起来的那只脚。

“哦，您听过就知道我不是‘黑’了。这年头，网友们不喜欢高大上，喜欢能踩能吐槽。要是我夸的厉害，反而会给比赛招黑。”华生一脸端庄。

“嘿！这么说你还是在帮我们啦？”眼镜男停下抖动，说完话居然还翻了个白眼。

“您看我的简历，里面有数据。我解说之前，‘极斗’比赛的互联网搜索量只有几万，最近一周的搜索量是 400 万。”华生摆出一副谦恭的样子。

“你的意思是说，都是你的功劳？”

“有一定关系。我加入公司的话，这个关系会更加明显。”不知不觉之间，对方已经把话柄递到了华生手里。尽管他以为自己还是在轻蔑地应对这一个曾经黑过自家比赛的网红，但他不知道的是，一组数据和一个话题的引导，已经让他不得不问出后面的问题了。

“为什么？”没错，他就是这么问的。

“我可以通过解说，让我们的比赛在口碑上比美国的 UFC 还要好！”华生抛出了自己的第一个诱饵。

“操！口气够大的啊！你这么确定？”一不小心，眼镜男就露出了粗鄙的本质。

没见过这么配合，追着饵料跑的鱼。

“是的。您看我简历里第二页的数据统计。我有一期因为特殊原因没有去解说 UFC，那天的围观人数大幅锐减。我解说‘极斗’比赛的围观数据，始终是高速增长。您再看下弹幕截图，只要是我在夸比赛好，弹幕都是评论‘解说够牛 X 的啊！’我在批评比赛的时候，弹幕里不是‘解说比选手还厉害'，就是'这解说有本事自己上啊'等。无论是骂是夸，都有着很强的关注。您想一下，如果我全职给'极斗'解说，不再理会 UFC，或者开黑的话，是不是可以……"有数据、有曲线、有着貌似非常复杂的二元逻辑，还有悄无声息的许诺，面试的 HR 大人除了心理上不认同这种自以为是的风格之外，还能挑出什么毛病呢？

眼镜男得意地一笑："可惜，我们招聘的职位里，不包括解说这一项。我想你投错求职意向了。非常抱歉！"华生可以清楚地看到，他的表情貌似很轻蔑，但实际上，上扬的上嘴唇已经降下来了很多，说明在他的心里轻蔑几乎已经没有了。

"哦，我不是来应聘解说的。"华生也一笑。

之前一直在谈解说的事情，现在一个大拐弯，什么情况？对面的笨鱼肯定会再次飞速地追赶着饵料而顺势问出了下一个问题。

"那你应聘的是什么职位？"果然。

"我来应聘的是选手经纪。"

刚才让对方根据谈话主题给出了错误判断，会让他内心产生惭愧的弱势感觉，现在的这个正确答案就会给对方造成深刻的印象。一反一正之间，这印象会影响到他的大脑认知。

"带选手？你凭什么？"眼镜男仍然摆出一副轻蔑的神态，可惜他的视线却认真地看着华生，这一点暴露了他的内心是好奇，而不是不以为然的轻蔑。所以，他的话听起来像是反问，但其实这是好奇驱动的疑问句，是对信息的索求。

华生在这个时候抛出了自己准备已久的方案："我自己也练综合格斗，我懂训练，我懂宣传，我还是心理学博士。你知道的，在赛场上，同样厉害的选手谁的心理过硬，谁就更能赢得比赛。"不好意思，问题是你提出的，既然你这么渴求，我就告诉你多一些。字字入心。

要知道，眼镜男只是抱有预制偏见的敌意——骂过我公司的人都是敌人！但却被华生无色无味地引导着提出了一个关心的问题，在得到合理的答案之后，他彻底转换了立场。原本的敌意如果消失了，反而会让合作变得更加容易成功。一个有本事的敌人突然投靠过来成为自己的忠实力量，谁会拒绝呢？

华生就在他已经接受了之后，又补了一句："我还知道，赵总自己也喜欢训练。来公司上班，我还可以给他当陪练。"

这句话，让眼镜男做出了心里的决定。赵总每天都要在公司俱乐部“宠幸”员工，大家都怕，因为他下手的力度是没有控制的，手指、肘关节、膝关节、脚踝，以及脖子，被他宠幸过之后，不受伤是幸运的结果。只有运动员们来签约或拍宣传照的时候，大家会比较轻松，因为赵总更愿意跟运动员们较量。现在，这个会解说的家伙主动提到这一点，也就意味着不但能给比赛增加贡献，还能解救公司的其他普通员工，包括眼镜男在内。从此以后，就意味着自己可以堂而皇之地避开陪练被虐这种事情了。

眼镜男侧过身和左右的两名女 HR 商议，那两女的眼睛之前一直有意无意地在华生胸前和大腿滑过，此刻判断出老板在考虑要他了，忙不迭点头称是，边假装讨论边肆意地猜测着华生衣服下隐藏的八块腹肌。

“什么时候可以上班？”眼镜男尽管对那两女人的花痴模样感到不屑，但他的内心已经做出了选择。

“现在就可以！”华生眼睛一亮，做出一副紧张而期待的样子，注视着眼镜男的神情。

他果然大大地吃了一惊，然后回复道：“不用着急。公司还要走程序呢。”

“我想先来实习，不要薪水。什么时候您那边手续办完，什么时候正式上班。”华生显得非常积极。

眼镜男对这位网红知名解说的积极期待和谦逊态度感到非常满意。他当即打电话给赵乾问道：“老板，有个说自己练过的人来应聘选手经纪，他说愿意您在公司的时候当陪练。我不知道他水平够不够，有点犹豫，您要自己见见吗？”对他来说，这件事的真实性是做出决定的根本要素。如果水平够做老板的陪练，那就不是招聘到一个运动员经纪的问题，而是立了一个大功！电话那头说，让他跟运动员的车，到昌宁镇的训练基地来，一起玩玩看。

“你有没有真本事，老板要亲自看看。别说我没提醒你，老板下手可不分轻重。”眼镜男又恢复了最初高贵的神态。

“好的。谢谢您的提醒，我尽力而为。回头成功了，请您吃饭！”

2. 投奔赵乾

跟随着7个刚刚签约的运动员，华生他们搭乘了一辆中巴来到昌宁镇体育馆。这里是刚猛体育和地方政府合作的“极斗”赛事训练基地，吃、住、训练一条龙。

在车上的时候，就有两个来自河南的运动员认出了华生，他们特别开心地跟华生合影，一直在说：“我们喜欢你的解说，太有意思了，还能学到很多东西。”弄得其他运动员也都凑过来聊天，国外国内的各种聊，车上好不热闹。这些孩子年龄都还不大，对自己的将来充满憧憬，盼望着靠自己的努力和双拳打出一份好日子。

一队新人被指引到体检处，进行入营体检。华生不用体检，就在一旁陪着、看着，顺便也仔细观察周边的环境和刚猛体育这座训练营的组织形态。期间，华生秀了一手绝活，仅仅根据选手们的体型，就说出了他们擅长的技术和打法，有的擅长打拳、有的擅长摔跤、有的擅长地面缠斗，判断结果竟然八九不离十。选手们对华生很感兴趣，而且都打趣说华生的体格比运动员还要好，应该参加比赛啊！体检完毕，所有人换好训练营配发的服装，整队到训练场参加欢迎仪式。

赵乾一出现，原本还嘈杂的训练场里立时就安静了。从第一个看到他的人自动闭嘴开始，这种噤声像潮水一样层层波及，交头接耳的聊天声一下子就没有了。赵乾身上散发出来的杀气太可怕了。

这是华生第二次见到他。上一次在刑警支队见到他的时候，他的样子虽然刚毅但还优雅，是个商人模样。今天脸还是那张脸，身体依旧魁梧得很，只是那双盯着运动员们看的眼睛，仿佛是狮子一般，眼神里闪烁着死亡的光芒。和他接近1米9的身高比起来，那些六七十公斤级的运动员，真的好似山羊一般。

赵乾挤出一丝笑容，声音里却没有笑：“欢迎！你们都是最优秀的，所以才能签约到‘极斗’！一旦登上这个赛场，你们就只有两条路。要么，变得更强，成为世界级的高手；要么，被淘汰，回你们的县城去当教练、当保镖。

拼不拼，随你们。你愿意拼，我就愿意好好养你，买车买房子娶媳妇；你不愿意拼，我不帮也不留，现在赶紧走！”他用凶悍的目光在每个人脸上扫视，扫到华生的时候，看到这个有点书卷气的年轻人脸上是松弛而自然的笑容，不似其他人一副懵逼而没有听懂的样子，便多看了华生几秒钟，无意识地点了下头。

众人的懵懂反应虽然让赵乾生气，但他见多了这样的反应，知道运动员们只要一动起来就是生龙活虎，也不再计较，只是大声吼道：“按公斤级，抽签打单败淘汰，给我看看你们的水平。第一名的住单人宿舍，每个月 1 万训练补贴，每人每天配餐四荤两素！”说完之后，朝着身后的眼镜男摆动了两下手指，眼镜男接着宣讲道：“第二名的，住双人宿舍，每月 6000 训练补贴，每日配餐两荤两素；第三名的，住四人宿舍，每月 3000 训练补贴，每日配餐一荤两素，不够吃的自己花钱买。其他名次，住 8 人宿舍，每月 2000 训练补贴，每日配餐一荤一素，不够吃的自己花钱买。”

华生暗中在心里盘算着这个待遇标准的划分，觉得挺厉害，应该有高手帮忙设计吧。

看到底下的人开始交头接耳，窃窃私语的声音越来越大，赵乾两只手大力一拍，大声道：“不用着急，每个月都会有一次这样的比赛，每个月动态调整大家的待遇。你们想过什么样的生活，就靠自己打拼回来！现在热身，30 分钟之后开始比赛！”

说完这句话，运动员们便开始散布在各个角落做自己的准备。赵乾朝着华生招招手，让他过来，问道：“你是谁啊？”华生刚才的那个笑容，给他留下了很深的印象。凭经验就能判断，这个小伙子不是运动员。高水平的运动员，眼神也可以这么清澈，但骨子里总会有一种傲慢。然而他的身上却没有。

华生回道：“赵总，我是过来实习的，刚刚应聘的运动员经纪，名字叫张华生。”

赵乾一怔，随即哈哈大笑，这个笑容突然从他那张肃穆的脸上爆发出来，吓了周围人一跳！赵乾笑罢，脸色也逐渐恢复了平静，又恢复了之前的肃穆，问道：“你就是那个斗牛上的解说？”说的同时，举起手朝着华生的肩膀拍落。

华生一直在注意他的每个表情和动作，从加速度来判断，这个拍的动作是加了力道的，而且拍的目标有点偏向锁骨，如果真的被拍中，可能会非常疼。他微微地倾斜了一下身体，用肩膀的肌肉承受了赵乾的两次拍击，力道已经渗透到了关节，隐隐作痛。但这时候不是挖坑示弱的时候，华生便装作没有事地一笑："让您见笑了！网友们也是瞎围观、凑热闹。"

华生的几厘米移动显然让赵乾有点惊讶，不过他没有表露出来，而是产生了更加强烈的兴趣，大手一挥，说道："哪里？我听过你的解说，而且不止一场，讲良心话，你的解说水平的确比运动员的比赛水平高出很多啊！就是不知道实际身手怎么样？"说完，眼睛停留在华生的脸上观察他的反应。

华生知道他会有此一问，只耸了耸肩，嘴一撇，没有说话。他清楚地看到，自己这个表达不在意的动作，让赵乾眼睛睁大了一瞬间，眼睑陡然绷紧，那是惊讶和愤怒的混合。别人夸你，你不谦虚也不说话，还表达一个满不在意，这种态度就是欠揍的经典表现。见华生不肯直接表态，赵乾的声音挤出了几个字："一会儿我们看看！"华生知道他说的是看什么，这也是他希望出现的反应。因为，他知道赵乾最受不了什么。

运动员们开始捉对厮杀。

赵乾指着离得最近的一场较量道："张先生，我想听你现场解说一下，可好？"语气中并不仅仅是请教，还有挑衅。

华生问道："就这么说吗？"

赵乾道："对，就站在我身边说就好了。我听得清楚。"他的眼睛没有离开对阵的二人。

3. 你要什么，我给什么

华生随即跟着二人的动作开始解说："目前两人还没有实质性的接触，但从红方的步法来看，就是接受过正规拳击训练的运动员，移动、抱架、出拳、摇闪，都有非常扎实的基本功。蓝方选手的肌肉类型，一看就是练摔跤出身的，脚下移动的习惯和张开的双手都能说明这个问题。现在要看谁克谁！"

正说着，摔跤选手一个假动作佯攻上盘，突然变向下潜抱住拳击选手的双腿，借着冲力向上一顶，把对手抬离地面，然后扭身发力！华生紧跟变化，提高语速说道："现在双方进入地面。一旦进入地面缠斗，步法失去作用，对于擅长拳法的选手来讲局势危险。这一摔我们也可以看到，给红方选手造成了不小的伤害，因为落地的一瞬间，蓝方选手的肩膀似乎顶在了对手的肋骨上。蓝方选手现在试图过腿，切入到对手的侧面进行压制，看这里……看这里……成功！看得出来，红方选手似乎对于地面缠斗没有太多训练经验，而蓝方选手不仅仅是摔法娴熟，过腿的技术也行云流水，应该在地面缠斗技术上造诣颇深。”

场面上，蓝方选手已经侧压在了红方选手身上，并不着急施以进攻，而是不断微调着重心，始终让红方选手在身下挣扎，毫无章法地用拳头在进攻。

赵乾看得直起急，在椅子上几乎坐不住了，大声喊道：“快虾行啊！虾行！虾行！我 X！还是他妈省冠军呐！”

华生等他安静了些，才继续解说道：“看这个动作，蓝方选手的布局已经完成了，红方选手的左手被控制在他的膝弯里不能动弹，接下来很有可能要变动作了！”话音未落，蓝方选手左手控制住对手的另外一只手臂，右手猛地搂起红方选手的头，团身滚动之间把右腿小腿往他枕下一塞，顺势利用身体的重量拉扯起对手的上半身，再快速地一挺胯，左腿已然从他腋下搭在了自己的左脚踝上。

华生大叫一声：“三角绞布局成功！”声音大得把赵乾吓了一跳。华生继续喊道：“转身了，角度有了！蓝方选手已经开始发力，5 秒钟内红方必定拍地认输，5、4、3……”在他数到 2 的时候，红方选手果然拍地认输。

赵乾看着华生激动的样子，脸上露出了笑容，斜着眼看他好长时间，口中反复道：“有意思，有意思！”

华生微微鞠了一躬，回应道：“这场比赛完了。时间太短，还有些细节没有来得及说。”

赵乾站起身，旁边的随从也忙毕恭毕敬站好候在一旁。他向前迈了两步，俯视着打量了华生一会儿，转身留下一个命令：“跟我来，我们好好聊聊。”边说边向外走去。

华生知道，接下来的，就是必须要过的一个难关了。因为他看到赵乾的后背兴奋得直抖，两只粗壮到膨胀的小臂，隆起一道道肌肉，拳头也一收一放，似乎在为手指做着热身运动。华生紧赶两步，以一个博士生和网红应有的叠加心态摆出不卑不亢但又有点期待和荣耀的姿态，紧随其后。

他们来到了一间没有人的小馆，其他人都知趣地退到一边站好。赵乾不急不慌脱掉外衣，只留贴身的训练服在身上，对华生招招手，笑道：“过来，玩两把？”

华生赶忙装作不明白的样子，向前凑了凑，看起来很谨慎地问道：“我和您打？”

见赵乾点头，他赶忙摆手不停，一边后退两步一边说：“那肯定是不行的。我是业余的，顶多算兴趣爱好。一看您这身材，估计站立、地面都精通得很，虐我还不跟玩一样？”

赵乾下巴抬了起来，用眼角瞥着面前这个年轻人，心里充满了鄙视：“你他妈的就会嘴炮啊！不是懂得挺多的吗？不是什么技术你都懂吗？来玩一下嘛，又不会死人！”

华生没有想到对方竟然这么浅，心里一乐，再次摆手道：“我解说还可以，真打的话，也就欺负欺负比我弱的吧。”这句话就是把自己放在了一个很让人讨厌的位置，不但表明了自己不行，还欺软怕硬。所有的人，都会讨厌没本事只能欺软怕硬的人，赵乾也不例外。

果然，赵乾的轻蔑被这句话提升为了愤怒，他打心眼里希望教训一下这个刚才还风光得意的嘴炮，让他明白实力是多么重要，让他明白如果没有实力，就不要瞎吹牛。所以，赵乾拧眉立目地低吼了一声：“不打滚蛋，别让我看着恶心。”这是一句立威的话，摆出了老板的架势。如果是江湖豪杰说这样的话，双方考量的就只是武力值孰高孰低。但老板说了这样的话，游戏规则就不仅仅是能不能打的问题，还夹杂了有没有工作机会的问题。所以，华生妥协了，犹犹豫豫地开始脱衣服。当他把外套都脱掉，只剩下训练用的速干服时，一身漂亮的肌肉让赵乾眼睛一亮！

两个人没有多说一句话，当即开始比拼在一起。

赵乾的身高、臂展、体重都明显占优，这场所谓的“玩儿”，华生根本就不知道会有多危险。他心里有底的，就是把对方放倒在地面，那时候便可以如同鲨鱼入海，无论如何是有把握的。不过，赵乾一开始移动，华生就看到了问题。赵乾练习的技术，更偏向于一招制敌的战术动作，发力沉重而不够灵活，目标是希望能够迅速击倒或制服对手。这种风格不是格斗赛场里出来的技术，更像是杀伤技。但也正因为如此，杀伤普通的人会很有效，而对付一个常年跟人磨炼撕扯的练家子来讲，则失去了先天的优势。

华生训练的俱乐部里，有现役运动员，也有来自巴西的黑带柔术教练，所以真一动手，华生并不觉得赵乾很难对付，只要保护自己不要被对方的重拳重腿伤到，就算是稳住了一半阵营。而且，重拳重腿的发力动作，都会意味着力量的释放，也就必然需要一个力量的回收过程，以及身体平衡的恢复问题。但是，赵乾的体能和体型实在是让人惊骇，这种物理上的差距，不是可以靠等量的技术弥补的，“一力降十会”对于技术差异不大的两方来讲，一定是真理。

华生有自己的策略，他只求第一步骤实现，后面的则寄托于天命。第一步骤的目标，就是把赵乾摔倒在地上，因为站着打，永远都没有希望击败对手，而被对方一拳一脚的击中，就可能造成永久性的打击。

可惜，华生的短短几个月，全部都在集中练习巴西柔术地面技，对于站立的对攻完全没有储备，除了看得多，自己几乎没有任何实战经验。所以，几次下潜抱摔没有结果之后，被赵乾一个后手摆拳，击打在了左侧下巴和脸颊的交界处。华生清晰地记得当时的感受，那就是整个头颅的炸裂感，眼球、头骨、牙齿、下颚，全部都有崩裂的感觉。毫无疑问，他当时就瘫倒在地，只能保持着本能的防守姿态。赵乾庞大的身躯猛地扑上来，压在了华生的身上。

尽管头疼欲裂，尽管目不能视，尽管被压住的一瞬间曾经想过放弃认输，但长期的精致训练，给华生的身体培养出了肌肉记忆，即便在他不需要动脑子的情况下，也能感受到赵乾沉重的身躯重心的移动和发力的方向。

大概熬过了五六秒的最关键时刻，也得益于赵乾地面缠斗技术的粗糙，华生从炸裂的迷乱中缓过来了，并且准确地感受到赵乾在自己身体上的各种尝试和移动，他尝试着微微移动了几次自己的胯，就已经确定可以逃离出对方身体的重压。

华生在考虑一个策略，是的，他有能力在这么危急的时刻还能清晰地考虑策略，因为地面上的缠斗对他来说是轻松的。赵乾则发了疯似的用着蛮力，拼命用拳头和肘部，击打着华生的头部。要知道，如果是站立的拳法、肘法进攻，双脚蹬地造成的躯干移动才是拳法和肘法的核心力量所在，只靠手臂本身的加速，是不会形成太大力量的。因此，这些进攻一旦失去了脚步移动的支持，就会减弱很多。

华生想的是，赢，还是不赢？

他心念电转地决定打个赌，要输。于是，他装作很用力的样子，先是用“蝴蝶防守”的技术把赵乾扫翻在地，顺势想做骑乘的优势姿态，但赵乾一动，便转侧压、南北压制和浮固，一套动作做得赵乾晕头转向，他还没有见过有人在地面上这么快地移动身体。正当他不知对策的情况下，华生试图做一个骑乘的优势位置，但不知为什么，抬腿的姿势却慢了下来。魁梧厚实的赵乾似乎能够感受到这微妙的变化，一个翻身便从下位翻转而起。华生立时做出乌龟防守动作，赵乾一下子就骑到了华生背后，双脚已经搭扣成功，只待手臂搭扣完成后发力。

华生决定：放！便做了一些佯装防守的胡乱动作，把脖颈的漏洞故意留给赵乾。当赵乾粗壮的手臂夹紧了自己两侧颈动脉窦。这头野兽没有丝毫停留，直接把腹部和背部一收紧，用尽全身的力量压缩、弯曲华生的颈部。

这种场景和感受，华生至少经历了五六百次，但没有一次像今天一样猛烈而绝望。华生知道7秒钟之后如果对方不松开手，自己的生命也就走到了尽头。但今天的赌局走到这一步，也没有回退和后悔的余地。他只能咬紧牙关，期待着赵乾能够给自己一次机会，不仅仅是活命的机会。

5、4、3、2、1……

就在行将失去意识的一瞬间，华生感觉到赵乾的手臂松了一些，丝丝缕缕的氧气慢慢又随着血液流入了大脑和身体，他能感觉到赵乾在等待着什么，也隐隐约约听到一个声音叫道："你疯啦？在这发狂？"

4. 他，来了

华生的眼睛已经能看到模糊的影像了，一个颀长的身影走在前面，看不清脸色；一辆轮椅跟在后面，喝止的声音正是从轮椅上传来。华生的视线从模糊慢慢恢复，可以很明确地看到那张曾经威胁姜老师的面孔，福坤！

赵乾的两只小臂如同剪刀一样依旧夹紧着华生的脖颈，见到这两个人的到来，不由自主地停下发力的过程。他似乎有点不知所措，有点彷徨，有点进退两难。

只听那个颀长的身影说道："这是谁啊？"

赵乾这才松开手，站起来微微一躬，毕恭毕敬答道："一个来应聘的。"

那人道："那你下那么狠的手？在这？"声音不大，但语气里透着威严。

赵乾竟然有点慌，讪讪一笑应道："没有，哪能呢？这小子别看是个博士，身手还真不错。我好久没玩了，一时兴起没收住。"

听说华生竟然是个博士，那人似乎很感兴趣，竟然走过来蹲下，似乎在打量华生。

此时的华生其实早已经完全恢复过来，神智和体能都没问题，但见到那人过来，便佯装作略微吃力的样子，盘腿坐起，用力甩了甩头。当他假作整理好视线焦点的时候，正好和那人对面相视。

这是一张清隽的面孔。发型利落，面色冷峻，眸子里透着逼人的光芒。只看面孔应该不到 30 岁的年轻人，却总让华生觉得他的表情里有深深的悲凉。

那人盯着华生看了几秒，立时站起身来径自向外走去，福坤赶忙摇动轮椅跟着。年轻人留在身后一句话，是说给赵乾听的："我不喜欢他，不要再让我见到这人。"

赵乾没有料到这么快的变化，正犹豫间，却听华生大声喊道："你是因为……没把握？"

只这一句话，那人停下脚步，猛地转过身，目光炯炯地盯视着华生，慢慢咬紧了牙。赵乾和福坤全部一瞬间冻结了所有的反应，比惊讶更明显的是满脸的恐慌表情，他们望向那人的脸，不知道接下来会发生什么。

那人双眼紧盯着华生的面孔，脸上隐隐若现疯狂的狞笑，仿佛面孔后面困有一只意图挣脱牢笼的困兽在冲撞，气血翻涌得青白相间。赵乾对这幅面孔非常熟悉，已经知道自己应该做什么了，便悄然向华生的方向移动了几步。而福坤则握紧了自己的轮椅扶手，微微地摇着头，口中喃喃道："不，不，不，不可以在这里……"

那人将双眼缓缓眯紧在一起的时候，华生知道他没能克制住心中的愤怒，危险也就会随之而来，便暗中做好了身体上的准备。

赵乾听到那人在牙缝中阴森森地挤出华生刚刚说完的话："没把握？你也配！"的一瞬间，大吼一声，几步冲击腾身而起，顶出的双膝像两段粗壮的木桩，自空中呼啸着砸向华生盘坐在地上的身躯……